毎日のように新たな驚きをくれる、息子ジョセフへ

JN282997

きらめく菫色の瞳

登　場　人　物　紹　介

アレクシア・ウェルボーン	イギリス紳士階級の娘
ヘイデン・ロスウェル	イースターブルック侯爵家の次男
クリスチャン・ロスウェル	イースターブルック侯爵。ヘイデンの兄
エリオット・ロスウェル	イースターブルック侯爵家の三男。歴史学者
ベンジャミン・ロングワース	銀行の共同経営者。アレクシアの従兄
ティモシー・ロングワース	銀行の共同経営者。ベンジャミンの弟
ロザリン・ロングワース	ベンジャミンの妹。アレクシアの従妹
アイリーン・ロングワース	ベンジャミンの妹。アレクシアの従妹
フォークナー	ロングワース家の執事
ダーフィールド	銀行の共同経営者
ヘンリエッタ・ウォリンフォード	ヘイデンの叔母
キャロライン・ウォリンフォード	ヘンリエッタの娘。ヘイデンの従妹
フェイドラ・ブレア	アレクシアの友人
ニコルソン	ヘイデンの近侍

1

その男が影を連れて玄関をくぐったのは、客人にしては早い時刻のことだった。男が召使いを呼ぶ声を聞いたとき、まだ姿も見えてはいないのに、アレクシアは胸が不穏にざわめくのを感じた。

貴賓室《きひん》に低い声が響くと、裁縫箱を持って階段を下りていたアレクシアの足はその場に止まってしまった。何を言っているのかはっきり聞こえないが、その声には有無を言わさぬ調子があった。召使いが丁重に断わっているのが聞こえたが、むだだったようだ。執事のフォークナーが呼ばれた。しかし、静かだが断固とした力を前にして、屋敷の守り手たちは引き下がるしかなかった。

ベンジャミンの知らせがもたらされたあのときと同じ不吉な予感が、忍び寄ってくる。ただの思い過ごしと無視してはいけないということは、いやでも学んでいた。悪い知らせを耳にした瞬間、世界は変わってしまうのだ。空気さえ違ってしまう。馬がやがて来る嵐を正確に感じとるように、人の心も、悲しみが近づいてくるのを察することができるのだ。

身じろぎもできなかった。裁縫箱を手に庭へ出て、昼下がりの太陽の下で従妹《いとこ》たちと過ごすつもりだったことも、頭から消えてしまっていた。

こちらへ向かってくる両脚が見えた。黒いズボン、美しいブーツに収まった、長い脚。執事の後ろを、階段に向かってやってくる。フォークナーは、王の命を受けた召使いのような顔をしていた。

訪問者の胴が見えたかと思うと、肩、そして黒い髪が見えてきた。見られていることに気づいたのか、彼は踊り場に立ちつくしているアレクシアを見あげた。

フォークナーが屈服するのも無理はない、とアレクシアは訪問者を見るなり思った。彼の背丈、顔、物腰を目にすれば、たとえその高貴な家柄を知らなくても崇《あが》めずにはいられないだろう。黒髪は、朝に櫛《くし》をあて忘れたような乱れ具合で、力強く彫りの深いハンサムな顔に垂れかかっていた。深みを帯びた、真夜中の空にも似た濃い群青の瞳には、疲れの色がうかがえる。角ばった顎《あご》と引き結ばれた口もとはこわばっていて、かろうじて自分を抑えているといった感じだ。ヘイデン・ロスウェル卿、イースターブルック侯爵四世の弟は、不愉快な仕事を片づけなければならずうんざりしているようすに見えた。ティモシーは去年から侯爵の屋敷に何枚もの招待状を届けていたが、それに応えてやってきたのではなさそうだ。

客を伴ったフォークナーは、アレクシアを認めると、狼狽《ろうばい》しているような視線を投げかけてきた。この執事も、嵐を予感しているのだ。

ヘイデンは踊り場のアレクシアに気づくと足を止め、ごくわずかに頭を下げた。以前に一度紹介されたことはあるが、会話をする気はないようだ。頭をあげる際、ヘイデンの視線がアレクシアのつま先から頭まで動いていった。値踏みするような、すべてを見透かすような視線。それはこの場にそぐわない興味を匂わせるもののように思えて、アレクシアは顔がかっと熱くなった。

ヘイデンの顔つきが、ほんのわずかに、変わった。石像に命が吹きこまれたように、両目に温かみが宿り、口もとが緩んだ。感情が通い、雰囲気がやわらいだ。

次の瞬間、その親しみは締めだされてもとの厳格な態度に戻っていたが、アレクシアはもう吐きそうな気分になっていた。ヘイデンの目に浮かんだ憐《あわ》れみ。やはり、この人物はいい知らせを持ってきたわけではないのだ。

「フォークナー、ロスウェル卿は客間にお通しするの？　それとも書斎？」ずうずうしいことをしようとしているのはわかっていたが、気にすまい。悪い知らせに怯《おび》えているのは、実際に耳にするよりもっとつらいことなのだと、この数年で思い知らされていた。不安を抱えながらおとなしく待つだけなんて、もういや。

「客間です、ウェルボーンお嬢さま」

ヘイデンはアレクシアの懸念を察したようだった。

「ロングワース嬢のお手をわずらわせる必要はない。遊びに来たわけではないんだ」

「でしたら従妹は呼ばずにおきますわ。ただ、ティモシーが下りてくるまで少しお待ちいただくかもしれませんの。それまでおくつろぎいただかなくてはいけませんわ」

アレクシアは返事を待たずに踵《きびす》を返し、二階へと客人をいざなった。

客間に入ると、アレクシアは裁縫箱をわきに置き、約束したとおり客人にくつろいでもらうべく目を配った。必要ないとは言われたが、女主人としての役割は自分が代わりにこなすつもりだった。

「一月にしては珍しくいい天気ですわね？」アレクシアは、新調した青い柄の寝椅子をヘイデンに勧めながら言った。「いまのところ、とても美しい日ですわ」

〝いまのところ〟という言葉にこめられた残念そうな響きに、ヘイデンの眉がわずかにあがった。

「たしかに。この数日は季節はずれに暖かい」ヘイデンは言った。

「こんな日は残酷ですわ。うれしくもありますけど」

「残酷？」

「もう春が来ると思わせておいて、まだ数カ月も寒くてじめじめした天気が続くのですもの」

ヘイデンの目に、屋敷に足を踏み入れてから二度目の、茶目っけのあるきらめきが宿った。

「天気にからかわれているのかな。まずは心底楽しんで、寒さを気に病むのはそんな日が戻ってきてからでいいだろう」

その口ぶりは、この場ではいささか親しすぎるように聞こえた。アレクシアは、この前のクリスマスの出来事に話題を切り替えた。ヘイデンは何度もうなずきながら聞いていた。途切れがちにはなったが、アレクシアはぎこちなくも会話を続けた。

こちらの話が耳に入っていないようだとは感じていた。ヘイデンは、これからティモシーと話すことが気になっているのだ。差し迫ったような緊迫がにじみでていて、客間の空気は重くなっていた。

もうこれ以上は耐えられそうにない。「従兄《いとこ》は具合が悪いんですの。お話ができる状態ではないかもしれませんわ。また別の日にしていただけません？」

「それはできない」

それだけだった。感情のない、そっけない、断固とした一言だけ。

それきりヘイデンは、何を考えているのかじっと黙りこんでしまい、階段で会ったときと同じような態度に戻ってしまった。ひょっとしたら彼は、わたしが相手をするなんてでしゃばりだと思っているのかしら？　自分はこの屋敷の女主人などではなく、ただの従妹でしかないのだし。でも、屋敷に来たことをロザリンに知らせるなと言ったのは彼なのだから、代役で我慢しなければならないのもわたしのせいではないわ。

「どうでしょう、ロスウェル卿、ご用件を従兄に伝えてきますわ、そうしたらきっと……」

アレクシアの声は、教会で騒ぐ子供を黙らせる司教のような目でヘイデンに見下ろされると、尻すぼみになってしまった。

アレクシアの考えていることなど見当はついているとでも言いたげな視線は、つとめて気にしないようにした。ヘイデン・ロスウェルが頭脳明晰《めいせき》にして無愛想、尊大な人物であるというのは有名な話だ。ここまでのところ、それに反論できるような材料はない。

でもそれは、自分の接し方が巧《うま》くなかったからかもしれない。アレクシアは別のやり方を試みることにした。ヘイデンは金融の才能でも知られている。そちらに話題を切り替えたら、うまくほかのことも聞きだせるかもしれない。「今日はロンドンから何かニュースはありまして？　金融危機にはまだ目途《めど》はついていないんですの？」

「残念ながら、もう少し先になるだろう。恐慌というのは、えてしてそういうものだ」

「たしか、従兄の銀行ともお取引がありましたわね。ティモシーの銀行は大丈夫なのかしら？」

「ロンドンを発《た》ったのは一時間前だが、その時点では、ダーフィールド・アンド・ロングワース銀行の支払能力に問題はなかった」

「ありがたいことですわ。取り付け騒ぎは起きてないんですのね。あまりにもたくさんの銀行で騒ぎが起こっているので、心配でしたの」

暗くこわばっているが、楽しんでいるようにも見える光が、ヘイデンの目に宿った。「ああ、ティモシーの銀行では、取り付けは起きていない」

アレクシアはほっとした。先月、ロンドンの大きな銀行がいくつも倒産していた。新聞を開くと、そういった銀行が支払不能となったことの余波が地方の銀行を直撃している、というような話がごろごろしていた。どこに出かけても、人々の口にのぼるのは破産や倒産や破綻の話ばかり。ティモシーがこのところ体調を崩しているのは、銀行が危ないからではないかと心配していたのだった。

「その銀行に預金を？」ヘイデンはかなり興味を惹《ひ》かれたようだった。

「ほんのわずか。従兄妹たちが心配なんですの」

金融業界の質問をすることで、ヘイデンの注意を引き戻すことには成功したようだ。予想していた以上に。ヘイデンは再び、今度はさらに念入りに、アレクシアを観察した。地位の低い人間には許されないような振る舞いも、自分には許されているのだとでもいうような、失礼にも思える尊大さで。自分の力を十分にわかっている人間が、だから自分はエチケットすら免除されているのだと誇示するように。

ヘイデンの刺さるような視線に、アレクシアの瞳は縛りつけられた。吸いこまれそうになり、あわててまばたきをして我に返った。ゆっくりと、そして丹念に、ヘイデンの視線はアレクシアの体へと動いていく。アレクシアの顔は真っ赤になり、ぞくぞくとする不穏な感覚が肌《ひと》を走った。心をひどく揺さぶる視線だった。何年も前、別の男から見つめられたときに覚えた動揺が、よみがえってくるような。

自分の反応に、アレクシアはきまり悪くなってしまった。ハンサムな男性にときめくようなタイプではないのに。若いアイリーンならいざしらず、自分は浮《うわ》ついた少女でもない。男性から見つめられただけで舞いあがるなんて、若い女の子みたいなばかげたことはやめて、と自分を叱りつけた。

ヘイデンは、アレクシアの内心の動揺には気づかなかったようだ。ヘイデンの興味がそういう類《たぐ》いのものでないことは明らかだった。どう思われているのかはわかる。茶色い髪にごく平凡な顔立ちのアレクシアは、とびきり魅力的というわけではない。切りつめた生活が外見に及ぼしているあれやこれやの影響も、ヘイデンは気づいているだろう。いま着ている古いドレスは流行遅れだし、目立ちはしないが、いくつか縫いつくろっているところもある。まさか、どこを繕っているのかまで、すべて見透かされているのかしら?

「ウェルボーン嬢、君とはベンジャミンの告別式のときに会っただろうか」ヘイデンは言った。「ヨークシャーから来た従妹、だったかな?」

プライドに恐ろしい痛みが走った。客間に入ってきたときはまだ、ヘイデンはアレクシアが誰なのか気づいていなかったのだ。前に会ったことを忘れていたのなら、彼女がもてなしているのをとても奇妙に思っていたことだろう。こちらの話も、厚かましいと思われていただろう。

一瞬のショックのあとには、かすかな苛立《いらだ》ちが続いた。ヘイデンへの怒りではない。そこにはけ口を求めてしまうのは止められなかったが、それよりもむしろ、こんなふうに取るに足らない人間と思われてしまうようになったことへの、苛立ちだった。

「ええ、ベンジャミンの告別式でお会いしましたわ」その名前を口にしたとき、古い悲しみが遠鳴りのようによみがえってきた。告別式ではあったが、葬儀はなかった。ベンジャミンの遺体は海に失われてしまい、英国には戻ってこなかったのだ。ベンジャミンが英国を去ってから、もう四年。いまでもどうしようもなく、会いたくてたまらなくなる。

急に、ヘイデンの厳格さが薄れたような気がした。アレクシアをいたわるような表情が、その美しい彫像のような顔立ちをやわらかくした。

「親友だった」彼は言った。「子供のころからの付き合いだ。イースターブルックの領地がオックスフォードシャーにある。彼らの家はそう遠くないところにあった」

ティモシーはことあるごとに、田舎ではイースターブルック侯爵家と近所で、特別な関係なんだとほのめかしていた。もちろん、ティモシーの招待に一度も応じたことがないことからすれば、それほど近い繋《つな》がりではないのだろう。ベンジャミンとヘイデン・ロスウェルのあいだに友情があったとしても、それで何がわかるというものではなかった。なぜヘイデンがあの告別式にやってきたのか、といったことをのぞいては。

「ギリシャの戦争には、あなたも行かれたんでしたわね？」その話題を続けたかった。ヘイデンのかたくなさもやわらぐし、愛するベンジャミンの話ができるのもうれしかった。

「そう、ギリシャ好きの理想主義者として、トルコに抵抗するギリシャに与《くみ》した。戦争が始まったころ、ギリシャへ向かった。君の従兄も一緒だ。ただ、彼やバイロンと違って、その冒険から生還するほどには幸運だった」

アレクシアはベンジャミンを思い浮かべた。どんなときにも楽天的で、生き生きとした喜びにあふれていて、それゆえに無鉄砲な彼。ギリシャの人々の自由のために、古代神殿の立つ丘を背に、英雄となって戦った彼。頭に浮かんでくる彼のそんな姿を、アレクシアは宝物のように大切にしていた。ヘイデンも同じようにギリシャへ向かったのだから、このぱっとしない格好をまじまじと眺めていたことは、気にしないでいよう。

気づくと、ヘイデンはまたこちらを見つめていた。しかし今回彼が丹念に眺めていたのは、アレクシアのドレスではなくて、アレクシアの顔……彼女自身だった。

「ウェルボーン嬢。気を悪くしないでほしいんだが、変わった色の瞳だ。菫《すみれ》色。ここの明かりの具合だろうか？　以前にもそう言われたことは？」

「明かりの具合ではありませんわ。わたしの特徴といえば、この色ぐらいですの」

ヘイデンは不親切にもそれを否定しなかった。アレクシアの反応、そしてそれにどう答えるかを吟味しているようだった。「ベンジャミンが君のことを話すときの口調は、敬意と愛情に満ちたものだった。ギリシャでのことだ。名前は言わなかった。だが菫色の瞳――そう言っていたのを覚えている。告別式で君の瞳に気づいていたら、そのとき話しておくのだったな。何がしかの慰めにはなっただろうに」

　つらい思い出が運んできたものではあったが、甘く美しい感情がアレクシアの心を満たした。心が震えるのを抑えることができず、瞳が濡《ぬ》れた。ベンジャミンは、死ぬ前の日々に自分のことを口にしてくれていたのだ。いま目の前に座っている人物を、信頼していたのだろう。きっとヘイデンは、ふたりの愛と夢を知っているのだ。

　もう、ヘイデンがやってきた目的はどうでもよくなっていた。ベンジャミンが自分のことを気にかけてくれていた、心から自分と結婚したいと思ってくれていたと、ささやかなエピソードで教えてくれたことへの感謝のほうが上まわって、すべてを許せそうだった。

　アレクシアはうって変わって穏やかな面持ちになり、ヘイデンを見つめた。ようやく、とてもハンサムだと認める気になった。それに、それほど厳《いか》めしいというわけでもない。引き締まった口もとは、そういう家系なのだろう。にこやかなふくよかさがないのも、がっしりとした風貌になってしまったのも、生まれながらの骨格は彼自身どうすることもできないのだから。

「教えてくださって感謝しますわ。まだ、彼に会いたくてたまりません。離れているあいだもわたしのことを考えてくれていたのだと知って、うれしいですわ」

　ベンジャミンが言ったことを余さず話してほしい、と痛いほど願った。ヘイデンにそのつもりがあったのかはわからないが、邪魔が入ってしまった。ティモシーがちょうど姿を現わしたのだ。

ティモシーはかなり具合が悪いようで、顔は赤らみ、目には生気がなかった。熱でもあるのかしら、とアレクシアは思った。灰色がかった髪と紅潮した顔の下に、コートと首に巻かれたスカーフ。ティモシーの近侍はきちんと服を着せたようだったが、このような状態ではティモシーの服の浪費癖を際立たせてしまうだけだった。

「ロスウェル」

「わざわざすまない、ロングワース」

アレクシアはすぐに立ちあがり、客間から辞そうとした。心はまだ、ベンジャミンがギリシャで幼馴染み《おさななじ》の友人に自分のことを話してくれていた、という喜びに歌っている。悪い知らせが迫っているという空気が家を満たしつつあることを、無視することはできなくても。

裁縫箱を取りあげて、アレクシアは従妹たちのいる庭へと出ていった。蔦《つた》と柘植《つげ》の木だけでは、夏の庭の生き生きとしたようすには及びもつかないが、ひどい寒さは太陽が追い払ってくれていて、風もなく心地よかった。

ロザリンとアイリーンは、鉄製のテーブルでアレクシアを待っていた。テーブルにはボンネットがふたつと、リボンや小間物の入った籠が置かれている。屋敷にいる客人のことは話さないようにしよう、とアレクシアは決めた。湧きあがってきた喜びの奥でざわつく、何か悪いことが起きそうな予感は、ただの気のせいかもしれないのだから。

「ずいぶん遅かったじゃない」アイリーンが口をとがらせた。そしてボンネットをひとつ取りあげた。「言いそびれてたんだけど、新しいのがほしいの。ティモシーだっていいって言ってたし」

「お兄さまは、あっという間にお金を使い果たしてしまうんだもの」ロザリンが言った。「できるだけ節約しないと、あなたを社交界デビューさせたら破産してしまうわ」

「節約だなんて、ティモシーは言ったことないわ。お姉さまだけよ。それに、帽子だとかボンネットを好きなだけ持てないなんて、まともな社交シーズンが送れないじゃない」アイリーンの声は不機嫌そうになってきた。「最高の舞踏会にも招待してもらえないわ。友だちだってみんなそう言ってるんだから」

「少なくとも、社交シーズンを迎えることはできるでしょ」ロザリンは言った。「有名な銀行家の妹と、貧乏な田舎紳士の妹、どっちがいいの？　お兄さまたちが投資していらしたことを、神さまに感謝しておくことね。オックスフォードシャーにいたら、新しい帽子なんて一年にひとつ買えれば幸せなんだから。似合いもしないものを三つも買う代わりに、真剣に選んだものをね」

ふたりに挟まれて座ったアレクシアは、言い合いには加わらないようにしながら、早く終わってほしいと願っていた。ベンジャミンが八年前に銀行に投資してから、ロングワース家は裕福になった。しかし末っ子であるアイリーンは、それをありがたく感じていない。失った地位のことばかり懐かしがり、それと引き換えにして得られた富とどちらがよかったのか、考えようともしない。

借金のかたにオックスフォードシャーの土地を売りに出さなければならなかった、あのひどい時期のことを、二十五歳のロザリンは覚えていた。彼女自身が適齢期だったときには、社交界デビューなど不可能で、結婚のチャンスも遠ざかってしまった。このところの兄の銀行の成功で、求婚者が長い列を作るようになってはいたが、ロザリンは懐疑的だったし、見る目も厳しかった。アレクシアはたまに、ロザリンがそういう男性たちを恨んでいるのではないかと思うこともあった。愛していると言ってはいるが、この家が金持ちになるまではそんな素振りすらなかったではないか、と。

「このピンクのサテンのリボンを、こっちの黄色いほうに変えてみましょうよ」とアレクシアは言った。「それにここ、縁《ふち》のところを切り揃《そろ》えてあげるわ。そしたら蝶結《ちょうむす》びが顔に近くなるから」

「いやよ。作り直したボンネットなんてかぶらないわ、いくらあなたが上手でも。もしよかったら、あなたがもらってちょうだい。それに似合うドレスも、持っていっていいわ。そしたらもう、あのハイ・ウェストのを着なくてもすむでしょう？　メイドには、もうあなたにあげたって言っておくから。先に取られちゃうといけないものね」

色とりどりのリボンが日の光を受けて艶めきながらきらめいているのを、アレクシアは見つめた。アイリーンは冷たい娘ではない。ただ若くて、金遣いにルーズな兄に甘やかされて育ってしまっただけなのだ。

テーブルに重い沈黙が下りた。アイリーンはボンネットを手に取り、指でもてあそび、放りだした。

「謝りなさい」ロザリンが怒りを含んだ声で言った。「田舎に送り返してもいいのよ。ロンドンに来たせいで浮ついてるみたいだけど、そういうのは何より醜いわ。自分の立場を勘違いしないで」

「アイリーンは何も勘違いなんかしてないわ」アレクシアはさえぎるように言った。すぐ後悔したが、傷つき憤った声は、もう口から出ていた。

アレクシアは、大きく深呼吸した。「わたしも、自分の立場を勘違いしてないわ。あなたたちは善意でやってくれてるだけ。わたしがあなたたちに頼りきってることは、誰だって知ってることだもの。若い従妹からお下がりをもらえるだけ幸せだと思わないといけない、貧乏な娘だってことも。毎日の食事だって、あなたたちのお兄さまから恵んでもらってるんだってことも」

「待って、アレクシア、わたしそんなつもりじゃ……」アイリーンの顔は後悔でくしゃくしゃになった。

「そんなの間違ってるわ」ロザリンは言った。「あなたは家族のひとりじゃないの」

「間違ってないわ。自分の置かれた状況には、もう何年も前から慣れてるつもり。気にしてないわ」

　気にしていないわけがなかった。そうすまいとは思っていても、心はちくちくしてしまう。卑下と感謝の気持ちを抱かなければならないようなときでも、たまにそれをどこかへ忘れてしまったりする。とくに、遠慮が何より大切だと思わなくなってからは。

　家族の地所が別の従兄に渡ったとき、彼女の没落は避けられないものとなった。父が考えていたようにはことは運ばず、その相続人から一緒に住もうと招かれることはなかった。残された道はひとつだけだった。まだ十八歳のアレクシアは、母方の従兄であるロングワースに、住まいを求める手紙をしたためた。その代わりに差しだせるものといったら、一年につき二十ポンドほどのお金と、帽子を作る才能だけだった。

　ロングワース家にアレクシアがやってきたのと、新しい事業への着手が重なったので、最初の一年は苦しかったはずだ。でも、家長であったベンジャミンは、けっしてそれを恩に着せようとはしなかった。彼のにこっとほほえむ顔と巧みなユーモアは、アレクシアが召使いのように慎み深く振る舞うのを、その素振りすら許さなかった。アレクシアが従兄妹《いとこ》たちに頼りきっていることをはっきりと意識したのは、ベンジャミンが死んでからだ。ベンジャミンはアレクシアに自分の妹たちと同じように必要なものを与えてきたが、ティモシーはそうではなかった。ロンドンのブティックに行っても、アレクシアはアドバイスをするだけ。ティモシーは彼女を荷物運びとしか見ていないようだった。でも、ベンジャミンは……。

大切にしまってきた愛の思い出が、心の深いところを突き刺すような感情のうねりが、アレクシアの胸をしめつけた。ベンジャミンはアレクシアを愛する従妹として、親愛なる友として、そしてあの最後の一年は、もっと大切な存在として見てくれていたのを、アレクシアは感じとっていた。ロスウェル卿が言っていたことが本当なら、それは勘違いではなかったのだ。ベンジャミンはギリシャから戻ってきたら、アレクシアと結婚するはずだったのだ。

アレクシアはボンネットを取りあげた。「ありがとう、アイリーン。この帽子をもらえるなんてうれしいわ。青いリボンがいいかしら。ピンクも黄色も、わたしの髪と肌には合わないし」

ロザリンはすまなそうな目でアレクシアと視線を合わせた。アレクシアは自分の思いを目で伝えた。わたしは紳士の娘として生まれたけど、もう二十六にもなるのに、財産もないし未来もわからないまま。世の中ってそういうものよ。だからかわいそうだと思わないで。お願い。

「あれは誰？」アイリーンの声で無言の会話は中断された。「あそこ、客間の窓のところ」

ロザリンが振り返ると、男の黒髪と広い肩が窓ガラスから離れていくところだった。「お客さまかしら？　フォークナーはなんで呼びに来なかったのかしら」

アレクシアはピンクのリボンを取りはずしにかかった。「ティモシーと話したいだけだから、あなたをわずらわせないようにって言われたの」

「でも、ティモシーは具合が悪いのに」

「でも、ベッドから起きてきたわ」

アレクシアは帽子に集中しようとしたが、ロザリンに見つめられていることに気がついた。

「誰だったの？」ロザリンは尋ねた。

「ロスウェル卿よ」

「エリオット・ロスウェル？　歴史家の？　いったいなんだって――」

「そのお兄さまのヘイデン・ロスウェルよ」

アイリーンは目を見開いた。飛び跳ねて手を打ち鳴らした。「彼が来たの？　めまいがしそうだわ！　彼ってすっごくハンサムよね？」

ロザリンは顔をしかめた。そして窓を見やった。「なんとも、まあ」

「飲んでるな、ロングワース」ヘイデンは言った。「俺の言うことを覚えていられるだけの正気はあるか？」

ティモシーは青い寝椅子の上に体をだらしなくもたせかけた。「忌々しいぐらい正気だよ」

ヘイデンはティモシー・ロングワースをじっと観察した。たしかに、十分正気ではあるようだ。一分一秒を争う事態なのだから、ありがたいと言うべきだろう。この計画が成功する可能性は、一刻一刻と減っていくのだから。

「この二日間、おまえが酒を食らってベッドに潜っているあいだ、ダーフィールドと話し合った」とヘイデンは言った。「この金融危機は乗り越えられる。おまえが俺の言うことを聞けば、だ」

「ダーフィールドには大丈夫だって言ったさ。やつはまるで、蓄えが少ないって震えてるばあさんだ。俺は、うちは大丈夫だって言ってやったんだ」

「銀行は生き残る。でもそれは俺が昨日、おまえのところに家の金を預けておくと決めたからだ。その話がなければ、今朝の取り付け騒ぎは収まらなかった」

「取り付けがあったのか？」落ちこんでみせるだけの礼儀は忘れていないようだ。「俺がいないあいだにそんなことになっていたなんて」

「ああ、まったくだ。おまえがいないあいだにな」

「最悪の事態は過ぎたんだろう？　危機は回避できたんだよな、そう言ったな？」

「かろうじて。今日は持ちこたえたが、銀行が深刻な危機にあるのは変わりない。それに、おまえとの付き合いを考えなおそうとも思ってる。つらい選択だがな。俺が金を移したら、銀行は倒産するだろう。そうなれば、おまえはおそらく縛り首だ」

ティモシーは固まった。外の世界を締めだし、倒れた石像のようになった。

ヘイデンは、ティモシー・ロングワースのせいでトラブルに巻きこまれたことに怒り心頭だった。これまでは侯爵家の公債と預金とで、ベンジャミンの銀行の成長を援助してきたが、それは親友のためだ。その弟の首を守るためにサインしたわけではない。

ティモシーはにんまりと笑った。そうするとベンジャミンに似ているのに気づいた。ベンジャミンが髪も瞳も黒っぽい色をしていたのに比べ、ティモシーは赤みがかっているのを除けば。しかし、このタイミングで気づきたくはなかった。

「もちろん〈縛り首〉ってのはただの譬《たと》えだろ。破産も大して変わりはないかもしれんが、死ぬわけじゃない」

「譬えじゃない。縛り首だ。輪なわだ。死刑だ」

「銀行なんてあちこちで倒産してる。この二週間で、ロンドンだけで五つ、国全体で見れば何ダースにもなる。犯罪なんかじゃない。金融危機にはそうなるものなんだ」

「おまえが絞首台に送られるのは、銀行を倒産させるからじゃない。そのあとの清算で明らかになることのためだ」

「何もおかしなことはないさ、安心してくれ」

我慢ももう限界だった。昨晩はダーフィールドと一緒に、めちゃくちゃに入り乱れた銀行の勘定書と格闘して、一睡もしていないのだ。最悪の事態が明らかになり、それでもかろうじて抑えてきた怒りだったが、いまや繋《つな》ぎとめていた綱も擦りきれて、引きちぎられんばかりになっていた。

「ティモシー、おまえの銀行にうちの財産は残す。だが、叔母《おば》とその娘のことが気にかかっているんだ。彼女たちの持つ公債には毎年三パーセントの利息がつき、彼女たちはその収入に頼っている。彼女たちの管財人として、それを危険にさらすわけにはいかない。だからその分は、大した額ではないが、おまえの銀行から移すことにした」

ティモシーは、こう切りだしたヘイデンの言葉がよくわからないというように頭を傾けた。しかし、目にはパニックの兆しが浮かんでいた。

「想像してほしいな。叔母の管財人である俺のサインが偽造され、彼女たちの公債が売り払われていたと知ってどれほど衝撃を受けたか」

ティモシーの額に、小さい真珠のような汗が浮かんできた。「何を言ってるんだ、まさか俺が偽造したなんて――」

「おまえが文書偽造を、それも何度も犯してきた証拠がある。おまえは、ほかにも他人のサインを偽造して債券を売り払ってきた。利息が払いつづけられていたから、これまで疑われることはなかったが、おまえは何万ポンドも盗みとってきた」

「まさか！　そんなことがあったなんてショックだよ。きっとダーフィールドの仕業だ」

ヘイデンは大股で近寄ると、ティモシーの襟首をつかみ、寝椅子から引きずりあげた。

「あの善人の名前を汚すな。もう一度俺に嘘《うそ》をついてみろ、おまえとはさっさと手を切って、首をくくらせてやる」

殴られると思ったか、ティモシーは腕をあげて顔をおおい、身をすくませた。その怖がりようを見て、ヘイデンは虫唾《むしず》が走りながらも自制心を取り戻した。そしてティモシーを寝椅子の上に突き倒した。

ティモシーは体を丸め、顔を手にうずめた。むかむかするような沈黙が客間に満ちた。ヘイデンは怒りに震え、ティモシーは絶望に打ちのめされていた。

「誰かに話したのか？」ティモシーの声はしゃがれていた。

「ダーフィールドしか知らない。彼はしゃべるまい。いまのシティの空気からすると、こんな悪だくみが明るみに出れば、どの銀行もひとつ残らず同じだと思われかねない。彼はそれを恐れてる」ヘイデン自身も、この二日間、同様の恐怖を何度もまざまざと思い浮かべていた。公債――信用によって成り立ち、多くの婦人や、召使いや、年若い子女たちが収入を頼っているものに、間違いなど起きてはならない。銀行は顧客のためにそれを管理するだけだ。その資産が損なわれるようなことなどあってはならないのだ。

しかしティモシー・ロングワースは、署名を偽造してその元金を奪い、神聖な信頼を裏切った。これが知られることとなれば、金融恐慌はさらに十倍にも膨れあがるだろう。

「いったい何を考えてるんだ、ロングワース!?」

「銀行のためにやったんだ。危ないところだったんだ……準備金はどんどん減っていくし、預金を守るためには――」

「ふざけるな」ティモシーがびくりとしたのを見るまで、ヘイデンは自分が大声をあげたことに気づかなかった。「何のため？　家を買い、コートを買い、金食い虫の愛人を乗せる馬車を買うためだろう」

ティモシーはすすり泣きはじめた。ヘイデンは唖然《あぜん》とし、くるりと後ろを向くと窓の外に目をやった。

眼下の庭では、菫色の瞳が一瞬こちらを向いたようだったが、すぐにリボンと麦わらに戻ってしまった。《あの瞳は、薄暗がりに咲く菫だ。輝きを秘めていて、思わずうっとりしてしまう》ベンジャミンは、かなり酔ったギリシャでの夜、ウェルボーン嬢のことをそう言っていた。いささかくだけた口調ではあったが、ベンジャミンが惹かれていることが感じられた。そう、ヘイデンはあながち嘘をついたわけでもないのだ。でもあのときの彼女の反応を見ると――涙がうるみ、甘くやわらいだあの表情――むしろ一言も伝えるべきではなかったと後悔していた。

美人というわけではない、しかし、そんなことはあの瞳で帳消しになる。まず心を奪うのはその珍しい色だが、しかしいつしか、それが情熱的な心と知的な精神を映しだしていることに気づくのだ。ともすれば、人生がどんなものであるかも知りつくしているような、世慣れた感じもある。揺らがないその瞳にとらえられているあいだ、この屋敷に来ることになった不快な任務のことも忘れてしまっていた。《唇はバラのようで、蜜みたいに甘い》。ベンジャミンは楽しんでいたが、それはウェルボーン嬢の思いと釣りあうものではなかったようだ。しかし、あまり驚くべきことでもない。生に満ちあふれていたベンジャミン・ロングワースには、楽しむ女は数えきれないほどいたのだから。

ロザリンとアイリーン、ベンジャミンの妹たちは、ウェルボーン嬢と一緒に陽の当たるところに座っていた。姉は威厳があり、色白の肌に落ち着いた金髪、愛らしい顔立ちをしている。その美貌は際立っていたが、プライドが高いというのが世間の評価だ。妹は色の薄い金髪を長く伸ばしている。姿かたちは華奢《きゃしゃ》で、まだ子供だ。

ヘイデンはわきに人が立ったのに気づいた。ティモシーが寝椅子から立ちあがっていた。彼も庭にいる三人の女性を見つめていた。

「ああ、妹たちにこのことが知れたら――」

「俺の口からは真実を明らかにしない。それは約束しよう。縛り首を避けられたら、なんとでも嘘をつけばいい。偽造と盗みに長《た》けてる人間なら、それぐらいお手のものだろう」

「縛り首を避け――そんなことができるのか？　ああ、どうか、なんとしてでも……しかし……」

ティモシーが落ち着きを取り戻したように見えるまで、ヘイデンはしばらく口を開かなかった。

「いくらある、ティモシー？」

ティモシーは肩をすくめた。「二万ぐらいだ。そんなつもりはなかったんだ。本当だ。最初はちょっとのあいだだけ借りるつもりだった、急な返済があって――」

「いくら盗《と》ったかじゃない。いくら持ってるんだ？」

「持ってる？」

「おまえに残されたチャンスはひとつしかない。すべてをもとどおりにするんだ。おまえの全財産と、おまえがサインした債券とで」

「それは公表するってことじゃないか！」

「だが、すべて戻ってきて損もないとなれば顧客も――」

「それでも誰かひとりが口を滑らしたら、俺は――」

「縛り首だ。そのとおり。一件の偽造だけでも十分だ。顧客が返金で満足してくれるよう、返金してもらうには黙っているしかないと理解してくれるよう、祈るしかない。俺が代わりに説明しよう。そのほうがスムーズだろう」

「全部返すのか？　そんなことをしたら破産だ。すっからかんだ！」

「でも、首は繋がる」

ティモシーは窓の前に張りだした台をぐっと摑《つか》み、体を支えた。もう一度外を眺めたとき、その目がうるんだ。「なんて伝えたらいいんだ？　それにアレクシアは——田舎の地代しか入らず、そこから金も返さなければならないとなれば、もう彼女の面倒は見ていられない」

そう言うと、また新たな恐怖に襲われたかのように、ティモシーは顔を伏せた。

ヘイデンは、その理由を察知した。「まさか、彼女のささやかな公債も盗んだのか？　少額のものはチェックしなかったが」

ティモシーの顔が赤らんだ。

「ティモシー、おまえはろくでなしだ。俺におまえの死んだ兄への恩があったことを、今夜は神にひざまずいて感謝することだ」

その声はティモシーの耳に入っていないようだった。ティモシーの目は、明後日《あさって》のほうを見つめているようにどんよりとしていた。「アイリーンの社交界デビューがあるんだ、それに——」

続けてぶつぶつと吐きだされる繰言《くりごと》に、ヘイデンは耳を閉ざした。ティモシーの命を救い、金融恐慌に直結するような事件の発覚を避けるため、手は打った。この打開策によってティモシーが破産するとしても、そこまで面倒は見ていられない。

疲労困憊《こんぱい》だった。計算と怒りと良心の呵責に満ちた、長い夜のせいだ。「座れ。いくら必要なのかを教えてやる。どうやって払ってもらうか、決めるとしよう」

2

破産。その単語はしばらく宙に浮いていた。部屋は静まりかえった。

アレクシアは寒気を覚えた。血が凍りついてしまったようだ。ティモシーはひどく具合が悪そうに見える。今日、ヘイデンが帰っていくとティモシーは自分の部屋に戻り、夜になってからまた起きてきた。そしてアレクシアと妹ふたりを書斎に呼び、この悪夢を伝えたのだった。

「ティモシー、どうして?」ロザリンが尋ねた。「こんなものを持ってる人間が」――と言ってロザリンはまわりをぐるりと指した――「一日にして破産だなんて、ありえないわ」

ティモシーは目をすがめ、苦々しげに硬い口調で言った。「ヘイデン・ロスウェル卿がそうと決めたら、誰だってそうなるのさ」

「ロスウェル卿? いったい彼とどんな関係が?」アレクシアが尋ねた。

ティモシーは床をじっと見つめた。脱力してぐったりしている。「やつはうちの銀行から、侯爵家の預金を引き揚げたんだ。それを支払えるほど、うちの準備金は多くない。その埋め合わせのために、何もかも抵当に入れなければならなくなった。ダーフィールドもだ。でも、あいつは俺より懐が温かい。だから俺の銀行株と引き換えに、債務を少し肩代わりしてくれた。それでもまだ、足りないんだ」

アレクシアはあまりの怒りで気分が悪くなるほどだった。なんだってロスウェルは、家族のお金の置き場所なんかを気にするの？　自分のしたことでティモシーがどうなってしまうか、その家族がどうなってしまうか、考えるべきだわ。ロングワース家の破滅を招くことを十分に知りながら、この屋敷に足を踏み入れたなんて。

「なんとかなるわ」ロザリンが毅然として言った。「もっと質素に暮らすことだってできるじゃない。召使いには何人か辞めてもらって、お肉を食べるのは一週間に二回だけにして。それに――」

「聞いてなかったのか？」ティモシーがとげとげしい口調で言った。「破産した、と言ったんだ。召使いなんてひとりも置けない。肉なんて一度も食べられない。何もないんだ。俺たちには何もないんだよ」

ロザリンは茫然《ぼうぜん》としてティモシーを見つめた。それまで戸惑ったようなしかめ面で話を聞いていたアイリーンは、誰かにぴしゃりとはたかれたかのように体をびくりとさせた。「それって、社交界デビューができないってこと？」

ティモシーは冷たく笑った。「そうさ、ロンドンにもいられないのに、どうやってロンドンの社交界にデビューするんだ？　あのろくでなしは、この屋敷も奪っていったんだ。もうここはヘイデンのものなのさ。俺たちは、オックスフォードシャーにかろうじて残ったものだけで、ひもじく生きていくしかないんだ」

アイリーンは泣きだした。ロザリンはショックに口を開くこともできないでいる。ティモシーの立てる笑いは、笑い声とも泣き声ともつかなくなった。

アレクシアの体を恐怖が伝った。アレクシアが部屋に入ってから一度も、ティモシーはこちらに目を向けていない。アレクシアの目を避けている。静かなパニックが胸にさざ波を立て、どんどん大きくなっていった。

ロザリンがようやく口を開いた。「ティモシー、田舎に戻ったって生きていけるわ。家もあるし、土地だっていくらかある。そんなに悪くはないわ。昔だって、飢えるようなことなんてなかったじゃない」

「前よりも状況は悪いのさ、ロザリン。俺には借金ができるんだ。地代のほとんどはそこに消える」

アレクシアの脈がどくどくと打ちはじめた。熱さと寒さが同時に押し寄せてきた。父親が亡くなってから恐れつづけてきたことが、ついにこの身に降りかかろうとしている。落ち着きを失いかけたが、すんでのところで踏みとどまった。

ティモシーの口から言わせるつもりはない。それはずるいし、家を与えてくれたこの家族に恩を仇《あだ》で返すようなものだ。

アレクシアは立ちあがった。「状況がそんなに恐ろしく変わってしまったのなら、余計な人間を養うことなんてできないわ。わたしは少しだけど貯金もあるし、どこか雇ってくれるところが見つかるまで、それでなんとかなるはずよ。わたし、部屋に戻るわね。みんなはこれからのことをよく話し合って」

ロザリンの目がうるんだ。「アレクシア、ばかなこと言わないで。あなたは家族よ」

「ばかなことを言ってるつもりはないわ。現実を見てるの。じゃなきゃ、わたしを追いだすよう、ティモシーに言ってもらうわ」

「出ていく必要はないって言って、ティモシー。アレクシアは賢いんだから、助けにこそなれ、負担になんかならないわ。ティモシーだってあなたに行ってほしくなんかないわよ、アレクシア」

ティモシーは何も答えなかった。アレクシアから目を背けたままだった。

「ティモシー」ロザリンは警告のように呼びかけた。

「おまえたちふたりを守っていくだけで精一杯になるんだ、ロザリン」ティモシーはようやくアレクシアを向いた。「本当にすまない」

アレクシアはなんとかこわばった笑みを浮かべ、書斎から出た。すすり泣くアイリーンとロザリン、きまり悪そうな顔をしているティモシーから逃げるように、ドアを閉めた。一歩ごとにこの悲劇をもたらした張本人を呪いながら、足早に階段をのぼって自分の部屋に向かった。

ヘイデン・ロスウェルはろくでなしだ。怪物だ。自分は豪奢《ごうしゃ》な暮らしを送っていながら、気まぐれで他人の人生をめちゃくちゃにしてしまうなんて。預金を一気に引きだす必要なんて、あったはずがない。血も涙もないんだわ。自分が楽しければ、人をブーツで踏みにじることだってする男なのよ。見た目のとおり、冷たくてひどい人。大嫌い。

ベッドに体を投げだし、枕に顔をうずめた。涙で羽毛を濡らしながら、アレクシアはヘイデンを呪う言葉を吐きつづけた。もうどうしたらいいか、わからなかった。

破産。再び直面しなければならなくなったなんて、信じられなかった。父は亡くなる二年前に、破産の憂き目にあった。遺産もほとんど残らなかった。父方の親戚が自分を呼びよせなかったのはそのせいだろうとは、十分想像がつく。そして運命はアレクシアを冷酷にもてあそび、あの不安と恐怖をもう一度味わわせようとしている。

アレクシアは必死に理性を引き戻した。こんな事態になったらどうするか、これまでも考えてこなかったわけではない。ありうることなのだから。アレクシアは悲嘆の波をかきわけ、人生の先行きが闇におおわれてしまっていた、あの恐ろしい日々に考えていた計画を思い返した。

推薦人を見つけられれば、住みこみの家庭教師ができるかもしれない。もともと家柄はよく、そういう家庭での教育を受けてきたのだから。その後の人生はみじめであっても。婦人向けの帽子店で働くことだってできる。帽子を作るのは得意だし、作ること自体が好きだ。ただ、そういった店で働くということは、自分が落ちぶれたことを何より明らかに物語ってしまう。ほかの女性の子供の面倒を昼も夜もなく見なければならない暮らしよりは魅力的だけれど、アレクシアはそういう生まれではないのだ。

結婚もいいかもしれない。でもいまのところ、求婚者など誰もいなかった。それに、ベンジャミン以外の人から求婚してほしくもなかった。いままでも、これからもずっと、彼は心のなかで生きているのだから。これまでずっと自分を抑えて生きてきたのに、保証を手にするためだけに愛もないまま嫁ぐなんていやだった。すばらしい愛があることを知ってしまった以上、そんな結婚は恐怖でしかない。しかしそもそも、男を引きつける美しさも財産もないのだから、結婚が現実的な妥協案だとしても、アレクシアにはあてにできないものだった。

案を次々に頭に浮かべていくと、勇気が湧いてきた。胸の痛みを伴うようなものではあっても。毎年二十ポンドの収入があれば、飢え死にすることはない。プライドを捨てれば、自分の道を切り拓《ひら》くことだってできる。これまでだって、何度もそうしてきたのだから。

アレクシアは部屋を見わたし、ランプの光にぼんやりと照らされた家具を見つめた。大きな部屋というわけではない。アイリーンやロザリンの部屋のように、きれいな建具が使われているわけでもないし、彼女たちが去年買ったような新しい椅子もベッドもない。でもここは、アレクシアの部屋だった。ベンジャミンがギリシャ行きの船に乗っていってしまったあと、みんながチープサイドからここへ引っ越してきてから、ずっとアレクシアの部屋だった。

アレクシアは目を閉じた。ヘイデン・ロスウェルに通りへ放りだされるまで、猶予は何日あるのだろう?

三日後の朝、アレクシアは朝食をとりながら、タイムズ紙の広告欄を読んでいた。家のなかはひりつくような静けさが満ちている。もともと召使いたちはほとんど物音を立てないが、そうではなくもう屋敷にいないのだということが、すぐ感じとれた。あとは、よい転職先を探しているフォークナーが残っているだけだ。フォークナーがダイニングで、昨日ティモシーが買い手を決めた陶器を包んでいるのが聞こえた。

この数年間で買い求めた贅沢《ぜいたく》な品々のうち、従妹たちがオックスフォードシャーへ持ち帰ることができるものはほんのわずかしかない。残される家具はロスウェルのものとなり、それ以外はすべて売り払われる。いまも男数人が四輪馬車に乗りこみ、その値段を交渉しているところだ。

ロザリンが入ってきて、アレクシアの隣りに腰をおろした。ロザリンはふたり分のコーヒーを注《つ》いだ。「何を調べてるの?」

「貸部屋よ」

「東のはずれに行くんでなければ、ピカデリーなんていいんじゃない？」

「東のほうに行かないといけなさそうよ」

ロザリンの顔は、一カ月も泣き通したようだった。下まぶたが赤く腫れている。「お金目当ての男と結婚しておくんだったわ。こんなことになっても、いい気味だって笑えたでしょうに。お兄さまは破産して、錫《すず》の食器すら売らなきゃならないんだもの。錫よ、信じられる？」

アレクシアは思わず吹きだしそうになった。その瞬間を見逃さなかったロザリンは、自分もくすくすと笑いだした。ふたりは涙が流れるほど笑った。

「ああ、なんてこと、とっても気分がいいわ」ロザリンはあえぎながら言った。「あまりにも激しい変わりようよね。ばかばかしくさえ思えちゃう。ティモシーがわたしの寝てるあいだに寝巻をはいで売っちゃうんじゃないかって思ったぐらいよ」

「そのときは取り立て人が付き添ってないことを祈るわ。そんなことになったら、さらに噂《うわさ》の種になるだけですもの」

ロザリンはまた笑ったが、悲しげだった。「アレクシア、さびしくなるわ。あなたはどうするつもり？」

「ハーパー夫人に、推薦人になっていただけるようお願いしたの。あなたのお友だちのなかで、一番わたしのことを知ってくださってる方だから。住みこみの家庭教師として置いてもらえるお屋敷を探そうと思って、仲介してくれるところに申しこんだばかりよ。この街で見つかるといいけど」

「居場所が決まったら教えてくれなきゃだめよ。うちに遊びに来てくれなきゃだめよ」

「もちろんよ」

ロザリンの目から涙がこぼれ落ちそうになった。ロザリンはアレクシアをぎゅっと抱きしめた。もうすぐに引き離されてしまうその温かさをじっと感じていると、フォークナーが戸口にやってきた。

「どうしたの？」アレクシアは尋ねた。

フォークナーは、三日前と同じ目つきでアレクシアに答えた。嵐がやってくる。「あの方がいらっしゃいました。ヘイデン・ロスウェル卿です。屋敷のなかを見せてほしいとのご希望で」

フォークナーのとがった鼻先がぴくりと動いたのからすると、ロスウェルの態度は〈ご希望〉からはかけ離れたものだったようだ。

「わたしは行かないわ」ロザリンが言った。「追い返して」

「お嬢さま、卿はお嬢さまではなくお兄さまを訪ねていらっしゃったのです。しかしいらっしゃらないので、代わりにわたしに応対せよとのご命令で」

「しないと言いなさい。わたしが許さないわ。どうせじきに、この屋敷を手に入れるんじゃない。もう少しぐらい待てるでしょうに」ロザリンの声が大きくなった。

もう少しとはどれぐらいだろう、とアレクシアは思った。

「冷静になって、ロザリン。いま彼に怒ってもしょうがないわ。フォークナーはもう雇われ人じゃないのだから、フォークナーに相手をさせるべきでもないし。わたしが行ってくるわ。あなたは来なくて大丈夫」

ヘイデンは、壁から絵画がはぎとられてしまった貴賓室で待っていた。アレクシアが入っていくと、ヘイデンは体をかがめ、隅の寄木細工のテーブルを観察していた。いくらになるか見積もっているのだろう。

アレクシアは、ヘイデンがこちらに気づいて会釈をするのを待ちはしなかった。「卿、従兄のティモシーは外出していますの。きっと馬を売りに行っているんだと思いますわ。それにロングワース嬢は気分がすぐれませんの。なんの目的でいらっしゃったのかは存じませんが、わたしで何かお役に立ちまして？」

ヘイデンは体を起こして、視線をアレクシアへ向けた。悔しいけれど、今日のヘイデンに輝かんばかりの威厳があることは認めざるをえなかった。乗馬用の装いで、青のコートと灰色の柄が入った絹のベスト。その表情も物腰も身に着けているものも、自分がハンサムで頭脳明晰で実に裕福であることを、周囲に声高に告げるものだ。所有権と尊厳を奪われた屋敷に、そんなようすで踏みこんでくるなんて、ぶしつけだった。

「誰か召使いを――」

「召使いはいません。もう雇うお金はないんです。フォークナーは次の働き口が見つかるまでいてくれますが、もう召使いではありません。わたしのような者を押しつけられて、ご不満でしょうが」

自分の声に角が立っていて、わずかな棘《とげ》も含んでいることは自覚していた。十分な敬意が払われていないようだと気づいたか、ヘイデンは目をすがめた。

「君が押しつけられたのか、僕が君に押しつけられたのか。まあいい、ウェルボーン嬢。僕が強引にやってきた目的は、至極簡単なものだ。この屋敷に興味を持っている叔母がいてね。自分と社交界デビューする娘とにふさわしいかどうか、判断してくれと言われている」

「この家に住むかもしれない方々に説明ができるように、なかを見てまわりたいと？」

「親切なロングワース嬢のお許しをいただけるなら、そうしたいんだが」

「彼女はいつだって親切ですわ。でも、そのご依頼にお応えするには忙しすぎるんですの。破産させられて困窮すると、何かとやることが多くなりますから」

ヘイデンが顎を噛《か》みしめたのを見て、アレクシアはささやかな満足感を得た。しかし勝利は短かった。ヘイデンは帽子を寄木細工のテーブルの上に置いた。「ならば、自分で見てまわるとしよう。叔母が興味を持っていると言ったのは、軽い気持ちではない。所有者としての興味だ。もうこの地所は叔母のものなのだよ、ウェルボーン嬢。昨日、ティモシー・ロングワースも書類にサインしている。許可を願ったのは、その義務があるからでもない。ティモシーの家族への礼を尽くしたいと思ったからだ」

アレクシアはびっくりした。もう屋敷が売られてしまったなんて。早すぎるわ！　自分の計画やロザリンとアイリーンにどんな影響があるかと、頭を素早く回転させた。

「すみませんでした、ロスウェル卿。屋敷の持ち主が変わったことは、ロングワース嬢にもわたしにも知らされていませんでしたの。よろしければ、わたしがご案内いたしますわ」

ヘイデンは了解したようなずき、アレクシアはつらい役目にとりかかった。食堂へいざなわれると、ヘイデンは何ひとつ見逃さないような鋭いまなざしを送った。頭のなかで椅子を数え、広さを測っているのが聞こえてくるようだ。

一階部分のそのほかの部屋をまわるのには、さほど時間はかからなかった。ヘイデンは配膳室の戸棚や引き出しは開けなかったが、そこにはもう何も入っていないと知っていたのかもしれない。

「朝食用の食堂はそのドアの向こう側です」廊下に出るとアレクシアは言った。「従妹のロザリンがいるので、なかに入る代わりに、わたしがなかのようすをご説明するのでもよろしいかしら？　あなたにお会いしたら彼女がひどく苦しむと思いますから」

「僕が苦痛の種だと?」

「ティモシーが、すべて話してくれましたわ。あなたが銀行を崖っぷちに追いやったことも、この家を破滅に突き落としたことも、ロザリンは知っているんです」

ヘイデンの口もとに、こわばった笑みが浮かんだ。この男の残酷さには我慢がならない、とアレクシアは歯嚙みする思いだった。ヘイデンをきっと見据えていると、ヘイデンはこちらを振り向いた。例の冷笑こそ浮かべていなかったが、恥じいっているようにも見えない。

「ウェルボーン嬢、朝食用の食堂は見る必要はない。君の従妹にとってはかわいそうなことだと思うが、巨額の取引は、日常の出費とはわけが違う。ティモシー・ロングワースの説明はいささか簡略なものだったようだが、女性がたに伝えるのだからそれもしかたのないことだろう」

「簡略なものであっても、それがどんな結果となるか、はっきりと伝わりましたわ。一週間前まで、従兄たちはロンドンで立派な暮らしを送っていました。それが、田舎で貧しく暮らすことになるんです。ティモシーは破産して、銀行の共同経営権も売らなければならなくなって、落ちるところまで落ちてしまうのに、借金は残るんです。何か間違っているところがありますかしら?」

ヘイデンは首を振った。「いや、すべて正しい」

これほど冷淡でいられるのが信じられなかった。少しぐらい恥じいってみせたりできないものだろうか？　よくも、ごく些細《ささい》なことのように振る舞えるものだ。

「上の階に行こう」とヘイデンは言った。

アレクシアは先に立って階段をのぼり、書斎に入った。アレクシアが待っているあいだ、ヘイデンは書棚の蔵書を手にとってぱらぱらとめくっていた。

「君は一緒にオックスフォードシャーへ行くのか？」とヘイデンは尋ねた。

「こうなってしまえば、もう従兄妹たちに迷惑をかけるわけにはいきませんわ」

ヘイデンは本から視線をはずさなかった。「ではどうするつもりなんだ？」

「自分の未来は自分で切り拓くつもりです。計画も立てていますし、どんな可能性やチャンスがあるか、リストを作っていますの」

ヘイデンは手にしていた本を棚に戻すと、カーペットと机とソファに素早く目を走らせて、アレクシアのほうへやってきた。「どんなチャンスが？」

アレクシアはヘイデンを連れてほかの部屋へ向かった。「まずは、この街で住み込みの家庭教師になること。そうでなければ、どこであっても住み込みの家庭教師になること」

「なんとも賢明だな」

「あら、食べていけないとなったら、誰でも賢明になるしかないのではありません？」

三階は、客を通す部屋とは違って、広々とはしていない。ヘイデンの横でアレクシアは体を縮こまらせた。寝室に案内すると、すぐ横の大きくてがっしりとした体を、どうしても意識してしまう。家人でもない男をここへ立ち入らせるのは、何かとても間違っていることのような気がしてきた。

「それで、もし家庭教師の口が見つからなかったら？」そのさりげない質問が投げかけられたのは、最後に言葉を交わしてからしばらく経ったときだった。

「次に考えているのは、帽子の店を開くことですわ」

「帽子職人になるのか？」

「腕はかなりいいんですのよ。数年後、古い籠やわらや羽や、あとしなびたリンゴで巧く作りなおした立派な帽子をかぶっている、貧しい女性を見かけたら、それはわたしですわ」

ヘイデンが好奇心を見せたことで、アレクシアの怒りは一気に坂を駆けあがった。この苦しみをもたらした張本人のくせに、よくも根掘り葉掘り訊きだせるものだ。アレクシアは、アイリーンの寝室のドアを開け放った。「四番目に考えているのは、夜の女になることですの。そんなものになるなら、むしろ飢え死にするべきだと言う人もいるでしょうけど、そういう人たちは実際に直面したことがないんですわ。わたしのような状況には」

その言葉に対して、鋭い一瞥《いちべつ》が飛んできたのを感じた。罪の意識が欠けていることを当てこすったのにヘイデンは苛立ったようだったが、品定めするような厚かましい視線でもあった。四番目の職業に就いたアレクシアを、値踏みしているような。

アレクシアの顔に血がのぼった。わけのわからない疼きが肌を走ったかと思うと、体の奥をかきむしった。その感覚に驚いて、アレクシアは平静でいられなくなった。体のあらゆる細部を意識してしまい、自分でもどうしようもない。その興奮は艶めいていたが、ぞっとした。

脈が激しく打ってしまうのは、ヘイデンと近すぎるせいだ。ヘイデンの視線を避けるには、あとずさって寝室から出ていくしかなかった。ヘイデンがあとから部屋を出てくるまでのわずかな時間で、アレクシアはなんとか怒りを呼び戻し、爆《は》ぜそうな恐ろしい疼きを押し殺した。

アレクシアは、ヘイデンが何を考えようが気にならないと誇示するように、きつい口調で続けた。

「五番目は、泥棒になることですの。どちらを先に選ぶべきか、悩みましたわ。夜の女か、泥棒か。でも、夜の仕事は重労働ですけれど、正直な取引ですから。泥棒はただの悪人でしかないですけれど」アレクシアはそこで言葉を切ったが、こう付け加えてしまうのを止められなかった。「どんなやり方をしようが。いくら法律にのっとっていようが」

ヘイデンが足を止め、アレクシアの前に立ちはだかったので、アレクシアも立ち止まるしかなかった。「なかなかはっきりものを言う」

狭い廊下で、ヘイデンはアレクシアにおおいかぶさるように立っていた。目を合わさざるをえなかった。彼からあふれだしてくる力は、男性的で支配的で挑戦的だった。頭のなかで、撤退せよと警報がけたたましく響く。体のなかで脈打つどくどくという音が耳にまで届くようだ。でもアレクシアはそれらを無視した。引き下がるわけにはいかない。

「わたしの未来のことをお尋ねになったのは、あなたよ。わたしたちがこれからどうなろうとかまわないはずなのに」貴賓室からずっとためこんできた怒りだ。屋敷を見てまわっているあいだのヘイデンの冷静さも、その火に油を注ぎつづけていた。

アレクシアはヘイデンの目をきっと見あげた。「礼儀正しい、いい人たちなのに。あなたはその生活をめちゃくちゃにしてしまったのよ。ティモシーの銀行との取引を一切やめてしまう必要なんて、なかったはずだわ。あなたはティモシーを破滅させるつもりだったんでしょう？　そんなことをして、よくのうのうと生きていられるものね」

ヘイデンの濃い青色の瞳が、廊下の薄暗い灯《あか》りのなかで黒くなった。顎が固く噛みしめられた。怒ってるのね。あら、よかった。わたしもそうよ。

「ああ、のうのうと生きていられているよ。おかげさまで。金融についての経験をお持ちでないのだから、ことの動きについて無知な見方しかできないのも、しかたがあるまい。ロングワース嬢と妹さん、それに君のことは、心からかわいそうなことだと思っている。だが、適切だと判断してやったことだ。謝るつもりはない」

その口調にアレクシアはびくりとした。静かだが断固としていて、これ以上何も話しあうつもりはないと断言するような、そんな口調だった。しかし、アレクシアがそれ以上踏みこまないことにしたのは、その口調のせいではない。話すだけむだなのだ。この男は、他人のことを気遣うような人間ではないのだ。もし気遣えるようならば、そもそもこうして屋敷のなかを歩きまわるなんてことはしていないはずなのだから。

アレクシアは最上階へあがる階段へとヘイデンを連れていったが、ヘイデンは階段前にあるドアのところで立ち止まった。「この部屋は?」

「小さな、とるに足らない寝室ですわ。以前は、その隣りの部屋の衣装部屋として使われていたんです。さあ、この上の階は——」

ヘイデンは掛け金をはずして、そのドアを開けた。そして小さい部屋に足を踏み入れ、隅々に目を走らせた。ベッドの横に置かれた二冊の本、まばらにしか服がかかっていない小さい衣装棚、書き物用の机にきれいに重ねられた手紙の束——ひとつひとつに興味を惹かれているようだった。そして、窓際の椅子からボンネットを持ちあげた。

「君の部屋か」

そのとおりだった。ヘイデンがここにいて、アレクシアの持ちものをじっくりと観察しているということで、むずむずするような近しさが生まれていた。ものではなくて、アレクシア自身が触れられているような。実際に肌はそう感じ、体がいまにも沸騰しそうなほどかっと熱くなり、アレクシアはさらに動揺し、うろたえた。

「いまのところは」

その言葉に含まれた棘は無視された。ヘイデンはボンネットをじっと見つめ、あちらこちらから角度を変えて眺めた。それは三日前のあの日、庭で手を入れはじめたものだった。もとの帽子がこうなったとは、誰もわからないだろう。つばの形を直し、クリーム色の上等なモスリンで包みこみ、空色のリボンで縁を飾っていた。てっぺんにふんわりとあしらったモスリンを、もう少し増やそうかと悩んでいたところだった。

「たしかに腕がいい」

「お話ししたとおり、帽子屋を開くのは三番目ですわ。レディがそうしたお店で働けば、もうレディとは言えなくなりますもの。違います？」

ヘイデンは帽子をそっと下におろした。「ああ、言えなくなる。だが、夜の女や泥棒になるより、実入りはまるで少ないだろうが、ずっとまっとうだ。まっとうさを考えるなら、君のリストの並び順は正しい」

屋敷をまわり終えても、アレクシアはヘイデンが嫌いだった。ただ、見知らぬ人間という気は薄れていた。自分の部屋に一緒に入り、この屋敷の家族の、毎日の生活が作りあげた空間を見せ、上の階であれほど近づき――近づきすぎるほど――そうしたことで、あまり歓迎したくはないが親密さのようなものが生まれていた。

ヘイデンに敏感に反応してしまったことで、アレクシアは優位に立てなくなっていた。自分はあんな反応をする人間じゃないはずなのに。とくにあんな、すべからく女性は自分を前にするとそうなるべきだと思っているような男には。そのときのことを思い出すだけで、腹が立ってきた。

ふたりは貴賓室に戻った。ヘイデンが自分の帽子を手に取ると、アレクシアはヘイデンの依頼を受けた理由を切りだした。「ロスウェル卿、ティモシーは冷静ではないんですわ。妹たちにも詳しいところは伝えていないはずです。出すぎたことかもしれませんが――」

「出すぎたことをするのに、わざわざ許可を得るような人だったかな。お定まりの文句なら必要ない」

たしかに、出すぎたこともしたし、ものもずけずけ言った。でもそれは、分別より苛立ちに任せていたからだ。とはいえ、何より分別が欲しかったときにも、分別はあまり働いてくれなかったけれど。

「何が訊きたい？」

「ティモシーには、この屋敷をいつまでに明け渡すよう話されたんです？」

「まだ話していない」そう言うとヘイデンは目の高さをアレクシアに合わせ、いらいらするほど気安げな視線を向けてきた。「あと何日あれば？」

「永久に」

「それは問題だ」

「二週間は。お願いですから、二週間は待ってください」

「二週間。いいだろう。ロングワースたちはそれまでここにいてもいい」ヘイデンは目を細めた。「だが、君は……」

まさか、そんな。アレクシアのなかは怒りで煮えくりかえった。わたしのことは、いますぐ放りだすつもりなのね。

「叔母は帽子に目がなくてね」

アレクシアはまばたきをした。「帽子？　あなたの叔母さまが？」

「愛してやまないといった具合だ。使いきれないほどたくさん、それも法外な値段で買ってくる。その支払が彼女の管財人である僕にまわってくるので知ったんだが」

ドアから出ていこうとしながら始めるには、妙な話だった。どうしたというのだろう。

「たしかに、値が張るものは多いですわ」

「叔母が買ってくるものは、どうにもみっともなくてね」

アレクシアは、さっさと帰ってほしいと思いながら、ほほえんでうなずいてみせた。ロザリンに、二週間の猶予のことを伝えにいかないと。

「住み込みの家庭教師と言っていたな。君の最初の選択肢だ。家庭教師を務められる程度の教育は受けているのか？」

「若い従妹が社交界デビューする準備を手伝ってきましたわ。必要な技術も能力もあります」

「音楽は？　演奏はできるか？」

「わたしは若い女性たちの家庭教師に向いてるんです。私自身がいい教育を受けてきましたから。いまの姿が本来のわたしではないんですの」

「それはよくわかる。もともといまのような立場だったのなら、今日みたいに無作法でずけずけとした口のきき方を僕にしたはずがない」

アレクシアは真っ赤になった。自分が無作法だったことを指摘されたからではない。そう言うヘイデンの目つきで、またあのばかげた疼きが体を走ったからだ。

「ウェルボーン嬢、叔母のヘンリエッタは、今年娘を社交界デビューさせるのでこの屋敷を買ったんだ。僕の従妹にあたるキャロラインには家庭教師が必要だし、叔母には話相手《コンパニオン》が必要だ。ヘンリエッタ叔母さんという人は……まあ、家のなかに誰か冷静さを持った人間がいてくれると望ましい」

「みっともない帽子を買わせすぎないようにする人間が？」

「そのとおり。君の挙げた第一の選択肢にぴったりくる状況だが、興味はあるか？　僕にあれだけ率直な物言いをするのだから、叔母にも帽子が変なときにはそう言ってくれるだろうと期待している」

これまで家族の一員として暮らしてきた屋敷に、留《とど》まらないかと言っているのだ。ただし今度は召使いとして。ロングワース家を破滅に追いこみ、彼女がかろうじて摑んだ安全をぶち壊しにした男に、仕える人間として。アイリーンには絶望的となった社交界に、自分の若い従妹をデビューさせる、その手伝いをする人間として。

もちろん、ヘイデンにとっては知ったことではないだろう。叔母の屋敷に入れる使用人を選ぶにあたって、都合がよかったというだけだ。ヘイデンが探していた能力を足しあわせたものを、アレクシアは完璧に持っているのだから。自分に無礼な振る舞いをしたのも気にしないことにしたのだろう。

きっぱりと断わりたかった。これまで勇気を振りしぼって口にしてきた言葉より、ずっとずけずけと、ずっと無作法なことを言ってやりたくて、むずむずした。

しかし、アレクシアは舌を噛んでそれをこらえた。この男のプライドをぺしゃんこにできる機会など、そうそう見つかるものではない。

「検討してみてもいいですわ、ロスウェル卿」

3

「ホワイトのところで、おまえの噂を聞いたよ」洞窟のようなホールのなか、思いもかけないところから声をかけられて、ヘイデンは背中へ飛んできたボールをよけそこなった。

「サットンリー、俺の気をそらしてチャルグローブを勝たせる気か？　おまえは審判だろ」

「審判ってのは退屈でね。おまえの気をそらして負けさせれば、次は俺がプレイできるからさ」

大学で知りあって以来、自分勝手さはサットンリー子爵の相も変わらぬ特徴だった。ほかにもいいもの悪いものいろいろとあるが、ヘイデンはそれらを受け入れている。センターコートには、同じようなほっそりした体形の洒落《しゃれ》た男が物憂《ものう》げに立っていた。大いなる寛大さの似合わない男だ。

チャルグローブ伯爵は下がっていた位置から戻り、サーブの構えに入った。「知ってのとおり、今日は四人揃っているわけじゃないから交代制だぞ」

「ロスウェルと俺の、交代制だろ？　勝つのはいつもおまえだもんな。だから決めるのもいつだっておまえってわけだ」サットンリーは面長の整った顔を上にあげ、頭ひとつ分背が高いチャルグローブを見下ろそうという、むだな努力をしてみせた。サットンリーの金色の髪は、朝にあてたコテのせいでひどいことになっていた。どう見ても失敗作というカールが、この後の試合を生き延びることはなさそうだ。

「コートの許可を取ってきたのはチャルグローブだぞ」ヘイデンは言った。

チャルグローブが許可を取ってこなかったら、それに三年前、国王にゲームで勝たなかったら、三人はここにはいなかった。賭けに勝った取り分として、チャルグローブはひとつだけ願いでたのだった。ハンプトン・コート宮殿の古風なテニスコートを、自分の好きな日に使わせてもらうこと。もうこの競技はさほどお洒落ではなかったし、使いたいと言ってくる人間もいなかったので、王は喜んでその許しを与えたのだった。

退屈だとこぼすサットンリーは、サイドラインに放っておくことにした。チャルグローブは、攻撃側のコートに入った（当時のテニスはロイヤル・テニスと呼ばれ、四方を壁に囲まれたコートのなかで行なわれる、現代のスカッシュに近い競技だった。攻撃と守備でコートの位置が決まっていた）。サットンリーが、じきに負けるのは目に見えていた。

サットンリーのしなやかで輝くような外見に比べ、チャルグローブ伯爵はごつごつとして浅黒い。テニスゲームとなると、その筋肉質の体は予想外の優美な動きを見せた。生まれながらのアスリートだ。サーブの力強さも見事なら、目にもとまらぬ速さで革のボールを壁の穴に打ち込み、チェイスを決める（サーブ側が相手陣地にボールを入れ、レシーブ側がそれを打ち返して壁の穴に入れればポイントになる。二バウンドしてしまった場合、その地点をチェイスと呼び、その後レシーブ側も同様にサーブを打って二バウンドさせた地点の遠さで勝負を決めた）。

ヘイデンはボールが頭の上で跳ね返り、ネットの前に落ちるのを見送った。

「コートから出ろよ、ロスウェル」サットンリーが涙型のラケットを頭にぽんぽんと弾ませながら、勢い込んでやってきた。

ヘイデンは審判の位置に移動した。ゲームのポイントとチェイスを追いかけながらも、頭の片隅はティモシー・ロングワースの一件のことで占められていた。ロングワースと妹たちはじきにロンドンを発《た》つことになっているが、ウェルボーン嬢から例の提案についての返事はまだ来ていない。はたして彼女はプライドを売るだろうか。荒《すさ》んだ通りに立つみすぼらしい部屋を借りて、かろうじて食いつなぎながらみじめな暮らしを送ることも十分にありうる。

彼女が現実的に考えられないのなら、ヘイデンはほかの家庭教師を、あと叔母の話相手も探さなければならない。ヘンリエッタはもう数日もすればロンドンに着く。これ以上ウェルボーン嬢を待ってはいられない。

チャルグローブは、さらにさっさとサットンリーを片づけてしまった。それから三人は、コートの上のクラブルームへ引きあげた。チャルグローブは、召使いたちに軽食を持ってこさせていた。それに手をつけながら、サットンリーは改めて街の噂を切りだした。

「聞いたところでは――」

「興味ないな」ヘイデンは言った。

「おまえの面白い噂なんて、めったにないことだからな。いつだって、あの投資、この投資でどれだけ儲《もう》けたって話ばかりじゃないか。それで、学生時代からのふたりの旧友に、何か打ち明けたいことはないのか？　それとも、じっと嵐が過ぎるのを待ってるつもりか？」

サットンリーは、自分から注目がそれるのに我慢ならないタイプだった。「聞いたところでは」と強くくり返した。「おまえ、ティモシー・ロングワースを破産させたらしいな」

その話はチャルグローブですら驚かせたようだった。「おい、本当か？　やつが破産したなんて初耳だ。ましてやおまえの仕業とは」

「街に出てきさえすれば、世界で起きてることだってわかるようになるんだぞ」サットンリーは友の無精さを叱った。「ティモシーに何があったんだ、ロスウェル？　あまりにも素早く、一切合切売り払ってるもんだから、妹たちすら言い値で売り飛ばすんじゃないかって冗談もある。あいつの兄貴とは親友だったよな？　生きてたら、さぞやおまえの仕打ちに衝撃を受けたことだろうな」

「破産させてはいない。彼の資産状態が変わったのは、彼の個人的な問題だ。そんなことより、南アメリカに投機する組合を作ろうと思ってるんだ。リスクはかなりあるが、資料を送ろう。ふたりの意見を聞きたい」

「わかったよ」サットンリーが言った。冷たい大皿に載ったハムを突き刺した。「書類を作って、あとはサインするだけとなったらまた教えてくれ」

「アメリカ？　何年か前の、マクレガーみたいにはならないだろうな」チャルグロープはからかった。「ありもしない国の国債でも発行するのか」

「ロスウェルがそんなことをするのは、誰にも詐欺だと気づかせず払い戻せる方法を見つけたときだろうよ」サットンリーは言った。「死んだ親父《おやじ》とまだ見ぬ息子は、さぞ俺に感謝してるはずだ。ロスウェル、学校でおまえと友人になっておくという先見の明が、よくぞあったものだとな」

「マクレガーの計画は、失敗するしかなかった。増えつづける被害者への払い戻しのために金を作りつづけるなんて、不可能だ。結局のところ、手持ちのカードは尽きる」ヘイデンは言った。世のなかの人間は——とくにサットンリーは——投資にもっと慎重になることを学んでほしいものだ。もしヘイデンがマクレガーだったら、アメリカ大陸のポヤイス国なる架空の国で発行された国債に、サットンリーは全財産をなげうっていただろう。多くの人と同様、その国がどこにあるのか、地図を調べることすらせずに。

「今回の金融危機も、詐欺のようなものじゃないか」チャルグロープが言った。

その難しげな顔つきに、ヘイデンは不安を覚えた。チャルグロープは最近、まったく街に出てこない。去年、恐ろしく手間のかかる地所を相続してしまったからだ。

「かなり損したのか?」

「それほどじゃないが、そこそこは。ロンドンのポール・ソーントン・アンド・カンパニーの代理をしている田舎の銀行と、小さめの取引をしていたんだ。そういったロンドンの銀行が十二月につぶれてしまうと、わが地方銀行もご同様となったというわけだ」チャルグローブは肩をすくめた。些細なことではないという仕草で。「結果として、実直で堅実な商人たちの多くが破産してしまった」この恐慌が落ち着くまで、悲劇はまだまだ続くだろうな」

サットンリーは深くため息をついた。「そのことで俺たちができることなんてない。だろ? 変えられないことを嘆くのはよそう。いくら悩んだって、街はまだにぎやかだし楽しい。それにじき、社交シーズンだ。チャルグローブ、今年は街にいるって約束してくれよ。去年はえらく退屈だったんだ。金持ちの娘を捕まえれば、その持参金でおまえの問題も解決できるぞ。それが可愛《かわ》いけりゃ、愛だって生まれるかもしれない」

「チャルグローブは、おまえみたいなロマンス好きじゃないんだ」ヘイデンは言った。「おまえが退屈したのは、大人になって、昔ほどロマンスに惹かれなくなったからだろう」

「そもそも、おまえはいつだって退屈してるじゃないか」チャルグローブが言った。「その飽きっぽさがなくなれば、もっと人生に満足できるようになるぞ」

「ヘイデンみたいに数学を勉強したり? おまえみたいに領地で泥仕事をしたり? そんな大人には永遠になりたくないものだね。ロマンス好きに関しちゃ、やめるつもりはないよ。

恋に落ちてる数カ月は、毎日が興奮するんだ」サットンリーは懐中時計を引っ張りだした。「チャルグローブ、もうひと試合しよう。今度は俺がサーブだ」

「昨日の夜、クラブでおまえの噂を聞いたぞ」

翌日の午後、そう声をかけられて、ヘイデンは読んでいた本から目をあげた。その学術書は何ページも進んでいなかった。ほかのことで頭がいっぱいになっていたのだ。そして今度は、兄のクリスチャンが、ぶらりと書斎に入ってきて邪魔をしようとしている。

クリスチャンが書斎で午後を過ごすことはめったにない。クリスチャンがヘイデンのそばにあった布張りの椅子に腰を下ろしながらかけてきた言葉で、珍しくも書斎に入ってきた理由はわかった。二日も経たないうちに二度も噂話の報告を受けるのは、やりきれない。変わった癖もないし、感情を表に出さない性格で、めったに噂の種にならないというのに。

「ジェイムソン夫人がお友だち連中に何を言いふらしているのか、追及はしないでおく」とヘイデンは言った。

「そっちの噂じゃない。それなら俺も興味はない。どうしても結婚するのなら、ああいう女はやめておくことだ」

〈どうしても〉という言葉に何か含みがあるように感じられる。ヘイデンが結婚するかどうかで、ずいぶんと楽な賭けをしているようだ。対して〈ああいう女〉は、話題にあがった未亡人を批判するものではない。どちらかというと、クリスチャンがヘイデンの趣味についてかなり正確に把握していて、そこからはずれるようだということでしかない。

この兄弟は仲がよかった。グローブナー広場に立つイースターブルックの屋敷に、ヘイデンがまだ住みつづけているのもそのためだ。しかし、弟たちのことを本人たちよりわかっているように振る舞われたり、ひょっとしたら事実そうかもしれないということもあり、むかっ腹が立つことはある。

「噂というのは、金のことだったよ。あと、ダーフィールド・アンド・ロングワース銀行に関わったということも」

ヘイデンは本をわきに置いた。「家の資産をそこに残すと決めたことに、反対なのか?」

クリスチャンがどこへとも知れず姿を消し、二年後に英国に戻ってきてから、ふたりのあいだにはある決まりごとがあった。クリスチャンが資産のことで口を出すのは、そのルールに違反する。クリスチャンがいなくなったとき、大学を出たばかりだというのに、ヘイデンがやむにやまれず一家の資金管理を引き受けることになったのだ。そしてクリスチャンは帰ってきてもそれを引き継ぐことなく、ヘイデンに任せたままでいるのだった。

「金を残したことに反対なんじゃない。でも、あの銀行がつぶれないと本当に思ってるのかは、知っておきたいね」

「もしつぶれたら、兄さんやほかのみんなの損失分は僕が払う。必要なら、またゲームに手を出して増やしてやったっていい」

クリスチャンの暗い瞳が冷たくきらりと光った。権威ある者だけが持つことのできるオーラが、突然放たれた気がした。その称号や地位ではなく、兄としてのものだ。あの二年間、海の向こうで、彼は何かを経験したのだろう。それが、たまに顔を出すこの抑制のきいた力を作りあげたのだ。

英国を離れていたときのことや、どんな冒険をしてきたかということは、クリスチャンは一言も口にしない。それでも、その経験が兄を変えたということは一度ならず感じていた。英国を発ったときの兄は、侯爵となったばかりの、まじめで教養も十分な男だった。それが、歳《とし》のわりには世間を知りすぎ、経験を積みすぎた、いささか風変わりな男になって戻ってきた。

「自分の幸運に賭けるような判断はしない人間だと思ってるよ。おまえの決断が、金融の才能が命じたものなのか、感傷に支配されたものなのか、それだけ知っておきたいんだ」

「あの銀行に生き延びるチャンスがないと思ったら、資金を残すようなことはしないさ」もう話題は終わったものとみて、ヘイデンはまた本を取りあげた。

「資金を残したのは、ほかにも理由があるんじゃないか？」長い沈黙のあとに、クリスチャンが口を開いた。「噂ではそう聞いたがな」

「ほう、なんて言われてるのかな」

「おまえが何かの手を使ってティモシーを破産させ、銀行の株を売り払わせたとさ。やつの破滅はおまえが仕組んだことだと」

「僕がわが家の預金を引き揚げたかどうかは、兄さんが知ってるとおりだ。ならその噂は真実じゃないとわかるだろう」

「金を引き揚げられたから破産したんだとは、誰も言ってなかった。ロングワースが破滅するよう、おまえが物事を仕組んだ、と言っていたんだ。もちろん、何かまったく別のことを言っていたのかもしれないな。おまえがそんなことをする理由なんて、俺には見当もつかない。ロングワースは、俺たちの領地に長く続いた家柄だ。おまえは彼らがひと財産作るのを助けてやったし、ベンジャミンは友人だった」

ヘイデンは無意識のうちに胸に手をあてていた。服の下にある傷はもう痛むことはないが、ベンジャミンのことを考えるたびに、傷を負ったときのあの痛みがよみがえってくる。ヘイデンがベンジャミン・ロングワースにどれだけ貸しを作ったとしても、ギリシャで十分すぎるほど返してくれた。ベンジャミンが死んだ夜、貸し借りのバランスが再び大きく傾いた。今度は逆の傾きに。

あの夜、船の上で、ヘイデンは友を見捨てたのだ。友は明らかに酔いすぎていた。だから無理に船室に連れていこうとしなかった。自分の命を助けてくれた、親友だったのに。

「弟の名誉が傷つくのを心配してくださるわけですか、兄上?」

「その必要があるということか？」

ヘイデンは兄をにらんだ。

クリスチャンは、穏やかで寛容な視線で応えた。ふたりはよく似ていたが、ふらりとこの場に入ってきた人は、すぐにはそうと気づかないだろう。クリスチャンの黒髪は、いま風のファッションから考えても長い。波打つ房が、黒いシルクのローブの肩口まで伸びている。今朝起きてから羽織ったままのローブだ。そのローブも一味違っていた。異国情緒のある、東洋風にも見える模様と裁ち方が目を引き、普通の男性用のものよりだらりとしている。クリスチャンは屋敷のなかではきちんとした格好をしない。ローブの下にはシャツを着ていないし、首の部分の合わせ目からは、襟巻ではなく素肌が見えている。

この兄も、父が生きているあいだはどれほど堅物でまともな人物だったことだろう、とヘイデンは思い返した。あのころは、あきれるほど立派な男だった。しかし爵位を受け継いでから数カ月後、兄は姿を消し、見る人がまごつくほどの俗っぽさを身につけて戻ってきた。

「人が事業に失敗するのは珍しいことじゃない。馬上槍試合みたいなものだ。自分の馬を失う可能性は承知のうえで、参加するんだ。破産する可能性はいつだってある」

「おまえは別だがな。おまえが試合場に持ちこむ精神力と直観力があれば、誰だって破産なんかしない。それに、若いロングワースがただの地主ではなくて騎士《ナイト》だったなら、おまえの言うたとえもわかる。しかし――」

「兄さんは試合なんか一切しないと決めたんだろ、なら僕のやり方に文句はつけないでくれ」ついロから出てしまいそうになる恨みは呑みこんだ。クリスチャン自身というより、人の触れられたくないところを引っかいてくるその悪癖が腹立たしい。「ティモシーの破産は、ひとえに、やつ自身の判断力のなさが招いたものでしかない。僕の名誉に傷はつかない」

クリスチャンはその言葉を受け入れたようだった。「おまえには非情なところがある。その点、俺たちはよく似てるな。それをコントロールするには、慎重になることだ。わかってるとは思うが」

「自分の心配をするんだな。僕のことで手助けしてくれるには及ばないよ」

「俺たちはふたりとも、助けが必要だよ。まあ、おまえがその性癖を発揮したわけじゃないと言うんなら、ティモシーの破産はやつ自身が招いたことだという話を信じることにしよう」

それが事実だ。そしてただの破産より深刻な事態を引き起こさないために、ヘイデンはこの数日、あの悪党と何度も話しあい、告白させ、約束させてきたのだ。その約束を耳にした人間の誰かが、昨晩のクラブでヘイデンの動きをほのめかしたのに違いない。

クリスチャンは立ちあがった。「妹たちは不憫《ふびん》だな。街で見かけたよ。年上のほうはえらい美人だった。死んだ兄貴とおまえとの友人関係を抜きにしても、彼女なら俺が引き留めておきたいところだ」

「経済状態が落ちこんだところにつけこんで、完全に没落させようってのか。どう見てもほめられた行為ではないな」

クリスチャンは肩をすくめた。「英国では、そうだな。まあ、さっきも言ったとおり、慎重さが求められるというわけだ」

金属製の盆が、窓から射す午後の陽にきらきらと光っていた。上に置かれた名刺を見て、ヘイデンは驚いた。

アレクシアがやってきたのだ。上質な紙と印刷の上に、ヘイデンは親指をすべらせた。自分の名前を刷るものとして、高くついてもきちんとした家柄の淑女が使うような名刺を選び、その代金をわずかな収入から払っているアレクシアの姿を思い浮かべた。

「お連れしてくれ」

ヘイデンの良心は疼きを覚えていた。ティモシーが金を盗んだことを自分が発見したせいで、なんの罪もない人々が苦しんでいる。

ただし、ウェルボーン嬢の苦しみは、もっと前からのものだ。午後の書斎で、何も頭に入ってこない本を読みながら思い悩んでいたのには、彼女のこともあった。ティモシーに売り払われてしまったとは気づかせないまま、彼女の公債を取り戻すにはどうすればいいだろう。その作戦をひねりださねばなるまい。

ティモシーと交わした、名誉に賭けた約束のおかげで、何が起きたのかを彼女に説明しなくて済むのは都合がよかった。本当のことを明らかにできたところで、真実を告げたことに感謝してもらえるとは思えない。彼女に残された、たったひとつの家族との関係が台なしになってしまうのだから。もちろん、裏切りにひどく傷ついて、ティモシーを絞首台に送ろうとするということもありえるが。

客間のドアを開けた。招き入れた客人には、連れがいた。下の従妹が一緒にやってきていた。アイリーン・ロングワースの瞳は、クリスチャンが窓ぎわのテーブルに置いている、宝石がちりばめられた古めかしい聖遺物箱に、くぎ付けになっていた。

ヘイデンが入っていくと、少女の視線はぱっとこちらを向き、ヘイデンが挨拶を述べるまでじいっと見つめつづけたままでいた。何も言おうとはしないが、顔には魅了された表情が浮かんでいる。純情な少女たちからしばしば向けられる表情だ。

しかしヘイデンとしては、ウェルボーン嬢から向けられる成熟した冷静な視線のほうが、はるかに好みだった。

「アイリーン、絵を見せていただいたらどう?」アレクシアが促した。「ロスウェル卿、彼女は芸術に興味があるんですの。イースターブルック侯爵家のコレクションをいくつか見せていただけないかしら」

ヘイデンが許可を与えると、少女は壁に沿って、絵を眺めながら歩きだした。

「芸術好きの従妹を連れてきたのか。親切なことだ」ヘイデンは言った。「彼女が失ったものを、僕に思い出させようとしたのかな」

「それも理由のひとつですわ。でも、イースターブルック家の立派なコレクションを見られるチャンスは貴重ですから。それに、オックスフォードシャーへ戻れば、この屋敷に入ったと話せるだけで大違いなんです。彼女よりはるかに資産のある娘さんたちだって、そんな経験はないでしょうから」

アレクシアの率直な物言いは、初めて言葉を交わした日から知ってはいたが、この日も変わることはなかった。ロングワースの破産がなくても、同じだったかもしれない。

それはいい、とヘイデンは思った。ヘイデンを前にした女たちは、こちらが腹立たしくなるほど軽薄になるのが常だった。恐れを知らず動揺も見せないアレクシアを見ていると、爽《さわ》やかな心地になる。魅力的で、挑戦的。屋敷のなかを見てまわったあの日のアレクシアの振る舞いは、いろいろな意味で挑みかかってくるものだった。ふたりのあいだには、お互いへの苛立ちだけではない、別のものも行き交っていた。

彼女もそれを感じていたのは間違いない。楽しんではいなかっただろうが。ひょっとしたら、それがどういった感情なのか理解すらしていなかったかもしれない。

「それに、ひとりで来るわけにはいかないですし」彼女は言った。「もうメイドはひとりもいないんです。従僕も。アイリーンは、ここで開かれる舞踏会に出席するのを、ずっと夢見ていたんですわ。こんなことになる前ですら、わたしとロザリンとで高望みをしないよう言い聞かせていたのですけど。でも、せめてコレクションは見せてあげたくて」

ヘイデンには冷やかでよそよそしい態度をとるよう、言い含められてきたのに違いない。少女は、部屋の反対側で、プッサンの絵の前をぶらぶらと歩いていた。ヘイデンは従僕を呼んだ。「アイリーン・ロングワース嬢を家政婦のところへお連れするように」そしてこう付け加えた。「お嬢さまに舞踏室とギャラリーをお見せするよう、伝えてくれ」

歓喜を表わさないようにしようという努力も、一応はしているようだ。アイリーンは召使いのあとをついて出ていった。アレクシアはその姿を見送った。「ご親切だこと」

「客間に入っただけでオックスフォードシャーでやりやすくなるなら、舞踏室がどんなだったか話せればなおのことといいだろう」ヘイデンは椅子を斜めに引いて腰を下ろした。アレクシアの顔をまっすぐに見つめることができるように。「ひとりでやってくるわけにいかないと言ったな。つまり、今日の目的は、彼女ではなく君自身のものだというわけだ」

彼女の瞳にほのかな炎が宿った。好かれてはいないようだ。

帽子についているラベンダー色の蝶結びが、彼女の瞳の色をさらに際立たせていた。シンプルな帽子だが、とても高価に見える。つばも山も上質なシルクでおおわれており、蝶結びのまわりにはたくさんのバラが咲いている。自分で作ったのかもしれない。名刺と同様、たとえいまは落ちぶれているとしても、本来の身分を主張するものになっていた。

「先日、従兄の屋敷にいらしたときに申し出てくださったこと、考えてみましたわ」と彼女は言った。「条件の折り合いがつくか、話したくて来たんです」

話をしてからもう十二日が過ぎている。明け渡しの期限が差し迫ったことで、ようやく現実的になる決心がついたのだろう。

さっさと話をすませたほうがプライドが傷つかずにすむだろう、とヘイデンは考えた。

「賃金は相場の金額を払おう。あと――」

アレクシアは人差し指をあげてヘイデンを止めた。少年だったころ、よく家庭教師がしていた仕草で。

「相場のお給料でかまいません。ただ、わたしの仕事は家庭教師と叔母さまの話相手のふたつになるのだから、それぞれのお給料をいただこうと思いますの。養うのにかかる費用はひとり分で済むのだし。あと、支払は月ごとに。ロザリンとアイリーンに仕送りをしてあげたいので。普通なら支払に間があいてしまうけど、そのあいだ彼女たちに不便な生活をさせたくないですから」

あと二日もすれば宿なしになってしまうというのに、この交渉のしかたといったらどうだ。まるで英国一の推薦状を携えているようではないか。もちろん、推薦状など持っていないのは言うまでもない。ロングワース家の窮状をくり返し口にするのは、ヘイデンに罪の意識を覚えさせて自分に有利にしようという算段だろう。

すばらしい。ヘイデンはひじ掛けにひじをつき、拳に顎を載せた。「月ごとの支払は受け入れてもいい。給料だが、君は両方の仕事につきっきりでいられない。それは物理的に不可能だ。となるとふたつ分の賃金を支払うのには応じられない」

「ならば、ひとつと半分。これなら公正だわ」

ヘイデンは危うく吹きだしかけた。「公正だな。わかった。ひとつ半でいいだろう」

アレクシアは上質のウールで織られたスカート生地をそっとなでた。緊張しているようなその仕草から、本当は見た目ほどには落ち着いているわけでないのだと知れた。そのドレスは、以前見たものよりかなり上等なものだった。とても優美で、裾には青い刺繍《ししゆう》がかなりの幅であしらわれ、濃い群青《ぐんじよう》色のペリースは毛皮の縁どりが目を引く。彼女の持ちものではないだろう。イースターブルック侯爵の屋敷を訪ねるにあたって、ロングワース嬢に貸してもらったか。

「あなたの叔母さまと従妹との関係だけれど」とアレクシアは続けた。「わたしはこの屋敷で家族として暮らしてきたの。だからこれから自分が……その、そうではなくなると考えるのは難しいわ。わたしのことは、まずは叔母さまの話相手として扱ってほしいの。家庭教師としてはその次で。もちろん、家庭教師としての仕事はきちんとするわ」

その口調も、振る舞いも、自分が置かれている状況をおくびにも出さないところも、ヘイデンを怒らせてもしかたのないものだった。しかし、そうはならなかった。

本来の身分にふさわしい格好をしてこようが、召使いになることは変わりない。口にすることはできなくても、ちゃんとアレクシアもわかってはいた。自分の立場が理解できてないわけではないのだ。ただ、この屋敷のドアを入ってきたときとは違う人間として出て行くにしても、ほんのわずかであれ威厳のかけらを保っておきたかった。

きっとヘイデンは憐れんでいることだろう。それはアレクシアにとって侮辱でしかないが。

「ウェルボーン嬢、叔母は寛大な人だ。召使いとしてより、すぐにでも妹のように扱われてしまうことを心配したほうがいい。ただ、君の望みがそれとも少し違うということは、説明しておくことにしよう。さて、ほかに何もないなら——」

また人差し指があがった。

「まだあるのかね、ウェルボーン嬢？」

「些細なことですけれど」

「いったいなんだろうね」

皮肉のようなヘイデンの言葉に、アレクシアは唇を引き結んだ。いい唇だ。ふっくらとしている。鼻がほんの少し上を向いているせいか、視線が唇に引きつけられる。

《唇はバラのよう》。つぼみではない。小さく丸まってはいない。むしろ、引き結んでるせいでいまは薄くはなっているが、咲き誇る満開のバラだ。蜜をたたえているのも、ベンジャミンの言ったとおりなのに違いない。

「ご存じのとおり、屋敷に残ることができても、状況はかなり変わるわ」アレクシアの口が動いた。

その奥の蜜や甘さを夢想していたヘイデンには、彼女の声はほとんど耳に入らなかった。クリスチャンに忠告されたばかりだというのに、慎重さを失った妄想へと突き進んでいった。《輝きを秘めていて、思わずうっとりしてしまう》。いつしかアレクシアの服は、屋敷を案内してくれたときに着ていたあの退屈なドレスに戻っていた。アイボリー色の生地は、古くなっているせいで黄色がかり、飾りもほかの服につけ直したのか、取り去られてしまっている。この数年間で流行も大きく変わった。ハイ・ウェストのドレスは、彼女の貧しさを物語るものだ。ドレスは胸をぴったりと包んでいたが、その豊かさと曲線をおおい隠してしまってはいなかった。

あの上の小部屋で、アイボリーのドレスに身を包んだアレクシアがすぐ横にいた瞬間が、ヘイデンの心によみがえっていつまでも去ろうとしない。ヘイデンに啖呵《たんか》を切ったときの、怒りで輝く瞳のきらめきが、心臓へ飛びこんできて体じゅうをじりじりと焦がす。想像のなかで、ヘイデンはアレクシアのドレスを脱がしはじめた。その下から見えてくるのは――

「いいかしら？」

アレクシアから問いかけられ、ヘイデンはエロティックな夢想から引き戻された。

「いま言ったこと、承知してもらえるかしら？」彼女は尋ねた。

そんなことわかるわけがない。何を言われたのか、まったく聞いていなかったのだから。ヘイデンは、投資の交渉で予想だにしなかった提案をされたときのように反応するしかなかった。「しばらく考える時間がほしい」

その反応がどう思われたのかは、持ちあげられた眉からわかった。「そんなに時間をかけて検討するようなことではないと思うけれど」

「熟慮するタイプの人間なのでね」

「それは素敵ですこと。その熟慮はどれぐらいかかるのかしら？　わたし、この屋敷にいつづけていいのか決めなければならないの。二日のうちには終わらせてもらえるかしら？」

丁寧で優しい、歳をとって呆《ほう》けてしまった叔父《おじ》に話しかけるような言い方だ。ヘイデンはそれが誰であれ――女は言うまでもなく――ばかにされるのには慣れていない。「もう少し詳しく説明してくれ。その間《かん》に熟慮もできるだろう」

「これ以上何を説明したらいいのかわからないわ。あまりにも単純なことなんですもの。どのあたりがよくわからなかったのかしら」

俺が何を思いめぐらせていたのか、感づいているのだろうか？　顔に出てしまった？　それを責めて、何も言おうとしないのか？

しかし、問題になるような要求なのだろうか？　まさか屋敷じゅうの銀食器を売る許可でもあるまい。「まあ、受け入れるよう叔母を説得してみよう」

「合意に達したわね」本心はどうか知らないが、アレクシアは話し合いの内容に大いに満足したように言って、ハンドバッグを腕にかけた。「ではおいとましますわ。ウォリンフォード夫人とお嬢さんが到着されるときには、屋敷でお迎えしますわ」

ヘイデンはアレクシアを伴い、アイリーンを迎えにいった。アイリーンは家政婦とギャラリーにいた。クリスチャンもいる。絵のなかの何かを指差しているところだった。ようやくまともな服を着ていて、野蛮人のような長髪はまっとうな英国貴族らしくまとめられていた。

「クリスチャン、こちらはウェルボーン嬢だ。こちらは兄のクリスチャン、イースターブルック侯爵だ」

「これは本物のコレッジョではなくて、パルマで作られた複製だと説明していたところだよ」とクリスチャンは言った。

アレクシアはその絵をのぞきこんだ。やわらかい曲線で肉感的に描かれたイオが、空中でジュピターに抱かれ、ジュピターは雲に変わりつつある。イオは裸だった。本来ならば、クリスチャンは若いアイリーンにこういう絵を観賞させるべきではない。

「複製だとしても、素敵ですわ」アレクシアは言ったが、あまりにも冷静な反応だったので、かえって絵に動揺しているのがわかった。

ヘイデンも、この絵は素敵だと思っていた。イオの体が、ついさっき思い描いたアレクシアにそっくりなことに気づいた。申し分のない膨らみ。曲線とやわらかさの具合を知るには、時間が足りなかったが。

ヘイデンは女性陣を家政婦に連れていかせた。ギャラリーのなかではささやき声もよく通るが、アイリーンはそれに気づかないまま、アレクシアを質問攻めにしはじめた。

「で、話は受けるつもり?」

「ええ」

「彼は全部呑んでくれたの?」

「そうよ。あとで話すわ」

「何もかも? 自由な日をもらうことと馬車を使わせてもらうことも?」

聞き間違いか?

「話とは?」肩のところで押し殺した声がした。

振り向くと、クリスチャンもやはりふたりの女性が出ていくのを見つめていた。

「ヘンリエッタ叔母さんの話相手と、キャロラインの家庭教師をやってもらうことになった」

「なんだ、そうだったのか。俺が交渉する女といったら愛人だけだからな。誤解してしまったよ。彼女、素敵な目をしているな。あまり見ない色だ」

ヘイデンは彼女の帽子のリボンが上下し、ドレスの裾が揺れ、ほっそりとした足首が動くのを見つめた。「自分に要求されることがなんなのか、はっきりさせておきたかったらしい。

「そういった普通のことを話しあってただけだ」

「自由な日をやることとか、馬車を使わせることとかって話だな、つまり」

ヘイデンはその揶揄《やゆ》を無視した。アレクシアがアイリーンの耳に何かささやいている。帽子のへりの向こうに横顔が見えた。菫色の瞳と少し上を向いた鼻と表情豊かなふっくらとした唇が、家政婦の茶色いドレスを背景にして鮮やかだった。

ドアが開き、女性たちはその向こうへ姿を消した。

ヘイデンが振り返るとクリスチャンがじっとこちらを観察していた。

クリスチャンは踵を返した。

「慎重にな、ヘイデン。慎重に」

アレクシアはロザリンと並んで、陰鬱な行軍をしていた。部屋から部屋を黙ってまわり、必要なものを忘れていないかロザリンが確認していった。

貸馬車が通りで待っていた。そこに従兄妹たちだけが乗りこみ、ロンドンを出たところにある馬車宿まで向かうのだ。そこでみじめな荷馬車に乗り換え、わずかな持物を積んで、夜も明けない闇のなかを出発することになっていた。

ロザリンは客間を見わたした。「ロスウェルの叔母さまも満足すると思うわ。叔母さまとお嬢さまがここで楽しく暮らせるといいわね」

苦々しさがにじんでさえいなければ、心優しい言葉に聞こえただろう。

慰めの言葉はかけなかった。思いつくかぎりの励ましはとうに出しつくしていた。アイリーンには、来年こそ社交界デビューが叶うよう、できるだけのことはするという約束すらしたが、いまだかつてないほど鉄面皮になった気がした。胸が張り裂けそうな思いで、みんなのことを案じた。ロザリンのこと、アイリーンのこと、ティモシーのこと、そして自分のことも。

ロザリンが振り返った。目をぎらぎらさせて、くすぶる思いを吐きだしてきた。「この家に来る人たちのことを好きになんかならないって、約束して。どれだけいい人たちでも関係ない。好きになんか、ならないって――」

アレクシアはロザリンを抱きしめた。ロザリンは体を震わせると、わっと泣きだした。しかし長くは続けなかった。すすりあげ、大きく一度深呼吸をして落ち着きを取り戻した。

「オックスフォードシャーはそんなに遠くないわ」アレクシアは言った。先週、みんなが何度となくくり返した言葉だ。「しょっちゅう会えるわ。本当よ」

本当にそうなのか、確信があるわけではなかった。でも、できるかもしれない。だって馬車も使えるんだもの。自由な日ももらえるんだもの。

「上に行ってティモシーを連れてきましょう」ロザリンは言った。

ティモシーは部屋にいたが、具合が悪くベッドに寝そべっていた。いいえ、具合が悪いんじゃないわ。洗面台の下でデキャンタが粉々になっているのを、アレクシアは見つけていた。

「馬車が待ってるわ、ティモシー」とロザリンが言った。

「馬車？　くそくらえ」ティモシーは額に押し当てた腕を動かそうともしなかった。「この日を待ちわびてやがった悪党どももくそくらえ。くそっくらえだ」

そのとき、ロザリンは悲しみに撃ち抜かれてしまったように見えた。最後の数日間、段取りをつけてきたのはほとんどロザリンだった。ティモシーは売れるものを売り払ってしまうと、あとは何もしようとしなかった。

アレクシアはベッドにかがみこんだ。「自分の不幸せに溺れてしまわないで、ティモシー。妹たちのために、しっかりしてあげて。妹たちが威厳を持って出ていけるようにしてあげて。だめになってしまった兄を、両わきから抱えて出ていかせたりなんかしないで」

ティモシーは返事をせず、動こうともしなかった。アレクシアはその腕に触れた。「さあ、ティモシー。あなたが悪いのじゃないんだから。せめてアイリーンのために、しゃんとして」

どれほど待っただろうか、ようやくティモシーは体を起こした。ロザリンはその上着をまっすぐに伸ばし、スカーフも見られる程度になんとか整えた。ひどく悲嘆に暮れ無気力なティモシーの姿に、アレクシアは涙が出そうになった。

「ロザリン、屋根裏にある兄さんのものは持ってきたか?」ティモシーの声はぼそぼそとして聞きとりづらかった。「ベンジャミンのトランクだとかが、あっただろう?」

ロザリンはうなだれた。「あまりにも忙《せわ》しなかったから……うっかりにもほどがあるわ。でも、もう馬車にはものを積む余裕がないし――」

「持っていけないものは、わたしが見ておくから」とアレクシアは言った。「わたしがいるあいだは、誰もよそへ移してしまったりはしないでしょうし、出ていくときにはわたしが一緒に持っていくわ。いつか全部みんなのところへ持っていってあげるから」

「本当にありがとう、アレクシア」ロザリンは見るからにほっとしたようすで言った。

ベンジャミンの持ちものを預かるのは、面倒でもなんでもない。ベンジャミンの一部が、この屋敷に一緒に残ってくれるのだから。屋根裏のトランクのことを思えば、これからの人生にも立ち向かえそうな勇気が湧いてくる。

「おまえをここに残していきたくない」ティモシーはうつむいたまま言った。「あいつの世話になんかなってほしくない。なんて残酷なんだ。あいつは、おまえが落ちぶれていくのを眺めて楽しもうっていうんだ」

ヘイデンが自分の没落を眺めて楽しむつもりだとは、アレクシアには思えなかった。彼は、自分がどんな影響を及ぼしたかを、いちいち気にかけるタイプではないように思える。きっと数日もしないうちに、アレクシアをただの便利な召使いとしか思わなくなるだろう。名前すら忘れて。

「彼が何を眺めようが、どう感じようが、気にならないわ。わたしにはどうでもいいことですもの」少なくとも、最後の言葉は真実だった。一段下へ落ちるのに理由なんてどうでもいい。プライドが粉々にされたって、それがなぜかなんて、どうでもいい。理由がどうあれ、寛大さでもって対応するか、敵意でもってするかでしかないのだ。アレクシアは、必死に寛大さを選ぼうとしていた。これまでもそうしてきたように。

少し足もとが覚束《おぼつか》ないティモシーを、アレクシアとロザリンは階下へ連れていった。アイリーンがむっつりとした顔で待っていた。重々しい退場の瞬間が迫っていた。この二週間ヒル通りでくり広げられた破産劇の、最後の幕が下りる瞬間を見ようと、隣人たちが窓のところで待ちかまえていることだろう。

「あいつなんか大っ嫌い」アイリーンは言った。「いくらハンサムだって、舞踏室を見せてくれたって、関係ないわ。弟がしたことを知ったら、お兄さまの侯爵はさぞショックを受けられるでしょうね。ギャラリーで何もかもぶちまけるべきだったわ」

アレクシアはアイリーンにさよならのキスをした。「憎んでばかりいるなんて、時間がもったいないだけよ、アイリーン」

「そうよ、もったいないわ」ロザリンが言った。「ヘイデン・ロスウェルのことは、わたしがみんなの分まで憎むんだもの」そして、顔をプライドの仮面でおおい、妹の手を取った。

「行きましょう」

ティモシーがドアを開けた。手を取りあって目の前を通りすぎていく妹たちのようすに、彼は気づいていないようだった。目に入ってすらいなかった。

ティモシーは開かれた戸口に向かい、長いことそのまま立ちつくしていた。激情で顔に赤みが差した。

アレクシアは、ティモシーの腕に手をかけた。「あなたは紳士の息子よ、ティモシー。何があってもそれは変わらないわ」

ティモシーの表情に落ち着きが戻り、背中に力が入った。

「ちくしょうめ」ティモシーはうなった。そして足を踏みだし、ロザリンとアイリーンのあとから、薄暗がりのなかへと出ていった。

馬車が走りだす前に、アレクシアはドアを閉めた。目頭が熱くなる。涙をぬぐった。こんなの不公平だと、わめきちらしたくてたまらなかったが、ぐっとこらえた。ヘイデンの叔母と従妹を迎えるための準備をしなくてはいけないのだから。

このドアを通ってふたりの女性が入ってくる瞬間を耐え抜けるよう、心の準備もしておかなければならなかった。


「付き添ってくれて助かったわ、ヘイデン。イースターブルックの屋敷から数本通りを渡るだけではあってもね。あまりにもいっぺんに変わるので、何をしたらいいか途方に暮れてしまっていたのよ」

「お役に立ててうれしいですよ。こうしたときは、手綱を取る人間が必要ですから」

「いつものことだけど、あなたが事細かに指示を出してくれると、安心できるし落ち着くわ。あなたがいなかったら、どうなっていたかわからないわ」

ここで言われた手綱とは、イースターブルック家の馬車を馬に引かせメイフェアを進むことではない。ヘンリエッタのロンドンへの引越しに伴う、無数の細々とした手続きでもない。そうしたことはヘイデンはすべて十分コントロールできていた。ナイジェル・ウォリンフォード卿の未亡人ヘンリエッタは、つきっきりで目を離さないようにしていなければならないご婦人だった。彼女には最高に複雑な投資話のさらに上を行く、細心の注意を払わなければならなかった。

夫を亡くして収入が激減すると知ったとき、彼女はうなずき、理解を示したように見えた。しかし、その金の使い方はいっこうに変わらなかった。管財人として、請求書のことで注意をしにサリーへ赴くのはヘイデンの役目だったが、それは憂鬱な儀式だった。彼女は残念そうに注意を聞きいれはするのだが、右から左へきれいさっぱり忘れてしまうのだ。

馬車の向かいの席に娘と並んで座っている叔母に、ヘイデンは目をやった。巨大な帽子が、その豊かな髪をほとんどおおい隠してしまっている。急角度に傾けられた幅広のつばが、しきりにキャロラインの頬に当たっていた。帽子史上、これほど大きいものはなかったであろう赤い蝶結びのおかげで、そこそこ高い帽子の山すらちっぽけに見える。派手な羽飾りが、大きな円弧を描いて揺れ、ヘンリエッタの繊細な顎のラインをなでていた。華奢な姿、小さな頭、洗練された顔立ちの夫人がかぶると、帽子にぺしゃんこにのされてしまうのではないかと心配になる。

しかしヘンリエッタはその帽子をいたく気に入り、全財産はたいてもかまわないと思ったようだ。その帽子のせいで老けて見えることには、気づかなかったらしい。ヘンリエッタはヘイデンの母の一番下の妹で、三十六歳になるが、いまだに顔立ちには若い印象がある。しかし、この帽子をかぶると五十代にも見えた。

「その家庭教師が非の打ちどころのないフランス語を話せるというのはたしか？」と彼女は尋ねた。「キャロラインにはちゃんとした先生が必要なの」

「ウェルボーン嬢は、キャロラインが学ぶべきことはすべてマスターしていますよ」アレクシアが本当にフランス語を話せるのかはわからなかった。家庭教師という職にありつくために、必要な教育を受けてきたと嘘をついたかもしれない。しかし彼女が役目を果たすことを疑いはしなかった。たとえフランス語の能力が不足していたとしても、彼女ならこの二週間のあいだに完璧にしてくるぐらいはするだろう。

「ブラクストン夫人みたいな人じゃなければいいけど」とキャロラインがつぶやいた。青白く物静かな少女、キャロラインは、めったに口を開かなかった。ひょっとしたらこの少女は本来のキャロラインではなく、母に漂白されて生気も抜きとられてしまった姿なのではないかと思うこともある。

「ウェルボーン嬢は、前の家庭教師とはまったく違うはずよ」ヘンリエッタは言った。「彼女に来てもらうために、ヘイデンは普通では考えられないような条件を呑まなければならなかったんですもの」そのきらきらとした薄緑色の瞳は、楽しげで気楽そうだ。そして、その夢見がちで移り気な性格を物語っている。「さあ、着いたわ。まるきり新しい生活が始まるわよ。ブラクストン夫人では、きっと社交界デビューもうまくいかなかったわ。だからこそヘイデンがこの屋敷と、立派なウェルボーン嬢を見つけてきてくれたのよ」

そして彼女はヘイデンに例のほほえみを振り向けた。自分は舵《かじ》の壊れた舟だけれど、あなたは頼もしい錨《いかり》ね、と言わんばかりの、感謝と愛情に満ちたほほえみ。ヘンリエッタのヘイデンへの信頼は完璧で、依存は過剰で、自分の気まぐれには当然付きあってくれるものと思っているようだ。そして次から次に厄介ごとを作りだしては、どうにかしてくれと放り投げてくる。残念なことに、そういうことにかけてはヘイデンは恐ろしいほど優秀なのだった。

俺を新しい夫のように見ているのだろう、とヘイデンは思っていた。崇拝するようなまなざし、まわりくどい説明、お世辞を言って丸めこもうとするところ――どれも男をいいように扱おうとする女の特徴だ。ヘンリエッタのことは好きだったし、楽しいとも思う。しかしこの六年、管財人として過ごした教訓として、結婚をして女性と生活するようになると、毎日どんな面倒を見ることになるのかしっかりと学んでいた。どれをとっても、結婚のすばらしさを感じさせてくれるものではない。

「ここだわ」ヒル通りで馬車が停まると、ヘンリエッタは言った。「昨日、この前を馬車で走らせたの。とてもかわいいし、広さもちょうどいい感じだわ。そうじゃないこと、キャロライン？　ただ、広場には面してないのよね。できれば――いえ、ヘイデンが選んでくれたのだから、これでいいのよね」

ヘンリエッタがどうしたいのかはわかっていた。クリスチャンもだ。

ヘンリエッタは、いい賃貸物件がほとんどなくなってしまうまで、ロンドンに移ってくる支度にまったく手をつけていなかった。叔母がそこまで無能のふりをするのは、何か隠れた理由があるはずだとクリスチャンは疑っていた。イースターブルックの屋敷から娘を嫁に出し、その後もほかに住む場所もないからと居座るつもりなのだろう、と。

そして三週間前に、クリスチャンは譲歩の余地なく、いかなる理由があろうとだめだ、と叔母の願いを却下したのだった。キャロラインのデビュー舞踏会を開いてやるのは構わないが、その気まぐれでお節介な母親とひとつ屋根の下で暮らすのはごめんだ、と。

火急の事態を解決してくれたのが、ロングワースの屋敷だった。おまけに、ティモシーに盗まれた債券の問題も、気づかれることなく解決できた。この屋敷を購入するためにヘイデンが国債を売却したのだと、叔母が思いこんでくれたからだ。

馬車から降りながら、ヘイデンは今後のことを考えた。運がよければ、キャロラインは早々に相手を見つけられるだろう。そしてヘンリエッタはサリーの家に帰っていく。この屋敷は売りに出し、盗まれた債券を買い戻す足しにしよう。神の思《おぼ》し召しがあれば、キャロラインが結婚したあとに叔母も自分の夫を探しはじめてくれるかもしれない。そうすればヘイデンもその手綱を他人に引き渡すことができる。

叔母と従妹が馬車から降りるのに手を貸し、屋敷のなかに入っていくと、新しい女主人を歓迎するために召使い全員が貴賓室に並んでいた。ヘンリエッタはそのひとりひとりの顔を見ていった。ヘイデンはフォークナーだけは屋敷に残していた。あとはみな新しい召使いたちだ。

叔母がアレクシアの前に立つと、ヘイデンは進みでた。そしてまるで執事や家政婦がするように、自らふたりの女性を紹介した。このふたりはうまくやっていけるだろうか。うまくすれば、いま自分がかけられている面倒も、アレクシアが肩代わりしてくれるようになるかもしれない。ヘンリエッタは、新しい話相手をじっくりと観察した。アレクシアはおとなしくそれに耐えていた。

「娘のキャロラインよ」ヘンリエッタは娘を前に出して言った。「ロンドンに来るのが遅れたので、デビュー前の仕上げに力を入れてほしいの。あなたならできると信じてるわ」

「はい、ウォリンフォード夫人」

「こういった仕事をするようになったのはつい最近のことらしいわね。この屋敷に住んでらした家族のご親戚なんですって？」

ヘイデンは驚いた。いったいいつそんな情報を仕入れたのだ？　ロンドンに来たのはほんの二日前のはずだ。

アレクシアの瞳の色が濃くなった気がしたが、それだけだった。「はい、奥さま」

「そのことはまた今度話しましょう。いずれにせよ、甥《おい》はあなたに信頼を置いているようだから」

「ありがとうございます、奥さま」

ヘンリエッタは先に進み、メイドたち、従僕たち、料理人のほうへ向かった。ヘイデンは壁際に立ってその儀式を眺めていた。もっとも、視線の先にあったのはもっぱらアレクシアだったが。

一行が屋敷に足を踏み入れてからずっと、アレクシアの視線はぴくりとも揺らがなかった。ヘイデンが背にしている壁の一点に、固定されていた。その菫色の瞳は、ヘンリエッタ叔母が話しかけているときにも動かなかった。この状況に耐えながら、その目は何も見てはいなかったのだ。

ヘイデンはその落ち着きぶりと、ささやかな反抗が気に入った。召使いたちと並んで立っていても、彼らとは違うということは、よほどの間抜けでなければすぐわかる。叔母も一目でそう気づいたのだろう。だからあんなことを言って自制を促そうとしたのだ。

アレクシアの目が、ちらとこちらを向いた。怒りと誇り高さの入り混じった表情。《憐れまないで》とその一瞥は告げていた。《あなたたちの誰にも、そんな権利はないわ》

ヘイデンへの怒りで、これまで保ってきた平静がいまにも崩れそうに見えた。ヘイデンはその場から少し離れ、アレクシアにこちらへ来るよう合図した。召使いたちの立つところから離れた場所へと。

「見事に御《ぎょ》してるな。大したものだ」もちろん屋敷のことではなく、彼女自身のことだ。それはアレクシアも理解したようだった。アレクシアの顔から、また表情が消えた。そして視線は、ヘイデンの向こう側の壁の一点に戻った。

「みんなに準備させたのはフォークナーよ」彼女は静かに言った。

「彼女とはとうまくやれそうか？」ヘイデンは年若い従妹に目をやった。

アレクシアはその視線を追ったが、彼女が見つめたのはキャロラインではなく、ヘンリエッタのほうだった。「お給料はふたつ分いただくべきだったわ」彼女は言った。

「ほかにも役に立つと証明してくれていれば、それもありえたな」口にしてみて初めてそれが際どい言い方であることに気づいたが、アレクシアは感づかなかったようだ。そこに含まれたもうひとつの意味というのが、人に知られたら名誉が地に落ちてしまうような妄想の投影でしかないからだろう。

「そうね。でも、この前お願いしたことだけで十分満足してるわ。いまのところはこれ以上望むつもりもないわ」

「それはよかった。しかし見たとおり、馬車は一台だけだ。叔母が使いたがることもあるだろう。加えて、月一度の休み以外にも何日か自由に使いたいと固持されると、叔母にかなりの不便を強いるかもしれないな」

ヘイデンを出し抜いてやったときのことを思い出し、アレクシアは思わず笑みを浮かべた。バラの唇が緩むと、ヘイデンはそこへ招きいれられる官能的な夢想にとらわれた。唇が少し開くのを見ると、不適切なイメージが頭を駆けめぐった。

アレクシアが、あの痛快な出来事の当事者であるヘイデンに目を向けたので、ようやくヘイデンはその瞳をじっとのぞきこむことができた。アレクシアに無理やり見つめ返させようとするように。

しかし、その瞬間をあまりに引き伸ばしすぎたようだ。その目つきに危険を察知したか、アレクシアの瞳孔がきゅっとすぼまり、体が目に見えて硬直した。

そのとき、持ち場に戻るよう命じられたらしい召使いたちが、ふたりのまわりを行き交いはじめた。そして、ヘイデンとアレクシアのあいだにヘンリエッタの帽子が割りこんできた。

「ヘイデン、明日あなたを夕食に招待するって料理人に伝えておいたわ。クリスチャンとエリオットも一緒にね」

「エリオットはケンブリッジですし、クリスチャンも明日の晩は予定がありますよ」そして自分の言い訳に入ろうとしたが、菫とバラが視界に入り、口を閉じた。アレクシアは静かに自分の役目に取りかかり、キャロラインに話しかけていた。

「僕は喜んでうかがいましょう。叔母さまたちが退屈でなければいいんですが」

「退屈だなんて。わたし、ロンドンには何年も来ていないでしょう？　こちらのきちんとした社交界に馴染めるか心配なの。あなたに助けてもらわないと、どうしたらいいのか見当もつかないわ。キャロラインに何を見せるべきか、何をさせるべきかもすっかりわからなくなってしまっているし。みんなで出かける場所だとか気晴らしになることをリストアップするには、あなたが頼みなのよ」

〈みんな〉にはヘイデンも含まれているのだろうか？ 明日の夕食が終わるまでには、ヘイデンのスケジュールはヘンリエッタ叔母からの〈頼み〉で埋め尽くされているに違いない。これはアレクシアのせいだ。彼女のせいで気が散って、ガードが甘くなってしまったのだ。ヘンリエッタ叔母の言いなりになるという代償で手に入れたのが、彼女のちょっとしたほほえみだけとは。そのうえ自分は嫌われていて、そうそうほほえんでもらえるわけでもないのだ。

ヘイデンがいとまを告げると、アレクシアの寒々とした別れの挨拶と、それを補ってあまりある情感たっぷりのヘンリエッタの反応が返ってきた。屋敷を出るときには、ヘンリエッタはもう家政婦についてほかの部屋を見にいき、キャロラインは音楽室を探しにスキップしながら行ってしまうところだった。

つまりヘイデンを見送ったのは、アレクシアただひとりだった。

辛抱するのよ、とアレクシアは自分に言い聞かせた。立場をわきまえて。心に浮かんだままを口にしてはだめ。

アレクシアはヘンリエッタとキャロライン、ヘイデン卿と、ダイニングルームの食卓についていた。黙って夕食をとっていればよかったので、予想していたより楽だった。ヘンリエッタが、甥にのべつまくなしに話しかけていたからだ。この前とその前の食事会では、夫人は街の噂を、重要な登場人物の完璧な描写つきでヘイデンに話させようとしていた。そして今晩は、大英博物館へ連れていくよう追いこんでいるところだった。

ヘイデンはことあるごとにアレクシアのほうへ目を向けた。叔母の話に割りこんで、その計略から救いだしてほしいようだ。しかしアレクシアにそんなつもりはない。だって、ただの召使いでしかないのだから。そんなことができる立場ではないのだから。ヘイデンもよくわかっているはずだ。それにしても、あまりにも露骨だった。そんなふうに注意をそらすなんて、夫人を無視しているようにすら見える。

ヘイデンの態度は優しいが断固としたもので、叔母が落ち着いて話を聞いてくれないのを咎めているようだった。無駄遣いだと注意されても、叔母の耳には入っていないようだ。彼女の性格を完全に受け入れることはできないのだろう。一週間という短い期間ではあったが、アレクシアはヘンリエッタのことがわかってきていた。女性らしい素敵な性格なのに、救いようもない気分屋なせいでそれが台なしになってしまっていることも。

「あなたが一緒に来てくれると、キャロラインの教育のためにもいいのよ、ヘイデン」ヘンリエッタは言った。「わたしは古代の歴史はわからないし、展示されているものがどう重要なのかも説明してあげられないの」そして鉄をも溶かしそうなほほえみを向けた。「それに、キャロラインはあなたたち兄弟のことをまだよく知らないし。あなたもキャロラインのことをよく知らないでしょう? 子供だったころのことしか」

キャロラインは耳まで真っ赤になった。しかし母から意味ありげな視線で合図されると、期待に満ちた笑みをなんとか浮かべてみせた。「ヘイデン、一緒に博物館に行けるなら、とってもすばらしいわ。もしお時間があれば、だけど」

ヘンリエッタが甥を釣りあげるのに、それから数分もかからなかった。ヘイデンは翌週、みんなを博物館に連れていくことになってしまった。

新しい女主人がこの厳格でプライドの高い男を操るさまを、アレクシアは楽しみながら眺めていた。まだ彼は、叔母の大いなる計略の真髄には気づいていないようだ。完璧に、そして永遠に釣り糸につながれようとしていることには。

「そうだわ、キャロラインのデビュー用のガウンをどこに注文するか、決めないと」ヘンリエッタは言った。「マダム・ティソーというすばらしい人がいると聞いたわ。ウォーターマン夫人という人もいるらしいわね。ヘイデン、どこに頼んだらいいかアドバイスしてくださらない?」

「まったくわかりませんよ。ウェルボーン嬢ならわかるのでは?」

全員の目が、テーブルの端で透明人間になりつづけようとしていたアレクシアに向いた。

「絶対に、マダム・ティソーですわ」アレクシアは言った。ウォーターマン夫人には、今年のアイリーンのワードローブを作ってもらうはずだった。キャロラインはアイリーンの住んでいた屋敷で暮らし、アイリーンのベッドで寝てさえいる。そのうえアイリーンが着るはずだったガウンを手に入れるのは、我慢ならなかった。

アレクシアは、自分の声が鋭くなってしまったことに気づいた。まだ状況を受け入れられていないのだ。いまのような会話を耳にすると、怒りで我を忘れてしまう。ヘイデンと同じテーブルについているということだけで、はらわたの煮えくり返る思いだ。ぶしつけな視線を向けられ、高圧的な態度に出られるのを、これからずっと我慢していなければいけないの？　もっと勇気を出して、夫人からの夕食の誘いを断わってくれればいいのに。

「ガウンを買う前に、必ず僕に話してください。いいですね？　ヘンリエッタ叔母さん」

「もちろんですとも」ヘンリエッタは、忠実に従うという顔をしてみせた。「キャロラインからも、お金のことは厳しく言われているのよ。その方面に関しては、わたしなんかよりずっとまともな感覚を持っている子なの。そうよね、キャロライン？　この子と結婚する男性は、ほかのどんなお嬢さんと結婚したって望めないほど、お金の管理が楽になるわ」

キャロラインはまた赤くなった。しかしその従兄は、頭上にぶらぶらと下げられた餌に気づいていないようだ。ただ曖昧にほほえんで、同意を示しただけだった。

ヘイデンのスケジュールをかなり埋めて食事が終わると、一同は客間へ向かおうとした。しかしその戸口のところで、ヘンリエッタは予定になかった計画を発表した。

「ヘイデン、少しキャロラインと失礼してもよろしいかしら？　この子、あなたを驚かせるものを用意しているの。その準備をしてきますから。余興の支度をしているあいだ、ウェルボーン嬢がお相手してさしあげるわ」

そんなわけで、アレクシアは客間でヘイデンと差し向かいに座る羽目になってしまった。初めて会った日のように。

「余興とはいったいなんだ？」とヘイデンは尋ねた。そして無造作に脚を投げだした。アレクシアは家族の一員ではないのだから、こんな格好は無作法だ。

「見当もつかないわ」

「叔母の話相手だろう？」

「ここにいらっしゃる前に計画されてたんじゃないかしら。わたしの知るかぎりでは、先週もリハーサルなんかされてなかったわ」

ヘイデンはまた、例の人をまごつかせる目つきでアレクシアをじっと見つめた。「君がそう言うならそうなんだろう。君に気づかれないまま進む物事なんて、そうそうなさそうだからな。なら、親愛なるヘンリエッタ叔母さんが、キャロラインと僕のために、博物館行き以上の計画を立ててくださっていることにも、気づいてるんだろう？」

「あら、そうだったの？　すてきだこと」ヘンリエッタの意図に気づいているなんて、がっかりだった。傲慢な態度で糸を引っぱりつづけ、いつの間にか浜に釣りあげられて、ヘンリエッタの足もとで絶望にのたうちまわる姿を見るのを、楽しみにしていたのに。

「その計画を邪魔してもらえるとありがたいんだがね」

「どうやったらいいのか、想像もつかないわ。それに、とてもいいお話だわ」

「君は僕じゃなくて、叔母さんの側につくつもりなのか？」

「女というものは、こういうことに関してはみな姉妹も同然なの。あと、力のある人が陥落するのを見るのも、とても好みよ」

ヘイデンは笑った。「逃げ道などないとでも言いたいようだな」

「六月までには、ウロコを落とされて、内臓を掃除されて、鍋に入れられてるわ」

ヘイデンの目に、愉快そうな光がともった。そうすると雰囲気が変わったように見えた。冷酷な男には見えない。力強くはあるけれど、冷酷さはない。「魚？　僕を魚に譬えたのか？　ウェルボーン嬢、もう少し威厳の残るものだとありがたいんだが。野山を駆ける狐《きつね》、マタドールを倒す牛――ほかにいくらでも比喩はありそうなものだ。それが魚とは、ひどすぎる」

思いもかけず、アレクシアは笑みを浮かべてしまった。「それ以外に思いつかなかったわ」

ヘイデンはまだほほえんだままだし、まだ……魅力的なままではあったが、やや真剣な顔になった。「叔母の邪魔をしてくれないと言うなら、それはそれでいい。だが、あの子が叔母の思惑どおりに動かないよう、気をつけてやってほしい。あの子を傷つけたくないし、こんな策略のせいで求婚者たちが遠ざかるのはよくない。従妹と結婚するなんて、ありえないことだ」

「なぜ？」

ヘイデンの笑みがこわばったのを見て、いささか踏みこみすぎたと気づいた。しかし、それ自体目新しいことではない。アレクシアは質問を撤回しなかった。

「彼女は子供だ」とヘイデンは言った。

「みんな子供よ。二十二歳で婚期を逃したと言われるんだもの。教会にいる花嫁は当然みんな子供だわ」

「結婚をするつもりは当分ない。子供とならなおさらだ。浮ついたロマンティックな考えに取りつかれていて、それに付きあうには弱いふりも、感傷的なふりもしてみせなければいけない。それに、彼女は僕の従妹だ。世間的にはよくあることだとは知ってるが、不健全な慣習だ。僕には受け入れられない」

「不健全？　ベンジャミンはわたしの従兄よ。彼を愛することが不健全だなんて、考えたくもないわ」

ヘイデンの顔から表情が消えた。「もちろんだ。すまなかった、ウェルボーン嬢。たまに、自分の考えを伝えようとして、行きすぎた表現をしてしまうことがある」

気づまりな沈黙が続いた。

「たしかに、わたしが従兄と会ったのは大人になってからよ」アレクシアは言った。「ベンジャミンも小さいころのわたしは知らなかった。だから——」

「そのとおりだ。もうわかっただろう。俺とキャロラインというのは……ありえないということが」この話は終わりだというように、ヘイデンは立ちあがって部屋のなかを歩きまわりだした。

「ベンジャミンと会ったのはいつごろだ？」壁にかかったシャルダンの絵を眺めながら、ヘイデンは何気ないようすで尋ねた。殺風景になってしまった壁を埋めるために、ロングワース一家が出ていってすぐ、イースターブルックの所蔵品のなかから運びこんできた絵の一枚だ。

「ロンドンに来て一緒に住むことになったときに。そのときはチープサイドに住んでたわ。父が亡くなってから送った手紙に、ベンジャミンが返事をくれたの。うちに来るようにって。とても親切だった」親切で、朗らかな人。ベンジャミンがそばにいると、世界が明るく感じられた。彼は快活さをくれた。目の前の人物とは大違いだ。ヘイデンといて感じるのは、怒りだ。それに、隙を見せないよう緊張していなければならない。「ベンジャミンとは子供のころからの知り合いだったのよね。幼いころもあんな感じだったの？」

「基本的な性格は、子供のころからずっと変わらなかった。直感で動く、屈託のない子供だったよ。昔は悪さばかりしていた」

「いたずらっ子だったのね」

「類を見ないほどの。そう……子供のころも、大人になってからと同じで、自分の行動がどんな事態を引き起こすか、ほとんど考えてなかった」

「それは、ベンジャミンがそのときそのときを楽しんで生きる人だからよ。先のことを思い悩んだりすることはないの。最後には必ずうまくいくって、信じてるんだもの」

そこが好きだった。ベンジャミンから感じられる、無鉄砲と言ってもいいほどの自由さが。彼に会うまで、アレクシアは分別のある退屈な人間でいなければならなかった。それを、一緒にいられた最後の数年で、ベンジャミンが温めほぐしてくれたのだ。

短いあいだではあったが、彼がいてくれたから、アレクシアは若々しさを取り戻すことができた。その生まれ変わった少女、憧れの視線を彼に向けていた少女は、いまは胸の奥にしまいこんである。ベンジャミンの思い出を大切にしまってあるのと、同じ場所に。

気づくと、ヘイデンが振り返ってアレクシアを見つめていた。また険しい顔に戻っている。深い群青色の瞳は、何かを見定めようとしているかに見えた。ベンジャミンなら、こんなふうに人を見つめることはしない。

アレクシアはその視線を受け止めたが、それは間違いだった。視線がぶつかったとたん、自分が不利に立ってしまったのを知った。先週、叔母たちを伴ってやってきたときの、貴賓室でのときのように。奥まで見透かそうとするかのように深く、あまりにも長く、見つめてくる。心を読まれているような気がする。

これまでのようにしか反応できなかった。この感情は、ベンジャミンに見つめられたときと似ていた。暗さを帯びているという点が違うだけだ。その視線の危険な色合いに気づくと、アレクシアのなかに引き起こされていた興奮には、恐怖しているような震えが混じった。

アレクシアは耐えた。大丈夫、一歩も引いてないわ。でも、心のどこかでは気づいていた。目をそらす力、興奮をしりぞける力が、どこかへ消えてしまったことに。

「そうだろう。この屋敷にやってきてからは、毎日が楽しかったことだろう」と彼は言った。

顔が紅潮するのがわかった。心にしまった、あの秘密のキスが見透かされている気がした。

ヘイデンはまた口を開きかけたが、邪魔が入った。やってきた従僕に、書斎へ向かうよう告げられた。

「余興の準備ができたようだ」ヘイデンは言った。

書斎へ向かおうと、ヘイデンはアレクシアに腕を差しだした。そうして近くに立つと、屋敷を見まわったあの日のことを思い出す。なのに、ヘイデンの奇妙な力をはねのけられない。

「ベンジャミンのことを話せて楽しかったわ」書斎へ足を踏み入れながら、アレクシアは言った。「いつか、ギリシャでの彼のこと、話してくださらない？　子供のころの話も」

「そうしよう」

書斎でふたりを待っていたのは、小さな舞台装置だった。床に敷かれた青い布のわきに、二本の低い円柱が立っている。その後ろに、書棚に結びつけられた白い布がかかっていた。布には丘と、円柱で支えられた神殿が背景として描かれている。

そのわきに立っていたヘンリエッタが、ふたりに青い布の前に用意されていたふたつの椅子を勧めた。

そして手を叩いた。もう一度手を叩くと、余興が始まった。

キャロラインが背景画の後ろから姿を現わした。古代ギリシャ風の衣装を身につけている。腕がすっかりさらけだされ、足首があらわになり、首や胸もとも肌がかなり見えている。髪は母親に大人っぽく結いあげられ、幼い顔に紅も差されていた。

キャロラインはとてもきれいで、とても大人びて見えたが、やりすぎのようにも思えた。

アレクシアはヘイデンの顔を盗み見た。すると、ヘイデンもこちらを盗み見ていた。

「叔母たちに関して君の言ったことは正しかったようだな」とヘイデンがささやきかけてきた。「僕を鍋に入れるのに、六月まで待つつもりはなさそうだ」

ヘンリエッタの撒《ま》いた美しい餌は、二本の円柱のあいだに移動して『イーリアス（ホメロスの叙事詩）』からの一節を朗誦《ろうしょう》しはじめた。

5

古びたドレスに身を包み、長いウールのショールを巻きつけて、アレクシアは書斎へ入っていった。火をおこして近くのソファに横になり、開いた本をおなかの上に載せる。

静けさ。自由。暖かい火と、ひとりになれる時間。アレクシアは目を閉じて、懐かしい世界に戻ってきた感慨を、ゆっくり噛みしめていた。雨が静かに窓を叩いているのすら、心地よい。

週に一日、自由に使える日をくれるよう頼んでおいて、本当によかった。大胆なお願いではあった。まさか受け入れられるとは思っていなかったし、ヘイデンがその条件を呑んだときは驚いた。ひょっとしたら、ロングワース家のことで少し罪の意識を感じていたのかもしれない。それ以外に思い当たる理由はなかった。

それはヘイデンが何を考えているのかのヒントに思えたが、性格分析に時間を無駄にするつもりはない。この時間をこころゆくまで満喫しよう。夫人やキャロライン、とくにヘイデンがいないのだから。彼は気づくといつでもそばにいた。昼間やってきたかと思えば、夜には食卓についている。若くて裕福な独身なのだから、叔母につきあってばかりでなく、ほかにいくらでも楽しいことはありそうなものなのに。

アレクシアの頰が緩んだ。ほかに楽しいことがないはずがない。でも、叔母の不可思議な力で縛りつけられて、その策略から逃れるすべがないのだ。釣りの譬えはあまりよくなかったかもしれない。彼は餌におびき寄せられているわけではないのだから。ヘンリエッタはヘイデンの鼻に輪っかをくくりつけて、ゆっくりと、容赦なく、落とし穴へ向かって引ったてているのだ。

その光景を想像して、アレクシアはくすくすと笑った。ヘンリエッタの持つ綱につながれた、ミノタウロス。ふいに、想像の場面が切り替わった。ヘイデンが若いキャロラインと並んで聖壇の前に立っている。

笑いが消えた。アレクシアは、頭に浮かんだ光景について考えこんだ。きっと愛のない結婚になるだろう。ヘイデンに愛情なんてかけらもないはずだ。でも、若くて舞いあがっているキャロラインは、結婚には愛があるものと思っているだろう。幻想が消えてなくなるまでには、互いにわかりあえているかもしれない。そしてキャロラインは、世の女性のほとんどが求めているものを手にする――安全と保護と、叶うことなら優しさも。

また場面が切り替わった。教会に立っているのはヘイデンではなかった。ベンジャミンだ。それまで上から眺めていたアレクシアも、その横にいる。その瞬間、まるで本当にその場面を経験しているかのように、全身が喜びで満たされた。

アレクシアは、後ろ髪を引かれる思いでその光景を頭から締めだした。人生はいつも思いどおりにいくわけではない。ときには、夢に及ばない現実で我慢するしかないこともある。

本に戻ろう。手にしていたのは、いつもなら誰にも見られる心配のない自分の部屋で読む、ウォルター・スコットの作品だった。家庭教師が楽しむのにふさわしいまじめな文学作品でもなく、キャロラインに渡した読書リストにも入らない作品だ。

心地よくショールにくるまれて、アレクシアは人生からの一時の逃避行へ乗りだした。颯《さっ》爽《そう》とした男たちと優美な女性たちの世界、ありえないような情熱にあふれた世界、夢のようにドラマティックな、ロマンスの世界へ。

「きゃあ」

キャロラインは嫌悪に顔をしかめながらも、アルコール漬けのハゲワシの頭に顔をぐっと近づけた。

かつてモンタギュー公爵の邸宅であった博物館にぎっしりと並べられた、学問上重要な品々のなかでも、このグロテスクな標本は単眼の豚とエジプトのミイラに次ぐ人気がある。

いやだけれど気になるといったキャロラインの子供っぽい反応に、ヘイデンは笑みを浮かべた。この子が一年もしないうちに結婚するなんて、犯罪もいいところだ。こういう少女たちを嫁に出すのに、ヘイデンは反対だった。それは、ヘイデン自身の母が早すぎる結婚で不幸になったという理由からだけではない。

「さあ、大理石を見にいきましょう」ヘンリエッタは、ハゲワシ見物人たちの山から娘を連れだし、優しい声で話しかけた。

かつてパルテノン神殿のファサードを飾っていた大理石を見にいこうとする親子を、別の場所に引っぱっていくのには、ひとまず二度は成功していた。例の余興でヘンリエッタがキャロラインにさせた格好は、忘れようにも忘れられるものではない。叔母がこれほど大理石にこだわる理由は見当がつく。すばらしいギリシャ芸術の実物を見たところで、キャロラインの評判があがるわけでもない。

「ウェルボーン嬢は、キャロラインに大理石を見せてもいいとは言わないように思いますがね」

「わたしは母親なのよ。決めるのはわたし。それにウェルボーン嬢だって、見ておくべきだと言ってたわ。それはそれは見事なものですって。だから自分の目で見ておかなければ」

「そんなにこだわりがあるのなら、彼女も一緒についてきて自分でも見るべきでしょう」

その日ヘイデンが屋敷へ迎えにいくと、アレクシアは休みを取っていたのだった。ヘイデンがヘンリエッタ叔母につかまっているあいだ、自分は街に出て好き勝手して楽しもうというのだ。休みたいなら別の日にしろ、いますぐ下りてきて馬車に乗るよう伝えてこい、とすんでのところで声を荒らげるところだった。

ヘイデンは追いたてられるようにして、叔母の目指すほうへ連れていかれた。「ウェルボーン嬢は、小さな離れにあるって言ってたわ。こっちであってるかしら?」

三人はモンタギューハウスを出て、雨をよけながら別館へと向かった。アテネのパルテノン神殿からエルギン卿が持ち帰った彫刻が収蔵されている場所だ。

「なかに入ってもショックを受けてはだめよ」キャロライン」ヘンリエッタが心構えを説きはじめた。「偉大な芸術家というのは、自由を大切にするものなの。だから作品のなかには、破廉恥だと思えるようなものもあるわ。でも芸術に接することで、高い次元の経験ができるのよ。そもそも、とても古い時代の、キリスト教もなかったころのものだから」

叔母がキャロラインに経験してほしがっているのは、ショックのほうなのではないか? 高い次元なんてどうでもいいはずだ。別館に置かれている男性の像のほとんどは裸だ。叔母は、うまく手ほどきするつもりなのだ。一緒に入るのはやはり、よろしくない。

しかしヘンリエッタにとって、ヘイデンが一緒ということも重要なのだった。隣りに立つ将来の夫の服の下がどうなっているか、想像させたがっているのだ。

アレクシアが来ていたら、彼女に芸術の授業をさせておいて、そのあいだ姿を消していられたのに。その可能性をつぶすために、叔母がアレクシアをわざわざ街に出したのではないかとすら思えてきた。いや、アレクシア自身がこの企てを考えついて、手助けしたのか?

そちらのほうがありうる。

このことについて、彼女と話しあう必要がありそうだ。最優先で。

三人は、ラピテース族とケンタウロス族との戦いを描いた石板の前に立った。ヘイデンはその場面の物語を教え、ヘンリエッタはその壮麗さに歓声をあげた。

キャロラインは、描かれた裸の男たちを興味深そうに見つめていた。短いが気づまりな沈黙が流れた。ヘイデンは、もっと着込んでくるべきだったろうかと不安になった。

キャロラインの眉がひそめられた。「どれも壊れてるわ。頭も腕も、剣で切りおとされたみたい。なんでこんなものが展示されてるのか、しかも有名なのかわからないわ」

この人物たちが彫りこまれたときにはこんな状態ではなかったんだよ、とヘイデンは言いかけた。しかし、目の前の石板に浮かぶ体が、ある記憶を電撃のようによみがえらせ、胸が苦しくなった。ヘイデンは、その感情を押し殺そうと女性たちに注意を向けた。

「この彫刻の見どころは、体の表現にあるのよ——それで高く評価されてるの」とヘンリエッタは言った。「胴に、腿に、お尻——」

「どれも好きじゃないわ」

「キャロライン、そう思うのは君だけじゃない」ヘイデンは言った。「ギリシャ芸術を好きになるには、普通時間がかかるものなんだ。女性の場合、こういう石像を好むのは大人になってからだとも聞く」そして今度はヘイデンが追いたてるようにして、ふたりを別館から連れだした。「ウェルボーン嬢が一緒に来もせず、友だちを訪ねにいってしまったのは残念でしたね。僕の感性ではわからないような美学的なことを説明してくれたでしょうに」

「あら、彼女は友だちを訪ねにいったんじゃなくてよ」キャロラインが言った。「家から出ないって言ってたわ。自分の用事をしたいんですって。手紙とかいろいろ」

そう聞いたからといって、気分が晴れるわけではなかった。アレクシアが自分の役目そっちのけで手紙を書いているあいだ、こちらはまだ数時間はこの外出につきあっていなければならないのだ。どうせラブレターといったところだろう。死んだベンジャミン・ロングワースへの。

彼女が明るい顔を見せるのは、ベンジャミンの名前が出たときだけだ。そういうとき、彼女はまるで別人のようになる。昔の愛の記憶が、魔法のように彼女を若返らせる。そんなのは健康的じゃない。それにその愛も、嘘で塗り固められたものだ。ベンジャミンは相も変わらず、代償も考えず衝動で動いていたというわけか。そしてその代償を払うのは、彼女なのだ。

彼女がどう信じていようが、ベンジャミンにアレクシア・ウェルボーンと結婚するつもりはまったくなかったはずだ。ギリシャに発つずっと前から、ある裕福で若い貴族の娘を追いかけていたのだから。ギリシャの戦闘に参加したのも、英雄になれば、裕福で手の届かない女にも求愛できると思っていたからだ。

ヘンリエッタから図書室へ寄ろうと声をかけられ、ヘイデンは我に返った。あと一時間は、教師役を続けなければならなさそうだ。

図書室のドアを開けたとき、ヘイデンはそこに見慣れた顔を見つけた。弟のエリオットがテーブルにつき、大きな写本に見入っている。ケンブリッジの図書室にこもっていて昨晩戻ってきたばかりだというのに、精の出ることだ。

「ヘンリエッタ叔母さん、ここで待っててください」

ヘイデンは女性たちをドアのところに残し、弟のほうへ歩いていった。肩に手が置かれるまで、エリオットはこちらに気づきもしなかった。

豊かな黒々とした髪が、後ろにはねあがり、エリオットが眼鏡越しにこちらを見あげてきた。写本を読みながら旅していたどこかの時代から現在へ戻ってこようと、手探りで道を探しているようだ。

「ヘイデン。驚いたな」

「だろうな。ちょっと来てくれ。断わったらお仕置きだ」

混乱しているようだったがエリオットはうなずき、立ちあがってヘイデンについて歩きだした。

「叔母さん、分厚いラテン語の研究書で目をいじめていた男を見つけてきましたよ」とヘイデンは告げた。

ひとしきり、場は再会の喜びに沸いた。歴史となると我を忘れてしまうエリオットだが、とても魅力のある男でもある。あんまり大人になってきれいになったので見違えたよ、今年は求婚者たちに追いかけられて大変なことになるぞ、と軽口をたたき、キャロラインの顔を輝かせた。

「叔母さんたちは、図書室を見学したいんだそうだ。所蔵品について教えてやってくれないか、エリオット」

「喜んで、コレクションをご紹介しましょう。美しくて重要な珍品がたくさんありますよ。今度博物館の新しい建物が作られるんですが、そのスケッチもあります」

「それはすばらしい」ヘイデンは言った。「安心して任せられるよ」

ヘンリエッタの表情が曇った。「待って、ヘイデン、あなたも――」

「午後に約束があって、いずれにせよ今日の外出は途中で切りあげなければならなかったんです。どうぞ好きなだけ、図書室で楽しんでください。講義ならエリオットのほうが僕よりずっと確かですしね。全部見せてさしあげるんだぞ、エリオット。叔母さんたちはまる一日空けてくださったんだから」

なんとか、逃げだすことに成功した。叔母たちは夕食までは戻ってくるまい。ヘイデンはふたりを待っているよう御者に言い残すと、辻馬車《つじばしゃ》を探して歩きだした。

嘘をついたわけでもなかった。午後には本当に約束が入っているのだ。ただし、数時間後だが。仕事でシティに向かう前に、ヘイデンには行かなければならない場所があった。

夢から覚めた。まだ意識がはっきりとしないが、何かがまどろみを破ったことには気づいていた。何かで目が覚めたのだ。音ではない。直感からの警報で揺り起こされたのだ。

アレクシアは目を開けた。最初に見えたのは、驚いているような濃い群青色《ぐんじょういろ》の瞳だった。それは心のなかの何かに重なった。記憶の奥底、霧の向こうへ消えていきつつある、さっきまで夢で見ていた瞳に。

目にしているものと現実世界の匂いとで、まだ残っていた眠気が流れ落ちていくと、アレクシアは自分がヘイデン・ロスウェル卿の顔を見あげていることに気がついた。

立っているヘイデンはとても大きく見えた。わずかに眉根の寄った、真剣な顔。召使いが書斎のソファで寝ていたのが、気に食わないのだろう。

アレクシアはソファの上に起きあがった。「叔母さまも戻っていらしたの?」

「弟のエリオットに任せることにした。図書室に残してきたよ」そう言うとヘイデンはアレクシアの上にかがみこんだ。近くに来られて、アレクシアは落ち着かなくなった。

これがいやだった。気軽に言葉を交わしたりするようなときですら、彼を嫌いでいる理由を忘れかけてしまうようなときですら、この不快な動揺は消えない。

でも、今日は我慢する必要はない。「誰も部屋に入れないようにフォークナーに言っておいたのだけど」

「まさか、召使いたちは僕もその対象だとは思わなかったんだろう。彼らは僕がこの屋敷と、そこにいる全員の主人だと知っているからな」ヘイデンはまだ動こうとしなかった。見おろすことで、〈そのなかにいる全員〉にはアレクシアも入っているのだと強調しておこうとでもいうのか。「うまいこと僕を言いくるめて自由な日を手に入れたのは、こんなふうに過ごすためか？　暖炉のそばで読書、ね」

「好きなことをするわ。帳簿をつけさせたいんだったら、そう言っておくべきだったわね」出ていってほしかった。

「せめて数時間は、昔のように過ごし、自分の家のように振る舞おうというわけか。君の言う〈自由〉にそういう象徴的な意味が含まれていたとは、気づかなかったよ」

その言葉はずしりと重かった。まさにそのとおりだった。自分のことを、自分以上に知られているようだった。なんであんなにも甘美な時間だと感じられたのか、その理由を彼は見抜いていた。

この男を嫌いになる理由が、もうひとつ増えた。

アレクシアはヘイデンをにらんだ。「なぜここへ？」

「君に会うために」

ヘイデンの視線が離れ、アレクシアの質素なキャップと、古い緑色のドレスと、厚い地味なウールのショールの上を動いた。人に見られたら恥ずかしくなるような格好だったが、むしろこの場はこれでちょうどよかった……安全だ。

「頼んでいることを、しっかりと理解してもらいたくてね。その話をしにきた」

「自分の仕事はわかっているわ」

「どうだかな。今日は、従妹に付き添ってほしかったんだが」

「あなたも叔母さまも一緒なのだから、わたしは必要ないわ。叔母さまもそうおっしゃったのよ」

「叔母は君に来てほしくないと思ってる。そして僕たちはふたりとも、その理由を知ってる。あの子を僕とくっつけやすくするためだ」

「叔母さまがあなたのことで何を計画されていようと、わたしには関係ないことよ。どの日にお休みを取るべきかは、きちんと考えてるもの。キャロラインの授業に影響はないわ」

「僕はまた、僕を避けるためにわざわざこの日を選んだんだと思ったがね」

またしても胸に重かった。「かもしれないわ。あなたは思ったよりこの屋敷に入り浸ってるんですもの。その間ずっと慎み深さをかき集めているのは、大変なの」

ヘイデンは顔をこわばらせた。もう何度も目にしている表情。またしても大胆になりすぎたらしい。でも気にはならなかった。今日は自由な日なのだから。そして何より重要なのは、彼から自由になるということなのだから。

「今後、僕が叔母とキャロラインと出かけるときは、君もついてくるように」

「自分の仕事は教えてもらわなくてもわかっているわ。それに、叔母さまが決めることよ。あなたじゃない」

「ついてくるんだ」ヘイデンは強い口調で言った。

アレクシアは唇を噛み、精一杯ヘイデンを無視して火を見つめた。もう出ていってくれるだろう。新しい法律を宣言したのだから、ご主人さまがここに留まる理由はない。

ヘイデンは部屋から出ていかなかった。しかし、ゆっくりとアレクシアから離れた。そして残念なことに暖炉へ向かい、アレクシアの視界に入りこんできた。大きく、強く、そして暗く、あらゆる方法で視覚と感情に割りこんできた。

「眠っているとき、笑っていたな」と彼は言った。「あいつの夢を見ていたのか？ ベンジャミンの」

「わからないわ」記憶の奥底の暗がりから、瞳が見つめてくる。「違うと思うわ。でもそうかもしれない」

「あいつは友人だったし、借りもある。だが――」

「わたしには借りは作らないでおいてね。あなたの返し方は、よくわかっているから」

この一撃は強烈だったようだ。ヘイデンの表情に、アレクシアの首筋がちりちりした。しかしその警報は、ヘイデンといるときに感じてしまう興奮に幾重にもおおわれたものだった。

「あいつが死んでから三年にもなる」と彼は言った。

「いつまですがりついているんだ？」

爆発的な怒りがこみあげてきた。アレクシアのなかの慎重さは、一瞬で追いやられた。アレクシアはさっと立ちあがった。「わたしは思い出を大事にしてるだけよ。すがりついてなんかないわ」

「キャロラインが詩を読んでくれた夜、君は愛を現在形で語っていた」

「そんなはずない」

「そうだったとも。そんなことをしていても自分をだめにするだけだ」

「あなたにそんなことを言われる筋合いはないわ。たとえ親友だったとしても、聞き捨てならないことよ。それにご存じのとおり、あなたなんか親友でもないわ。そんな勝手な想像、家族から言われたとしたって耐えられない。ましてやあなたからなんて」

ヘイデンが近づいてきた。あとずさりしそうになったが、怒りがそれを押しとどめた。

「あいつから離れなければ、君に未来はない」

ヘイデンをにらみつけるには、見あげなければいけない。まただ。威圧感と態度とで、こちらを圧倒しようとしている。こういうやり方がお好みなのね。殴ってやりたかった。こんなにもはらわたが煮えくり返っているのに、なぜ動悸は速くなる一方なのだろう？

「よくもわたしの未来のことを口にできたものね？　よりによってあなたが！　一カ月前のわたしは、財産も美しさもないみじめな存在だった。でも、少なくとも家と家族はあったのよ！　未来の話？　恥知らず」

非難を浴びせかけられても、ヘイデンは何も言い返さなかった。その目に、アレクシアと同じぐらい熱い炎が宿った。甲高い警報が鳴り響いたが、アレクシアは聞き流した。

「財産なんて気にしない男はいる。それに君は十分きれいだ」表現には強い感情がこもっていたが、声はとても落ち着いていた。

「今度は残酷なことを言いだすのね」

「君の瞳は不思議だ。吸いこまれそうになる。けっして屈しない君の心を映している」

突然のお世辞に、アレクシアは茫然として口を開くことすらできなかった。怒りが激しく渦巻いた。衝撃のあまり頭から言葉が吹き飛んでしまい、かき集められそうもない。

ヘイデンはすぐそばに立っていた。いつ動いたのか気づかなかった。とても近くに立っている。近すぎる。ヘイデンに目をのぞきこまれ、アレクシアは吸いこまれそうになった。

ベルベットのような温かさが、頬に触れた。ヘイデンに触れられている。彼の指の下で皮膚がとくんと脈打ち、それは胸もとへと下がってきた。だめ——

「君の肌も素敵だ」そっとなでながらヘイデンは言った。そのやわらかな感触は、なぶるようで、そしてひそやかで、息が止まる。彼の視線が下へと動く。「唇もだ、アレクシア。そう、君の唇がどれだけ美しいか、君はきっと知らないんだろう」

ヘイデンにまた瞳をのぞきこまれて、アレクシアは再び茫然としてしまった。彼の眼は熱く烈《はげ》しく燃えていた。初めて会ったときから感じていた危険が、満ち満ちていた。ヘイデンが何か心に決めたのを感じて、アレクシアは驚きに目を見開いた。直感がささやきかけてくる。でも、あまりにもばかげていて信じることができない。

ヘイデンの唇が、押し当てられた。温かく、強く、支配するように。そのキスのすばらしさに、アレクシアは圧倒されるばかりだった。頭が混乱でいっぱいになる。混沌《こんとん》のなかに現実的なアレクシアが現われて、分別のあることを命じてくるのだが、その命令に応じるには、あまりにも魅惑されすぎてしまっていた。

アレクシアは恥ずかしさも忘れて応えた。ほとばしるような熱が体じゅうを駆けめぐり、胸とおなかと、もっと下の部分にまで流れこんで疼いている。興奮は体全体に伝わり、いまにも呑みこまれてしまいそうだ。歓喜の渦が、我を忘れてしまえと誘いかけてくる。

その感情に、アレクシアはうっとりとした。そしてヘイデンに抱きよせられると、理性が吹き飛んだ。甘い愛撫に身を任せ、悦びに声にならないうめき声が漏れる。力強く抱きしめられ、がっしりとした体に引きよせられて、耐え難いほど熱い唇が唇に、首に、胸に押しあてられるのを感じる――理性のかけらもない自分がいた。官能的な興奮を歓喜して受け入れ、情熱の雨を体じゅうに浴びていた。

キスがやんだ。男性的なしっかりとした指が、アレクシアの顔を上に向けた。アレクシアは目を開け、自分を見下ろす瞳を見つめた。欲望が、その厳めしさを変えてしまっている。

固い表情ですら、誘惑しているように見える。

ヘイデンにまたキスされると、心の底で戦いが始まった。ヘイデンの瞳は、あまりにも多くのことを物語っていたのだ。そこには欲望が燃えていた。そしてまた、そこにどんな女が映っているのかもちらりと見えた――好きでもなく信頼しているわけでもない男に、屈服している女。男から声をかけられればすぐに応じる、寂しさを抱えた未婚の女。

心の一部は冷静さを取り戻したが、こんなにも鮮やかな歓喜を手放したくなかった。彼の体温を失いたくなかった。いくらその胸を手で押さえ、体を引き離そうとしていても、彼のなかにとろけてしまいたいと願う想《おも》いには勝てなかった。彼が何者であっても。どれほど後悔するとしても。

ヘイデンの体が離れていく一瞬一瞬は、強く印象に刻まれていった。抱擁が緩み、ゆっくりと腕が落ちて、体が離れていく――アレクシアの体は、そのすべてに反応してしまった。

アレクシアは、慌てて窓のほうへ向かった。そしてヘイデンを見なくてすむよう、外を眺めた。なにごともなかったかのように書斎から出ていけるよう、心を落ち着けなくては。理性が戻ってくるにつれ、ぎざぎざとした屈辱感も頭をもたげてきた。

部屋を出ていってくれるだけの礼儀は持ちあわせているだろうと期待した。しかしはずれた。少なくとも謝罪は述べるだろうと思った。何の言葉もなかった。見つめられているのがわかった。余計耐えがたくなるだけだった。出ていってくれたら、自分の弱さと彼の非情さを、思いきりののしることだってできるのに。ヘイデンが留まっているあいだ、アレクシアは震え、当惑したままだった。あまりにも狼狽が激しくて、落ち着きを取り戻すことができなかった。

「褒められたことではないわ、ロスウェル卿」

「ああ」

その声は後悔しているようではなかった。〝そうかもしれない。だが俺はしたいようにする〟とでも言うかのようだった。

「なんでこんなことをしたのかはわかってる」アレクシアは言った。「わたしをどんな女だと思ってるのかも、わかってるわ」

「ずいぶんいろいろと知ってるんだな」

声が近くに聞こえて、ヘイデンがそばにやってきたことに気づいた。腕を伸ばせば届くところに。恐ろしいことに、興奮と危険にまた魅了されつつあった。心臓がゆっくりと、強く、鳴りはじめた。

「僕は君をどんな女だと思ってるんだ？　自分ではよくわからないんだ。教えてくれるとありがたい」

まともな男なら、謝罪を述べて立ち去るところなのに。「ベンジャミンとわたしはそんな関係ではなかったわ。あなたは誤解してる」

「そんなことは考えてもいなかった。君がキスしたがっていると思っただけだ」

アレクシアは振り向いた。こんなふうにもてあそばれるのは許せない。ヘイデンの姿が目に入ると心がぐらりと揺れたが、少女めいた興奮は押し殺した。

「あなたにではないわ。わたしは、ご主人さまの慰みものになるような召使いではないの。覚えておいて」

ヘイデンはまたアレクシアをじっと見つめた。これまでと違うのは、見つめながらあのキスを思い出しているであろうということだった。今後はずっとこれが続くのだろう。自由を与えられた男というものは、礼儀などおかまいなしに無遠慮に踏みこんでくる。

「慰みものにしようとしたつもりはない。キスしただけだ。君に許されないほど大胆になったつもりもない」

アレクシアの顔は真っ赤になった。「侮辱だわ」

「違う。正直に言ったまでだ。ただ、そうじゃないと思いたいなら、それでもいい」そして小さく頭を下げ、ヘイデンはドアへ向かった。

「ロスウェル卿、今後は、キャロラインの家庭教師という立場に対する敬意はお忘れにならないで」

ヘイデンはドアのところで立ち止まり、振り返った。

「それはすぐには答えられない」

「なら答えられるようにしてさしあげるわ。あなたのキスはいやだったわ。だからもう二度としないで」

ヘイデンはドアを開けた。「気に入ってたはずだ。男にそれがわからないとでも思うか?」

6

ヘイデンはダーフィールド・アンド・ロングワース銀行の、円柱のポーチに入った。メイフエアからシティまでどう馬を走らせてきたのか、ほとんど覚えていない。頭のなかは、ヘンリエッタの屋敷の書斎で起きたことですっかり占められていた。服が雨に濡れていることにも気づかないほどに。

自分がやったことは、褒められたことではない。ああいった立場にある女は弱くて、いいように使われてしまいやすい。そういう女を利用するような男は、ろくでなしだ。それに自分は、女を困らせるような人間ではないはずだ。愛人たちとは明確な契約を交わしているし、互いに利となるようにしている。

時間とともに、アレクシアへの罪悪感が頭をもたげてくることだろう。だがいまは、記憶のなかのあのキス、彼女の情熱的な屈服以外には何も考えられなかった。普段は衝動で動くようなことなどないがゆえに、あのキスが起きたこと自体が、彼女の官能的な反応と同様、心をとらえて離さなかった。

父が亡くなった直後も、こんな感じだったかもしれない。悲嘆に暮れる日々が過ぎると、自由になれたという高揚に包みこまれた。地下牢《ちかろう》から出された囚人のような心境だった。そして二年ほど、酔ったように生き急ぎ、過激な感情と衝動的な行動に身を任せ、長いこと禁じられてきたその場かぎりの喜びに耽溺《たんでき》した。

そのときの自分は、ロンドンという劇場に立つ役者のようなものだった。自分自身の肌よりも、衣装のほうに合わせようとしていた。自分が父の息子でしかなく父にそっくりだという、ずっと自分を苦しめつづけてきた事実を、くつがえしたくてたまらなかったのだ。

しかしその後父から受け継いだものに慣れていき、その闇を手なずけ、その力をわがものにしてきた。だがポーチを通りすぎるヘイデンのなかで、その均衡は破られつつあった。キスの記憶から湧き起こる妄想は、キス自体よりはるかにひどかった。頭のなかの非情さは、アレクシアを完全に落とすか、または例の互いに利となる契約を交わすには、どんな餌を見せれば食いついてくるだろうかと思いめぐらせていた。

銀行のなかに足を踏み入れると、目にした光景に夢想は消し飛んだ。三十人ほどの男たちが押しかけ、事務所の前にわらわらと集まっている。

そしてさらに数人、慌てたようすで加わった。足早にやってきた彼らの顔には、不安の色が浮かんでいる。取り付けが始まろうとしているのだ。

まだ誰もこちらに気づいてはいないようだ。ティモシーの名前が取り沙汰されているのが聞こえる。事務所へと続くドアが開き、ダーフィールドが男たちのひとりをなかへ招きいれた。そしてまたドアが閉まった。

ヘイデンは群集に近づいた。パニックがさざ波のように男たちのなかを広がっていった。ひとりの男がヘイデンの前に立ちふさがった。「割り込みはなしだ、ロスウェル。おまえの家族たちが食べ散らかした残り物なんて、もらってもしょうがないんだ」

「うちの人間がここで夕食をとる予定はないが」

「一カ月前もそんなことを言ってたな。だが妙なことになってると聞いたぞ。ティモシー・ロングワースが――」

「彼は、個人的な理由で共同経営権をダーフィールドに売却したんだ。彼の個人資産がこの銀行の支払い能力に影響することはない」

「じゃあおまえはなんでここに来たんだ？」ほかの男から声がかかった。

「金を引きだすためじゃないということはたしかだ」

疑わしげな視線が投げかけられた。これまでの経験から、銀行に過度な信頼を寄せてはいけないと彼らは知っているのだ。

「この銀行の力を疑うような理由は、何もない」ヘイデンは全員に聞こえるよう声を張りあげた。「俺は債券も預金も引きだすつもりはないし、将来そうするであろう理由も思いつかない。だが君たちが望むなら、ダーフィールド君は対応してくれるだろう。君たちの要求する金額を全部支払ってもまだ十分に残るだけの準備金はある」

ヘイデンの無愛想さが、パニックを静めた。ヘイデンは今日すでに、肉体的な欲望からろくでなしにもなれると証明してしまったが、投資における成功には、見かけだおしという汚点はまだついていない。

人の群れがばらけた。数人は立ち去り、ほかの男たちは自分たちの取るべき道について議論を交わしはじめた。事務所への道が開いた。

ダーフィールドが顧客対応していることはわかっていたが、事務員に自分が来たことを伝えるよう告げた。ダーフィールドがすぐに戸口のところへ現われた。そして、こちらを取り巻くように見つめている男たちに自信に満ちたほほえみを向けながら、低い声でささやいた。

「残念だが、口座を調査しただけでは、わが友の罪をすべてあぶりだすには足らなかったらしい」

「どういうことだ?」

ダーフィールドはドアをわずかに押し開けてなかの客を見せた。カンブリアの准男爵、マシュー・ローランドであることをヘイデンは見てとった。

ダーフィールドはまたドアを閉めた。「この銀行に預けていた公債を引きだしたいそうだ。確認して、もう売却されていると伝えたところ、彼は絶対に売却などしていないし、利息も支払われつづけている、と」

「この数年間に売却された債券は全部調べたはずだ。見落としたものがあったのかもしれないな。払い戻し記録は？」

「いま調べてこようと思っている」

「その間、俺が相手をしていよう。怒り心頭でわめきちらしながら銀行を出ていくのは、彼にしてもいやだろうからな」

ダーフィールドは集まっている男たちに目をやった。「まったくだ」そして事務員たちが勘定書を管理している別の事務室へと向かっていった。

ヘイデンはドアを開いた。マシュー准男爵は不安そうには見えなかった。田舎での遊びに夢中の金髪で丸顔の准男爵は、記録違いが修正されるのを静かに待っているようだ。

「ロスウェル」准男爵は満面の笑みを浮かべてヘイデンを迎えた。「イースターブルックの遺産を守りに来たのかね？」

「いえ、そのためではありませんよ。僕はダーフィールドの友人なんです」

「ならば彼が誤解をただしてくれるのを、一緒に待とうじゃないか。わしがコンソル公債を売ったというんだよ。そんなことはないんだが」

「すぐに記録にミスがあったと報告に来るはずですよ。いくら分の公債だったんです？」

「五千だ」

ヘイデンは、狩猟やスポーツの話題でマシュー准男爵の気をそらした。ダーフィールドは三十分ほども戻ってこなかった。戻ってきた彼は、冷静を装っているように見えた。

「マシュー准男爵、大変お恥ずかしい話なのですが、あなたの債券の記録を見つけだすのにいささか時間がかかりそうなのです。ここでお待たせするより、お支払を先に済ませてしまって、詳細については追ってご報告さしあげたいと思うのですが、いかがでしょう」

マシュー准男爵は、申し出の異様さには気づかなかったようだった。ダーフィールドは机につくと手形を書いた。ヘイデンは、それがダーフィールド自身の口座から支払われるものであることに気づいた。

ふたりは笑顔で別れの挨拶を述べ、満足げなマシュー准男爵を送りだした。ドアが閉まるやいなや、ダーフィールドは動揺を表わした。

「支払記録はなかった」ダーフィールドは言った。「公債は売り払われていた。以上。ほかのと同じだ。利息はロングワースが払いつづけていたんだろう。そしてわたしは五千ポンドを失ったというわけだ。あとどれぐらい見落としているのか、それが心配だよ」

「もうないとは言いきれないな」官能的な唇の記憶に気がそらされそうになったが、妄想にふける余裕ができるまでには、まだ時間がかかりそうだ。「もう一度、全部洗いなおす必要がありそうだ」

「ひょっとして誰かがロングワースのゲームに気がついたのでは？　だからマシュー准男爵も——いや、それはあまりにも恐ろしすぎる」

「ほかの顧客と同じように、ティモシー・ロングワースが自分の口座から利息を払っていたのか確かめてみよう。まだほかにあるかどうかも。公債が売り払われていたのはいつだ？」ダーフィールドは分厚い台帳を開いた。「一八二二年だ。いや、待てよ」顔をさらに近づけた。「インクがかすれてる。正しくは——いやしかし、ありえない——」

「いつなんだ？」

ダーフィールドがあげた顔には驚愕の色があった。「一八二〇年だ」

ヘイデンも同じく、驚きを隠せなかった。その当時はまだティモシー・ロングワースは共同経営者ではなかった。ベンジャミン・ロングワースだった。

強烈な悲しみがこみあげてきて、体がばらばらになってしまう気がした。友人についてその日付が暴きだすことのためだけではない。頭をもたげつつあるこの疑いが、ベンジャミンの死に説明をつけるもののようにも思えてきたからだ。

「預けられていた債券をすべて調査する必要がある。ベンジャミン・ロングワースが共同経営権を手に入れたときまでさかのぼるんだ。ベンジャミンの個人口座の情報がまだ残っているなら、それも持ってきてくれ」

ダーフィールドはうなずいた。悲しみを隠しきれないようだった。「君の手助けと思慮深さがありがたいよ。ほかに必要なものは？」

「強い酒を。ウィスキーがいい」

その夜は兄弟三人揃っての夕食となった。ほかの日であれば、ヘイデンもこの集まりを心から楽しんだことだろう。しかし今夜は、エリオットのきつい冗談の力をもってしても、心は沈んだままだった。ヘイデンが話に加わらないので、テーブルには長い沈黙がおりた。クリスチャンは何度もヘイデンに目をやった。

「なんと地味な集まりだ」とクリスチャンが言った。「おまえがそんなに退屈だと知ってたら、ファルリス嬢のパーティーの招待を受けておけばよかった。少なくとも退屈の種類は豊富そうだからな」

「数学の新しい証明を検証するので頭がいっぱいなんだ」いつもならそんな見えすいた嘘をつくことはないが、本当に頭を占めている内容を口にするわけにもいかない。

あまりにも多くの疑問を手つかずにしたまま、銀行を出てきた。それに、恐ろしい秘密まで持ち帰ってきた。サインをでっちあげて債券を売り払うという計画を考えついたのは、ティモシー・ロングワースではない。ベンジャミンがその手口を教えたのだ。彼が手を染めはじめたのは、ダーフィールドの銀行の共同経営権を手に入れたほぼ直後のことだった。そしてベンジャミンが死ぬと、ティモシーがそれを引き継ぎ、ベンジャミンの犠牲者たちに利子の支払を続けつつ、新たな犠牲者を産んできたのだ。

頭のなかを、昔の思い出がぐるぐるとまわっていた。ベンジャミンが少年だったころの、ロスウェル家の兄弟たちとは比べようもないほど無鉄砲で、生き生きとしていたころの思い出が。ロスウェル家の父は厳格で、名誉に厳しく、支配的な男だった。

《人間を人間たらしめるのは理性だ。ギリシャ人はそれを知っていた。このことを忘れたとき、人間は危機に陥るのだ。情熱にはそれなりの意味がある。しかし、すべてを支配するのは理性でなければならない。感情は衝動に結びつく。それは名誉も、富も、そして幸福をも破壊するのだ》

若いころのヘイデンは、こうした教えを毎日のように、いろいろな形で聞かされてきた。そして悪いことに、感情と情熱が悲劇をもたらした両親という実例を間近に見て育った。しかし田舎にいるときには、父からもその教えからも、しばらく逃げていられた。やがてベンジャミン・ロングワースという少年が現われ、喜びと活力が罪であり恥ずべきものだとする父の教えに対抗するための、一服の気付け薬となった。

「数学の研究には、とうに厳しい時間制限をかけていたものと思っていたよ」クリスチャンが言った。「エリオットを見習え。生きて呼吸する世界にいる以上、おまえも生きて呼吸しなきゃいけないんだ。現にエリオットは退屈じゃないぞ」

父のことを考えていたばかりだったので、クリスチャンの父親のような言い方は気に食わなかった。「兄さんを楽しませる義理なんかないんだ、黙っててくれ」

クリスチャンはこのとげとげしい反応をかなり面白いと感じたようだった。

それはエリオットもそうだった。「ヘイデン、気になってるのは数字のことなんかじゃなさそうだね」

「どうとでも思え」話したくなかった。兄弟たちは何も知らないし、そもそも何も説明できない。ベンジャミンと銀行のことで何か知っていそうな人間は、ロンドンにはひとりしかいなかった。ヘイデンを憎み、でもキスに情熱的に応えてくれた女性。ベンジャミンを愛していた、そしていまも愛している女性。

「ひょっとしたら女のことかもな」クリスチャンはエリオットに言った。図星だったので、ヘイデンは動揺した。「しかし、女のことでこれほど気もそぞろになるとは、初めてのことじゃないか。きっととても特別な女なんだろう。そんなに特別な存在になる女というのも、これまでいたためしはないが。ロマンティックな愛に論理は通用しないし、方程式も使えない。だからそんなものは存在しないんだと思ってたんじゃなかったか？」

エリオットはヘイデンにちらりと視線をやった。かつてクリスチャンがとてもまともであったとき、ふたりは友軍だった。エリオットは誰も気づかないヘイデンの心のなかを感じとることができる。「女ではないんじゃないかな」

それは正しくもあり誤りでもある。ベンジャミンのことを考えようとすると、ひとりの女が割りこんでくるのだから。彼女は何を知っているだろうか？　ベンジャミンの犯罪を知ったら、どんな反応をするのだろう？　すべてが明らかになったら、彼の名が汚されたと言ってヘイデンを責めるだろうか？

ダーフィールドは、この件に関して何も話さないと約束してくれた。それは彼自身の資産と名声を守るためでもある。そしてヘイデンは、顧客の損失を補塡するのに自分自身の資産を使うと誓約した。友からの借りは、ずいぶん高くついてしまった。

非情な明晰さで、ヘイデンは闇のなかを照らしだしていった。ベンジャミンは、見事すぎるほどその役柄を演じきっていた。英国に戻る船であれほど酔っ払っていたのも、銀行家としてのまじめな生活に戻りたがらなかったのも——どれもヘイデンの知っているベンジャミンだ。しかし、退屈さ以外の何が、ロンドンで待ち受けていたというのか？　何に悩んでいたのか？

自分の犯罪がばれてしまうと思い気落ちしていた？　盗んだ金で作りあげた空疎な生活。いつかは崩れると知っていたはずだ。ベンジャミンはみずから海へ飛びこんだのだろうか？最後の数日間のようすがようすだったので、それもありうるとはずっと思っていた。しかし、これまでじっくり考えるのは避けていたのだった。ベンジャミンが飛びこんだというのなら、それを許したのはヘイデンなのだから。

胸のなかにぽっかりと穴が開いたようで、ヘイデンは吐き気を覚えた。あの夜のことに、罪悪感をずっと抱きつづけていた。そしていま、友人の失踪の真実を見出せなかったのは、自分のプライドのために目を背けてきたからだという思いが、頭をもたげつつあった。

「いや、女だろう。どっちかさっさと結婚してくれるといいんだが」クリスチャンが言った。「甥っ子ができたら楽しいだろうな」

エリオットが笑った。「クリスチャン、僕とヘイデンは結婚しなくたっていいんだよ。奥さんを喜ばせるために変人ぶりを改める必要はない。その義務を負ってるのは兄さんのほうだろ」エリオットは椅子にゆったりと体を預けて、しげしげとクリスチャンを見つめた。「まずは髪を切るところから始めないとな。女性たちがその髪をなんて言ってると思う? 野蛮人みたいだってさ」

クリスチャンはその言葉を無視した。人からお節介をやかれるのをいやがる男だった。差し出がましく辛辣なことを言うのは、クリスチャンだけにしか許されない特権なのだ。

「おまえたちは、そもそも愛人もできないだろう」クリスチャンがぶつぶつ言った。「ヘイデンは最近いらいらしてばかりだ。それにエリオット、おまえは図書館に引きこもりすぎだ」

「そして兄さんは、屋敷に引きこもりすぎだな」ヘイデンは言った。兄の無遠慮さにげんなりするのは毎度のことだったが、今夜は黙って許せる気分ではない。「爵位についた義務を放棄したうえ、後継も僕たちに作らせようだなんて図々しすぎるぞ。イースターブルック侯爵、他人のことよりまず、自分の責任と自分の女と自分の生活を心配することだ。僕にとやかく言うのは、そういうことを全部こなしてからにしてくれ」

忍び笑いしながら、エリオットはワインをすすった。クリスチャンの目が冷たくなった。

「自分の爵位と家族にどんな責任があるのかぐらい、はっきりわかってる」とクリスチャンは言った。「それがどういうことか考えたうえで、背負わないと選択したんだ。ヘイデン、おまえが言ったようなことができないわけじゃない。だが、世界や信仰や父親からの命令に従う必要なんてないんだ。どの思想、どの人間にどんな責任を負うのかは、自分で選択すればいい」

その言葉に召喚されたように、にこにこと楽しげなベンジャミンの亡霊が姿を現わした。しかしすぐようすが変わり、今度は船のデッキでボトルを抱えたまま、船室に下りていくのをいやがっている。

ベンジャミンが英国を離れた理由は、本当はなんだったのか？　帰国するとなったときにあれほど気を落としていたのは？　本当に四万ポンド以上もの金を盗んだのなら、それはどこへ消えたのか？

アレクシアはヘンリエッタ・ウォリンフォード夫人の頭に載せられた帽子に目をやった。デザイン自体に大きな問題はない。リボンがもう少し細く、サテンの花がもうわずかに小さくなれば、もっと優美に見えるだろう。この帽子店のブランブル夫人の腕は、たいしたものだった。

「色が少し強い気がしますわ」アレクシアは言った。

「でも、この赤がとても気に入ったの。青と合わせたら、とても鮮やかになるじゃない」と夫人はふくれっ面をしてみせた。

「ウェルボーンさんのアドバイスは正しいかもしれませんわ、奥さま。奥さまはとても色白でいらっしゃるから、この目を引く色合いのせいで奥さま自身のお美しさから注意がそれてしまうのは、もったいないですわ」ブランブル夫人はアレクシアに同意の視線を向けた。アレクシアは小さくうなずき、夫人とアレクシアは休戦状態に入った。

店に着いてからというもの、ヘンリエッタがかなり値の張る帽子を買おうとするのを、アレクシアはもう三回も諦めさせていた。そして口でそうとはっきり伝えずとも、勘定書を書きたいならアレクシアに協力するべきだとブランブル夫人に知らしめたのだった。

ブランブル夫人は、リボンの入った籠を持ってきた。アレクシアは混じりけのない強い黄色のリボンを引っ張りだした。それをヘンリエッタの顔の前に垂らすと、その瞳の緑色はたちまち深みを帯びた。そこで、その黄色いリボンを燃え立つような赤の上に巻きつけ、ピンで留めた。こうすれば、鏡に映して自分で具合を確かめることができる。

ヘンリエッタが自分の姿を見つめているあいだ、ブランブル夫人はアレクシアに目を留めていた。「センスがおありになるのね。お見事ですわ」と彼女はささやいた。「あなたがかぶってらっしゃるボンネットも、絶妙なバランスですばらしいものだし。どこで買ったのか教えてくださる？」

「シティの小さな店ですわ。ほとんどのものはそれほど目を引かないんですけど、その店に作品を納めている方でひとり、才能のある女性がいるんですの」

「もし、その方から別の店にも帽子を置きたいと聞くようなことがあったら、ぜひわたしのところへ寄越してくださいね」

ヘンリエッタは、赤ほど派手ではないが、その黄色も似合うと納得したようだ。ブランブル夫人にその帽子を注文し、また自分とキャロライン用に縁なし帽も数点注文した。アレクシアは外で待つ馬車へと夫人について歩きながら、叔母が予定していた額からすればはした金のような買物だとヘイデンが認めてくれるよう祈った。

馬車に乗るヘンリエッタに従僕が手を貸し、そしてアレクシアにも差しだしたが、アレクシアは断わった。「自分のコルネットキャップを買うのを忘れてましたわ」と彼女は言った。「買ってきてもよろしいでしょうか、奥さま？　すぐに戻りますわ」

「行っていらっしゃい。ヘイデンがキャロラインを連れてきてくれることになってるから。わたしたちより先にマダム・ティソーのところに着くようなら、採寸を始めていてくれることでしょう」

もうすぐヘイデンに会わなければならない。それも、店に引き返したくなった理由のひとつだった。書斎でキスされたことは、どうしても許せなかった。ろくでなしのヘイデンも、ふしだらな自分も。

もう金輪際あんな過ちは起こらないと確信できたら、何もなかったかのように振る舞うこともできる。しかし悔しいことに、そうきっぱりと断言できない。あのあと数日のあいだに、ヘイデンは屋敷を二回訪れ、そのたびに、あの日アレクシアが許してしまった行為を思い浮かべているようにアレクシアを見つめ、ふたりのあいだには妙な空気が漂ったのだった。ただし、そのときのことにヘイデンが触れることはなかった。謝ろうともしなかった。

あの衝撃的な出来事がヘイデンの表情や視線のせいで周囲に気づかれることはなかったが、そばに立っていられるだけで空気が重くなり、呼吸すら苦しくなるのだった。そして最悪なことに、どれだけ消えろと叱りつけても、ばかげた興奮が頭と血管のなかで静かに脈打ちだすのだ。

「奥さまが何かお忘れものでも?」アレクシアが店に戻ると、ブランブル夫人が尋ねた。そして置きざりにされたショールやハンドバッグがないかとあたりを見まわした。

「じつは、わたしのボンネットを作った女性のことをお話ししたくて。彼女は、お店に置く以外にも帽子も作っているんですの。なかでも気に入った作品を、お店ではなくて自分で売っているんです。お店にはそのよさをわかっていただけないみたいで」

「よくあることですわ」ブランブル夫人は言った。「もちろん、うちで雇っている人たちには、あまりしてほしくはないことですけど。でもお店がそれを売りたがらないというなら……まあ、話は違ってきますわね」

「わたし、シティのどの店より、それに彼女が自分で売るより、こちらのお店に置かせていただくのが一番いいんじゃないかという気がしたんですの」

その提案を吟味するように、ブランブル夫人は目を細めた。「その方に帽子をいくつか持ってきていただくことはできるかしら？　お店にはわからないように」

「わたしが代わりに持ってきますわ」

「じゃああなたに持ってきていただいて、その帽子を陳列しておくとして、お客さまが買われるとなったらすぐに対応できるかしら？　細かな注文もあると思うわ」

「できますわ。保証します」

ブランブル夫人の目が鋭くなった。「彼女のこと、ずいぶんとよくご存じなのね」

「よく話をしていますから。彼女は正直ですし、まじめな人間ですわ」

「なら、帽子をひとつかふたつ持ってらしてくださいな。あなたのかぶっているものぐらい素敵なものをね」

アレクシアは、急いでヘンリエッタの待つ馬車へ戻った。ブランブル夫人は、そんな女性がシティにいないことなど気づいているだろう。アレクシアのプライドを傷つけまいと、騙《だま》されたふりをしてくれたのだ。

店に戻ったのは衝動に駆られてやったことだったが、自分の将来について何年も自問自答してきたなかで、ずっと考えていたことでもあった。第一候補は、頭に描いていたものとは違った展開になってしまっている。キャロラインの家庭教師でいれば、働いているあいだずっと、ヘイデン・ロスウェルからの不可解で恥知らずな興味に身をさらしつづけることになってしまう。

自分を騙してそれに甘んじることなどできなかった。あのキスは、ベンジャミンと交わしたものとは似ても似つかない。愛が生んだものだと自分に思いこませることなどできない。あのときふたりは、愛情とは似ても似つかない、品のない激情に突き動かされたのだ。ヘイデンに感じた興奮は、ロマンスなどではなかった。あまりに強すぎて、あまりに危険なものだった。

でも、帽子を作って稼げる道が見つかったのだ。店に立ったりしなくてもいい。呼び名がどうあれ、結局は召使いとして働くことに比べたら、どんなにましか。もちろん、夜の女という選択肢よりもずっといい。それがどれほど甘美に誘惑してくるとしても。

ブランブル夫人はいくらぐらい払ってくれるだろう？　ひょっとしたら、自立の準備ができるぐらいにはなるかもしれない。ヘイデンの危険な態度にこの身をさらけださずにすむための準備を。

ヘイデンは心のなかで自分に悪態をついた。アレクシア・ウェルボーンにも。もちろん理不尽だとはわかっている。

女々しい部屋に押しこめられて、色とりどりのデザイン画を見せられたり、ヘンリエッタのひっきりなしの批評を聞かされたりしているのは、決してアレクシアのせいなどではない。キャロラインが母親と家庭教師とここで落ちあうことになっていると聞いて、送り届けようと申し出たのは自分なのだから。

信頼できるマダム・ティソーに従妹を預けて帰ってしまうこともできたというのに、ふたりがやってくるのをわざわざ待ってしまった。ヘンリエッタ叔母さんの相手をしていればアレクシアを眺めていられると思いついたせいで、こんな罰を受ける羽目になったというわけだ。

待ち焦がれていたその女性は、まるでヘイデンなどいないかのように振る舞っていた。それでも、ヘイデンのなかにいる誘惑者は、彼女の頬の赤らみや口ごもるさまを、どんなかすかなものでも見逃さなかった。ヘイデンのなかにいる紳士はというと——名誉と欲望を秤《はかり》にかけ、前者を重んじているように装いながら、しかしこんな退屈な午後には後者を楽しむことにしたようだ。

ヘイデン自身は、頭のなかと部屋のなかでくり広げられている静かな戦いを、密《ひそ》やかな興奮をもって楽しんでいた。そうしているうちは、ベンジャミン・ロングワースへの非情な疑惑から目を背けていられる。

心に巣くったその疑惑は、こちらの注意を引こうとわめきたてていた。ベンジャミンはなぜあれほどの金を盗んだのか？　彼の死は、その犯罪に関係しているのか？　いくつかの疑念への答えを、アレクシアがもたらしてくれるかもしれない。でも、彼女といると、そうしたことを頭から追いだそうとしてしまうのだった。彼女と会いたいのは新しい事実を引きだすためだと自分に言い聞かせておきながら、目的を遂げようとするどころか、無視してさえいる。ヘイデンのなかで戦っている高潔さに加勢するものは、何もなさそうだ。

「ヘイデン、どう思う？」ヘンリエッタが、デビュー用のガウン候補が描かれたデザイン画を二枚持ちあげて見せた。「どちらにするべきかしら？」

「無知な僕にアドバイスなんてできませんよ。ウェルボーン嬢はなんと？」

アレクシアはヘイデンから一番離れた椅子に腰をおろしていた。ヘンリエッタに呼ばれると、アレクシアは従順に、背筋をしっかり伸ばしてヘイデンたちのほうへやってきた。その視線は一瞬たりとも、ヘイデンには向けられなかった。無礼を働いていると見せることなく無視するとは、驚異的なテクニックではないか。

しかし誘惑者は、そんなことなど気にはしない。ヘイデンの視線を避けていても、アレクシアが意識していることは隠しきれていなかった。ふたりは、ベルベットのような官能の紐で結びつけられていた。見えない指で紐を引っぱってみたくなる。

アレクシアはまず二つのデザイン画をじっくりと眺め、そして若いキャロラインと見比べた。アレクシアはそのまわりを歩きまわる店主に目をやった。

「マダム、数分間、わたしたちだけで相談させていただけないかしら」

マダム・ティソーは自分の意見など気にしないでと言ったが、部屋を辞した。

アレクシアが一枚のデザイン画を持ちあげてこちらへ向けたので、ヘイデンにもよく見えた。「これが一番似合うと思います。でも間違いなく、とても高価なものですわ。落ち着いた印象ですけれど。ここの飾りには真珠が何百も、それに何ヤードものベネチアンレースが使われています。もうひとつのものよりはるかに値が張りますから、これを買ってしまうと、ほかにあまり買えなくなってしまいますわ」

すばらしく現実的な発言で、筋も通っていて説得力があった。アレクシアが言い終わらないうちに、キャロラインは名残惜しそうにしながらももう一枚のほうに決めたようだった。

アレクシアはヘイデンのほうを見ようとしなかったが、デザイン画はヘイデンに見えるよう傾けたままだった。

「ヘンリエッタ叔母さん、どちらにするか決める前に、舞踏会用のガウンをいくつか選んできたらどうです？」ヘイデンは言った。

ヘンリエッタはそれをすばらしいアイディアだと歓迎した。母と娘は再び、デザイン画を丹念に眺める長大な作業に取りかかった。

ヘイデンはアレクシアとふたりだけで話すチャンスを逃さなかった。あのキス以来、退けられてきたチャンスを。

「そっちのほうが気に入ってるんだろう？」ヘイデンは、まだアレクシアの指に持ちあげられているデザイン画を示した。長く優美な、完璧と言えるようなほっそりとした指。デザイン画に描かれた女性は、真珠のちりばめられた幅広のリボン飾りがついたドレスを着ている。キャロラインのような青白い少女ではなく、もっと成熟して自信に満ちた女性に似合うことだろう。栗色の髪をした、菫色の瞳を持つ女性に。

「とても目を引くわ。誰もが忘れられないようなデザインよ。でも、叔母さまには高すぎるわ」

「キャロラインにこれを着せたかったんだろう？」

「このガウンを着たら、とても特別な女性になったように、とても美しくなったように感じるでしょうね。お姫さまみたいに。彼女のよさが引き立つはずよ。ほほえみや、笑い声や」

アレクシアの視線は、母親と並んで絵に見入っているキャロラインに向かい、そして手にしたデザイン画の上に戻った。ヘイデンには向かない。決して向こうとしない。「彼女は母親のすることが不安なのよ。あと、自分たちの収入に限度があることもよくわかってる。だから、とても現実的な考え方をするようになったのね。でも、たまに……」

「たまに現実的すぎることがある？」

「あんなに若いんですもの。現実的であることは長所だけど、身につけるのはもっと大人になってからでもいいと思うわ」

ヘイデンは、お姫さまのような気分になれるというドレスのデザイン画に目をやった。それを手に持っている女性は、そんな経験をしたことはないのだろう。しかし少女の夢や不安はとてもよく理解している。自分の良識にプライドを持っていても、若いキャロラインが同じように実用主義的な判断にとらわれるのは、望んでいないのだ。

キャロラインがこのガウンを手に入れられるかどうかが、アレクシアにとっても大きな問題であるようだった。ヘイデンが存在しないかのように振る舞いながら、こんな会話を交わすほど。

「キャロラインには君が気に入ったガウンを着させることにしよう。ヘンリエッタ叔母さんには、イースターブルック侯爵からのプレゼントということにする。ありもしない下心で贈ったと思われてはかなわないからな」

そしてヘイデンはヘンリエッタのところへ行き、イースターブルック侯爵の気前よさを伝えた。キャロラインの顔が、喜びで輝いた。彼女は飛びあがるとアレクシアのほうへ駆けてきて、ひったくるようにデザイン画をつかんだ。アレクシアのまわりを笑いながら飛び跳ね、どんな色がいいかと矢継ぎ早に質問を浴びせかける。アレクシアは笑い、おめでとうと声をかけていた。

キャロラインたちの興奮を横目にしながら、ヘイデンはもう二言三言、何かをヘンリエッタに伝えた。

するとヘンリエッタがキャロラインに呼びかけた。「今日、舞踏会用のガウンも一枚は決めてしまってね。ほかのお嬢さんたちにいいデザインを取られてしまうわ。さあ、こっちにいらっしゃい。あなたもよ、アレクシア」

「わたしのアドバイスは必要ありませんわ」アレクシアは言った。

「アドバイスがほしいんじゃなくて、自分のを選んでほしいのよ。わたしの話相手なんだから、パーティーやお芝居に一緒に来てもらうこともあるでしょう？ きちんとしたガウンは持っていないと」

アレクシアの顔が驚きでこわばった。「そんなことにお金を出していただくわけにいきません。それに、わたしなどお連れいただく必要はありませんわ」

「わたしがどうするかは、わたしが決めるの。あなたを連れていくことも、きちんとした格好をすることも、ヘイデンのお兄さまだって賛成されていることなのよ。イースターブルック侯爵が、ドレスを買ってくださるっておっしゃってるの」ヘンリエッタは、敬愛に満ちたとびきりの笑顔をヘイデンに向けた。「みんなとても喜んでますってクリスチャンに伝えておいてね。もちろん今度会ったときにも伝えるけど、なかなかつかまらないから――」

「叔母さんが喜んでいらっしゃったことは、僕から伝えておきますよ」

「わたしからのお礼はお伝えにならないで」アレクシアは言った。「自分で申しあげますわ。こんな思いもよらないご親切には、自分の口で感謝をお伝えしたいんですの」

アレクシアは、にらむようにヘイデンを見つめた。この数日で初めて向けてくれた視線だった。その瞳には、ヘンリエッタとキャロラインの前では口にできないような、怒りに染まった言葉がありありと浮かんでいた。

アレクシアは、ガウン代を出すのはイースターブルック侯爵ではなくヘイデンだろうとわかっていた。受け取るとも言っていないのに高価なプレゼントを贈りつけるやり方は、気に入らない。

アレクシア・ウェルボーンをどうするかという議論に、ヘイデンのなかの紳士は負けつつあった。

7

ヘイデンから書類を受け取ると、サットンリーはサインした。

「中身も読め」ヘイデンは言った。

「おまえの兄貴も、読まない口だろ？」サットンリーはいつもの退屈そうな口調で言った。そして書類をヘイデンに戻し、椅子に深々と体を沈めた。

「クリスチャンは、目は全部通す」

「最後には弁護士に目を通させるよ。これまでおまえが持ってきた話に間違いはなかったからな。おまえの尻馬に乗るようになってから、俺の信頼度はうなぎのぼりだ」

「付きあう相手を間違えると、おまえがこの数年で手に入れた以上に吸いあげられるぞ」

「賭け事でおまえと向かいあってるんだとしたら、さっさとテーブルを離れてるさ。でもこの部屋のなかでは、おまえもあまり血に飢えてるわけじゃなさそうだからな」

サットンリーは昔のヘイデンのことをほのめかした。古くからの友人として、ヘイデンのことは知りすぎるほど知っているのだ。大人の仲間入りをした時分ですでに、ヘイデンは賭け事で悪名を馳《は》せていた。勝ったときのぞくぞくするような興奮に、酔ったようにのめりこんでいた時代だった。血筋のいい従順な男ではない、別人になろうとした企てのひとつだった。

しかし有り金をすべて賭けつづけても、逆に増える一方だった。しばらくしてようやく、自分にはほかの人間に備わっていないある才能があることに気づいた。普通の人間にはカードがでたらめに並んでいるように見えるのに対して、ヘイデンはそこにパターンを読みとっているのだ。ゲームの偶然性が、それまでの流れをもとにした、可能性の体系に支配されていることにも気づいていた。

ベイズやラグランジュなどの理論を知り、確率論についてのラプラスの著作も読んだ。可能性の研究は科学となり、ヘイデンを魅了した。

だが、その真実に目覚めたのと引きかえに、ゲームの楽しみは失われてしまった。そしてヘイデンは、もっと公平に戦える賭け事だけを手がけることにしたのだった。そこにはパターンもあり、多くの人が持ちあわせていない直感でもって勝算を計ることもできる。しかし常に予想を超えた出来事に影響を受けるので、賭けの場はある程度の公平さを保っている。さらにいいことに、誰の損にもならない勝ちというのもたまにあった。

サットンリーは立ちあがって、部屋をぶらぶらと歩いた。その部屋はヘイデンがシティでの仕事場として持っているもので、事務所と寝室がある。寝室はめったに使うことはなかったが、仕事をしていてかなり遅くなってしまったときには便利だった。

「まだやってるのか」サットンリーは小さな表の上に置かれたサイコロを指でつつき、そのわきに置かれた台帳をぱらぱらとめくった。「調子はどうだ？」

「上々だ」表には、やりかけの数学の検証結果が記されていた。偶然たまたま起きたと思えることでも、可能性は法則に支配されている。科学者たちは、世界は精巧に設計された時計だと考えているようだが、実際のところ極めて単純な方程式に支配されているだけなのではないか、とヘイデンは思っていた。

サットンリーはぶらぶらと歩き、幼馴染みによくあるように、ヘイデンの私物を興味深く見てまわった。立ち机に置かれた、分厚い紙束が気を引いたようだ。「これは？」

「最近、数学の新しい証明が王立協会で発表されたんだ。その検証をしてる」

「気をつけろよ、ロスウェル。そんなことばっかりやってるのもおまえにとっては退屈じゃないんだろうが、あと十年もしてみろ、頭の堅いお役人以外は誰も相手にしてくれなくなるぞ」

「数学理論で楽しむのは、一日に数時間だけと決めてある」ヘイデンは言った。「いまはたまたま、その数時間だったんだ」

「なら好きにさせてやるよ。ところで、ティモシーの件だが――やつが破産したのが、おまえが血に飢えた本性を発揮したせいだとは、俺は思ってない。だが、おまえが裏で糸を引いてるって噂はいまだに流れてるよ」

「賭け事なんてもう何年もしてないよ」

「ほほう。俺が嘘を許せない性《たち》だったら、眉をひそめてるところだぞ。正直なところ、ティモシーがいなくなってよかったと思ってるんだ。ベンジャミンは、度を超した熱中ぶりを大目に見れば楽しいやつだったが、ティモシーはな。うんざりするほど独占欲が強かった」

サットンリーが帰ると、ヘイデンは書類を引き出しにしまい、立ち机に向かった。

ものの数分後、ヘイデンの心は公式のあいだをそぞろ歩き、書き連ねた記号で著された、言葉のない美しい詩のなかで羽ばたいていた。学生のころはあまり数学が好きではなかったが、才能は群を抜いていた。するとやがてひとりの教師が現われ、洗練された数式に隠された深遠なる美の世界へとヘイデンを導いたのだった。

抽象的な美だ。自然のなかに現われているが、目には見えない。多くの人間が生きている世界からすれば、無意味でもある。数字には、感情も飢えも弱さもない。痛みも罪も、情熱も衝動もない。その美は純粋な合理性にあり、もっとも根源的なものだ。その力に触れているることは世界からの逃避でもあると、ヘイデンはわかっていた。自分の理性が動揺してしまうような状況を迎えるたび、ヘイデンはそこにこもって平安を取り戻してきた。

「ヘイデン卿」

その声でヘイデンは現実世界に引き戻された。秘書がかたわらに立っていた。秘書には、決まった時間に声をかけにくるよう言ってあった。そうでもしなければ、一日じゅうずっとあの抽象の世界へ行きっぱなしになってしまう。ただ、どれぐらいの時間が経ったのかはわからなかったが、今日の中断は早すぎるように感じた。

「つかいの人間が来まして」と秘書は釈明した。「これを持ってきました。すぐにお渡しするようへイデン卿からも言われていると言って。お時間まで待っていたほうがよかったかもしれませんが――」

「いや、声をかけてくれてよかった」へイデンは秘書が控えの間に下がるのを感じながら、封印を破った。そしてヘンリエッタの屋敷にいる、融通の利く従僕がよこした一文を読んだ。〈ウェルボーン嬢は今日お休みを取り、アルベマール通りに買い物に出かけられました〉

フェイドラ・ブレアが優雅さも美しさも持ちあわせていなかったら、世間はただの変人としか見なかっただろう。しかし生まれながらに両方の美点を備えていたので、彼女は興味深い人物として受け止められていた。

ロザリンを別にすれば、アレクシアが友人と呼べる人間はフェイドラぐらいだ。ふたりの友情はまわりによく知られてはいなかったが、ふたりはときどき、今日のように街で一緒に過ごすのだった。フェイドラは、本や考えていることについて話しあえる友人だった。

彼女は改革派の国会議員と知性に優れた女性とのあいだにできた私生児で、オールゲイト近くのわびしい通りに立つ家にひとりで住んでいた。両親からは、どんな決まりごとや信念であれ、おかしいと思ったものには従わないという能力を受け継いでいた。その対象となるものが多すぎたので、アレクシアと強い言いあいになることもたまにあった。ふたりが出会って友人となったのも、二年前に英国美術院で開催された展覧会で、同じ絵を鑑賞していたときの言いあいがきっかけだった。

「帽子を作るって計画は、とてもすばらしいことだと思うわ。奴隷じゃない女こそが、自立した女なの。ようやくあなたもわかったみたいね」フェイドラは言った。フェイドラは叔父から年に百ポンド送られているおかげで、相手が何であれ誰であれ、奴隷になる必要がなかった。

ふたりはアルベマール通りに軒を並べる卸売店をまわり、アレクシアは帽子を作る材料を買い入れた。帽子をひとつ、ボンネットをひとつ作ろうと思っていた。ボンネットのつばを作る針金も買った。

「その店の人に足もとを見られないよう、気をつけてね。あなたの帽子は高値がついておかしくないんだから」フェイドラは言った。「芸術の世界では、デザインがすべてなのよ」

「でも彼女だって儲けを出さなきゃいけないわ。わたしは月に二、三ポンドでやっていけるし」かろうじてではあっても。倹約すれば、もう少し貯められるかもしれない。数年後には、女の子たちを教える学校を開けるかもしれない。ひとりで生きていかなければならない女性の多くがそうしているし、尊敬される仕事だ。

「そういう成り行きになったこと、あたしは反対するつもりはないわ。でも、あなたはまだ世間の声に耳を傾けすぎるわね。何かするときには、妥協しちゃだめ。あなたが小間仕事をやってるなんて知れたら、身分を守ろうといくら必死になってもむだなんだから」

世間の声だとか自分の身分だとかが気にならなければどれほど楽だろう、とアレクシアは苦々しく思った。フェイドラのように。彼女の人生は、自分の人生なんかよりずっと面白いだろう。フェイドラは上品さなんて気にしない。行きたいと思えば、ひとりきりでも旅に出る。作家や画家たちをあの小さな家に招いてもてなしてもいる。愛人の存在をうかがわせることもあった。アレクシアはそれをよしとは思わなかったが、それでも友人が社会の決まりを無視するさまは魅力的だった。

フェイドラは、帽子もボンネットもかぶらない。長く波打つ赤毛は垂らしたままだ。髪を結うことすらしなかった。

結果として、卸売の店に入ったふたりは、常連客たちからじろじろと見つめられた。彼らはまずフェイドラの髪に目をやり、フェイドラの服装に気づくといっそう無遠慮に見つめてきた。フェイドラが身につけているのはほとんどが黒だった。その髪や、ドレスのゆったりと流れるようなデザインがなければ、喪に服しているように見えただろう。しかし、陽光のような金色のシルクが黒いケープを縁取っているので、むしろ好きで黒を身につけているのだとわかるのだった。

「あの屋敷を出ようと決めたのには、正直言って驚いたわ」帽子用にダンスタブル産の麦わらを選んでいたアレクシアに、フェイドラは言った。「自由に使える日もあって、馬車だって使える。囚われの身なんかじゃないんだもの。ひとりで生きていくよりずっと楽だわ」

「どれだけ楽でも、何かに頼らなきゃいけないのはいやよ。それに、保証されてるわけでもないのよ。いつどんな理由で追いだされるかわからない。そうなったら行くあてなんてないもの」

「前とは何が違うの？」

「前は、家族だったわ。家族は追いださないでしょ」

「追いだしたじゃない」

「彼らを責めないで、フェイドラ。今日、ロザリンから手紙が届いたの。あまりうまくいってないみたい。ティモシーはずっと具合が悪くて、小作人みたいに燃料すら切りつめないといけないんですって」

「彼女たちはまず彼の病気を治して、仕事を探したほうがいいんじゃないかしら」

アレクシアはそれ以上の話は避けた。今日はロングワース家の話をしに来たのではない。小間仕事をするための材料を人目を盗むように買いに来たのも、彼らのせいじゃない。

フェイドラにヘイデンのこと、あのキスのことを話してしまいたかった。でもそれを聞けば、この友人はそれが卑劣な欲情でしかないとあからさまに指摘するだろう。そしてその指摘は正しいのだ。加えて、その当の相手について、アレクシアがつい最近三通にもわたって滝のような恨みを書き連ねたことを、思い出させようともするだろう。

マダム・ティソーに作ってもらうことになった外出用の服とドレスのことを思い出して、アレクシアは顔を赤らめた。お金を出すのは間違いなく、イースターブルック侯爵ではなくヘイデンだ。フェイドラに知れたら、こっぴどく叱られるだろう。フェイドラは愛人を作っているかもしれないが、男が贈り物をして歓心を買うという習慣には反対だった。

アレクシアはカウンターの上に並べられた材料に目をやり、必要なものが揃っているか確かめ、売り買いの長い勘定書を付きあわせた。買った品は、店員が数個の大きな包みにまとめてくれた。それを腕に積みあげていくと、鼻に届くような高い山になったが、なんとかバランスを取りながら、通りで待つ馬車へと向かった。

「帽子作りは今日から取りかかるのよね？」フェイドラが言った。「そうでなかったら、来週のお休みまで待たないといけないものね。ふたつの仕事を終えてからランプを頼りに、なんてつもりじゃないでしょうね。そんなことしたら体を壊すわ。許さないわよ」

「やるならすぐにでも取りかかりたいわ」

「あたしなら辻馬車で帰れるから。わざわざ街の反対側まで送ってくれる必要はないわ。今日は会えてよかったわ。ひとりで帰るのは平気だから、気にしないでね」

アレクシアは顔だけ後ろにまわして、フェイドラにありがとうと告げた。そのとき、誰かが近づいてくるのが目の端に見えた。その人物にぶつかりそうになるのを、かろうじてよけた。

するとと突然、アレクシアが抱えていた山から、上のふたつの包みが消えた。アレクシアは泥棒に振り向き、逃げられる前に叫び声をあげようとした。が、それは泥棒ではなかった。

「落ちるところだった」ヘイデン卿が言った。「今週はかなり活発な休日を送っているようだね、ウェルボーン嬢」

「ロスウェル卿。驚きましたわ」あなただけには会いたくなかったのに。

しかたなくアレクシアはフェイドラに紹介した。ヘイデンはフェイドラの外見にはまったく驚いたようすもなく、やわらかな物腰で愛想を振りまいてみせた。

ヘイデンは包みに目をやった。「馬車は近くに？　荷物は僕が持とう。おふたりを馬車までお連れしよう」

「辻馬車を使いますから、おかまいなく」フェイドラは言った。

「そんなことさせられないわ」アレクシアはこわばった口調で必死に言った。ひとりにしないで。「一緒に行きましょう」

「そんなことしたら午後がもったいないわ」

「辻馬車を呼ぼう」ヘイデンが申し出た。そして卸売店の戸口に立っていた門番に合図すると、ウェストコートのポケットから硬貨を取りだし、ブレア嬢のために馬車を拾ってくるよう告げた。

それからヘイデンはアレクシアを連れて、通りの向こう側でそれぞれの主人が戻るのを待つ馬車の列へと歩きだした。

「君の友人は独特な人だな」

「正直で誠実で、お世辞なんか通用しない人よ」

「悪い意味で言ったわけじゃない。彼女は独創的だ。クリスチャンに紹介したいな。お互いに三つ編みを編んでやれそうだ」

「フェイドラからしたら、侯爵も退屈な人に思えるんじゃないかしら。それぐらい独特で、独創的な人なのよ」

アレクシアがヘイデンと一緒に帰ってきたのを目にした瞬間、御者は態度を変え、今日の外出中ずっとあらわにしていた不機嫌さを消し去った。駆け寄ってきてアレクシアの荷物を受け取ると、馬車のなかに慎重に納めた。

「今後、ウェルボーン嬢が馬車を使うときには、従僕に供をさせるように」とヘイデンは御者に告げた。「申し訳なかった、ウェルボーン嬢。屋敷の人間たちに最初にはっきり伝えておくべきだった」

ヘイデンはアレクシアのために扉を開いた。アレクシアが乗りこむと、あとからヘイデンも乗りこんできた。

「ついてきてくださらなくて結構よ。ヒル通りはすぐだし、御者もいるから」

ヘイデンはその棘のある拒絶を無視して、アレクシアの向かいに腰を下ろした。「ブレア嬢が言ってたのは本当なのか？　今日の午後に何か用事が？」

ええ、そうよ。この荷物を部屋に運んで、帽子を作りはじめるの。あなたの顔を見なくてすむようになるには、お金を稼がないといけないから。

「個人的な用事よ」彼女は言った。

つまりは何も大事な用事はない、とヘイデンは受け取ったようだった。ヘイデンは、ハイドパークへ向かうよう御者に告げた。

「公園へ行くなんて言ってないはずだけど」彼女は言った。

「少しまわるだけだ。話しておきたいことがある」

悪い知らせの前触れを耳にしたように、心がずしりと重くなった。「謝罪の言葉ではなさそうね。今後は一切あんなことはしないって約束してくれるのでもなさそう。そんなつもりなら、そもそも馬車に乗りこんできたりしないはずだもの」

ヘイデンの表情が優しげにやわらいだ。しかし思わせぶりな視線でからかっているようにも見え、台なしだ。「僕が何も言ってこないので気を悪くしたんだな。君に謝罪と約束をするべきだということは、認めるよ。ただ、どう言えばいいのかわからなくてね」

「なぜ?」

「言えば、嘘をつくことになる」

馬車が小さく縮んでしまった気がした。ヘイデンの顔にはまだ親しみが浮かんでいる。その表情や仕草に、怖がるべき点は何もない。なのに、アレクシアの全身はこわばっていた。ゆっくりとした愛撫をたっぷりと受けているように、体が疼いている。

ヘイデンとふたりきりになんてなるべきじゃなかった。こんなにもやすやすと、あの恥ずかしい感覚を呼び覚まされてしまうのが、アレクシアには信じられなかった。

「ロスウェル卿、その類いのお話をこれ以上されるようであれば、ひどい侮辱になると覚えてらして」

「そうとは思えないな。もちろん、君がそう思いたいのであれば別だ」

「わたしの意見を気にかけてくださるなんて、お優しいこと」

「僕が気にかけるのは、君の本当の声だ。ただ、今日はそれを訊きだそうというわけじゃないから安心していい。君と話をしたいと言ったのは、まったく違うことだ」

「それは?」

「君がもっと喜びそうな話題だ。ベンジャミン・ロングワースの」

ベンジャミンの名前をちらつかされると、アレクシアは抵抗しなくなった。愛《いと》しい従兄の追憶を含んでさえいれば、何を言われても彼女は我慢するのか?

《僕と愛人契約を結べば、週に二度、ベンジャミン・ロングワースのことを話しあうことにしよう。ただ、ベッドのなかではだめだ。受け入れられるかな》

公園に向かう馬車のなかで、アレクシアはこちらをずっと無視している。ヘイデンはそのあいだ、包みの中身は何だろうと考えをめぐらしていた。そのときふと、アレクシアの着ている茶色いペリースの袖口が、丁寧に繕われているのに気がついた。マダム・ティソーに注文した外出用の服はきっとよく似合うだろう。あの紺碧の色合いは、彼女の瞳をよく引き立たせることだろう。

まだ人が集まってくる時間には早かったが、それでもつば広の帽子をかぶり腰のあたりを絞った姿が公園のあちらこちらに見え、ふたりきりではないことがわかってアレクシアはほっとした。ヘイデンが隣りにいるのをなんとか我慢しながら、公園を歩いた。その体全体で、ヘイデンへの警戒心をありありと示していた。

「人目につく場所に来たんだ。しつこく迫ったりなんかしない」

「ずいぶん図々しい言い方をするのね。一度キスを奪ったぐらいで、そんな馴れ馴れしく話しかける権利はないはずよ」

「僕たちの会話は、最初から図々しかったと思ったが。それも君のほうからだ。それに、キスは一度ではないし、こちらから奪ったと認めてもよいのはごく一部だ。まあいい。今日は言いあいはよして、友好的に話をしよう」

アレクシアの目つきからは友好的な気持ちなど持っていないことが明らかだったが、例の話題を避けられると知って緊張はやわらいだようだった。歩きがゆっくりになり、全身にまとっていた氷が溶けはじめた。「ベンジャミンがどうしてギリシャに行くことにしたのか、話してくれる？」アレクシアは尋ねた。「それを聞いて、みんなショックだったの。想像もしてなかったから」

ベンジャミンのことを口にするとアレクシアの頰に赤みが差し、瞳がきらきらと輝いた。ヘイデンがキスをしたときのように。その記憶が、ヘイデンのなかの紳士をしばらくどこかへ追いやってしまった。頭のなかでヘイデンは草原に咲き乱れる菫をのぞきこみ、そよ風のように彼女が漏らす悦びの喘ぎが聞こえ、そのなかに突き入れている――

《慎重に。慎重になれ》

「僕がギリシャへ行くと聞いて、僕の入っていた寄せ集め部隊に加わることにしたようだ」ヘイデンは言った。「例によって衝動で決めたんだろう」

「立派な衝動だわ。自分の命を高潔な大義にささげるなんて」

「たしかに」

まったく大した立派さだ。あのときは誰も、自分が怪我《けが》をすると、ましてや死ぬなんて考えていた人間はいなかった。それに、ベンジャミンは理想を掲げて加わったわけではない。やつの動機は、冒険への期待と、手の届かない女に印象づけたいという野望だけだった。しかし、それを告げてアレクシアを失望させたくはなかった。感謝されるわけでもないだろう。

「とても勇敢だったんでしょうね」彼女は言った。「絵画に描かれた英雄のようだったでしょうね。目に浮かぶわ」

本当のことを告げようと口から出そうになる言葉は、呑みこんだ。たしかに一度は、すばらしく勇敢だったのだから。理性が飛んでしまったような、直情に駆られた勇敢さだった。すべてを打ち明けたいという思いがふくらんできたことに、ヘイデンは当惑した。

「あいつは力のかぎり戦った。ほかのみんなもそうだ。ギリシャ人たちは、あまり指揮されていなかった。妥当な戦略もなく、党派間でいざこざをくり返していた。いまミソロンギが包囲されてるが、防衛しきれずに悪い結果になるように思える。心配だ」

「ベンジャミンは、ギリシャの人たちを自由にしなければと言ってたわ。彼らは象徴だって。すべての文明社会は、彼らから受けたものの恩返しをするべきだって」

ベンジャミンはそんなことを思いつく男じゃない。ギリシャ好きの誰かが言ったことを、そっくり君の前でくり返してみせただけだ。政治のことも歴史のことも、あいつは何もわかっちゃいなかった。

そうした自己犠牲の精神は、ベンジャミン以外の仲間たちにとっての動機だった。しかしベンジャミン自身もその後、その精神でもって正当化できるような、ある行為に出た。詩に歌われるような英雄像を手にしようと飛びついた、不合理な、衝動的な、正気とは言えない行為に。

いくら理念は高潔でも、あの戦争の現実はそうではなかった。敵味方問わず、残虐な行為に手を染めていた。すっかり幻滅しうんざりとなったヘイデンが帰国すると、ほかの男たちが同じように単純化された理想を胸に、あとに続けと戦いに赴いていった。

「勝ち目はあるのかしら?」とアレクシアは尋ねた。「ベンジャミンの晩年は、けっしてむだなんかじゃなかったわよね?」

「オスマン帝国は古くなりすぎ、腐敗してる。英国のような国からの支援がなければやっていけない。いずれトルコ人はギリシャを諦めるだろう。英国からの支持もあるし、この戦争でそれは早まるだろうと思っている」

ふたりは並んで歩きながら話していた。足もとに吹き寄せられた枯葉をヘイデンのブーツが踏みしめる音が響く。アレクシアはヘイデンへの怒りやベンジャミンのことも頭から抜け落ちてしまったように、いろいろと質問を浴びせた。二十分後には、探究心と知的好奇心の旺盛なアレクシアの頭は、世界情勢のことでいっぱいになっていた。

話題をベンジャミンに戻したのは、ヘイデンだった。しぶしぶではあったが、そもそもこの偶然を装った遭遇には目的があったのだから。

「ベンジャミンがいなくなってから、生活は大変だったか?」ヘイデンは尋ねた。

ロングワース家に言及したことで、アレクシアの態度が一転、かたくなになった。「ティモシーはもう銀行の仕事をしていたし、わたしの知るかぎりでは困っていなかったわ。チープサイドにも住みつづけていたんですもの。ベンジャミンが出ていったすぐあとぐらいに、経済状態はよくなったわ。とっても」怒りのせいで、最後のほうは語気が荒くなった。《もちろん、あなたにめちゃくちゃにされてしまったわけだけど》そう口にはしなくても、言外にそう非難されているのは明らかだった。いまだけではなく常にそうなのかもしれないが。

「彼らと一緒に住みはじめて数年は、まだ経済状態がよくなる前だったのか?　チープサイドのころは?　よくなったのはそのあとか?」

「ティモシーからは、最初の数年は銀行もまだ発展途中で、安定したのはそのあとだって聞いたわ。ティモシーと、それにベンジャミンが細心の注意を払って家計を管理してきてくれたから、わたしたちも不自由なく暮らすことができたの。ティモシーのお金の使い方が少しばかり自由すぎると思ってたのは、認めるわ。でも自分を甘やかしてしまうのは、よくあることよ」

ヘイデンはまたアレクシアのペリースに目をやった。買ったのは少なくとも数年は前だろう。色あせた、ハイ・ウェストのドレスのことを思い出した。ティモシーは自分と妹たちのことは甘やかしながら、従妹を甘やかそうとは思わなかったのだろう。

あのろくでなしは、顧客から遺産すらも奪っておいて、その不法な収入を同じ屋根の下にいるかわいそうな従妹にも分け与えてやらなかったのだ。

「たしかに、銀行は順調に成長してきた」ヘイデンは言った。「どれだけ歳を重ねていても、たった一晩で浪費家に変身してしまうこともある。ベンジャミンも、以前にはそうだったのかもしれないな。一度に使う額はささやかでも、長いこと使いつづけていたり。そんな感じだったか？」

「わたしの知るかぎりでは、ないわ。チープサイドでも快適に暮らしていたし、ベンジャミンがクラブに通っていたのも、馬車を持っていたのも、突然始まったことじゃないわ。彼が変わったように思うことは、何にもなかった」アレクシアの目つきが鋭くなった。「なんでそんなことを？」

「このところ、ベンジャミンのことを考えていたんだ。船の上で、最後の数日間彼がどうだったかを。ひどくふさぎこんでいた。だから、英国で経済的な問題でも待ち構えていたのかと思ったんだが、君の言うことからすると違うようだ」ヘイデンは言葉を切り、どう続けたらいいものかと思案した。「最後の数年、ベンジャミンの収入は増えていたはずだ。家のことや自分のことに使わなかったのなら、どこにいったんだろうな」

「銀行でしょうね。それをティモシーが相続したのよ」

いい答えではあったが、間違いだ。銀行にあるベンジャミンの個人口座の記録は、もう調べてある。ティモシーが相続した金はごくわずかなものだった。

もちろん、盗んだ公債からの利子を払うのにも使っただろう。公債を盗むたび、必要となる額は増えていく。しかし、消えた金はそれよりはるかに多い。

贅沢のためにその金を使ってしまったのでないことはわかった。ならば真相はほかに探らなければならない。犯罪で得た金を入れておくために、ほかの銀行に口座を開いていなかったかも確認する必要がある。

もう公園を一周しようというところだった。馬車が前に見えてきた。ヘイデンはベンジャミンを心から締めだすと、最後の百ヤードを、アレクシアとの散歩を楽しむことだけに集中することにした。

ヘイデンを嫌っていたことを、アレクシアは忘れてしまったままだった。散歩はおかしなほど友好的なものだった。自分にとっても、自分の大好きな人たちにとっても、友だちなんかじゃない男なのに。

そしてまた馬車に一緒に乗りこむと、あの誘いかけが、あの忌々しい興奮が、いっそう強くこちらの気を引こうとしてきた。アレクシアは落ち着かなくなった。心で憎んでいながら体はそう思っていない男と、差し向かいで座っている――ありとあらゆる苛立ちが、整理のしようもなくぐるぐると渦まく。

ヘイデンは例によって何か考えこんでいるようにこちらを凝視していた。獲物を追いつめているようにも見える。その視線がふと離れたかと思うと、アレクシアの手に移りそこに留まった。「謝罪は当然のことだろうな。君が安心して健康に過ごせるよう、もっと注意を払うべきだった。君が指だし手袋をはめていて、マフをしてないことにも気づかなかったとは」

アレクシアは自分の指を見下ろした。関節のあたりで切れている手袋の下で、ピンク色に染まっている。指だし手袋をしてきたのは、卸売店でじかに触りながら品質を確かめるためだった。

ヘイデンは馬車に用意されていた毛布をさっと広げると、アレクシアの両手を包み、すぐ温まるようしっかり巻きつけた。アレクシアは、おとなしくこの親切を受けた。ぬくぬくとした繭《まゆ》のなかで、指がじんじんしてくる。ヘイデンの手が押しあてられる感触が、毛布を通して伝わってくる。アレクシアは息ができなくなった。

気持ちを立てなおすことができない。どうしようもできない。それが、怖かった。アレクシアのなかの、ヘイデンを憎むのを忘れてしまっている女は、良識なんて持ちあわせていないようだ。あまりにも体の深いところから反応が湧き起こってくるので、どこからなのかすらよくわからない。原始的な核のようなものから立ちのぼっているようで、理性の力で制御することもできなかった。

彼から遠ざからなければ、完全には逃げられないのだ。幸いなことに、もうすぐそうできるようになる。とりあえずいまは、逃げこめる場所はただひとつだった。

「ベンジャミンのことをお話しできて、楽しかったわ。彼が落ちこんでいたというのは驚いたけど。そんな彼を見たことはないから」そう、驚いた。かすかな不安が、ふつふつと湧きたっていた。ベンジャミンに感じるあらゆる感嘆詞に、疑問符が付け加わってしまったように。

「ギリシャであれだけ興奮の日々を送ったんだ。家に帰ればそんなドラマティックなこともなくなると悲しんでいたのかもしれないな」

その言葉は聞き流した。彼は、わたしのために帰ってくるところだったのだから。

「立ち入ったことかもしれないが……ベンジャミンは君にプロポーズしたのか？　出発する前だとか、そのあとに手紙だとかで？」

たしかに立ち入りすぎだった。ヘイデンの質問に、アレクシア自身の疑問がよみがえってきてしまった。夜のあいだ、思い出に浸っているときに、どこからともなくささやきかけられる疑問を。《ただの思いこみだったのでは？》

「ずっと一緒にいようって言われたわ」

「なら間違いないな。だがひょっとしたら、帰国して正式にプロポーズしたら拒絶されるのではと不安だったのかもしれない。だからあんなようすだったのかもしれない」

いや、違う。ふたりの関係は、いつだってベンジャミンがリードしていた。拒絶されるんじゃないかと不安になるのは、アレクシアのほうだ。

突然浮かんできたその考えが真実だということが、不愉快だった。自分にそんな考えを抱かせた、目の前の男も。

「ベンジャミンがいなくなって、かえってよかったわね」アレクシアは言った。「友だちだったのなら、あなたがロングワースの家族にしたことは——適切なことって言ってたわね？——ずっとやりづらかったでしょうし」

そう言ってから、罪の意識を覚えているだろうとアレクシアはヘイデンの表情を探った。うかがい知れるものは何もなかった。

「彼らには手紙を書いているんだろう」ヘイデンは言った。

「もちろん。ロザリンも書いてくれてるわ。ティモシーはだめになってしまったわ。今回のことが体にひどくこたえたのよ」

「ブランデーが体に毒なんだ」

「よくもそんなことを——」

非難しようとしたとき、ヘイデンが鋼《はがね》のように硬化したのを感じた。アレクシアの直感が、口をつぐめと頭のなかでわめきたてている。以前声を荒らげて言い争ったときには、強烈なお返しが来たではないか。

アレクシアは憤りを呑みこんだ。「ロザリンは食べるのにも困ってるって書いてきたわ。ブランデーを買う余裕はないはずよ」

「安物のジンだって同じことだ。だが、彼女と妹が困窮しているのはかわいそうなことだ。ロングワース嬢には金をいくらか送ることにしよう。彼女に金を送れば、兄貴の病気につぎこんでしまうことなどないだろうな?」

「あなたからは何も受け取らないわ。彼女のプライドも怒りも、そんなこと許さないはずよ。飢え死にしたほうがましだって思うはずだわ」

「なら君に渡そう。君から送ってくれ。彼女に本当の出所を教えてやる必要はない。そうだな、五十ポンドもあればいいか?」

その申し出にアレクシアは驚いた。受けるべきだ、とはわかっていた。でも……アレクシアはヘイデンを疑わしげに見つめた。これはあのドレスと同じ? これで貸しを作ろうとしているの?

ヘイデンの顔に、ゆっくりと笑みが広がった。こちらの考えを読んだように。「アレクシア、君を愛人にするのなら、こんなわかりにくい、まわりくどいやり方はしない。それはわかるはずだ。それに、これしきの金額で君を侮辱するようなことはしない」

ありがたいことに、ちょうど馬車がヒル通りについた。従僕が駆けだしてきて、アレクシアが馬車から降りるのに手を貸してくれた。ヘイデンが従僕の腕に包みを積みあげているあいだ、アレクシアは急いで玄関に向かって歩きだした。しかし半分進んでもまだお金のことに決心をつけかねていた。ヘイデンが馬車から降りたとき、アレクシアは振り返って声をかけた。

「わたしのプライドのせいで大事な従兄妹たちを助けてあげられないのはいやだわ。お金はわたしから彼女に渡します。でも、十ポンドだけ。それ以上は説明がつけられないわ。彼女には、あなたからのお金だとはけっして言わないわ」

8

キャロラインにフォーマルなフランス語会話を教えるのは骨だった。この優美な教養の習熟度は、まだまだといったところだろう。細かい文法についてはアレクシア自身あまり気にしていなかったが、かといって進みが速くなるわけではなかった。

アレクシアの心の半分は、三日前のヘイデンとの会話で占められていた。目に入っただけで落ち着かなくなってしまうその姿からは離れているのに、あの会話がいつまでも舞台の中央に陣取っている。ヘイデンに混乱した感情を抱いてしまったのも、もはや舞台背景でしかなかった。ヘイデンから聞いたベンジャミンのようすに、思い悩んでしまっていた。新しくついた疑問符は、大きくなる一方だった。

従僕が勉強室に入ってきて、ウェルボーン嬢宛てにいましがた届いたと言って包みをひとつ机の上に置いていった。

「枕でも買ったの？」キャロラインが尋ねた。

枕など買ってはいなかったが、まさにそんな大きさだ。アレクシアは細かな柄の包み紙の封を破った。包みから出てきたのは、オコジョの毛皮でできたマフだった。

「わあ、すごい」キャロラインが声をあげた。「とっても素敵」

マフはこのうえなくやわらかい白い毛皮で作られていた。象牙色《ぞうげいろ》のサテン生地が、手を通すトンネルに張られている。かわいらしい真珠が両側の口を縁取っていた。

アレクシアは添えられた手紙を読んだ。

今夜、叔母と一緒に劇場へ出かけると聞いた。夜はまだレディには寒い。快適に過ごす装身具が必要だろう。家族に尽くしてくれていることへの感謝として、受け取ってほしい
――イースターブルック侯爵

キャロラインの指先が毛皮の上で小さく円を描いた。「お母さまは、侯爵は自分のお屋敷にわたしたちを住まわせてくれないってこぼしてるの。ここに一度もいらっしゃらないのも悲しいって。でも、きっと本当はいい方なのね」

イースターブルック侯爵が本当はいい人なのかどうか、アレクシアにはわからない。はっきりしているのは、自分の名前で贈り物が届けられたことを侯爵は知らないはずということだ。

マフの贅沢さに、アレクシアはうっとりとした。その暖かさに包まれたいと指が疼く。ロ

スウェルが毛布で手を包んでくれたときのことを思い出した。この贈り物は、それに洗練さが加わったようなものだった。

「そっちの手紙は？」キャロラインがアレクシアの膝の上を示した。さっきの手紙を開けたときに、もうひとつの封筒が落ちたようだ。

封筒に触れたアレクシアは、これはキャロラインの前で開いてはいけないと悟った。なかに入っている紙の大きさと形が、指に感じられる。〈イースターブルック侯爵〉からロングワース家への十ポンドの寄付に違いない。

ヘイデンからの。でも、ヘイデンへの借りができたわけではなかった。イースターブルック侯爵からの贈り物として届けられたことで、アレクシアのプライドは守られたのだ。それは、馬車のなかで告げられた奇妙な保証のおかげでもあった。《もし君を愛人にするのなら、こんなわかりにくい、まわりくどいやり方はしない》

アレクシアはマフと手紙をわきに置いた。午後のレッスン中ずっと、ふたつの贈り物はそこに置かれたまま、アレクシアを安心という幻想で包みこむ瞬間が来るのを待っていた。贈り主の親切さを認めさせようと、誘惑しながら。

アレクシアのドレスは古かったが、見られなくもない。長いマントのシンプルさは優美でもあった。しかし身につけているものはどれも流行からははずれていて、何年も前のもののようだ。きっとベンジャミンが家長だったころに買ったものだろう。使う機会がなかったようで、傷んではいなかったが。

ヘンリエッタと一緒にボックスに入ってきたアレクシアは、落ち着いた話相手としての役割を全うしており、叔母の華麗さを引き立てる影となっていた。羽飾りの控えめなターバンが、境遇がどうあれ彼女がレディであることを示している。時代遅れの落ち着いた身なりが生む静かな雰囲気に、毛皮のマフがひと筋の豪華さを与えていた。

芝居のあいだ、アレクシアはマフを膝の上に置いていた。劇場のなかはひんやりとしていて、アレクシアの両手はそのすべすべとしたトンネルのなかにすっぽりと収まっていた。ヘンリエッタを挟んで座っていたヘイデンには、アレクシアの手袋をはめた腕が、優美な手が落ち着いている秘められたくぼみへとなだらかなカーブを描いているのがよく見えた。毛皮とサテンの家でぬくもった、ほっそりとした指を想像した。その指がヘイデンの裸の胸を伝い、ベルベットのような五本の筋をつけて腰へと滑り落ち、そしてそっと包みこむように──

ヘイデンは立ちあがり、ボックスの後ろの壁ぎわへ向かった。そこからはアレクシアの帽子しか見えない。そして、彼女の首筋と。肩の緩やかな曲線と。ドレスからのぞく肌のせいで、ヘイデンの妄想は再び宙に舞いはじめた。その肌に唇を這わせたときの味わいを想像した。

ヘイデンは顎を嚙みしめると、自分をあざ笑った。手の届かない女に狙いをつけるような男ではなかったのに。世間に見せている顔と同様、内面でも効率のよさを目指していたはずだ。アレクシアへの欲望は理屈が合わない。不利だと証明されつつもある。そう、これは欲望だ。こんな明確かつ単純な飢えのような感情が、ただひとりの女に向けられるのはまれだった。それが手に入れようとするだけむだな女であるなら、なおさらだ。

問題は、本当にむだだと心底思っているわけではないということだった。彼女を手に入れるべきではない。なのに心のどこかで本能的に計算が働き、本気になれば手に入れられる勝算もあると告げてくる。彼女は俺を嫌っている。大罪を犯したと責めている。だが欲望とは、〈べき〉の世界から離れたところに存在するのだ。

ヘイデンの視線がとらえていたものが動いた。アレクシアが肩を舞台のほうへ傾け、帽子がゆっくりあがった。後ろを振り返りながらマフを椅子に置くと、音を立てない優美な動作でこちらへとやってきた。

ボックスの外へ出ていくのかと思ったが、彼女はヘイデンのほうへとやってきた。アレクシアの瞳は、影に隠れたヘイデンの姿を認めようと壁伝いに動いた。

ヘイデンは引き寄せたくなる衝動をかろうじて抑えこんだ。「芝居は楽しんでるか?」

「ええ。連れてきていただいて、叔母さまには感謝してますわ」

アレクシアが来るよう仕組んだはいいものの、これといった計画があるわけではなかった。

ヘンリエッタ叔母に、ウェルボーン嬢がいればイースターブルックのボックスにひとりぼっちでいる心配もないと持ちかけたのだ。衝動的に口実を作ってまでアレクシアを誘いだしたことには、自分でもあきれていた。

「ロスウェル卿、少しお時間をいただけるかしら？　この数日、気になっていたことをお話したいんですの。ふたりきりで」

いまはやめておいたほうがいい。母鳥の近くにいることだ。

「いいとも」ヘイデンはアレクシアをドアへと導いた。

廊下はほの暗く、濃い黄色の光がいくつか闇のなかに浮かんでいるだけだった。アレクシアの肌は幻影のように見えた。とても深い瞳は、あらゆることを語りかけてくるようだ。ふたりはボックスのドアを背にした。

「公園であなたが話していたこと、ベンジャミンのことをあれから考えていたの」アレクシアの眉が心配げに寄った。キスで心をほぐしてやりたくなった。「最後の数日間、落ちこんでいるようだったって言っていたわね。でも、それはとても彼らしくないわ」

「人は誰でも光輝くときがある。ベンジャミンも例外じゃないが、ひとりきりのときはまた違うということだろう」

「そうかもしれないわ。でも……教えて、彼はその晩、酔っぱらっていたの？　その事故の夜に？」

「かなり飲んでいた」ボックスを出るのではなかったと思えてきた。伝えずにおきたかったことに、アレクシアは踏みこんできた。ヘイデンはごく簡潔に答えるに止《とど》めた。

「それも彼らしくないわ」アレクシアは言った。「ティモシーと違って、ベンジャミンはスピリッツは好きじゃなかった。考えたのだけど、あなたの言い方からすると、ベンジャミンは落ちこんでいただけじゃなくて、絶望していたんじゃないかしら？」

「それは言いすぎじゃないかな」

「彼を見たの？　甲板で、落ちる前の彼を？」

とうとう核心を突いてきた。アレクシアを引きよせてキスしたいと駆りたてられているのは、欲望のためというよりむしろ、その質問をせき止めたいという衝動のためかもしれない。

「少しのあいだだったが」

《あの星を見ろよ、ヘイデン。空いっぱいに光って、そのまま海に流れこんでる。海の上を歩いていったらこの手で掴めそうだ》

《あれは星じゃない。コルシカの灯台だ。酔ってるんでわからなくなってるんだな。下に入ろう。夜は冷える》

《みんなと騒ぐ気分にはなれない。今晩はひとりでいたいんだ》

《下に降りてひとりでいればいい》

《放っといてくれよ。おまえだってこんな気分になることぐらいあるだろう？　心にあるのはよそよそしい数字ばかり、悲しくなったり不安になったりすることもないってのか？　こんなときには、夜空を眺めていたいんだ》
《酒を飲みすぎたりしなければそんな気分になることもない》
《まるで親父さんみたいだな。分別と論理の権威ってわけか。俺に説教しようってのか？　なんてこった、この二十年でおまえは親父さんそっくりになっちまったんだな。結婚しようなんて夢を見てないのは救いだな。そんなことしようものなら、親父さんみたいな無慈悲な偽善者になるのが落ち――》
《それ以上言えば殴るぞ、酒のせいで屑《くず》になってるだけだとしてもな》
《放っといてくれれば、もう屑の戯言《たわごと》なんか聞かずにすむぞ》
《なら放っておこう。ずっと傷でもなめてろ》
「一言二言交わしたが、ベンジャミンは一緒に下に降りてこようとはしなかった」ヘイデンは肩をすくめた。
アレクシアは、そのヘイデンの身ぶりが意味することを汲《く》み取ろうとしているようだった。
アレクシアの視線を感じて、ヘイデンは落ち着かなくなった。
「自分を責めてるのね？　彼を甲板に置き去りにしたことに罪の意識を感じてるのね」
それに反発するように湧きあがった怒りを、ヘイデンは息とともにゆっくりと吐きだした。
しかしそのあけすけな物言いには、奇妙にも親しさが感じられた。心のひりついているところに、そっと触れられているようだった。

「いやな言い方をしてごめんなさい。怒ってるのね。暗くてもわかるわ。でもわたしは——」

「僕の長大な罪のリストに、ひとつ追加してやったというだけだろう。もう読みあげられないほどになってるよ。君によく指摘されているとおり」

「船から落ちてしまうほどベンジャミンが酩酊《めいてい》していたとは、気づいてなかったのよね」アレクシアはそう言うと、ヘイデンにじっと視線を注いだ。薄暗がりのなかでもしっかりと見てとろうとするように。その不安げな顔は愛らしかった。突然、ヘイデンはアレクシアが何を見ようとしているのか、ベンジャミンのことをどう思っているのか、どうでもよくなってきた。見当をつけるには、アレクシアの豊かな唇が官能的すぎた。

「ヘイデン、聞かせて——船から落ちるなんて、よくあることなの？　想像しようとしたのだけれど、手すりもあるし、嵐でもなければ、あまり——」

ヘイデンは指先をアレクシアの唇にあて、黙らせた。「不注意な人間にとっては、難しいことじゃない。よくあることだ——賭け事で失敗したり、無鉄砲な挑戦をしたりするのと同じく。手すりは、しらふで分別のある人間のための、補助的なものにすぎない。刑務所の壁とは違うんだ」

ヘイデンに触れられた瞬間、アレクシアの表情が変わった。不安を驚きがおおった。軽く押し当てられたヘイデンの指に震えが伝わった。濡れた瞳が興奮にきらめいた。

廊下の静けさと影が、ふたりを包みこんでいた。なんの音もない。ふたりきりだった。

ヘイデンは体をかがめて、露《あら》わになっているアレクシアの肩に唇をあて、そのひんやりとしたサテンのような肌を味わった。

アレクシアははっと息を呑みこんだが、それは驚きのためというよりは悦びのためだった。それだけで、ヘイデンのなかの高潔さも打ち負かすことができるようなものだった。とはいえ、とっくに抵抗はやめていたが。

ヘイデンは、魅惑的な曲線にそって唇を押しつけた。優しい攻撃を受けて、アレクシアの肌が熱くなっていくのが感じられる。アレクシアは逃げもせず、抵抗もしなかった。後ずさることとすらなかった。ヘイデンはアレクシアの腰に手をまわすと引きよせ、唇で首筋を上へとたどっていった。脈拍を感じるところで、唇を開いた。そして悦びを伝える速い鼓動に、舌をそっと這わせた。

ヘイデンの感覚は、欲望に鈍ったりしなかった。静けさも、キスのたびにそっとこぼれる、震えるようなため息も、はっきりと感じていた。

ふさわしいときではなく、場所でもない。でも、知ったことか。ヘイデンはさらにアレクシアを強く抱きよせ、その顔を持ちあげると、これほどにも人に自分を失わせるその唇を、わがものとした。

アレクシアが漏らす驚いたような反応も、ヘイデンを駆りたてるものでしかなかった。アレクシアが身を委ねるのを感じると、理性は溶けおち、体がかっと熱くなった。自分を見舞った衝動にどう対処すればいいのかわからないというように、アレクシアの声にならない吐息にはかすかな当惑が漂っていた。

ヘイデンは唇を離し、アレクシアの顔を見おろした。瞳が閉じられ、唇が開き、恍惚の表情を浮かべている。その体は、ヘイデンの腕に入ると華奢でか弱く感じられた。

「触れてほしい」ヘイデンは言った。「そうしたいだろう」

アレクシアのまぶたが開いた。手袋をはめた手がおずおずと上へと伸び、ヘイデンの頬に触れた。ヘイデンが本当に存在しているのか、確かめるように。

まだ確かめられないというように、アレクシアは両手をヘイデンの肩に載せた。衣服の層に隔てられているのに、アレクシアに触れられたところは焼け焦げそうに激しく燃えあがった。

ヘイデンは、さっきよりも激しく唇を押しあてた。猛烈な飢えを抑えられない。体が燃えていた。いまいるのがどんな場所かと考えるたびに、ヘイデンは背中を押され、しかしまたはけ口のない欲望に苛まれた。少しだけだ、しかし……。恐ろしい代償がつく、しかし……。

ヘイデンはアレクシアの下唇をそっと噛んだ。アレクシアの唇がさらに開かれた。ヘイデンはまた唇をあてると舌先でゆっくりと探り、そっと差しいれた。抱きしめたアレクシアの体が悦びに震えるのを感じた。

快感に、残された最後の分別のかけらさえも制圧された。ヘイデンはアレクシアをドアに押しつけるとキスを浴びせ、その体をまさぐった。ドレスのなかの体を感じ、指先でその裸を見た。アレクシアが驚きと忘我で漏らす、吐息とあえぎ声の美しい音色を楽しんだ。

アレクシアの腕をなでさすりながら、ヘイデンはその長い手袋を下までおろし、肌を露わにした。頭を下げてその肌に唇を這わせ、そうしているあいだにも両手はアレクシアの体の上を動き、腰を包み、尻を摑み、くびれをかき抱き、そして上へと動くと、胸の信じられないほどのやわらかさを味わった。手のひらをその豊かな胸に這わせ、固くなった乳首をさすり、アレクシアの抵抗する力を奪う。

アレクシアの指が、ヘイデンの肩に食いこんだ。あえぎ声がはっきりと聞こえた。ヘイデンはかろうじて残された理性をかき集め、再びキスすることでアレクシアを黙らせたが、自分の手を止めるほどの理性は残っていなかった。もう少しこのまま。あと少し。まだだ……

アレクシアの背中で、ドアがどんどんと叩かれた。アレクシアは体をこわばらせ、まばたきした。眠りから起こされたように。

「どうなってるの、つっかえてるのかしら?」木板の向こう側でぶつぶつ言う女の声が聞こえた。

欲望の強さのあまり気が遠くなりそうだったが、ヘイデンは歯を嚙みしめて叔母を呪いながら、素早くアレクシアの手袋を引きあげて離れた。薄暗がりのなかでも、気を鎮めようとしているアレクシアが真っ赤になっているのがわかる。五つ数えるぐらいのあいだで、アレクシアは服が乱れていないかどうかを理性の戻った目で素早く確認した。

そしてヘイデンを見つめたアレクシアの瞳からは、何を考えているのか読みとれなかった。アレクシアは振り返り、ドアを開けた。ヘンリエッタは危うく倒れかかってきそうになった。

「すみません、叔母さん」ヘイデンは言った。「人が入っているボックスのドアにもたれかかってはいけませんでしたね」

「そのとおりよ。何か考えごとでもしていたの？　また数学の定理のことでも考えていたのかしら」

「番もしてましたよ。ウェルボーン嬢が戻ってくるときに、どのボックスだったかわからなくなってはいけませんから」

「なら、わたしのためにもそうしていてちょうだい。アレクシアが行くと知ってたら一緒にお便……ええ、ここにいて、ヘイデン。そうしてくれるとわたしも迷子にならずにすむわ」

ヘンリエッタは廊下を小走りに行ってしまった。アレクシアはそれを黙って見送った。ふたりのあいだには、まだ欲望が静かに疼いていた。

ヘイデンの体は燃えていた。理性のかけらもない。《今晩、家の者が寝静まったら、君の部屋へ行く。ドアを開けていてくれ》

口にこそしなかったが、アレクシアにはそれが聞こえた。ヘイデンでなく、自分がそう思っているのだろうか？

アレクシアは振り返るとボックスへ入り、ヘイデンの前でドアを閉めた。

その夜、ヘイデンはアレクシアの部屋へ行かなかった。

体の熱がおさまってくると、それがどれだけ向こう見ずでばかげたことなのか、認めざるをえなくなってしまったのだ。我に返って自分のしていることに気づいたアレクシアが、あの現実的な彼女が、自分の評判や立場、そして貞節を危険にさらそうとするわけがない。謝るにも遅い。ヘイデンのしたことは言い訳のしようもない。あの劇場で自分がしでかしてしまったことにはいまでも驚いていたが、いつまでもそれを思い悩みはしなかった。これ以上アレクシアをもてあそぶことのほうが、むしろ許されるべきでない。

とはいえ、クリスチャンいわくの〈慎重さ〉は最大限の奮闘をしつづけなければならなかった。夜明けが来るころには、ささくれだった欲望にずたずたにされたような気分だった。昼すぎまでベッドから出ず、自分の取るべき道を考えていた。名誉心は、自制するよう命じていたが、体はもっと深いところから、もっと大きい声で呼ばわってきた。そうこうしたあと、ようやくヘイデンは自分を叱りつけて起きあがった。そしてシティの事務所へと向かいはしたが、何も手につかなかった。数学にすら身が入らなかった。

続く二日間、ヘイデンは自分を叱りつけることすら放棄した。遅くまでベッドに横になったまま、自分の取るべき道を考え、何の結論にも到らず、起きあがると屋敷のなかをうろうろと歩きまわった。四日目になってようやく、延ばし延ばしにしてきたことに半ば無理やり取りかかることにし、机に向かって手紙を書きはじめた。しかし半ばまで書き進めたところで、面と向かって謝らないのは臆病者でしかない、とペンを置いた。

アレクシアに会ったらなんと言えばいいのだろうと思い悩んでいると、エリオットが部屋に入ってきた。手に一通の手紙を持っている。

「ようやく起きたみたいだね。今朝これが届いたよ。ヘンリエッタ叔母さんの従僕が持ってきた」

ヘイデンは手紙を受け取った。ヘンリエッタはお世辞や曖昧な表現でぼかしてはいたが、要はむくれているようだった。ヘイデンが毎日ずっと一緒にいられるわけでないことは、もちろんわかっているし、厚かましいことをお願いしたくもないし迷惑もかけたくない。でもせめて、キャロラインのフランス語が全然上達していないのはどうしたことか、屋敷に来てウェルボーン嬢と話をしてほしい。できたら今日の午後に。

「なんて頼まれたのか知らないけど、僕が行こうか?」エリオットが言った。

「できた弟だな。兄貴がどうやら悩みごとを抱えてそうだから、その身代わりとして茨の道に飛びこんでくれるというわけか」

「最近の兄さんのようすを見てると、そう思いたくもなるだろ」エリオットは手紙を示した。

「僕に叔母さんの投げ縄をよけられるだけのすばしっこさがないと思うなら、とりあえずお断わりの返事を書いておきなよ」

ヘイデンは、アレクシアを叱ってほしいという叔母からの手紙をもう一度読んだ。そうするには、アレクシアとふたりきりにならなければいけない。そしてヘイデンはアレクシアに、フランス語の授業とはなんの関係もないが、済ませなければならない用事がある。

「この召喚状には、自分で応じることにしよう。棚あげしてしまっていたことを頼まれた」

アレクシアは、初めての仕事となる帽子につけた、緑色のリボンのプリーツのことで頭を悩ませていた。均一すぎるし、機械的すぎる。もっと気まぐれな、もっとロマンティックな効果を出したいのに。計算ずくでなくて、思いつきでつい付けた、という感じに。

帽子をもっとよく見ようと、窓際へ持っていった。帽子を作るのは、考えていたより難しかった。型がないので、スカーフを巻いた自分の頭を台に、鏡を見ながら作るしかなく、汚れをつけないよう手袋をはめて作業しなければならない。

フェイドラに警告してもらったにもかかわらず、アレクシアはランプの灯りを頼りに作業するようになっていた。四日前、劇場から帰ってきたときも、ただちに作業に取りかかった。あまりの衝撃で頭がぼうっとなり、明け方まで眠気も覚えないまま、リボンを飾り、布を縫った。素敵な作品を作れさえすれば、誘惑へ引きずりこもうとする手から逃げられる、と言い聞かせながら。

人影が頭に浮かんできて、アレクシアは帽子を手にしたまま動きを止めた。彼。あの恥ずべきことを思い出してしまうと、たちまち彼のことまで浮かんできてしまう。しかし同時に湧き起こってきた感情が、違和感やわずらわしさでないことに恐怖を覚えた。それはむしろ、温かくて心躍るようなものだった。

外の通りで声がして、アレクシアは我に返った。窓から見下ろすと、ヘンリエッタとキャロラインが馬車に乗りこむところだった。マダム・ティソーのところに試着に向かうのだ。アレクシアも同行するべきだったが、体調が悪いと言って休ませてもらっていた。まるきりの嘘というわけでもない。またヘイデンと顔を合わせると思うと、屈辱感で胸がむかついたからだ。あの夜からヘイデンは屋敷に顔を出さなくなっていたが、いつかは戻ってきてしまう。

アレクシアは帽子をわきに置いて、ロザリンに宛てる手紙の続きを書きはじめた。そう、今日はマダム・ティソーのところへ行くよりはるかに重要なことがあるのだ。アレクシア用のドレスは、いずれにせよもう袖を通されることはない運命なのだし。

手紙に封をすると、使用人の部屋がある階へ、急ぎ足で階段をのぼった。ヘンリエッタとキャロラインが出かけてもう一時間ほど経っていた。ささやかな調べもののあいだは戻ってこなければいいのだけど。今日この調べものをしてしまわないと、また何日も待たなければならない。ヘンリエッタたちの外出を毎回断わるわけにもいかない。アレクシアのなかで渦巻いている嵐は、劇場でヘイデンにされたことのせいだけではなかった。そのときの会話も、アレクシアを不安にさせていた。そもそもヘイデンをボックスから連れだしたのは、ベンジャミンのことを確かめたかったからだった。ベンジャミンが死んだのは事故だった、アレクシアのなかに芽生えた疑いは根も葉もないことなのだと、ヘイデンの口から聞きたかったのだ。

答えるのを避けたのだ、といまになってアレクシアは気づいた。そしてアレクシアの注意をそらし、激情の川へと連れこんだのだ。

ベンジャミンが永遠に戻らぬ人となったのはみずからの意志だったのではないかと考えただけで、胸がつぶれそうになる。愛が自殺を食い止められないのなら、愛にどんな意味があるというのだろう？

ひょっとしたら、ベンジャミンの持ちもののなかに、自殺の理由を匂わせるようなものがあるかもしれない。もしそんな証拠が何も出てこないようなら、あまりにも奇妙な事故のことも、受け入れよう。アレクシアは廊下の先にある屋根裏部屋へ入っていった。そこで待ち受けているのが懐かしさだけでありますように、と願いながら。

奥へと進むには、新たに加わった荷物をよけなければならなかった。ヘンリエッタが運びこませた、彼女が持参してきたものや、部屋から取りはずさせたものでいっぱいだった。入ってすぐのところには、キャロラインの余興で使われた大理石の円柱が置かれ、小さな窓から漏れ入ってきた光を穏やかに反射している。丸められたタペストリーがいくつか。イースターブルックの屋敷から持ってこられた絵画に、壁を明け渡したものたちだ。

アレクシアはベンジャミンのトランクが壁際に置かれているのを見つけた。その上にフロックコートがかかっている。何かほかのものを見つけたので適当に放っておいた、というようすで。アレクシアはコートの埃を払い、きれいに畳んだ。そしていくつかのトランクを全部、窓の近くまで引きずっていった。手頃な椅子が見つからなかったので、木の床にタペストリーのひとつを敷いて腰をおろした。

最初に開けたトランクには、服が入っていた。トランクの横にひざまずいて、なかにしまわれた服の角を上から順に持ちあげながら、底まで見ていった。ほとんどの服に見覚えがあり、それらを身につけたベンジャミンの姿も思い描くことができる。絹のウェストコートがあった。青と赤の縞《しま》模様が入っている。アレクシアはそれを取りだすと、目の前に広げた。

それは、ベンジャミンが最後にキスしてくれたときに着ていたものだった。絹に指を這わせると、その下の鼓動がいまでも感じられるようだ。あのとき、ふたりはいつもと同じように、短くそっと抱きあった。ベンジャミンはギリシャで待っている冒険に胸を躍らせていたが、アレクシアは怖くて怯えていた。そして、自分のもとを去っていく彼に、みっともなく憤慨もしていた。

ベンジャミンはアレクシアが悲しむさまを目にしていた。悲しんでいることを知っていた。

《おまえのために戻ってくるよ。ずっと一緒だ》

アレクシアはウェストコートをもとに戻してトランクを閉めた。ベンジャミンは何か言っていただろうか？　自分が死ぬようなことを？　もしくは、もっと悪い――自殺するつもりだというようなことを？

このささやかな調べものが、急に裏切りのように思えてきた。ヘイデンの質問のせいで、ベンジャミンに疑いを抱きはじめてしまった。彼の死に何かほかの意味合いがあったのかという疑いの種を、ヘイデンに植えられてしまったのだ。

いや、ヘイデンが植えたのではない。彼の質問は、もともとあって眠っていただけの種を発芽させ、成長させる雨になっただけだ。

でも、思い出はその芽をつみとってくれた。ウェストコートを着たベンジャミンの姿は、とても生き生きとして楽しげで、明るい楽観主義に満ちあふれていて、それが心に春風を運んできてくれた――ベンジャミンが永遠に遠いところへ去ってしまおうとしていたなんて、そんな証拠を探す必要なんてないのだ。

アレクシアの調べものは無意味なものになったが、アレクシアは別の目的でもうひとつのトランクも開けた。この数週間、屋敷のなかではよそ者だったし、孤独だった。ベンジャミンの思い出を胸に抱き、彼のものに手を触れることで、心が温かくなる気がした。大きな幸福があれば、その底に悲しい痛みが流れていたって、耐えられる。

二番目のトランクには、ベンジャミンの持ちものが入っていた。懐中時計と、それ用の袋がいくつか。手紙の束、ブラシ、数冊の本——紳士の日用品だ。

アレクシアは下に何があるのか見ようと、手紙の束を持ちあげた。そのとき、手紙を束ねていたリボンがほどけた。束はばさりと落ちて、トランクの中身の上に散らばってしまった。そのいくつかに自分の筆跡があるのに気づき、アレクシアはほほえんだ。ギリシャにいるベンジャミンに送った手紙だ。

香水の香りが漂った。ベンジャミンの服についていたものより甘い。手紙の束を直していると、その香りがそのなかの数通からするのに気がついた。ほかの手紙に混じっていても、それらが同じ大きさで、同じ筆跡であることが見てとれる。女性の筆跡。アレクシアのでも、妹たちのものでもない。

アレクシアは一通を鼻にあてた。バラ水の残り香がする。恐ろしい静けさが、アレクシアの心を満たした。

恐怖でぼうっとしたまま、その手紙を長いこと見つめた。どうしたらいいのかまったくわからない。気分の悪くなるような迷いにとらわれつづけているうちにも、指は手紙を開いていった。

《愛しいベンジャミン……》

9

「ウォリンフォード夫人はいらっしゃいません」従僕が言った。

手紙を送っておきながら自分は留守にするとは、叔母さんらしい。

「試着に向かわれたんです」従僕は打ち明けた。

「なら、みんな仕立屋に行ったのか」

「みなさんではありません。ウェルボーン嬢は、体調を崩されたので残っていらっしゃいます」

ということは、叔母はわざわざ不在にしたのだ。家庭教師の仕事ぶりを叱ってほしくて、ふたりきりにしたということか。ヘイデン自身の目的はそれとは違うものだったが、いずれにせよ叔母の思いやりは都合がよかった。

「ウェルボーン嬢に、書斎に来てくれるよう言ってきてくれ。降りてこられないほど具合が悪くなければ、だが」

従僕は言いつかったことをしに立ち去った。ヘイデンは書斎に入ると、大いなる謝罪の準備をしながら頭を整理した。

アレクシアはすぐに謝罪を受け入れてくれて、それで片がつくと信じることにした。心からの言葉ではないと思われたなら、たしかにほとんど心からのものではないのだが、そうはうまくいかないかもしれない。そうしたら、アレクシアの歯に衣きせぬ物言いからするに、ヘイデンはこっぴどく叱られて屋敷を辞すことになるだろう。

従僕は長いこと戻ってこなかった。しかし苛立ちより期待のほうが高まっていった。自分の恥ずべき内面から目を背けていたこの長いあいだ、何日もアレクシアに会っていない。目的はみじめなものだったが、ようやく話ができると思うと気分はよかった。

従僕はひとりで戻ってきた。「申し訳ありません、ヘイデンさま。ウェルボーン嬢はお部屋にも勉強室にもいらっしゃいませんでした」

「外に出かけたのか？」

「それはないと思います」

「ならどこかにいるだろう」

従僕は少し言いよどんだ。「きっと屋根裏部屋にいらっしゃるんです。メイドがその階にあがっていくのを見たそうですし、ドアが少し開いていました。なかに誰かいるのは——女性がいるのは——たしかです。きっとウェルボーン嬢でしょう」

「なかに入って確かめてきてくれないか？」

「申し訳ありません。おそらくそっとしておくほうがよいかと。ひとりでいたいんだと思います」そして従僕は眉を少し寄せた。「泣いているんです。その女性は」

アレクシアが泣いている？　ヘイデンの想像力はそのイメージを受けつけまいとしたが、それでもその姿が浮かんできてしょうがなかった。アレクシアにそんな姿は似合わない。そうとしか思えないことが、かえって彼女が泣いているということを衝撃的に感じさせた。

「またあとで呼ぶ」ヘイデンは言った。

従僕はほかの仕事をしに出ていった。ヘイデンは従僕が行ってしまうのを待ってから、最上階へと階段をのぼった。召使いたちの部屋の前を通りすぎ、狭い通路の先にある屋根裏部屋のドアを目指す。ドアはたしかに少し開いていた。ヘイデンはドアに近づいた。女性がむせび泣く、かすかな声が隙間から漏れ聞こえてきた。

ヘイデンはなかに入って後ろ手でドアを閉めた。家具や道具の向こう、小さい窓の近くの床に、アレクシアが座っているのが見えた。

そこからでも、アレクシアが涙に濡れているのが見てとれた。体が震えている。両手を口に、泣き声を抑えるように強く押しあてている。

こうも感情をむきだしにしているアレクシアは初めてだった。いったい何があったのかといぶかしみながら近づいたヘイデンはアレクシアの前に置かれたトランクをのぞきこみ、数冊の本の上に懐中時計が置かれているのを見た。アレクシアへの共感に、怒りのくさびが打ちこまれたような気がした。ベンジャミンを思って泣くために屋根裏へあがったのか。毎週、ひょっとしたら毎日、こうしていたのか。

アレクシアがヘイデンに気づいて顔を背けた。健気《けなげ》にも感情を抑えこもうとして、体がけいれんするように震えた。

ヘイデンはアレクシアの横に膝をつき、落ち着かせようとした。タペストリーの上に放りだされている手紙をわきによけたとき、手紙の書きだしが目に入った。〝愛しいベンジャミン……〟

思わず、手紙を手に取って読んだ。アレクシアを見つめた。その瞳があまりにも深い悲しみをたたえていたので、うまい説明はないかと大急ぎで頭を回転させた。

アレクシアは両手で顔を抑えると、平静を装うのをやめた。屋根裏部屋に、すすり泣きが満ちた。ヘイデンは苦しくなるほど胸がしめつけられ、隣りに座って彼女を両腕で抱きよせた。

ヘイデンから抱きしめられ、アレクシアはほっと安心するのを感じた。そしてまた、弱くなったようにも。強がらなくていい、と腕が告げてくるようだった。

アレクシアは我慢をやめ、ヘイデンに体をあずけた。体のなかで泣き叫んでいた失望と屈辱が、外へとあふれだす。心の奥底では、アレクシアの現実的な面が、訳知り顔でうなずいていた。一番いやらしい類いの家庭教師のような顔。自分に跳ね返ってくるのも構わず、正しいことをしたり顔で主張するのだ。

いくつかのはっきりとした考えが、真っ暗な嵐を貫いて浮かびあがってきた。《わたしはいつだって不安だった。ベンジャミンが本気だったのなら、行ってしまう前にプロポーズしたはずよ。わたしは、ベンジャミンを信じなければ自分の未来が真っ暗になってしまうから、だから信じてただけなのよ》アレクシアは歯を食いしばり、しがみついているコートに爪を立てた。

抱きしめてくれる腕にいっそう力がこもった。頭に、穏やかな唇の温かさを感じた。「落ち着くんだ」

優しい命令を耳にして、ロマンティックな夢にしがみついている愚か者ではない、世間に見せてきたアレクシアの姿が呼び戻された。鼓動がゆっくりと、安定してきた。涙の河は勢いを失い、ちょろちょろと流れるだけになった。

がっしりとした手が、ハンカチーフを差しだしていた。アレクシアはそれを受け取ると、両目と顔にそっと押し当てた。まわりに散らばっている手紙も、ぼんやりとしか見えなかったのが、はっきりと輪郭を持つようになってきた。スカートの上に落ちていた数通を、払い落とした。

「彼女は、ギリシャに手紙を書いていたの。でもそれだけじゃない。もっと前のもあったわ」アレクシアは言った。「ベンジャミンはそんなこと何も言ってなかった――わたしのことは、ただの遊びだった」

「彼女のほうが遊びだったのかもしれない。君じゃなく」

小さな希望の炎が灯った。しかし赤々と燃えはせず、油に飢えているようにちらついている。そうかもしれない。わたしじゃなくて、彼女に嘘をついていたのかもしれない。だってあんなに愛されていると感じたじゃない。約束だってしてくれたじゃない。

それが正しいかどうか判断するには、疲れすぎていた。それに、嘘をついていなかったのだとしても、誠実でなかったことは間違いない。「優しいのね」アレクシアは言った。「でも、わたしのばかさ加減が証明されただけのことだわ」

「そうは思わない」

体を離さなければ。でもその勇気がなかった。ヘイデンの腕から離れてしまえば、からっぽの過去とつらい未来に、ひとりぼっちで直面しなければならなくなる。

「知ってたの?」

「やつのまわりに複数の女性がいるとは知っていた。男にはよくあることだ」

「彼女は、何年もラブレターを書いてたの。彼女は、ベンジャミンからもラブレターをもらってるようだったわ。ルーシーという人」

「知らない名前だ」

新たな真実が見えてきた気がした。目を背けたくなるような真実が。「ギリシャでベンジャミンがわたしのことを話すとき、わたしに言っていたような、愛だとか結婚だとかのことは口にしなかったのね? わたしもその他大勢のひとりだったのね」

ヘイデンの全身が、沈黙した。答えとしては十分だった。

アレクシアは、信じられないほどの空虚感に見舞われた。あまりの衝撃で、自分の体も自分のものとは感じられない。ばかげた思い出すら奪われた孤独が、口を開けて待ちかまえている。それがたまらなく怖かった。押しつぶされそうだった。頭をヘイデンの肩にあずけ、再び歩きだす勇気を寄せ集めようとした。

ヘイデンの腕のなかにいると、心が満たされていくように感じられた。匂いと温かさと、彼に触れていることが、空洞を満たしていくようだ。その隙を縫って、震えるような官能もにじみだしてきた。ヘイデンがかきたててくれる、胸の躍るような活力を、アレクシアは拒絶できなかった。

それはアレクシアのなかに入ってくると、苦しみもだえながら死んでいった部分を揺さぶり、生命を吹きこんでいった。アレクシアは身動きせず、素直にそれを受け入れた。それは危険も伴っていたが、気にしなかった。ヘイデンも動かなかった。抱きあったふたりの沈黙は、だんだんと重くなっていった。ヘイデンに触れられているあらゆる部分が、異常なほど敏感になっていく。ヘイデンもそうだと、わかった。

アレクシアは顔を上に傾け、ヘイデンを見あげた。ヘイデンの視線は、彼女ではなく空中に向けられていた。以前にも見たことがあるような、思慮深げな厳めしい表情。青い瞳には、怒っているような熱い光が宿っている。

これまではこの表情を誤解していた、とアレクシアは気づいた。その硬さが秘めているのは、激情だ。怒りではない。ヘイデンが頭を傾け、アレクシアを見おろした。瞳の熱がなんのためなのか、もう見誤りようもなかった。

ヘイデンはアレクシアの頬に触れると、指でそっと涙の痕《あと》をこすった。ヘイデンのなだめるような仕草、彼の腕から、そして瞳から感じられる欲望に、動悸が激しくなる。その欲望を拒まなければならない理由が思いつかない。そんなものはここと違う世界、ここと違う人生に置いてきてしまった。いま感じている温もりを失うことが怖かったし、この暗い屋根裏部屋を出たところで聡明なウェルボーン嬢を待ちうけている、凍えるような人生に向きあいたくなかった。

考えるのはよそう。アレクシアのぼろぼろになった心は、真実をおおい隠して虚《むな》しい絶望を沈めてしまえるチャンスにしがみついた。

アレクシアは手を伸ばし、ヘイデンの頬に触れた。

ヘイデンは最初ほとんど反応を見せなかった。瞳の炎が暗くなり、唇に官能的な意思を浮かべただけだった。

やがてヘイデンの手がアレクシアの両手をおおった。肌に押しあてられ、温かさがアレクシアのなかに流れこんでくる。そして力強い指にしっかりと包まれたかと思うと、手が肌から引き離された。ヘイデンは頭を下げて、手のひらと脈打つ肌に唇をあてた。

手首から心臓へ蝶が舞い、体じゅうをその羽でなでていく。アレクシアは瞳を閉じてその甘さを堪能《たんのう》した。それは麻痺《まひ》したような空虚感とはあまりにも対照的だった。怖くなるほど。

瞳を開け、ヘイデンのまっすぐなまなざしを受け止めた。心の底で危険だとささやく声がするようだったが、耳を貸さなかった。ヘイデンのなかでくり広げられているだろう闘いにも、手を貸すつもりはなかった。負けてほしい。キスをして、ぞくぞくするような力でわたしを満たしてほしい。

ヘイデンはそうしてくれた。最初は慎重に、しかしいつしかそれも忘れて。鎖に繋がれた熱情が、キスのたびにさらなる自由を要求して呼ばわってくる。アレクシアの反応のひとつひとつが、枷《かせ》をひとつひとつはずしていく。

アレクシアはキスの力に驚嘆していた。蝶の羽ばたきが血管のなかを巡り、それに合わせて吐息が漏れる。羽に触れられたようなくすぐったさに、体の内側も外側も快感をおぼえた。体の奥底と肌とで感じている興奮が合わさって、ぞくぞくとする震えが倍増していく。

ヘイデンの腕が動いて、アレクシアをタペストリーの上に横たえた。そして大きな身ぶりで、ひと払いにあの手紙をトランクの向こうへと追いやってしまった。恐ろしい発見は、視界からも心からも遠ざかった。

ヘイデンは再びアレクシアにキスしながら、フロックコートを脱ぎ捨てた。隣に体を横たえたヘイデンにアレクシアは腕を伸ばし、その体をできるだけたくさん抱きかかえようとした。北向きの小さな窓から漏れてくる光のなかで抱きあったふたりのキスは、たちまちようすを変えた。劇場でのものと同じ、むさぼるようなキスが押し入ってきて、アレクシアは屈した。しかし今回はアレクシアの反応に衝撃は混じっていない。アレクシアの情熱が盛りあがるのに、なんの餌も必要ない。抑えきれない悦びが体のなかを滝のように流れ、警戒も不安もとうにかなぐり捨てられていた。

あらゆる瞬間がすばらしかった。ヘイデンの手が再び動きはじめ、服の上からしっかりと、征服するように、体をまさぐりだしたことも。甘美な官能が、体の下のほうで目を覚ます。くすぐったいような疼きが、体の飢えを駆りたてる。乳房が痛くて、ヘイデンに愛撫されてもまだ足りないほどだ。ヘイデンの背中を強く掴み、いっそうきつく抱きしめた。気づくと自分からキスを返していた。このすばらしい混沌に体をよじり声を立てていることも、ぼんやりとしかわかっていなかった。

重力を失ったような熱っぽいめまいのなかに、突然ふたりきりで放りだされたようだった。時間も場所も、意味を失ってしまった。悦びに支配され、どうしようもない痛みで、慎み深さも忘れてしまった。もっとほしい。ほかにはなにもいらない。もっと。その言葉はアレクシアのなかで歌うように何度もくり返され、そのたびにアレクシアは駆りたてられ、かき抱き、声をあげた。

ヘイデンはアレクシアのドレスを緩めようとしたが、コルセットが邪魔をした。ヘイデンは口のなかでドレスに毒づくと、上からアレクシアの乳房を愛撫した。指で乳首を探りあて、指先に巧みに力を加える。アレクシアの体の中心を、突き刺すような震えが駆け抜けた。硬くなった一点で性感が爆ぜ、アレクシアはあえいだ。

ヘイデンはアレクシアの腕を床に下ろした。コルセットの肩紐を指先へと滑らせ、片方の乳房を露わにした。

裸を見られていることで、アレクシアの興奮はいや増した。自分を見おろすヘイデンの目つきも、それに拍車をかける。色づいてぴんと立ったその先端に触れられると、体に力が入らなくなってしまった。欲望が痛みすら覚えるほどのじれったさとなって、さらに激しく、体の深く低いところから湧きあがってくる。ヘイデンが乳房を愛撫し、ゆっくりと乳首を転がすと、否《いや》が応にもかきたてられる興奮は耐えがたいほどになり、アレクシアの理性は吹き飛び、泣きわめきそうになった。

やめないで。もっと。頭のなかで合唱する声とヘイデンへの欲望に追いたてられるように、アレクシアは激情のてっぺんへ駆けのぼっていった。頭をうずめたヘイデンが舌で乳房をからかうと、快感はさらに増していく。ヘイデンの手が脚を愛撫しはじめ、スカートを上へと大きくたくしあげたとき、肌と肌が触れあった。

アレクシアの本能は、この愛撫が突き進む先を知っていた。《そう、もっと》乳房の甘美な疼きも、下腹部へと動いていく。期待に体が焦げそうになる。

これ以上興奮することなんて無理だと思っていたのに、次にヘイデンに触れられたとき、それが間違いだったことを知った。その感触で駆りたてられた快感があまりにも特別で、そして強烈で、アレクシアは我を失った。早く。ここでやめたりしないで。おかしくなってしまう。

もっと。ヘイデンはアレクシアの脚を広げ、そのあいだに入った。もっと。いっそう激しいキスに、アレクシアの頭に響いていた声はいっとき聞こえなくなったが、また戻ってきた。もっと。アレクシアはヘイデンの肩に爪を立てた。しかしヘイデンが手をついて体を起こしたせいで、抱きしめられなくなってしまった。もっと。ヘイデンは、秘められた場所へ手を伸ばし、アレクシア自身に触れ、さすり、アレクシアはうめいた。

そしてやってきたまったく新しい感覚に、アレクシアは全身を震わせた。大きくて力強いものが入ってきて、その瞬間に渇望が満たされたようになる。それが奥へと押し入ってくる。アレクシアは息を呑んだ。痛みが絶頂感を切り裂いた。

まわりがひどく明瞭に感じられた。屋根裏部屋の天井と、窓の明かり。自分にのしかかっている男、自分を圧倒するその体と力。自分のなかに入ってきているものの、完璧で驚嘆するような豊かさ。焼けるような痛みはもう消えていて、いまそこは生き生きと官能的に脈打っている。新しい悦びが芽生えつつあったが、育てるには衝撃を受けすぎていた。ヘイデンが上半身をかがめてキスしてきた。アレクシアはまばたきしてその顔を見つめた。男らしさや熱さ、強さとは別のものが、瞳の奥に見える気がする。驚き、だ。

ヘイデンは体を動かした。いっぱいに入ってきているものが前後へ動くと、ひりつく痛みがやわらぎ、そしてまた新たに痛んだ。意識がますますはっきりとしてきて、官能的な恍惚に我を忘れるというより、常ではないほどの危険を感じていた。彼に。自分のなかに入ってきている彼がもたらす快感に。自分の弱さに。逃げられないほど心を奪われてしまった、彼との触れ合いに。

爆発のあと、ゆっくりと視界が戻ってきた。思いを遂げたときの絶頂感が、だんだんとおさまってきていた。

ヘイデンは、自分の下に横たわっている女性を見おろした。自分におおいかぶさっているヘイデンの体に、片方の手をぎこちなくまわしている。もう片方の手は、コルセットとシュミーズの肩紐に自由を奪われ、体の横で弛緩している。ヘイデンは体を持ちあげて、露わにされている乳房にキスした。丸くて、豊かで、女性的で、やわらかい、美しい乳房。アレクシアが体を震わせた。アレクシアが悦びに浸っているのではないことに気づいたのは、そのときだった。

屋根裏部屋に足を踏み入れたときに見たのと同じようなか弱い、傷ついた表情を浮かべていた。

「ひどく痛かったか？」

「それほどは。でも、それなりには。女は自然に何か恨みでもかってるみたいね」

ヘイデンは笑いだしそうになったが、そうはせずアレクシアから手を離した。体を離すヘイデンを、アレクシアはかすかに眉を寄せて見つめていた。いい前兆か悪い前兆か決めかねているというように。

完全に体を離すと、ヘイデンは自分の服を直した。そしてアレクシアの麗しい乳房に最後のキスをして、肩紐をもとに戻してやった。「いつも不公平なわけじゃない。最初だけだ」

アレクシアはヘイデンに背中を向けて、ドレスを直してもらった。「さっき……驚いてたみたいね。これが初めてだとは思っていなかったの？　ベンジャミンとはそういう関係じゃなかったって、前にも言ったのに、信じてなかったのね」

認めてしまえればどれだけいいだろう。しかし、それは下手な言い訳にしかならないだろう。それでもいいのかもしれない。いまは充足感しか感じていなくとも、この後は罪悪感が待ちかまえている。もうすでに、ふたりのあいだにはぎこちない雰囲気が漂いだしていた。

「驚いたのは、自分にだ。こんなにもひとりの女性を手に入れたいと思ったことはなかった」

アレクシアはドレスを直すとすぐに膝をついて体を起こし、そしてそのまま固まった。ヘイデンはアレクシアの視線をたどった。トランクの向こうの床に散らばった、手紙。

「俺が戻しておこう」ヘイデンは言った。

「ありがとう、助かるわ。叔母さまはすぐ戻っていらっしゃるだろうから、もう行かないと。着替えないといけないし……このままだと、屋敷じゅうに知られてしまうわ」顔を赤くしながら、アレクシアは立ちあがろうとした。

ヘイデンはその腕を摑んで引きとめた。「アレクシア――」

アレクシアはヘイデンをまっすぐ見返した。「だめ。お願い。言わないで。何も言わないで。お願い」

「言っておくべきことが、たくさんある」

「ないわ。とにかく、いまはだめ。分別があるなら、永遠に」アレクシアは、ヘイデンの腕から自分の腕を引きぬくようにして立ちあがった。「今日のことは、わたしの好きなように覚えていさせて」アレクシアは手紙に視線を送りながら踵を返した。「そういうのは得意なの。知ってるでしょう?」

アレクシアはベッドに横になり、夜の静けさのなかで、まるで見知らぬ人間のような自分に慣れようとしていた。

屋根裏部屋から出たとき、アレクシアは違う女になっていた。世界がまるきり変わっていた。これが本当の世界なのかもしれない。ベンジャミンへの幻滅のせいだろうか。いや、それだけではない――あの我を忘れる感覚と、一体感、息を呑む悦び――あの経験が、ひとりの女に特別な知恵を授けてくれたのだ。

自分を責めたり、自分の無垢が損なわれたことを嘆いたりはしていなかった。自分がやったことを後悔してもいなかった。認めるのはたやすくなかったが、認めてしまうと、復讐しようという思いも大げさで虚しいものに思える。加えて、起きたことが意味していることに、正直に向きあうこともできるようになった。いますぐこの屋敷を出ろと頭のなかで叫んでいるのは、プライドではなく、恐怖だった。

書き物机の上に、帽子が影を落としていた。夜闇とモスリンにおおわれていても、細部まで心にはっきりと描くことができる。この帽子を売ることも、ほかの計画も、何ひとつ変えるつもりはなかった。ヘイデンとのあいだに起きたことのせいで、来た道を引きかえすようなことはしない。自分が決めたことは正しいのだから。だから、できるだけ早く実行に移さなければ。今日の思い出を、美しいものにしておきたいなら。

アレクシアは目を閉じて眠ろうとした。しかし目は冴えるばかりだった。ヘイデンを感じる。まだ彼がそこにいるように、ひりつき、優しく痛んでいる。まだ彼に、心が奪われそうになっている。

せつないような感情が、心のなかに滑りこんできた。その懐かしむような思いを、アレクシアは追いだそうとはしなかった。今日の記憶を罪と責めで塗りかためるのは間違いだろう。自分だって、あんなにも楽しんだのだから。

10

いったいどうしてしまったんだ？

翌朝、ヘイデンはその質問をくり返していた。今回は寝つけぬ夜とはならなかった。満足し堪能したまま、断罪は夜明けまで先延ばしすることにしたのだ。そしていま、服を着ながら、自分のしでかしたことを問いただしているというわけだった。

「本当にこのウェストコートでいいんでございますか、旦那さま？　青いフロックコートには合わないとお考えだったかと存じますが」

近侍に質問されてヘイデンは現実に引き戻された。ニコルソンは几帳面《きちようめん》で、まめで、ヘイデンと同じように論理的で規則を重んじるタイプだった。毎日の身支度を時間も動きもむだなくこなすようになってからもう何年にもなる。今日のヘイデンが注意散漫なのを見て、ニコルソンは慎み深さをアピールしながらもため息をついた。

「それに、クラバットも。それでもう三つ目ですが、いけませんね。よろしければ、わたくしが――」

「させるか。子供じゃないんだ」ヘイデンは無残に垂れさがった布を首から引きはがし、新しいものを掴んでもう一度結びはじめた。結び目を作るあいだ、姿見に映る自分を見つめた。有罪だ。酌量の余地なし。

自分の名誉がこんなにも速くそして順調に地に落ちていくとは、感心するほどだった。アレクシア自身も情熱的に応えてくれたことはすばらしい思い出ではあるが、何の言い訳にもならない。彼女は取り乱していて、傷ついていた。それをこの男はまず慰めておいて、それから誘惑したのだ。

悪党になりつつあるのを、ヘイデンは後悔していなかった。自分の罪を認めながらも、どうしようもなく満足感に包まれるのだ。頭のなかでは、もう一度アレクシアを抱く官能的な妄想にふけってさえいる。

控えめな咳払いで我に返った。ニコルソンが、気に入らないウェストコートをフロックコートの横にぶらさげている。合わせてみるといかにもおぞましかった。自分がなぜその組み合わせを選んだのか、どうにも思い出せない。

「おまえに任せるよ、ニコルソン」

「それが大変よろしいかと存じます」自分の趣味の確かさに誇りを覚えながら、ニコルソンはウェストコートを衣装棚へと戻し、別のものを検討しはじめた。

ヘイデンは頭を整理しようと努めた。たくさんの項目が書きこまれる会計帳簿のように、事実を並べる。俺はアレクシアを誘惑した。彼女に触れられて、あらゆる理性を失った。彼女の悲しみを慰めたいと思っていたが、代わりにそれを利用してひどいことをした。善良な女性の処女を、屋根裏部屋の床で奪った。俺のしたことは、言い訳のしようもない、不名誉な、理不尽な、恥ずべきことだ。

そして、本来そうであるべきほどには、悔やんでいない。

「これなどいかがでしょう？」ニコルソンが注意を引き、新しいウェストコートを差しだした。

「ああ、ああ、任せる」

一番道理にかなう道は、アレクシアに愛人になってもらうことだ。分別のある男に無分別なことをさせる理由は数あれど、情熱は何より短命だ。そうなってからも生活に困らないようにしてやろう。債券を買っておくこともできるだろう。最終的にはかなりいい暮らしができるようになる。

昨日のことの結果としては、それが一番常識的で考えやすかったが、それでもアレクシアが受け入れるかは疑問だった。彼女の地位は、誰の目にもはっきりと、地に落ちるのだ。世間から敬意を払ってもらえないような状況を受け入れるぐらいなら、アレクシアは飢え死にするほうを選ぶだろう。

もちろん、もっと直接的な償いをすることだってできる。単純に、かなりの金額を渡すのだ。償いとして渡せば、彼女も体を許したことへの報酬とは考えないかもしれない。この話を進めるには、かなりの交渉手腕が求められそうだ。今後彼女を求めたりしなければ、言外に見返りが求められているのではと怖がらせることもないだろう。ヘイデン自身にそれができるかは、自信がないが。

あとは、正しい振る舞いをする、つまり結婚することもできる。これまで結婚などしないと言ってきたが、そもそも最近の自分はまるで別人になってしまっているのだ。しかしアレクシアは受け入れてくれるだろうか？　昨日のことなどよりはるかに重い罪を犯した人間だと思われていることに、変わりはないのだ。

ヘイデンはふたりの生活を想像してみた。まわりの多くの夫婦たちと同様、ほとんど別々に暮らしている。最初は情熱的、その後は……アレクシアを求めなくなった自分を思い描くことができなかった。不思議だ。いつもなら、始まったときにはもう終わりが想像できるというのに。《いったいどうしてしまったんだ？》

ただ、彼女のほうはすぐに冷めてしまうかもしれない。もう冷めているかもしれない。性交渉に幻滅し、永遠におぞましく感じつづけるかもしれない。アレクシアは自分に好意を抱いているわけではない。普段彼女が自分を見る瞳が熱を持つのは、愛情ではなく罪の告発からだ。

《情熱にはそれなりの意味がある。しかし、すべてを支配するのは理性でなければならない。

感情は衝動に結びつく。それは名誉も、富も、そして幸福をも破壊するのだ》

ヘイデンは自嘲ぎみに笑った。なんてことだ。一歩踏みはずしただけで、父の言葉の正しさが証明されてしまった。

「旦那さま、わたくしにクラバットを結ばせていただけませんか。新しいものはもうそれしかないのです。それをだめにすると――」

「うるさいな、わかったよ」ヘイデンはニコルソンのほうに体を向けて、きちんと直してもらった。

ノックの音でふたりとも衣裳部屋のドアを振り返った。ニコルソンは、近侍の領域に踏みこんできた従僕をにらみつけた。しかし若者は下がらなかった。

「ヘイデンさま、侯爵が下でお呼びです」

正式に召喚されるのは妙だった。召喚されること自体が、不可思議だ。こんなに露骨に貴族的な振る舞いをしてみせることは、兄には考えられないことだった。

ヘイデンはニコルソンに気にせずクラバットを結ぶように告げた。そして、ニコルソンがブーツを磨きおわるのを待った。ニコルソンが身支度を整えるのに手を貸してくれているうちに、いつもどおりの朝に戻っていくようだった。

ようやくその日の予定に合った格好になり支度を終えると、ヘイデンは小さな袋をポケットに突っこんで、兄の気まぐれに付きあうために階段を下りていった。

ドアを開けると、クリスチャンはけだるげに魚とパンの朝食をとっていた。予想どおり、侯爵閣下はくだけた格好をしていたが、あの異国風のローブの代わりに、ズボンとモーニングコートを身につけていた。ただしクラバットはなくシャツの襟をはだけていて、さらに髪が乱れに乱れているところは、腰巻一枚しか巻いていないほどみっともなく見える。モーニングルームに、クリスチャン以外に女性の客人がいたので、余計にそう感じられたのかもしれない。

「やあ、ヘイデンが来た」クリスチャンが言った。「今日はどんなお客さまがいらしたと思う? なんとヘンリエッタ叔母さんがわざわざいらしてくださったんだ。僕の仕事の邪魔にならないよう、応接時間の前にさ。叔母さん、慈悲深い思し召し、大変ありがたいですよ。毎日遅くまで寝ているもので、朝食はひとりぼっちでとることがほとんどなんです。同席してくれるのは美しい静けさだけでね」

ヘンリエッタは皮肉に気づいたかもしれないが、顔には出さなかった。「会ってくれてうれしいわ。さっき話したことで全然落ち着いていられなかったの」

「ヘイデン、ヘンリエッタ叔母さんはこのうえなく胸を痛めていらっしゃるんだ。屋敷で悲劇が起きたらしい」

「悲劇なんかじゃありませんよ、そこまでは……」

「まあ、まあ、強がらなくて大丈夫ですよ、叔母さん。僕への伝言は一語一句覚えてます。

《わたしたちは恐ろしい悲劇に見舞われたの。家長として手を打ってちょうだい》」そしてクリスチャンは穏やかな表情をヘイデンに向けた。「そんな危機を知らされて、ベッドに入ってるわけにもいかないじゃないか」

「そうね、たしかに悲劇よ」ヘンリエッタは言った。「あの気まぐれな女《ひと》のせいでめちゃくちゃだわ。どうしたらいいのかわからないの」

「女?」ヘイデンは尋ねた。無邪気な顔に見えるといいが。

「ウェルボーン嬢だよ」クリスチャンは目を伏せてコーヒーをすすった。再び口を開くまで、永遠とも思えるような間があった。「仕事を辞めるつもりらしい」

「なんの前触れもなく、ですよ」ヘンリエッタは声を荒らげた。「昨日の夜はキャロラインの教育は続けると話していたから、この社交シーズンが終わったら辞めるのだろうとしか思っていなかったのよ。夏が来る前に代わりの話相手を見つけられるように、前もって伝えておいてくれたのね、って。ところが今日、彼女ったら馬車で出かける前に、屋敷には昼間だけ来る、しかも週末には来ないだなんて言うのよ」

「馬車で出かけた?」ヘイデンは尋ねた。

「そうよ、それも困りものだわ! 週末には屋敷に来ないって言っているのに、さらに毎週のお休みまで取るんですからね。言わせてもらえれば、鉄面皮よ。もうおしまいだわ。キャロラインのデビューがめちゃくちゃよ」立ちあがったヘンリエッタはクリスチャンのまわりをうろうろと歩きまわった。

クリスチャンは叔母の悲嘆を無視するように魚の骨を取り除いた。「落ち着いてください。ヘイデンに任せればいいんです。すべてうまくいきますよ。そうだろう、ヘイデン？」

「もちろん」どうしろと？　アレクシアが逃げだすなんて予想だにしていなかった。「なぜ僕に言いに来なかったんです、叔母さん」

ヘンリエッタは高慢な、しかし傷ついたような仮面をかぶった。「まあ、ご親切に。でもこの話は侯爵にしたほうがいいと思ったのよ。なんといっても、一家の主《あるじ》は彼なんですから。あなたは最近、わたしたちにはあまり時間を割けないようですしね。これ以上お荷物にはなりたくないもの」

「叔母さんは傷ついているんだよ、ヘイデン」クリスチャンは、魚に優美な外科手術を施している手を止めないまま言った。「ウェルボーン嬢の決心について、叔母さんには思うところがあるらしい。おそらく——間違っていたらすみません、叔母さん——叔母さんはおまえが関係しているんじゃないかと思っていらっしゃるんだ」

沈黙が部屋を満たした。クリスチャンは魚を口に運んだ。ヘンリエッタは額まで真っ赤になりながら、とりすました顔で窓の外を見やった。

「どうしてです、叔母さん？」ヘイデンは尋ねた。尋ねたことを後悔するかもしれないと思いながら。

「あなたが昨日、例のことで手ひどく彼女を叱りすぎたのではないかと思ったのよ。わたしがマダム・ティソーのところに行っているあいだにやってきたそうじゃない」

「叱る？」クリスチャンが好奇心いっぱいの顔で見あげてきた。「あの立派なウェルボーン嬢を叱る？　ひとつと半分もの給料の価値がある女性を？　しかも馬車を使う許可まで与えてる女性を？」

「ヘンリエッタ叔母さんに頼まれて――」

「キャロラインのフランス語のことを話してほしいとは頼みましたけど、屋敷から追いだせとは頼んでません！」ヘンリエッタは声をあげた。「よっぽどひどい言い方をされなければ、クリスチャンに買ってもらったドレスだってできあがってないのに、屋敷を出ていくなんてことはしないわ！」

クリスチャンのフォークが、空中で止まった。

ヘンリエッタはクリスチャンの肩を叩いた。「あなたはとても親切だったわね。普通なら彼女だって、家族に尽くすことでそれに報いようとするはずだわ。そうよ、あの毛皮のマフひとつ取っても二十ポンドはするはずよ。みじめな境遇にいる女性が、そんな待遇を自分から捨てるはずがないわ」

「本当になぜでしょうね？」クリスチャンは、ヘイデンだけに見えるような半笑いを浮かべた。

ヘンリエッタはまた歩きまわりはじめた。「どうしたらいいのかしら？　通いの家庭教師なんてだめよ、商人じゃないんだから」ヘンリエッタは手をもみしだいた。「どうしようもないわ。クリスチャン、キャロラインのために新しい家庭教師を見つけてきてちょうだい」

クリスチャンは魚に薄ら笑いを向けた。

ヘンリエッタが切りだした。「適任者をいますぐ見つけるには、方法はひとつよ。住みこむ屋敷が、最高の名声と地位を持つ人間のものであること」

クリスチャンはナイフを見つめた。

「もちろんそのときはわたしたちもここに住むことになるわ。十分な教養と保証人を持っている家庭教師の気を引くには、それ以外には方法がないわ」

クリスチャンはナイフを下におろした。「いまいる家庭教師をなだめたほうがシンプルだと思いますよ」

「どうやって？　彼女が仕事を放りだした理由すらわからないのよ」

「きっとヘイデンならその理由を見つけて、道理を言い含めることができると思いますよ」

深い、見透かすような瞳がヘイデンに据えられた。「そうだろう、ヘイデン？」

馬車はオックスフォードシャーの立派な屋敷の前で停まった。馬車から降りたアレクシアはバスケットを腕に抱えた。

「この道を一マイルほど行けば、村があるわ」アレクシアは御者に説明した。「そこで馬の世話ができるし、休憩できるわ。三時間後に迎えに来てね」

アレクシアは、冬眠している植木に両側を挟まれた石の小路を歩いていった。ウォトリントンの村はずれの二十エーカーほどの土地に建てられた、ちょうどいい大きさの石造りの家。見るからに、裕福な紳士の持ち家だ。二代前までは、そのとおりだった。そのころは、まわりに何マイルにもわたって広がる農地も所有していた。

ドアが開いた。腕を大きく広げたロザリンが、顔を輝かせて駆けだしてきた。ふたりはしっかりと抱きあった。

今回の外出にはかなりの罪悪感を覚えていたが、ロザリンの温もりを感じるとそれもどこかへ飛んでいってしまった。

「来られて本当によかったわ！　でも手紙では来週になるって言ってたじゃない」ロザリンが言った。

「急にお休みをもらえることになったから、すぐ来たくて。突然で迷惑じゃなかった？」

「この涙が迷惑そうに見える？」ロザリンはもう一度ぎゅっと抱きしめて、後ろに下がった。そして馬車を見やってにっと笑った。「これが使えるようになったときの話を思い出すたびに、甘くて意地悪なうれしい気分になるの」

「元気そうでうれしいわ、ロザリン」本当に元気そうだった。服をほとんど売り払いながらも残しておいた、流行のハンガリーウールのドレスを着ている。明るい瞳と肌艶のよさは、燃料と食べ物を切りつめていてもまだそれほど健康に影響していないようだと教えてくれた。「あなたが来るって考えただけで、うれしくて元気になったのよ。今朝あなたの手紙が届いたとき、この数週間で初めて昔みたいな気分になれたわ」

ふたりは手に手を取って家へと歩みを進めた。「ティモシーは下りてきてないの。こんなこと聞かせて残念だけど、寝込んでしまっていてあなたにも会えなさそう。調子が悪いのよ」最後の言葉を伝えるロザリンの声はこわばっていた。「アイリーンは、バーバリー・グレーンジのモーテンソンさんのところに行ってるわ。そこの家族はアイリーンに優しくて、わたしたちの状況も気にしたりなんかしないの。もちろん、わたしたちのことはみんなが知ってることだけど」

アイリーンに会えないのは残念だったが、調子の悪いティモシーに会えないことはそれほど悲しくはなかった。「ずっと寝込んでるのはよくないわ。もっと気を強く持ってくれないと」

「過去を嘆いて、運命を呪ってばかりよ。もう少し時間が経ったら、いまのことや未来のことを考えてくれるかもしれないけど」

代わりにロザリンが、いまのことをしっかり認識して現実的に立ち振る舞っていた。まだみんなで街に住んでいたとき、アレクシアもみんなと一緒に何度かこの地所へやってきたことがあるが、いくつかの家具がなくなっているのに気づいた。部屋が丸裸に見えない程度に、ロザリンが慎重に高く値がつくものを選んで売っているのだ。

　ふたりは書斎へと入った。たくさんの本がなくなっていたが、それでも本棚はがら空きにはなっていない。あとどれぐらいで、必要最低限のもの以外のこまごましたものがすべて売り払われてしまうのだろう。

　ソファに腰を下ろしたアレクシアは、バスケットをわきに置いた。「お土産を持ってきたわ。ここに来る前にお店に寄ってきたの」アレクシアはバスケットのてっぺんにかぶせられていた布をはずした。なかに入っているプレゼントが、ばかげたものに思えてきた。従妹たちに楽しんでもらおうと選んだ、実用的でないものばかりだったのだ。お肉でも買ってきたほうがどれほどよかっただろう。

　ロザリンは小さな贈りものを次々に取りだし、どの包み紙も細心の注意を払って開けた。

「お茶！　いまだって、あなたに出してあげられるお茶がなくて困ってたところよ。これは香りつきの石鹸《せっけん》ね」それを鼻に近づけ、ロザリンは夢見心地に瞳を閉じた。「いまとなっては贅沢だわ」そしてさらにバスケットをのぞきこみ、新品のリボンやかわいらしいヘアピンを見つけては、歓声をあげた。

「まだあるの。いま渡しておくわ、ティモシーが顔を見に下りてくるかもしれないから」アレクシアはハンドバッグを開けて、十ポンド紙幣を取りだした。

ロザリンの表情が暗くなった。「そんな大金。受け取れないわ」

「ううん、受け取ってくれなきゃだめ。お給料だとか、利息からの収入を貯めたお金じゃないから。お金を稼ぐ方法を別に見つけたのよ」そしてブランブル夫人への申し入れと、部屋で作っている帽子の話をした。「今朝、それを持っていったの。そしたら高く買い取ってくれて」十ポンドまではならなかったが、それを伝える必要はない。

「お店で売る帽子を作ってるの？」ロザリンの顔を悲しげな反応がよぎった。

「こっそりね」アレクシアはロザリンの膝の上に紙幣を置いた。「わたしたち、これだけはって誇りは、しっかり守らなければならないもの」

「そのとおりね。わたし、毎週のように守りきれない誇りをどんどん捨てていってるわ」ロザリンの浮かれたような表情は、真剣なものに取って変わられていた。「帽子を作るすばらしい才能があってよかったわね、アレクシア。わたしも何か役に立つ能力があればよかったわ。どの棚や椅子を売れば、なくなってもそれほど見栄えが悪くならないか、そんなことを考えるぐらいしかできないんだもの」

頭上から、部屋のなかを動きまわるような音がした。「外に行かない？　そんなに寒くないし、ティモシーが下りてくるならそっちのほうが——ずっと喧嘩ばかりなの。今日も——」

「素敵ね、歩きましょうよ」

ロザリンは外套《がいとう》を取りにいった。バスケットとお金も持って――隠してくるのだろう。外に出ると、ふたりは村へと続く小道を歩いた。アレクシアはアイリーンのことを尋ねた。

「落ちぶれてしまったことに苛ついているみたい」とロザリンは言った。「若いから、こんな不条理なことは認められないんでしょうね。家の掃除を手伝うのも不満たらたらで、モーテンソンさんたちに招待されるとすぐ遊びに行ってしまうの。そこの息子さんに叶《かな》いもしない期待を寄せてるわ。こんなことになってはアイリーンをもらってくれるわけもないのに」

ロザリンは小道の向こうで小さな点にしか見えなくなった家を振り返った。「ティモシーが、売ろうって言いだしたの。希望も失ってるし、闘う気力もなくしてるわ。家族の家を売るだなんて。うまくいかなかったときは前にもあったけど、そのときはベンジャミンがなんとかしてくれた。でもティモシーは、売って売って、売れるものがなくなるまで売りつくすことしか考えられないみたい。何もかもなくなってしまったら、どうすればいいの？」

「お金はこれからも送るわ。帽子を売ったら――多くはないけど、いつだって送れるようになる。そうしたらティモシーも家を売らなくてすむわ。家を売ったって、ほとんどは借金のかたに取られてしまうんだし」

「わたしもそう言ったの。いまは少なくとも屋根はあるもの」

素敵な屋根が。素敵な家だし、懐かしい世界が残されている場所だ。この土地と屋敷は、彼らをあるべき姿に繋ぎとめてくれる最後の錨なのだ。アレクシアにはよくわかっていた。

人は自分の居場所と尊厳に、爪の先だけでもしがみつこうとするということを。

アレクシアはロザリンと腕を組んだ。ベンジャミンの過去の話をするきっかけを、ロザリンが作ってくれた。昨日の夜、アレクシアはずっとベンジャミンのことを考えていた。やがて夜が白みはじめても、ヘイデンとのあいだに起きた出来事を受け入れようとするのと、自分を自暴自棄にしたあの衝撃とが、交互に頭を支配していた。手紙を見つけたことで、ベンジャミンの思い出には別の光が当てられていた。そこに見えてきたのは自分の知らないベンジャミンで、とても不思議な感じがした。憎しみはなかった。時間が経てば、傷もすっかり癒えるのかもしれない。まだそのときはきそうになかったけれど。

「ロザリン、わたし最近、チープサイドでの楽しかったことを思い出すの」

「あの気持ちのいい家を出なければよかったわ。あの家では少なくとも破産なんてしなかったでしょうに。ティモシーは湯水のようにお金を使ってしまうんですもの」

「ベンジャミンはそうじゃなかった。銀行もとてもうまくいってたし。何年も。もしティモシーに全財産を使わせてたら、ベンジャミンも同じような目にあってたかもしれないけど」

「あのときは借金があったもの。お父さまから受け継いだものだけど。たしか戦争のすぐあとに返済し終わったと思ったわ。でも、ベンジャミンはほかにもうひとつ借金があるって言ってたわね。大きな借金で、だからまだその返済は残るって。わたしが社交界デビューできなかったのもそのせいだったわ」

理屈は通る。でもやはりおかしい。ベンジャミンが死んでしまったのと同時に多額の借金の返済が終わってしまったというのは、偶然にしてはできすぎではないだろうか。でも、ティモシーがお金を好きなだけ使うようになったのは、それとほぼ時を同じくしているのだ。

ただ、ありのままの真実を聞いてほっとしてもいた。ヘイデンがほのめかしたベンジャミンの憂鬱とロングワース家の資金状況が、ずっと心に引っかかっていたのだ。英国で耐えがたい苦境が彼を待っていたなんて考えるのはいやだった。ひょっとしたらそのせいでお酒を飲みすぎ、船から落ちてしまったのかもしれないとは、考えまいとしていた。もしくは事故ですらなかったかもしれないなんて。

ロザリンの話は、頭から離れないその疑念を取り払ってくれた。借金は昔からあり、できたばかりのものではない。いきなり気を落としてしまうようなものではなかった。チープサイドでは、みんな贅沢はしていなかったけれど、心地よく暮らしていた。ベンジャミンの成功で得た収入のうち、かなりの部分を父親の誤った判断の埋めあわせに使わなければならなかったとしても、その大変な時期だって乗り越えることができた。

「そういう書類はきっと全部ベンジャミンのトランクのなかに入ってるんだと思うわ」ロザリンが言った。

トランクのことを言われたとき、アレクシアの体をぞくりと震えが走った。借金に関するようなものなどあっただろうか？　あの手紙を見つけてから、それ以上何も調べられなかった。

あの手紙のイメージで頭がいっぱいになった。あの筆跡、愛という単語、そして匂い――こまぎれのイメージが次々に襲いかかってきて、あのときの衝撃がよみがえる。記憶がしきりに注意を引こうとつついてきて、悲しみを呼び覚まそうとしている。

「自分ひとり暮らす分は、帽子作りで十分稼ぐことができると思うわ。いまの境遇からもすぐ抜けだせそう」背が高かったり低かったりする木々の向こう、カーブする道の向こうに、村のレンガ造りの建物が見えてきた。

「まだひとつ売ったばかりじゃない。あんまり急がないで。あなたが誰かに仕えてるなんていやだし、ましてやそれがあの男の家族だなんてもっといやだけど、それでも家があって安全に過ごせて――」

「自分のことは自分で面倒見られるもの。ただ、馬車を使えるのはこれが最後になりそう」

ロザリンの顔が曇った。「じゃあ、次に会えるのはずっと先になるのね」

「簡単にとはいかないかもしれないけど、なんとか方法を見つけるわ」

「わたしがなんとかできるかもしれないわ」

アレクシアは足を止めた。「どういう意味？」

ロザリンはアレクシアをまっすぐ見つめた。「こんなふうにずっと生きていくのは無理よ。ティモシーのやり方は悪くなる一方。いつかはあの家も売ることになるわ。そうなったらわたしも、たとえば帽子を作るようなことをしなきゃいけないわ」

「ものを作って売るような才能はないって言ってたじゃない」

「女は誰でも、売りものを与えられてるのよ、アレクシア」

ふたりは見つめあった。ロザリンの顔はまじめくさった、断固とした表情をまとっていた。叱れるものなら、道理を説けるものなら、そうしてごらんなさいとでも言うように見えた。なんの忠告ができるだろう。お説教できるような権利は、昨日捨ててしまったのだから。屋根裏部屋の床で、男に身を任せたときに。それにロザリンの言ったことはまだ思いつきでしかない。希望の見えない未来を突きつけられて、可能性を思いついたにすぎない。そういう状況はアレクシアもよく知っている。そしてそれがときに、どんなことを思いつかせるものなのかも。

ふたりは村へと再び歩きだした。ほんの数歩進んだところで、静けさが破られた。数頭の馬が稲妻のようにこちらへ駆けてくる。嵐が近づいてくるように、その音はどんどん大きくなってきた。

カーブを曲がってまっすぐこちらへやってきたのは、立派な馬車だった。ふたりが小道のわきへと避けると、馬車は目にも止まらない速さで駆け抜けていった。アレクシアは、その扉の紋章に気がついた。

ロザリンの表情が硬くなった。「どうやら、イースターブルック侯爵がとうとう御みずから領地視察に来たようね。弟のしでかしたことで侯爵を責めるつもりはないけど、見まわるのは街までにしておいてほしかったわ。パーティーなんか開かない人で助かるわ。さもないとアイリーンがうるさくてしょうがないもの」

アレクシアは残りの時間もずっとロザリンと一緒に過ごした。村をぶらぶらと歩き、店をのぞき、それからお茶をしに家へ戻って、打ち明け話をしたり。

もちろん、本当の打ち明け話はできなかった。ヘイデンとの出来事をロザリンの耳に入れるわけにはいかない。そのことを思い出すと、楽しさも幾分そがれてしまった。ヘイデンにひどい仕打ちをされた家族を訪ねて、心もとないお金のことを聞かされると、自分の弱さが恥ずかしくてたまらなくなった。どうして、ヘイデンが彼らにしたことを忘れてしまえたのだろう？ どうして、まるで敵などではないように接したりできたのだろう？

昼をまわったころに馬車が戻ってきて、アレクシアは家を辞した。

「またすぐに会えるわ、ロザリン」アレクシアは従妹にキスをした。「できるだけすぐに、また来るわ」

「落ち着いたら、どこに移ったのか手紙で教えてね。わたしが行くかもしれないから。自分にどれぐらいの価値があるのか、確かめにね」

街に出て体を売ろうなど、もう二度とほのめかしてほしくなかった。ロザリンの言い方は、腹立ち紛れに誰をともなくでたらめに脅迫するような感じではなかったし、何か暗示しているようにも聞こえた。最後の言葉を聞き流さず、本気なんかじゃないことを確認しておくべきだったかもしれない。

馬車が街へ戻る道を進みだすと、従兄妹たちをどうしたら助けられるか、じっくり検討してみた。ブランブル夫人はあの帽子に二ポンド払ってくれて、注文が入ればひとつあたり五ポンド支払うと言ってくれた。もし夜ではなくて日中に作業ができたら、もし自分のデザインが十分に注文を取れるものだったら、もし今年の公債の利息でもっと材料を仕入れられたら……もしそれが全部叶ったら、自分自身とロングワース家を支えられるほどの収入になるだろうか？

立派な暮らしはできないかもしれない。でも昔だってそうだったじゃない？　そんな夢物語はとうに捨てている。それにロザリンだって間違いなく、豪華な堕落より質素な純潔のほうがいいはずだ。

アレクシアは、窓の外を流れゆく田舎の景色に目を向けた。心は静かな不安で押しつぶされそうだった。小道で見つめあったときのロザリンの瞳に宿っていた強い光が、まざまざと思い返される。

ほかにも方法がある。はっきりと認めたくはないが、ヘイデンが特別な立場を提案してくるのではないかとアレクシアは思っていた。もし、彼の望むささやかなものをこちらが提供することに同意すれば。屋根裏部屋でもそういう話をされるような気がした。でもあのときは、その提案を聞いてしまうと、起きてしまったことが、忌まわしいものにしかならなくなりそうで怖かったのだ。

とはいえ、もう自分は汚れてしまっている。使用人の誰かに聞かれていたら、破滅だ。自分ひとりで手に入れられるものなど、ヘイデンとのちょっとした付きあいから得られるものには及びもつかないだろう。自分はロザリンのような人目を引く美しさも持っていなければ、フェイドラのようにドラマティックでもない。ごく平凡な女だ。それでもヘイデン・ロスウエル卿に興味を持たれている。

アレクシアは選択肢を天秤にかけた。もし彼の愛人になったら、ロザリンとアイリーンは人生を取り戻せる。彼女たちと連れだって社交界を歩くことはできなくなるけれど、手に入れたお金で彼女たちをしばらくそこへ戻してあげられる。ふたりともあんなに愛らしいのだもの、それだけで結婚の申し込みが来るかもしれない。

感傷を遠ざけて、現実的に、より誉れ高く貞淑な未来を手に入れる可能性が高いのは誰かと考えてみれば、三人のうち真っ先に落ちるのは自分だ。

それに、ヘイデンの愛人になることはそれほど恐ろしいことではないかもしれない。それはもうわかっているはずだ。悦びに身を委ねることを許せさえすれば、永遠に愛することのない男に体を差しだしていることにも、目をつむっていられるかもしれない。

馬車が方向を変え、その揺れでアレクシアは我に返った。窓の外の辻に気づいた。ここでロンドンへと向かう道に合流するのだ。しかし、馬車は南には曲がらなかった。北へ進んでいく。

アレクシアは跳ねあげを開けて、御者を呼んだ。御者は馬車を停め、隙間からアレクシアをのぞきこんだ。

「標識はちゃんと立ってたはずよ。道を間違えてないかしら？」アレクシアは言った。

「ご主人さまから、従兄妹のお屋敷のあとはエールズベリー・アビーにお連れするよう言いつかってるんです」

「きっと何かの間違いだわ」

彼は首を振った。「ご主人さまがウォトリントンに立ち寄られたときにこの馬車を見かけられたんです。そこで言いつかりました」

「今日イースターブルック侯爵にお会いする予定はないわ。馬車を戻し――」

「侯爵ではありません。ヘイデンさまです」

あの馬車が目の前を通りすぎるとき、なかの人物の横顔はぼんやりとしか見えなかった。領地を見にロンドンからやってくるのに、なぜよりによって今日？　申しあわせたわけでもないのに。

「ロスウェル卿の気まぐれにお付きあいはできないわ。ロンドンに戻ってくださらない？

こんなの誘拐だわ」

「まあ、そういったことは直接おっしゃってください。あなたは侯爵家にお仕えしているのですし、食事だって与えられてるじゃありませんか。この馬車だってあの方たちのものですよ。誘拐されたにしては、かなりの厚待遇のようですがね」

御者は顔を前に戻して、手綱をぴしゃりと鳴らした。従兄妹たちのことはもう頭から消え去ってしまった。代わりに、ヘイデンにすぐにでも浴びせてやりたいいろいろな言葉でいっぱいになった。

その憤りの奥から、低く静かな声がささやきかけてきた。悲しげな声だ。世界の仕組みを知りつくしてしまった魂の声だった。《どうしたっていうの?》それは言った。《いまさら失うものなんて何もないじゃない》

11

エールズベリー・アビーは、百以上も部屋がありそうな屋敷だった。もともとは歴史ある修道院だったのが、かなり前に取り壊されて、代わりに巨大な石造りの屋敷が建てられたのだった。

アレクシアは、パラディオ様式の柱で支えられたポーチと、その両側に広がる翼に目を奪われた。思わず感嘆してしまいそうになるのを呑みこんだ。

エールズベリーの召使いがひとりやってきて、馬車から降りるアレクシアに手を貸した。

アレクシアは御者に声をかけた。「馬小屋へは行かないで。予定どおり帰れるように、すぐ戻ってくるから」

アレクシアは召使いについて階段をのぼり玄関をくぐると、いくつものラウンジを通ってぐるぐると歩いた。抑制のきいた豪華さと豊かな彩りに囲まれ、まるで趣味のいい装飾を施された宝石箱のなかにいるような気がした。どの部屋も完璧に調和がとれていて、あらゆる細部にまで職人の見事な手が行きとどいていた。

ヘイデンは書斎で待っていた。奥行きが幅や高さの二倍ほどもある部屋だ。ソファや読書用の椅子、マホガニーの羽目板、彫刻が施された塑像、完璧に製本された書物、立派な暖炉、油絵の風景画といったもので居心地のよい空間にしつらえられている——そのどれもが、この部屋が巨大な邸宅の一部であることを物語っていた。

「あなたのせいで、ロンドンに戻るのが遅れるわ」アレクシアは言った。「わたしと同じ日にあなたも侯爵家の領地にやってくるなんて、不幸な偶然ね」

「偶然じゃない。追いかけてきたんだ。御者が、馬番と話していてね。それで——」

「それで聞きだしたの？ 追いかけてきたの？ 夜には帰るというのに、わざわざこんな遠くまで。いったいなんでそんなことをしたのか聞かせてもらいたいわ」

「話しあう必要があるからだ。もっと前に話しているべきだった」

「悪いけれど、今日はよしたほうがいいわ。従妹に会ってきたばかりだから」

ヘイデンは大きくため息をついた。再び口を開いたとき、その声は穏やかだったが、硬くもあった。「彼らの状況が変わってしまったことで僕を許す気がないのは受け入れよう。だが、話したかったことというのはロングワースのことじゃない」

いよいよくる、とアレクシアは思った。

「座らないか？」

「立っていたいの。その話とやらを聞かせて。それがすんだら帰るわ」

ヘイデンはアレクシアにゆっくりと近づいた。「今日、ヘンリエッタ叔母さんが兄を訪ねてきた。君が屋敷から出ていくようだと文句を言いに、兄を朝早くに叩き起こしたんだ。新しい家庭教師を見つけるには、兄の屋敷に住む必要があると言ってね」

間違っていた。ヘイデンは、愛人になるよう言いに来たわけではないのだ。飢えは昨日ですっかり癒されたというわけだ。いまとなってはアレクシアはもはや迷惑なことをしでかす召使いでしかなく、ヘイデンはイースターブルック侯爵の伝令でしかないのだ。

アレクシアはゆっくりとあとずさった。一歩、そしてまた一歩。「叔母さまが侯爵の屋敷に住もうというなら侯爵の問題だわ、あなたの問題でもあるかもしれないけど。わたしには関係ないことよ」

格調高い書斎のなかをじりじりと動いていたふたりは足を止めた。しかしその距離は縮まってはいなかった。「兄は、君に機嫌を直してもらって、戻ってきてもらうべきだと強く主張していてね」

「なら、送りこむ騎士の人選を間違ったわね。ということはお兄さまは、あなたをつかいに寄越すと可能性がゼロになる理由は、ご存じないのね」

「実際のところ、疑ってはいるようだ」

「ならなぜあなたを寄越したのかしら。ともかく、そんなことで誘拐みたいに連れてくるなんて――」

「誘拐とは言えないよ、アレクシア。ちょっとした寄り道だ」

「戻ってお兄さまに伝えることね。自分は任務を遂行した。ご婦人は連れ去られた事情を聞くととても安心したようだったが、決心は変わらないようだって」

ヘイデンは再び足を踏みだしたが、アレクシアのほうへではなかった。何か考えこむように、本棚の前へと向かった。

「君を抱くために連れてこさせたと思ったんだな」

なんでこうもややこしいのだろう？　愛人になるよう求められなかったことに、傷ついてしまうなんて。申し入れられたらそれこそ侮辱にほかならないのに。「あの一度きりで終わりよ。誘惑するにもルールがあるはずだわ。違うかしら？　少なくとも紳士なら。それとも、気が向いたときに手を出せるような女としか思っていなかった？　あなたのような地位の人がよく召使いたちにそうするように？」

「そんな悪人だと思われても文句は言えないな。いずれ好きなだけお叱りを受けるとしよう。だがとりあえず今日は、叔母の屋敷から出ていくのを考えなおしてほしいと頼みにきただけだ」

「叔母さまがそれほどお困りにはならないことはすぐわかるわ」

「彼女が嘆いているのは自分かわいさからだが、僕が心配しているのは君のことだ。賢い判断ではない」

「十分に考えたことよ」

「守ってくれるものがなく、ひとりきりになるんだぞ」

「いまもそうだわ。それはあなたが一番よく知ってるはずよ。それを利用したんだから」

ヘイデンはその場で足を止めた。「どういう意味だ？」

「もしあれがわたしの家族の屋敷だったら、もしわたしの父に招待されていたのなら、わたしの母があなたをパーティーで見かけていたら、そうでなくても、もしまだロングワース家の哀れな従妹として住んでいたのだとしたって、同じことをした？」

驚きと不興がヘイデンの顔をよぎった。しかしすぐに、考えを隠そうとするときの厳めしさという仮面をつけなおした。

その反応を目にしたとき、アレクシアのなかで傷ついたプライドをせき止めていたものが、決壊した。「言ったとおり、誘惑にもルールがあるはずよ。でもあなたに雇われてから、そんなルールすら守ってもらえなくなってしまった。良家の娘ではないから。それが事実よ。わたしがルールに守られるに足る女性だったら、きっとあなたは存在に気づきすらしなかったわ。あなたが興味を持ったのは、わたしが没落しているから。名誉を厳しく要求できる世界から転げ落ちてしまっているから。あなたはむだなことはしない、頭のいい人だわ。手に入らないとわかってる女に欲望を抱くようなことはしないはずよ」

「いいだろう。僕は最低のろくでなしだ。あの屋敷を出ていくという君の決定について話そうじゃないか。住む部屋を用意できるだけの金はあるのか？」

「そうでもないのに屋敷を出ていこうとするほどばかだとでも思ってるの？」

「手持ちの金が尽きたらどうする。誰に養ってもらうんだ」

「自分で養うわ。ほかの選択肢に切り替えるつもりなの。第一の選択肢は、わたしには合わないようだから」

驚きでヘイデンの仮面にひびが入った。「まさか盗みをするわけでもないだろうし、となると残るのは帽子か。店で働くつもりなのか？」

「ほかの選択肢かもしれないわよ。もうひとつ残っているわ。あなた以外にもわたしを求めてくれる男性がいるかもしれない。その誰かに守ってもらうことにしたのかもしれないじゃない」

その言葉は、ヘイデンをまた狼狽させたようだった。「そんなはずはない」

「もちろんそうでしょうね。わたしは一度に何人もの男性から情熱を向けられるような女ではないもの。実際のところ、情熱を向けられること自体ないタイプの女よ。だから、このところの出来事は不愉快だわ」

「そんなはずはないと言ったのは、君はそんなことができる女性じゃないからだ」

「どうかしら。愛してもいない男性にキスをされるなんてぞっとすると思っていたけれど、違ったわ。愛情と情熱は別ものだって気がついたの」

見透かすような視線を向けられたアレクシアは、その視線にうろたえたのはつい最近のことだったと思い出した。でも、以前のようにはこの男が怖いとはまったく感じていなかった。昨日一日で、ふたりのあいだの壁がかなり低くなっていた。

「君は、僕に誘惑されるものと思っていたのに、屋敷に足を踏み入れた」ヘイデンは言った。「それを切りだされるのが怖いと思いながら、聞くつもりはあったんだ。君には受け入れる気があるはずだ」

それへの答えがアレクシアの喉を震わせるまで、少しの間があった。「そうよ」

「悦びのためか？」

「お金のためよ。未来が不確かな女なら、貧しさに苦しむ家族を目のあたりにしてきた女なら、なんだって受け入れるわ」

「結婚を考えるほうが筋じゃないのか？　ほとんどの女はまずそっちを考える」

「なら、こんな年齢の、こんな顔の、貧しくて汚《けが》れた女と結婚してもいいっていうお金持ちを、捜してきてくださる？」

「現実主義だけで結婚するつもりか？　君はそういう女じゃない。もっと違う条件があるはずだ」

そう、そんな女じゃない。でもそうならなければいけないのだ。そんな条件がありえなくても。これまで真剣に考えてこなかったのは、そんな条件に合う男性を見つけるのは不可能だと思ったからだった。でも本当の理由は、そんな結婚を迎えてしまうのがいやだったのだ。もっとすばらしいものがあることを知ってしまっているのだから。

「そういう男を探してきてやってもいい。でも十中八九、そんな男と結婚しても君はそいつに関心を持たなくなる」ヘイデンは言った。

「世の結婚した女性たちと同じになるだけだわ。こんなばかげた話をしていても意味ないでしょう？　馬車を待たせてるの」アレクシアは踵を返すと、ドアへと歩きだした。

大股で近寄ってきたヘイデンが、その前に立ちはだかった。「じつは、待ってる馬車は僕の馬車でね。もう少し待たせておけるんだ」

「イースターブルック侯爵の馬車よ。正確には」

「いずれにせよ、君のじゃない」

「今日はわたしが使っていいの」

「そうなったのは君がその話をしていたとき、僕は頭のなかで君の服を脱がせるのに忙しかったからだ」

「これからは、交渉の最中には集中しているよう気をつけることね」

「すばらしいアドバイスをありがとう、アレクシア。この会話の目的を考えるに、タイミングもちょうどいい」

「交渉することなんか何もないわ」

「おかげで、ある申し入れを思いだしたところなんだ」

大きな書斎が、突然とても小さく感じられた。にもかかわらず、ドアははるか彼方に遠ざかってしまったように思える。アレクシアは平静な口調のまま話しつづけようとしたが、立っている床がぐらついた。

「何を言ってもむだだと思うわ。すべての権利と自由をくれるというのであれば話は別だけど」

ヘイデンは静かに笑って、近づいてきた。「それは危険だろうな。もう二度とあんなへまをするつもりはない」

「そうでしょうね。交渉をする前に、損得は正確に見積もったほうがいいと思うわ」

「忘れないようにしよう。となると、僕への愛情がない君には、色をつけた申し出をしなければいけないな」そう言うと、ヘイデンは何か考えこむような顔をしてみせた。「君自身の家。召使いたちと、コック付き。二頭立ての、君専用の馬車に、新調したドレスももちろんつけよう。どうだろう?」

アレクシアはヘイデンを見つめた。その驚いた顔を見てヘイデンは楽しげになった。口が開いてるぞと言うように、アレクシアの顎を持ちあげる仕草すらしてみせた。

「そう、宝石もだ。まずはこれだ」ヘイデンはコートからベルベットの小袋を取りだし、アレクシアの手を取ってその手のひらに袋の中身を空けた。

ルビーと金でできたネックレスが、アレクシアの指のあいだに垂れさがった。アレクシアは、その輝きに催眠術をかけられたようになった。

「本物なの？」

「君の言ったとおり、ルールというものがある。これもそのひとつだ。紳士たるもの、淑女に偽物の宝石を贈ってはならない」

「これがわたしのものになるの？」

「そうだ」

「家と馬車も？」

「宝石とドレスは君のものだ。家と馬車は僕のものだが、君が自由に使っていい」

ヘイデンに飽きられてしまっても家を持っていられるならそれが一番だったが、さすがに望みすぎというものだろう。宝石があるだけで長いこと暮らしていけるし、ロザリンとアイリーンがもう一度チャンスを手に入れる助けにもなる。

「そんなにたくさんの贈り物に、どうお返しすればいいのかしら」

「僕がいいと言うまでは、僕ひとりのものになること」

「もっとちゃんと話して。英国じゅうの宝石をもらおうが我慢できないことだってあるかもしれないわ」

ヘイデンはアレクシアの手からネックレスを取りあげると、背後にまわってアレクシアの首にまわした。「僕が変質者のようなことをするとでも思ってるのか、アレクシア?」

「まさか、違うわ。でもあなたは結婚もしてないし、ひょっとしたら——」

「弁護士を呼んで契約書を交わしたっていい。俺のどんな嗜好に君が同意するか、もしくはしないか、ひとつひとつ書いた契約書を」

「わたしはただ、わたしみたいな女にそこまでしようというのが不思議なの。だからひょっとしたら何か誤解が——」

「自分の値を下げるのは早すぎるんじゃないかな。ベッドのなかのことに関しては、いまみたいに誠実な交渉をすることにしよう」

首にネックレスの重みを感じた。自分の顔の下できらきらとしているのが、部屋の反対側に置かれた姿見に映っていた。ほんの少し前とは別人のように、洗練されてきれいに見える。後ろに立っているヘイデンは、鏡ではなくアレクシア自身を見つめていた。

「このお返しに、あなたの愛人になるのね」

ヘイデンは両手でアレクシアの腰を包んだ。そして頭を下に向けた。アレクシアの首に押し当てられた唇が温かかった。「そうだ。ああ、あと、キャロラインのデビューの準備も手伝ってやってくれ」

ヘイデンの唇がくすぐったくてくすりとしてしまう。体じゅうがくすぐったかった。数百ポンドもする宝石を身につけているとキスの興奮も高まるというのは、驚きの発見だ。「叔母さまは賛成されないでしょうね。愛人が家庭教師だなんて」

うなじにキスされると、ぞくぞくとする震えが体をらせんのように下りていった。まだかすかにひりつく、あの痛みのところまで。「そうなったら叔母さんはけっして君を受け入れようとはしないだろうな。ただ、これは愛人契約の提案というよりは、申し込みなんだ。結婚の」

ネックレスを目にしたときよりもっと驚いて、アレクシアは姿見のなかで頭を下に傾けているヘイデンを見つめた。そして体を引き離して振り返った。

「結婚？　なぜ？」

ヘイデンは笑って、アレクシアを抱きしめようとした。アレクシアはその腕から逃れた。

「君が言ったことは正しい。もし君がまだ従兄妹たちと住んでいたら、もし父親や家族がいたら、もしひとりきりでもなく、か弱くもなく貧しくもなかったら、誘惑しはしなかった。その気にはなっただろうが、そういった壁を乗り越えてまでとは思わなかっただろう」

「ようやく正しいルールにのっとってわたしのことを扱う気になって、それで義務としてプロポーズしたのね。あなたはもっと……そういったものにはとらわれない人だと思ってたわ」

「ルールのためだけじゃない。君の歯に衣を着せない物言いは、ほとんどの男はうんざりするかもしれないが、僕にはなぜかしっくりくる。理性的なところも僕たちは似てる。共通点はまだあるだろうし、もっと正直に向かいあえるようにもなるだろう」

それは、結婚することでヘイデンがアレクシアから得るものの羅列だった。そのリストに、アレクシアは気が沈むのを感じた。「大したメリットではないわ。あなたは結婚を必要としていないもの。結婚するのなら、お金持ちだったり、スタイルがよかったり、美しかったりする女性を探すべきよ」

「見方によるかもしれないが、君にはそれがすべて揃っているよ」

お世辞でも、アレクシアの心はほぐれていった。書斎で最初にキスを交わしたときのように。ヘイデンの言葉はこのうえなくきまり悪かったが、それでも心はほほえんでしまう。

しかし、愛人から妻という跳躍には、やはり戸惑いを感じていた。前者はアレクシアにとって受け入れがたいものだった。そして後者はヘイデンにとって申しこむ必要がないものだ。

「なぜ自分の立場を利用しなかったの？」

「非情な男にはならずにいたい。素敵なレディがそれを許してくれたとしてもだ。君にはひどいことをしてきた。だが、君に最後の一線を越えさせてしまったら、僕は自分が許せない。それでもやはり、君がほしい。こういった場合、紳士は結婚を申しこむものだ」

「何かがほしいという気持ちは、とくにその類いのものは、いつか消えるわ」

「そのうちそれは誤解だったとわかる。僕が嘘をつかないことは知っているだろう」

天にものぼる心地になってもよいはずだった。英国でも屈指の名家出身で、お金持ちの、ハンサムな男からプロポーズされたのだ。喜びが一瞬体を駆け抜けたが、しかし錨を下ろすことはなかった。

愛人は、終わりがある。取り返しがつかないようなものではない。前にロングワースの屋敷を案内しながらヘイデンに話したように、正当な契約だ。

でも彼の妻になるということは――一生続く。永遠に。いや、生活の保証にしがみつかなければ。このチャンスを逃してはいけない。それでも心の奥底には、どきどきするようなロマンスに胸を躍らせている少女がいて、アレクシアを驚愕の瞳で見つめていた。申し込みを受け入れれば、彼女の夢が叶うことはなくなる。この一歩で、永遠に不可能になる。

それに、これはただの現実主義的な結婚というわけではないのだ。相手はヘイデン・ロスウェルなのだから。ティモシーの非難する声が聞こえる。ロザリンが背を向けてしまう姿が見える。もし結婚すれば、みんなを助けてあげることもできなくなる。ロザリンは、ヘイデンの妻からは一ペニーだって受け取ろうとしないだろう。

アレクシアが考えあぐねているあいだ、ヘイデンはアレクシアをじっと見つめていた。まるでアレクシア自身にもまだわかっていない答えを、すでに知っているように。姿見をしばらく見つめて、アレクシアはネックレスを首からはずした。

いまだかつてないほどのばかげた決断を、下すことになる。

アレクシアは暖炉へと歩みより、ネックレスをマントルピースに載せた。「どんな女性もうらやむようなすばらしい申し出だわ。だけど、受けられないわ。最初に話したように、今日はこういう会話をするつもりはないの」

「でも誘惑されるつもりはあったわけか」

「ええ、たぶん。今日ロザリンに会って、現実主義にならなきゃと思っていたところだったから」

「君は驚くべき女性だな、アレクシア」含まれている棘のせいで、褒め言葉には聞こえなかった。「君が僕と結婚すれば、ロングワース家の人間だって喜ぶだろうに」

「あら、ここぞというときにはなんでも利用してくるのね。でも、間違ってるわ。あなたと結婚したら、従兄妹たちはけっして許してくれない。二度と口もきいてくれない」

「機嫌はいつか直る。それにこれは彼らのことじゃない。僕と君とのことだ」

「従兄妹たちはわたしに残された最後の家族なのよ」

アレクシアが目の前を通りすぎてドアへと向かうのを、ヘイデンは見送った。しかしその声は追いかけてきた。「家族だからというだけか？　あいつのこともあるんだろう。彼らのおかげで君はベンジャミンと繋がっていられる。昨日あんなものを見つけたのに、君はまだあいつを心のなかに抱えてるんだ」

ヘイデンの言葉に、アレクシアは喉が焼けつくように感じた。新たに距離を感じたからといって、新たな真実を知ったからといって、ベンジャミンの思い出がまだ心の深いところを揺さぶるのは否定できないのだ。「悪いこと？」

アレクシアは単刀直入な答えが返ってくるものと思い身構えた。その答えはすでに自分自身のなかからも聞こえていた。そうよ、悪いわ。あなたはばかよ。

しかしヘイデンは、穏やかに優しくほほえんだ。アレクシアの心は震えた。「いや、悪くない。むしろとても……ロマンティックなことだ」

それを聞いた瞬間、頭のもやもやが晴れたような気がした。寝起きに残った眠気が吹き飛ばされたように。

この状況こそが、ロマンティックではないか。救いようもなく。幼稚なほど。大層裕福でハンサムな男性から結婚を申しこまれていて、それを断わる理由などあるはずがないのだ。アレクシアのような状況にある女性にとっては――貧しくて、家もなく、身よりもなく、純潔も失っている――この状況のどれをとっても、陳腐な詩の一節にしか聞こえないだろう。

「そのとおりね。自分の世界にこもって、感傷に浸っているときもあったわ」アレクシアは暖炉を示した。「あれをもらっていいのね？　好きなようにしていいのね？」

「どの宝石も君のものだ。宝石はほかにもあったはずだ」

《僕を悦ばせてくれるなら》ヘイデンは口にしなかったが、アレクシアには聞こえた。いざ取りかかってみると、妻になる交渉も愛人になる交渉も大した違いはない。

「それに屋敷もある」ヘイデンは素っ気なく言ったが、その表情には交渉を再開したアレクシアに隙を見せまいとするような慎重さがあった。

「屋敷に持っていけるようなものは何もないわ」

「僕が揃えよう。僕が死んでも、金に困るようなことはない」

もう二度と。生活が永遠に保証されるという餌には、ヘイデンの狙いどおりの効果があった。ヘイデンは、アレクシアがずっと知らずにいた、安全と平穏を差しだしてくれている。それが身のまわりにあったころは幼すぎて、どれほどあっけなく無一文になれるのかもわからずにいた。

「結婚したらどういう生活になるの？　よくある夫婦のように？」アレクシアは尋ねた。

「君の邪魔にならないようにしよう。それが心配なら」

夜以外は。奇妙なことに、結婚生活のうちその部分が一番、わずらわしくも不安にも感じられなかった。いつか、ヘイデンはその楽しみを外に求めにいくかもしれない。貴族の結婚ではそれが普通だ。アレクシアも、同じようにするかもしれない。もし誰か愛する人を見つけたら。

「自分の友人を作っていい。自分の生活を送っていい」アレクシアが頭を回転させて次の質問を考えているあいだに、ヘイデンはまだ問われてもいない質問に答えながら近づいてきた。

「フェイドラも？　彼女は別だなんて言わ――」

「彼女もだ。自分の妻の趣味や友人のことで、他人に口だしはさせない」

アレクシアは、この結婚からくる義務と報酬を積みあげてみた。収支は、疑う余地もなくアレクシアに有利だ。現実主義的な結婚をしなければならないのなら、ヘイデン・ロスウェル卿以上の相手はいない。それはいつかロザリンもわかってくれるだろう。

心のなかでは、ばかな少女がまだ小さい声で抗議していたが、アレクシアは彼女を黙らせた。そして深く息を吸って、暖炉に近づき、ネックレスを手に取った。「あなたの申し込みを受けます。あなたと結婚するわ」

12

ふたりは予定より早くロンドンに着いたが、とはいえ四頭立ての紋章入り馬車であれば不思議もないことだった。アレクシアがいやがるのではないかと思ったが、ヘイデンはアレクシアと同乗した。馬車のなかでは、この女性との結婚はどんなものになるのだろうとずっと考えていた。アレクシアも同じようにこれからのことを考えているだろうことは、その表情から知れた。

ヘイデンの決断は正しかったし、それは疑っていなかったが、歴史と運命に反抗するためでもあったのではないかという思いをぬぐい去ることはできなかった。正しいことが最善とはならないときがある。ヘイデンの示した名誉は父からの教えではあったが、情熱の衝動や、そのせいで悲劇に見舞われることについても、父が正しかったと証明してしまうことになるのだろうか?

ヘイデンの母は、愛した男と結ばれなかった。代わりに、社交界デビューした彼女を富と権力で魅惑した、とある貴族からのプロポーズを受けた。それから十年が経ち、夫のために三人の息子をなした彼女は、ずっと心に想いつづけてきた陸軍将校のもとへ行かせてほしいと夫に頼んだ。それまでの結婚生活にはまだ温もりのようなものがあったが、その日、夫がそれを拒絶したときに、その温もりも消えてしまった。

もちろん、彼女はそれでも出ていこうとした。お返しに、夫は彼女の愛人を遠く離れた植民地に追いやる段取りをつけた。彼はそこで熱病にかかり、死んだ。夫婦のあいだの冷え冷えとした空気は、凍《い》てつく氷となった。

母が同席しなくなった夕食の席で、父が抑揚をつけて語っていたのがいまでも耳に残っている。《ロマンスなど詩人の戯言だ。男の基本的な欲求を、女にもわかりやすくするためにひねりだされた芝居にすぎん。必要とあらば役を演じろ。だが、そんな感傷がその後も続くだとか、重要だなどとはけっして思わぬことだ》息子たちが両親の芝居にごく早くから気づき、母が密かに恋焦がれていた男の名前すら知っていることに、彼は気づいていなかった。

もちろん、アレクシアは十六歳の純情な少女ではないし、瞳に星を浮かべてプロポーズを受けたりもしない。彼女の率直さがあれば、結婚生活も最悪な嵐に見舞われることはないだろう。

いつか彼女が再び誰かを愛するようになり、ベンジャミンに抱いていたような幻想を再び抱くようになったら……そう考えたときの自分の動揺に、ヘイデンは驚いた。自分に期待していた寛大さの下で、そんな取り決めも受け入れられるという理解のすぐ向こうで、粗野な本能が歯をむきだしにしたのだ。

その獣をなだめようと、ヘイデンは何か論理的なことを考えることにした。数字を並べたり、アレクシアに約束したことをどう実行しようかと考えたりすることに頭のなかを切りかえた。アレクシアが窓の外を流れる田舎の景色からこちらへ視線を向けたときには、アレクシアに渡す小遣いはいくらがいいか考えているところだった。

「大きな借金があったんですって」彼女は言った。「公園で、どうしてベンジャミンが事業が成功したあともお金をあまり使わなかったのか、訊いたでしょう？　今日ロザリンが言ってたの。お父さまの代からの大きな借金がまだひとつ残ってたんですって」

ヘイデンは向かいの席へ目をやった。未来に影を差された気がした。アレクシアは婚約したばかりで、未来の夫と一緒にいる。なのにまだ頭のなかにはロングワース家のことがあるのだ。いまもずっと、従兄妹たちをどう説得するか考えていたのかもしれない。その内容は知らないでいたほうがよさそうだ。

「なるほど、それなら説明はつく」

「でも、ベンジャミンが死んだときにその借金もどこかへ行ってしまったなんて、ちょっと変だわ。代わりにティモシーが背負うことになるんじゃないかしら？」

「ほとんど返し終わっていたのなら、ベンジャミンが死んだときに貸し主が残りを放棄したのかもしれない。もしくは、証書もないような借金で、ベンジャミンは義務というよりは名誉のために支払っていたのかもしれない」

「ベンジャミンらしいわ。誰よりも名誉を重んじていた人だったから」

「長所のかたまりのような男だったな」同意はしたが、皮肉がにじみでてしまわないよう、気をつけなければならなかった。

ベンジャミンの本当の姿を教えるべきだろうか。しかし、屋根裏部屋での涙を思い出すと、そんなことはできそうにもない。ティモシーとの名誉を懸けた約束はもう危うかったが、新たな理由が差し向いに座っている。彼女があんなに傷つく姿は、もう見たくなかった。

「アレクシア、結婚式のことをいろいろ決めておこう」

「なるべく早くにしたいわ。ごくこぢんまりと、発表も簡単なものにしたいのだけれど、いいかしら? 誰だって、あなたが一文無しの家庭教師と結婚するのは高潔な行ないのためだけだって思うはずだもの。なのに立派でドラマティックな式を挙げるのは、悪趣味だから」

「君の好きなようにしよう。だが舞踏会は開こう。とびきり上等のドレスを注文しておいてくれ」

「つつましやかな結婚式の埋め合わせってこと?」

そうだ。それに、これまでアレクシアから奪われてきた諸々のこと、社交界デビューや、女性らしいわがままや楽しみの埋め合わせだ。「友人たちに君を紹介するのにも都合がいい」

アレクシアは弱々しげにほほえんだ。ヘイデンの友人たちに会うということで、また悩みの種が増えてしまったようだ。そしてロンドンに着いてようやく我に返ったようだった。

「何時間もこうして向かいあっているのに、キスしようとはしなかったのね」

「ずっと誘惑されるのを待ってたのか？」矢のような衝動に全身が貫かれた。しかしヘイデンはそれを認める代わりに自分を罵った。激情は待っていれば収まる。重要なものでもない。なのに、考えもしなかった強い力でヘイデンを突き動かそうとしていた。「結婚するまで待つつもりだ」

アレクシアには、その言葉が面白かったようだった。「なら、結婚式まではわたしはまた純潔でいられるのね？　そういうごまかしは素敵ね。尊重してくれてうれしいわ」

「ありがたいことに、結婚式はなるべく早く挙げたいと言ってくれたからな。ならそんなに待たされずにすむ。それぐらいは器の大きい男でいたい」

アレクシアは笑った。沈みゆく太陽の光がその頬を照らした。金色の輝きが、今日一日その瞳に影を落としていた不安を消し去っていった。


ヘイデンはアレクシアをヒル通りには連れて帰らなかった。代わりに連れていったのは、イースターブルック侯爵の屋敷だった。アレクシアは理由を尋ねようとはしなかった。もう、些細なことで盾突くような関係ではないのだから。

ヘイデンは客間にアレクシアを通した。馬車を使わせてもらえるよう交渉した部屋だ。

「夕食には遅い時間だが、用意させよう」ヘイデンは言った。「兄弟も呼んでこさせる」

「そこで芝居がかった宣言をするというわけ？」

「もちろん」

「わたし抜きで話したほうが賢明なように思うわ」

「僕に賢明な振る舞いを期待してくれるのか？　わざわざ彼らのためにそんな長所を身につけようとも思わないよ。兄弟が驚く顔を見たくないのかもしれないが、彼らがショックを受けるとすればその原因は君じゃない。それは約束しておこう」

ヘイデンはとてもリラックスしているようだった。愉快そうにも見えた。兄弟を驚かせるのが楽しくてしょうがないのだろう。

数分後、二十五歳ぐらいの若い青年がぶらぶらと入ってきた。紹介されるまでもなく、エリオット・ロスウェル卿だとわかった。英国におけるローマ帝国軍の末期をつづった著作を持つ、早熟な学者だ。

その暗く充血した眼から、研究に精も魂も使い果たし苛立つさまが目に浮かぶようだったが、一見して研究者のようには見えなかった。その名声に釣りあわないほどファッショナブルだからだろうか。体にぴったり合った膝丈のフロックコートは、ダブルボタンの濃いグレーで、最新流行の型だった。真っ黒な髪は、ロンドンの若い男たちに人気のレイヤーカット。ヘイデンがアレクシアを紹介した。エリオットの振る舞いは、その顔立ちからは想像できないほど人を惹きつけるものだった。その笑顔にアレクシアはほっとするのを感じた。エリオットは続けて叔母のようすを尋ねてきたが、ヘイデンはそれを制した。

「エリオット、ウェルボーン嬢に結婚を申しこんだんだ。承諾してもらった」

エリオットは目に見えて驚いたが、すぐにそれを押し隠した。「それは素敵だ。お姉さんと呼べる日が楽しみですよ。ヘイデン、もう式のことは計画してるの？」

「結婚許可証が手に入りしだい、できるだけ早くに。すぐに発行してもらおうと思ってる」

「なら僕もあと二週間はロンドンに残っていよう。クリスチャンにはもう話した？」

「下りてくるよう伝えたところだ」

「呼んでも来てくれるかな。最近はあんなだからね」

「下りてこないようなら、こっちから行くさ。僕の婚約のことを召使いの噂話で知るのはクリスチャンもいやだろう。エリオット、アレクシアの相手をしていてくれるか？」

弟にアレクシアを任せてヘイデンは部屋を出ていった。アレクシアは間を繋ごうと、適当な話題を求めて頭のなかを探しまわった。エリオットはそんなアレクシアを観察していた。まるで初めて見る蝶を前にして、どんな種類なのか決めかねているといったように。

「兄さんから誘惑したの？」

その質問にアレクシアは驚いてしまった。この訪問を切り抜けるために鎧《よろい》のようにまとっていた平静さが、突然薄い紙のように頼りなく感じられた。

「式を挙げるのがあまりにも唐突だし、それにあなたと会ったのも今日が初めてだものね。そう思われてもしかたないわ。そんな率直に尋ねられるとは思ってもみなかったけど」

「面白い」かなり興味深い蝶だったようだ。

「あなたの期待に沿うような人間じゃないということはわかっているわ。こんな事情であろうがなかろうが」

「僕は特別な期待なんてしてなかったよ。兄さんは絶対結婚なんてしないだろうと思ってたぐらいで。僕が面白いと思ったのは、あなたみたいな人を選んだことじゃない。兄さんが衝動で動いたってことのほうさ。四、五年前ならまだしも――驚いたよ」

「不愉快そうではないのね」

「全然。でももちろん、理性を失った一瞬を兄さんに後悔させないではほしいとは思ってる」

彼は奇妙なやり方で保証を求めてきたが、どう合意に至ればいいのかわからなかった。エリオットが求めてきたのは、ヘイデンですら切りださなかったことだ。ヘイデンからは、自分が望むあいだは自分に忠誠を尽くすようにと言われただけ。つまり、永遠にとはヘイデンも思っていないのだ。

それにアレクシアのほうも、自分にどんな責任が課せられるのかなど大して考えずにプロポーズを受けてしまった。それがいま突然、重大なことに感じられてきた。自分がどんな決定をしたのか、その重みがずしりとのしかかってきた。

結婚。それが意味する永遠を、アレクシアも最初拒否した。いっときヘイデンに忠誠を尽くし体を委ねるだけではすまないのだから。妻になるということは、もっと大きな意味を持つ。

エリオットの言葉にどう返すべきか、考えこんでしまった。次に口にする言葉はとても重要なものになる。彼女自身にとっても、彼にとっても。何を正直に約束できるだろう、とアレクシアは自分の心のなかをのぞきこんだ。

「答えになっていないかもしれないけれど、いい妻になるよう努力するつもりよ」薄っぺらい言葉に聞こえたが、それですらアレクシアの心にはずしりと重かった。大きな誓いを述べてしまったように。

エリオットが満足したようにほほえむと、なぜかアレクシアは心が軽くなった。これからの人生が大きく変わってしまうことへの不安が消えたわけではない。ただ、率直なエリオットとは心が通じあうように感じていた。数年のうちにこの弟は味方となり友となってくれる気がする。

「何年か前までは、ヘイデンも衝動で動く人間だったように言ってたわね。いまはそうじゃないの？」

「兄さんにはいくつもの顔があるんだ。あなたが見ているのはそのひとつ。分別があり、手際がよく、いささか厳しい、ウェルボーン嬢を誘惑するなんて考えられないような男。寝起きの兄さんもまた別人だよ。それはすぐにわかると思うけど」エリオットは笑って、それからまじめくさった顔になった。「この世のものとも思えない人格だ。そこが出ずっぱりにならないよう、気をつけてほしい」

「そんなことを聞かされると、理性をなくすのは珍しくもなんともないみたいね。困ったわ、怖がらせないで」

「まあ理性をなくすと言えばなくすんだけど、それをコントロールできる人間でもあるよ。兄さんが若いころの人格というのもあったな。従順で、つまらなくて、正しくて。クリスチャンもそうだった。ふたりとも、司令官の命令に忠実な兵隊だったよ」

「お父さまのことね」

エリオットはうなずいた。「父さんは口答えを一切許さない人で、兄さんたちは型にはめられたように育った。父さんが亡くなって、その型が突然砕け散ったんだ。自分自身になれる自由が手に入ってみると、兄さんたちは何が自分自身だったのか忘れてしまってた。ヘイデンはロンドンでやんちゃしたり、過激な政治思想に加担してみたり、また全然違う人間になってみたりしてたよ。そしてとうとう、あなたも知ってるような自分自身を見つけたんだ」

「ほかにもいろいろあったでしょうに、なんでいまの人格を選んだのかしら?」

「最後にはいわゆる本質が勝つのかもね。兄さんの場合、いまの彼がそれだ」エリオットは肩をすくめてみせた。「ギリシャに行ってからかもしれない。あれは無謀で、ロマンティックな理想論にあふれた、現実的でもなんでもない行動だった。ひょっとしたら、戦争の現実に触れたことで、感傷は高くつくと気づいたのかもしれない。でもよくわからない。誰にもそのときのことは話さないんだ」

それは違うわ。わたしには話してくれたもの。少しだけだけど。「お兄さんたちは自分自身を探してたって言うけれど、あなたは違ったの？」

「末っ子だったから、父さんから逃げるのは楽だったんだ。書斎に隠れればよかったのさ」

それがいまも続いているのだ。自分で言うほど、父親から逃げるのに成功していなかったのではないかしら、とふとアレクシアは思った。

「兄さんの話はもういいよ。すぐにいやというほど知ることになるんだから。あなた自身のことを教えて。どうして従妹の家庭教師になったのかも」

この観察眼の鋭い青年に自分のことを分析されるのはさほどいやではなかった。アレクシアは話しはじめた。細かいところまで話すつもりはなかったし、そうするとさほど長い話でもない。

クリスチャンの喫茶室は暗かったが、寝室のほうにはランプがともっていた。そちらに向かって歩いていく途中、ヘイデンに近いほうの隅で何かが動いた。ヘイデンは足を止めて、濃い陰のなかに目を凝らした。クリスチャンがウィングチェアに収まっていた。上半身の角度からすると寝てはいないらしい。ヘイデンの知るかぎり、クリスチャンは日がな一日そうして座っている。

「飲んでるのか?」ヘイデンは尋ねた。

「誓って、まったくのしらふだ」クリスチャンの声には、邪魔をされたことが心底わずらわしいような苛立った響きがあった。

兄がこうなってしまうと、どうしようもなかった。世界から引きこもってしまうのはそれほど長く続くわけではないが、こちらが心配になるほど徹底していた。一度そうなってしまうと、計算もしないし書類も読まない。何ひとつすまいと固く心に決めているかのように。

「執事に夕食だと伝えたんだがな。下りてきて一緒に食べよう」

「いや」

「こんなふうにふさぎこむのは体によくない」

「おまえが数字に逃げこむのは、ふさぎの虫のせいなのか? エリオットを本に逃げこませているのも? 何を心配してるのか知らんが、俺だって心の暗室に閉じこもってるわけじゃないんだ」

よく言う。クリスチャンからは闇があふれだしていて、まわりの空気までどんよりと濁っているようだった。ヘイデンは寝室に入り、灯りを取って戻ってきた。

兄の姿がよく見えるようになった。クリスチャンは、予想とは違い例のローブはまとっておらず、髪も乱れていなかった。それどころか非の打ちどころもなく装っていて、一番上等のコートも羽織っている。表情にも、その奇妙な不眠の行が病的な影を落としたりはしていない。この数カ月で見たことがないほど活力のある、隙のない顔をしていた。

ヘイデンは身ぶりでコートを示した。「出かけるのか？」

「いや」

「クリスチャン、おかしな振る舞いはやめてくれ。奇人変人になるには若すぎるだろう」

「おまえも心のなかの抽象的な世界に浸るには若すぎるぞ」

いったいなんの話だ？ ヘイデンはランプを置いた。「夕食に下りてきてくれないか。それが無理なら、せめて数分だけでもいい。ウェルボーン嬢が来てる。家族の一員として、彼女を歓迎してほしい」

クリスチャンの意識が、静けさのなかをさざ波のように渡っていくのが感じられた。身動きはしなかったが、ようやくこちらの世界にすっかり戻ってきてくれたようだ。「結婚するのか？」

「そのようだ」

「慎重さが足りなかったんだな？ うん？」

「そのようだ」

「なんと立派なことだ。もちろん、ならばそうするしかないからな」

ほかにも方法があることは、ふたりともわかっている。

「彼女のような人と結婚するだろうと思ってたよ」

「そうだろうとも」

「ただ願わくば——まあいい、会いに行こう。運のいいことに、身支度もすんでる」クリスチャンは立ちあがった。「上品な格好をしなきゃならないような予感がしたんだ。まさかこんなこととは思わなかったが」

ふたりは並んで階段に向かって歩きだした。「何を願っているんだ?」ヘイデンは尋ねた。

クリスチャンの表情に影が差した。立ち入ったことを訊くなとでもいうように。しかし影はすぐ晴れた。「ああ、さっき言いかけたことか。ごく小さな願いさ。大したことはない」

「それでも気になる」

クリスチャンは肩をすくめた。「愛しあって結婚してくれたらと願ってたんだよ、ヘイデン。だが、そうでないほうがいいのかもな。危なげがない」

アレクシアはさほど話題の中心となったわけではなかった。イースターブルック侯爵から心のこもった歓迎が述べられると、夕食の仕度ができたと告げられるまで、兄弟たちは自分たち同士でたわいもない話を交わしていた。

ヘイデンがクリスチャンを連れて戻ってから十五分後、別の客が現われた。勢いこんで入ってきたのは、紅色のチュールとイタリアンシルクで仕立てたフォーマルなディナードレスに身を包んだヘンリエッタだった。喜びに輝く顔の上に、ゴクラクチョウの羽飾りがあしらわれたベレー調ターバン。先週アレクシアが買うのを許した帽子だ。

ほかの誰も目に入らないかのように、ヘンリエッタはクリスチャンを目指して一直線に進んできた。そしてその途中でアレクシアに気づいた。戸惑いがその目に浮かんだが、そんなことで歩みを止めるヘンリエッタではなかった。

「お招きありがとう、クリスチャン。今朝からずっと落ち着かなくて。ひょっとしたらあなたが——招待の手紙をもらってどれだけほっとしたことか。まさか今夜とは思わなかったから驚いたけど、だってあまりにも急で——ともかく、やってきたわ。とてもうれしいわ」

クリスチャンの歓迎の言葉には、よそよそしい角があった。叔母自身へのというより、親しい集まりに突然乱入されたことへの苛立ちのようにアレクシアは感じた。

ヘンリエッタはアレクシアのほうを向いて、優しげに話しかけてきた。「ヘイデンが見つけてきてくれたのね、よかったわ。もう出ていくなんて言わないわよね？　それにこのささやかな夕食会にも参加させてもらって、クリスチャンはなんて親切なんでしょう。食事が終わったら、馬車に乗って帰っていいわよ。わたしのことは甥たちが面倒を見てくれるから」

ヘイデンは両手でヘンリエッタの手を取った。「ヘンリエッタ叔母さん、夕食会というよりはお祝いなんですよ。ウェルボーン嬢にはいてもらう必要があるんです。彼女と僕は、今日婚約したんです」

ヘンリエッタは夢見るようなほほえみでヘイデンを見あげていたが、その唇がゆっくりと引き結ばれ、瞳が氷のようになった。しばらくのあいだ、ヘンエッタは冷たい沈黙に支配されていた。

「なんてすばらしいこと。ふたりとも、お幸せに」

「すばらしいですよね？　これ以上うれしことはない」クリスチャンが言った。そしてヘンリエッタに腕を差し伸べた。「さあ、行きましょう。夕食が冷たくなるといけない。冷たいのは大嫌いなんですよ」

ヘンリエッタは楽しくなさそうだった。食事のあいだ、一度もアレクシアに話しかけようとしなかった。テーブル越しにそっとにらみつけてくるだけだった。ヘイデンはそこに込められた侮辱を読みとった。《企んだわね、このふしだら女》。《色仕掛けでたらしこんで》。そして、何度もの《裏切り者》。

ヘイデンがなるべく早く身内だけの式を挙げると話すのを聞くと、ヘンリエッタの唇はあざけるように引き結ばれたが、クリスチャンとエリオットは、侯爵家の式としてそれ以上正しい挙げ方は考えられないと言わんばかりの反応を返した。

「新居はどこに?」エリオットが尋ねた。急いで式を挙げると当然そこが問題になる。

「ウェルボーン嬢にプロポーズを受けてもらえたうれしさのあまり、まだ手がまわせなくてね。明日にでも不動産業者のところへ行くことにしよう」

「もうすぐ社交シーズンだし、いい物件は残ってないんじゃないか？」エリオットが言った。

「もちろん、ここに住んでかまわない」じっと黙って見ていたクリスチャンが口を開いた。

そして、自分の発言にみなが驚いて黙ってしまったのにも気づかないように、ワインをすすった。

ヘンリエッタは、あまりの不当な仕打ちに失神寸前だった。「ウェルボーン嬢は自分の屋敷がほしいはずよ」と、かろうじて声を絞りだした。

「そうなのか、アレクシア？」クリスチャンが言った。「いますぐ自分の屋敷が必要か？そうだな、たとえばいま住んでるヒル通りの屋敷とか？」

「ヘイデンが選んでくれるところであればどこでも。ヒル通りの家なら申し分ないですわ」

「なら解決だ。君をうちへ呼ぶのではなく、ヘイデンにそっちへ移らせよう」

「なんですって？」ヘンリエッタは叫んだ。「クリスチャン、そんな部屋は余ってないわ。一度でも来てくれてたならわかったでしょうに。実際、いまでも足りなくて大変なのに――」

「部屋は二十以上もあるはずですよ。弟はもっといい屋敷をすぐに見つけるでしょうが、いまのところヒル通りの屋敷が申し分ないんです。アレクシアもそう言ってる」

ヘンリエッタの顔が真っ赤になった。「あれはわたしの家ですよ。お忘れかしら」

「でも許していただけますよね？　これまであんなにも叔母さんたちのために尽くしてきたヘイデンのためなんですから。僕からのお願いでもあるんです」

ヘイデンはアレクシアに顔を近づけ、小さな声でささやいた。「いいのか？　そうじゃなかったら、言ったほうがいい」

「あそこはわたしの家なの」アレクシアはささやき返した。「あの家で暮らしたいわ」

ヘンリエッタは、クリスチャンの穏やかな声に隠された危険な響きを聞き逃さなかった。狼狽をなんとか押し隠すさまは、哀れですらあった。「二、三カ月であればなんとか一緒に暮らせると思うわ」

「叔母さんとキャロラインは、屋敷を出たほうがいいと思いますがね」クリスチャンは言った。「花嫁と暮らす家にほかの家族がいてもいいというのなら、弟はむしろこの屋敷で暮らすほうを選んだはずですから」

「侯爵、そんな必要はありませんわ」アレクシアは言った。「叔母さまを出ていかせることになるのなら、あの家に住もうとは思いません」

クリスチャンはワインを注がせた。なみなみとしたグラスを、長いこと見つめている。

「叔母さんは、行くあてもなく屋敷を出るわけじゃない。ヘンリエッタ叔母さん、叔母さんとキャロラインはここに住むんですよ」

フランスが攻めてきたとでも言われたかのように、全員の視線がクリスチャンに集中した。

「なんですって？　あら、まあ、今度こそ本当にほっとしたわ。なんて親切なの、クリスチャン。ああ、これでキャロラインの社交界デビューは成功したも同然だわ。あなたとエリオットとも、もっと仲よくなれるでしょうし。本当になんと言ったらいいのか――」

「まあ、まあ。ええ、お気に召したのならうれしいですよ」

お気に召しただろうとも。ヘイデンは、ヘンリエッタが天にものぼる心地で感謝の涙を浮かべるのを一瞥した。これで今後アレクシアがにらまれることはなくなっただろう。家庭教師はもう、落ちぶれていながら身分不相応な地位を手に入れた女性ではなく、巧みな戦略で不可能を成し遂げた共犯者となったのだから。

その後、クリスチャンは食事のあいだじゅうヘンリエッタを無視しつづけた。これからそのテクニックにもさぞかし磨きがかかることだろう。

13

ヒル通りからやってきた女性たちは、聖マルチン教会の前で馬車から降りた。アレクシアはポーチを見あげた。円柱は薄汚れて見えるし、その後ろへと伸びる影も不吉だ。

「キャロラインと先に入っていてください」アレクシアはヘンリエッタに言った。「少し外の空気を吸っていきますわ」

キャロラインがにっと笑った。「落ち着かないのね？　たまに逃げだしちゃう女の子もいるって聞くわ。そうそう、二年前にも——」

「余計なことは言わなくていいの」ヘンリエッタが言った。頬をすぼめて、目を伏せていた。「ウェルボーン嬢は落ち着かないわけでもないし、怖がってるわけでもないのだから、逃げだそうなんてことは考えてないわ。ただ外の空気が吸いたいだけでしょう。さあ、いらっしゃい」

ふたりは階段をのぼり、ポーチの影に呑みこまれるように小さくなって消えた。

アレクシアの視線は、ここにいるはずのない人影を探しながら、階段や道の上をあちこちさまよった。

ロザリンとティモシーに手紙を送ったのは一週間前だった。イースターブルック侯爵家での夕食から二日後のことだ。なんと書いたらいいのかわからなかった。文字にしていくと、この結婚を承諾したことはさらに正気の沙汰ではないように思えてきた。

けれど、アレクシアは許してほしいと懇願しはしなかった。ヘイデンはロングワース家を、このうえもなく悲惨な境遇へ陥れたのだ。そんな彼のプロポーズを受けたということで、従兄妹たちへの忠誠が薄れてしまったのだと思われてもしかたない。彼と結婚するということは、そういうことなのだ。婚約を告げる言葉に続けて、彼の人格を非難するわけにはいかない。

言い訳を長たらしく書き連ねる代わりに、アレクシアは自分の決めたことを簡潔に説明した。そして結婚式に出席してほしい、式でティモシーに手を引いてほしいと頼んだ。馬車を迎えにやらせるとも書いた。数日間ロンドンに滞在するための場所も用意すると約束もした。

返事は来なかった。馬車も呼ばれなかった。四日後、みんなはこの結婚を受け入れることすらしないのだろうとアレクシアは諦めた。それでもやはり、今朝身支度をしていると、屋敷のなかにあの懐かしい声が響いているのが聞こえるようで、最後の最後に現われてくれないだろうかと願った。

人気のない階段、からっぽのポーチ。子供じみた願いだったのだ。今日という日は、ひとりきりで乗り越えなければならないのだ。

アレクシアは、その悲しみをもうひとつの大きな感情でおおい隠すことにした。落ち着かないという言葉では、今日のアレクシアの状態を言い表わすには足りない。階段をひとつのぼるたびにアレクシアのなかで膨らんでいくのは、パニックだった。逃げだすというのも、あながちありえない選択肢ではなかった。

前方の円柱のあいだに人影が現われた。ひとりの男性がアレクシアに近づいてきた。

「僕にエスコートさせていただけませんか、ウェルボーン嬢？」エリオットが尋ねた。

「ええ、喜んで」

ふたりは階段をのぼりはじめた。半ばまでのぼったところで、また別の人影が現われてアレクシアのかたわらに寄り添った。エリオットはその服の大きくうねる黒いひだと、流れる赤い髪にちらと眼をやり、そして改めて、じっと見つめた。

アレクシアは足をとめ、フェイドラの抱擁とキスを受けた。アレクシアに紹介されるあいだ、フェイドラとエリオットはじっと見つめあっていた。

「従兄妹たちは機嫌を直さなかったのね」フェイドラが言った。

「ええ、でもあなたが来てくれたもの。本当にうれしいわ」

「こういう結婚には反対だけど、でもそれはあたしの意見でしかないものね。あたしの生き方は、ほかの人にはなかなか難しいものだってわかってるわ。さあ、行きましょう」フェイドラはアレクシアの手を取って、前へと促した。

「あなたがエスコートします?」エリオットが尋ねた。

「それはいいアイディアね。ありきたりのやり方より、ずっと象徴的だわ。彼女と一緒に歩きたいわ、おいやじゃなければ。アレクシアは男のためにこの教会に来たんじゃないんだもの。だからひとりの男から別の男に渡されるのはあてはまらないわ。彼女は自分の自由を、自分の意思で放棄するの。それがいいか悪いかはともかくね。教会じゅうの人がそこに気づいてないのは残念だわ」

エリオットは戸惑ったように押し黙った。アレクシアのかたわらを歩くフェイドラは、服が風になびいて、翼を広げた夜の女神のようだった。

教会のなかでクリスチャン、キャロライン、そしてヘンリエッタが待っていた。彼らと一緒に、数少ない招待客もいる。ヘイデンは祭壇の近くに立っていた。そばにはアレクシアの知らない若い男がいた。

「あらあら」フェイドラがささやいた。「新郎の隣りにいるのはチャルグローブ伯爵だわ。わざわざ街に出てきたのね。それにあのにやけた、だるそうな金髪はサットンリー子爵よ。招待客が少ないとはいっても、証人の家柄は豪華だわね」

ふたりのエスコート役に挟まれながら通路を進むあいだ、アレクシアの心臓は早鐘のように打っていた。心ではまだ天秤が揺れている。

恐ろしい間違いを犯したのかもしれない。生活がいくら保証されたところで釣りあわないほどの。前のほうで待っているあの男の何を知っているというのだろう? ちょっとした優しさや温かさを見せたかもしれない。悦びに震わせてくれたかもしれない。でも彼はこれ以上ないほどの冷酷さも持っているのだ。これからの自分を待ち受けているのが、そっちだとしたら?

通路の最後まで来ると、フェイドラとエリオットはアレクシアのかたわらを離れた。司教が位置につく。ヘイデンが近づいてきて腕を差しだしてきた。アレクシアはその腕を取ったが、力が入りすぎてしまった。

「怯えてるのか」ヘイデンは言った。

「怯えてなんかないわ」嘘をついた。「ただ緊張して、興奮してるだけ」

「小さかったころ、わざと知らない道を進んでいったりしたことがある。どこに向かっているのかもわからないまま。今日のことは、その冒険の感覚に似てる」ヘイデンはアレクシアを連れて司教の前へ進みでた。「僕たちはいい旅の仲間になれると思ってるよ、アレクシア。僕といれば安全だ。約束する」

新婚の朝餐《ちょうさん》を済ませたあと、ふたりはクリスチャンの屋敷を辞した。馬車はヒル通りには向かわず、ケントにヘイデンが持っている屋敷へと向かった。

「叔母さまは昨日もう荷造りしてたわ」馬車が田園地帯へ入ると、アレクシアは言った。「キャロラインは家を移ることにとても興奮してるみたい。わたしがいないあいだもフランス語とダンスを一生懸命練習するって約束してくれたわ」

「兄さんはヘンリエッタ叔母さんが越してくるのに二日ぐらいかかると思ってたようだったが。叔母さんの勝ちだな」

「叔母さんを住まわせるなんて、クリスチャンは親切ね。面白い人だと思ったわ。何か人と違うものを持っていて。物静かだけど場の中心にいるのね。何かを待っているように周りにじっと目を配っていて。ええ、そうだわ。何かを待ってるんだわ。きっとそうよ」

クリスチャンを読み解く鍵を探そうと、記憶をたどりながら真剣な顔をしているアレクシアは素敵だった。クリスチャンの帯びる影がどこから来るものなのか、ヘイデンはもう何年も考えるのを諦めている。でもアレクシアはそれを見つけようとしていた。クリスチャンがずっと心ここにあらずといったようすなのは、言われてみればたしかに何かの知らせを待っているように思える。

アレクシアはマダム・ティソーのところで作ってもらった外出着を身につけていた。セルリアンブルーが、美しい肌をよく引き立てている。結婚式で着ていたのは、アレクシアの持つ数少ないドレスのひとつだった。ロンドンに帰ったら、たくさん作らせることにしよう。

教会で自分に向かって歩いてきたとき、アレクシアの顔には心配と不安とがありありと浮かんでいた。身にまとったシルクが光を反射しているように、彼女の顔にも疑問がちらちらと揺れているのが見えた。

彼女のか弱さにヘイデンは心を打たれ、同時に、自分自身でも疑っていることをはっきりと指摘された気がした。ここに立っている自分は、屋根裏部屋での自分よりもはるかに卑劣なのではないだろうか？　アレクシアを、その力の源であった平静さから、富と宝石で引き離してしまったのだから。

「ロンドンに戻るときは、あの家に帰れるんだと思うとうれしいわ」アレクシアは言った。「生活も付き合いもこれから大きく変わってしまうけど、一日の最後に懐かしい部屋と廊下に戻れると思えば、頑張れると思うわ」

アレクシアが安心しているようなのでヘイデンはうれしかったが、本当にあの屋敷にしてよかったのか、まだ確信できているわけではなかった。あの屋敷には亡霊がいる。ヘイデンの知らないたくさんの思い出がある。貧民窟の掘ったて小屋のほうがまだましだった、ということにならなければいいが。

「従兄妹たちには結婚のことは伝えたのか？」ヘイデンは、ふたりのあいだを流れる川の深さと流れを探ろうと、棒を突き刺した。

その言葉が、アレクシアの体にこわばりを呼びもどしてしまった。アレクシアは大したことではないといった表情を作ったが、ぎこちなかった。「手紙を送ったわ。返事はなかったけど。でもいつかわかってくれるわ。たぶん、もう少し時間が経ったら……」

ヘイデンはアレクシアの手を取って引きよせ、腰を抱えて自分の膝の上に座らせた。ボンネットのつばが顔にあたったので、リボンをほどいてはずし、わきに置いた。

アレクシアの顔の輪郭を軽くなぞった。ヘイデンと距離を置いていたロングワース家の従妹、アレクシア・ウェルボーンは、ヘイデンに触れられると別人となって目を覚ました。ヘイデンのための女性となって。ヘイデンの欲望は、アレクシアのすべてを自分のものにしたいという飢えでふつふつと沸きたっていたが、我慢することにした。

「従兄妹たちが許してくれさえすれば、援助もしよう」ヘイデンは言った。

ヘイデンを見あげる瞳に、小さな炎が宿った。よりによって今日という日に、もっとましなことは言えなかったのか？

アレクシアは非難めいたことは口にしなかった。しかし言われずともわかる。

「君の従兄の破産には、君の知らない事実がある」口を開いたのは、その瞳に宿った炎を消し止めたいという衝動からだったが、効果はなかったようだ。

アレクシアは眉をひそめた。「どんな？」

「君は知らないほうがいい。ただ、明らかになっていないことがまだあるというだけだ」

「そんなふうに曖昧にしておくなんてずるいわ、ヘイデン。ほかに事実があるのなら、とっくに話してくれていてよかったはずよ」

ヘイデンはアレクシアにキスしてその疑念を封じこめた。そのなかでくすぶる怒りを取り除きたいのはやまやまだったが、むだなことだ。代わりにいつまでも唇を離さず、アレクシアをむさぼるように味わい、あふれだす快感に身を任せた。アレクシアが憤りも忘れ体を震わせるまで。

「話はあとにしよう」ヘイデンは言った。「僕を許すよう命令することはできない。でもキスで苦さを味わいたくはない。ベッドに入っているあいだは、ロングワース家のことは寝室の外に待たせておいてくれないか」

ヘイデンの要求をアレクシアは考えこんでいるようだった。その指先がゆっくりとヘイデンの顔をなぞった。そのかすかな感触に焦《じ》らされ、理性を失ってしまいそうだった。

「あなたにキスされているあいだは、何も考えられないの。だからあなたの妻としての義務を果たしているあいだも、従兄妹たちのことは忘れていられると思うわ」少しの間のあとに、アレクシアは続けた。「どの従兄のことも」

ヘイデンはその言葉を確かめようとするようにアレクシアに深くキスした。そしてアレクシアの上着をはずして胸をまさぐった。悦びのなかでは自分だけのものだということを証明するつもりだった。

挑戦的なことを言ったつもりではなかったが、ヘイデンはそうは思わなかったのかもしれない。ゆっくりとした長いキス、体をまさぐる手、それらにアレクシアはしだいに我を忘れていった。馬車の揺れすら官能的で、そのリズムは、道を進むにつれ興奮で激しくなる動悸に呼応するようだった。

ヘイデンはそれ以上服を脱がそうとせず、それがもどかしかった。ヘイデンの器用な指先の下で乳房は鋭敏になり、その肌を包む布をはぎ取ってしまいたくなる。警戒心はいつしか官能に取って代わられていた。そして甘い渦となって体のなかを滑り落ち、脚のあいだに溜まり、そこを満たしてほしいと渇望する肉体の声を呼び覚ます。

ヘイデンはアレクシアの首にキスした。次に肩に、そして乳房に。焦燥感をいくら抑えこもうとしても、その力は圧倒的だった。あの痛みなどどうでもいいことのように思えてくる。

ヘイデンの手はしだいに落ち着きを失い、彼のなかに感じていた衝動がにじみでてくるようになった。乳房を愛撫する手つきが激しさを増す。俺のものだ。熱が矢のようにアレクシアの秘所を、心を貫いた。

もっと。容赦ない飢えが爆ぜ、アレクシアは泣きだしたくなった。体は美しい責めに苛まれ、心はもどかしげに叫んでいる。

ヘイデンはアレクシアが動かしていた腰を手で抑えた。かろうじて得ていたわずかな慰みが奪われてしまう。「アレクシア、妻の役目を果たすつもりはあるか？」

「お望みなら」

ヘイデンの手がアレクシアの腹に、子宮の上にしっかりとあてられた。「馬車のなかというのは取り決めにはなかったが、もし義務感だけからなら」ヘイデンはアレクシアを見つめた。その表情に、息が止まった。「今後、役目を果たそうとは考えなくていい。僕たちのあいだにそんな嘘は必要ない。君が僕を受けいれるのは、こうしてほしいからだろう？」優しい、そしてすばらしい温かみを感じて、アレクシアの下半身は疼いた。「そしてこう」ヘイデンは乳房に唇をあてた。

愛撫は下へと移っていき、腿と脚をさすり、そしてまた上へと戻ってきた。スカートの下へ。「そしてこう」

ヘイデンの指に触れられた感触に、痺《しび》れが走ったようになった。ヘイデンの瞳のなかで燃える自信に満ちた火、欲望を抑えきれない顔のこわばりが、アレクシアに呼吸を忘れさせた。ヘイデンがどこを目指しているのかに気づき、期待に胸が波打つ。ゆっくりとした愛撫が、容赦なくアレクシアをもてあそびながら上へと動いてくる。

ヘイデンの指が彼女自身に触れた瞬間、アレクシアはあえぎ声が漏れるのを唇を噛んでこらえたが、その叫びは震えとなって全身を駆け抜けた。強烈な快感に何度も、何度もくり返し襲われ、気が遠くなりかけた。

ヘイデンがアレクシアの腰を自分の膝の上へ持ちあげた。「脚を開いて」

アレクシアは言われたとおりにしなかった。欲望が痛みになって感じられる。おかしくなってしまっている自分が怖かった。

ヘイデンは命じるように、そして励ますように、アレクシアの膝を押し広げた。「言ったとおりにするんだ」

アレクシアの脚はなすすべもなく開かれた。ヘイデンをもっとはっきりと感じるようになった。感じすぎる。長くてゆっくりとした指が動くたび、アレクシアは体を震わせた。そして短くて素早い動きが、耐えられないほど敏感になっている点をなぶる。意識が暗闇に吸いこまれていき、ヘイデンも自分自身もぼんやりとしか感じられなくなった。はっきりとわかるのは、ヘイデンに触られているところだけだった。もっととくり返し叫ぶ声が、膨れあがる飢えのような欲望に呑みこまれていく。

頭のなかで響いているのは懇願だけだった。体も心も言うことを聞かない。でもそんなことはどうでもいい。死んでしまいそうだった。このすばらしい拷問に体をあずけたい。

頭のてっぺんに温かさを感じた。ヘイデンの腕に力がこもり、体が包みこまれた。愛撫が変わった。もっと容赦なく、もっとすばらしく、もっと恐ろしく、もっと責めるように。おののくような悦びへ、アレクシアをさらっていく。突然、官能が十倍にも膨れあがったかと思うと、無上の完璧な頂点に達して、爆ぜ、裂け、そこから美しい雨が降り注いだ。

その感覚にアレクシアは心を奪われた。じっとしたまま、肉体がこの世のものとは思えないような歓喜を覚えたことに驚いていた。目を閉じたまま、自分のなかではじけたものの余韻にひたった。

ようやく目を開けると、ヘイデンがしっかりと抱きしめてくれていて、アレクシアはその肩に顔をうずめていた。彼の顔はまだ欲望にこわばっている。信じられないほどハンサムで、燃えるような瞳は何も見えていないようだった。アレクシアは茫然としながら、ヘイデンの力に心も体も捕えられてしまったのを感じていた。

ヘイデンが見おろしてきた。自分のしたことも、アレクシアに起きたことも、ちゃんとわかっているという目で。アレクシアの心が揺れ、体が震えた。思えばふたりはずっとこうだったのだ。最初から。ヘイデンに屋敷を案内したあのときですら。

ヘイデンを見て何も感じなくなるようなときなど、永遠に来ないだろう。


アレクシアはいつまでも余韻を振り払えずにいた。ヘイデンはずっとアレクシアを抱きかかえていた。そのあとのふたりの会話は何気ない、目的もなく掴みどころもないものだった。官能が空気を湿していた。ヘイデンは時折思い出したようにアレクシアを愛撫した。そのゆっくりとした気だるげな手の動きで、アレクシアの興奮をいつまでも冷めさせなかった。甘美な期待になめまわされるようだった。もっととくり返し呼びかけてくる声は、いまではささやき程度になっていたが、まだ消えない。

屋敷に到着した。離れなければならない。向かい側の席に戻りながら、アレクシアは窓から屋敷に目をやった。由緒ある建物ということに驚きはしなかったが、あまり見ないような清らかさが感じられた。六本の円柱が玄関の前、階段の上ではなく地面にほど近いところに並んでいる。高さも幅も、威圧感を覚えさせないものだ。特別大きな屋敷というわけではなかったが、それでもその完璧なバランスには、金にあかして建てたものからは感じられない威厳があった。

「完成してからそう日は経ってない」へイデンが言った。

「あなたが建てたのね」へイデンらしいデザインだった。すべての寸法が注意深く決定されている。そして同時に明瞭さ、構造の簡潔さもある。それはへイデンにはないものだった。少なくとも、アレクシアには見せたことがない。「あなたが設計したの?」

「いや、でもその建築士とは気が合った。僕の意見も素直に受け入れてくれた」

新しい女主人を迎えようと、召使いたちが外で待っていた。へイデンは家政婦のドリュー夫人に、地所の案内をする前に花嫁を部屋へ連れていくよう指示した。

アレクシアに与えられたのは屋敷の背に面して並ぶ数部屋で、光にあふれ風が通り、黄色や青や緑といった夏の色合いで装飾されていた。アレクシアは喫茶室に座り、窓から外を眺めた。ほかの翼とで囲まれた広大な庭が見下ろせる。外から見るとこの屋敷は大きさを感じさせなかった。しかし中庭を囲むように四角く建てられているのを見ると、実際のところとても大きいのがわかる。

メイドとなったジョーンという少女が、衣裳部屋で荷をほどきだした。まだこうされることに慣れないので、どうしても気恥ずかしくなってしまう。トランクがほとんど空になったとき、通用口が開いてヘイデンが入ってきた。アレクシアはその奥の細い廊下に気づいた。ヘイデンの部屋へ続いているのだろう。

ヘイデンはジョーンに優しげにほほえみ、声なき命令を下した。くすくすと笑いをこらえながら、ジョーンはトランクをそのままにして小走りで部屋を出ていった。

ヘイデンはアレクシアにも口を開かなかったが、やってきた理由は訊かずともわかる。馬車での欲望がよみがえり、その瞳の青さが飢えに色味を深めている。

「美しい屋敷だわ」寝室へと伴われながらアレクシアは言った。

「気に入ったようでうれしいよ」

アレクシアは窓の近くに立ってまた外を見おろした。「この庭も、夏にはすばらしいでしょうね」

ヘイデンが手でアレクシアの腰を包んだ。「今年は何か新しいものを植えて雰囲気を変えるよう庭師に言っておこう。そうだな、バラがいい。菫の大きな花壇も」

「あなた自身も財産を持っているんでしょうけど、そこそこ程度のものではなさそうね。あれだけ交渉しておきながら、聞きそびれてたなんて。自分がそれに見合うのか考えておくべきだったわ。あのネックレスだって――」

首に唇が押しつけられ、最後の言葉は息とともに呑みこまれた。そのキスの熱さ、アレクシアの顎に触れたヘイデンの艶めく髪、背中に感じる力強さ――一瞬で、アレクシアの体にあのめくるめく絶頂を思い出させるわななきが戻った。知らぬ間にまた昇りつめかけていた。

「ネックレスは母のものだ。財産はそこそこのもの程度ではない。聞きそびれてくれてよかったよ」

「こんな大きな屋敷はわたしの手に負えないかもしれないって、心配じゃないの？」

ヘイデンの手が、背中を上へとあがってきた。ドレスの留め具がはずされていくのを感じる。「君の手に負えないものなんてないだろう。ただし、僕はそうはいかない。やってみるだけむだだ。僕がもしそんな、叔母さんのような女で満足できる類いの男だったら、何百と候補はいたし、とっくに結婚していただろうな」

ヘイデンが後ろに下がったので振り返ると、コートを脱いでいた。それを椅子の上に放り投げると、ヘイデンは腰を下ろしてブーツを脱ぎはじめた。アレクシアはそれを落ち着かない気持ちで見つめていたが、別の椅子へ向かうと自分も服を脱ぎだした。

悦びを待ち望んで心は弾んでいたが、差しこむ光で気恥ずかしくもあった。夜暗くなってから、ほとんど相手も見えなくなってからだろうと思っていたのに。あの屋根裏部屋でのように、ヘイデンに組み敷かれて悦びに我を忘れているうちに終わるということにはならなさそうだった。むしろ儀式のように、ひとつひとつ確認しながらこなしていくのだろう。

アレクシアは椅子に脚を載せ、ストッキングを巻きおろした。三、四メートルしか離れていないところに座っている彼をどうしても意識してしまう。あのとき黙らせた心のなかの少女ならきっと、こんな仕草は自意識過剰だしあけっぴろげすぎだと非難することだろう。正直なところ、アレクシア自身もそう思う。いずれ当然のことになっていくのだろうが、なんといってもふたりは結婚したばかりなのだ。この結婚には権利や快楽以外のものもあるというふりだけでも、今日はしておきたかった。窓際でキスしたときに、ヘイデンが服を脱がせてくれたのならもっと楽だったし、こんなきまり悪い思いもしなくてすんだのに。

そう思うと急に腹立たしくなり、ストッキングを足先から抜こうとして力任せに引っぱってしまった。やわらかく繊細な絹が、それを摑むアレクシアの指先で裂けた。

だめになってしまったストッキングを手に持ったまま、アレクシアは茫然とそれを見つめた。一番上等なストッキングだったのに。替えを買うにはいくらかかってしまうだろう。

「近くの町までメイドに買いに行かせればいい」ヘイデンが言った。

アレクシアはヘイデンが座っている椅子を振り返った。彼はまだ服を脱いでいなかった。ズボンとシャツを身につけたまま、椅子のアームに肘をついてくつろいでいる。親指と人差指とで顎を支え、愉快なことに思いを巡らしているようなポーズで。

服を脱いでいるところをずっと見ていたのだ。アレクシアは、露わになった自分の脚がクッションに載ったままでいるのを見おろした。シュミーズは腿のあたりまでめくれあがり、大事なところをかろうじておおっているだけだ。薄い生地を透かして、色づいた乳首と丸みのある茂みまで見えてしまっているかもしれない。

このまま脱ぎつづけるのがとても恥ずかしく思えてきた。ヘイデンはゆっくりとほほえんだ。アレクシアが突然困りだしたのに気づいているのだ。そんなヘイデンはとても魅力的で、あきれるほどハンサムだった。

顔に血がのぼるのを感じながら、アレクシアはだめになってしまったストッキングをわきに置いた。そして肌をさらしている脚をおろし、反対側の脚をクッションに載せた。急に、服を脱ぐことが普通のこととも、当然のことともまったく思えなくなってしまった。まるで誘っているようではないか。すぐそこにベッドがある。その上ですることをふたりとも知っている。これから起こることを考えて、沈黙ですらざわついているようだった。

アレクシアはもう片方の脚のストッキングも下ろした。足先まで届かぬうちに、あることに気がついた。誰から聞いたわけでもないのに真実を悟ったときのような、はっとする直感だった。

彼を喜ばせるのはこういうことなのね。プロポーズのときに言っていたのは、これだったんだわ。いい妻になるには、第一に、そして何よりも、ベッドで積極的に、官能的になること。そこで夫を楽しませれば、楽しい人生を送ることができるし、そうできなければ、同じ家で暮らす許可が下りているというだけ。

アレクシアは体をかがめて、絹から脚を抜いた。その姿勢になったとき、シュミーズの後ろが持ちあがりすぎてお尻が出てしまったことに気づいた。アレクシアはヘイデンを盗み見た。

ヘイデンの表情から、熱と激しさを感じた。

アレクシアは脚を下ろして、振り向いた。

「夫は観察するのを好むなんて聞いたことなかったわ」

「たしかに、夫婦のあいだではあまりない慣習だろうね」

「妻でなければするということ？」

「そういうこともあるかもしれない」

「わたしたちは違うのかしら」

「君の望むようにしよう、アレクシア。もしそっちのほうがいいなら、衝立《ついたて》を置いてもいい。衣裳部屋に隠れて、そこでガウンに着替えてきてもいい。恥ずかしがっていいし、繊細になっていい」

それでもいいのだろうが、きっと恥ずかしがらないほうがヘイデンは気に入るだろう。今日のヘイデンはいつもと違っていた。ふたりのあいだにあるのは、熱だけだった。アレクシアがここにいるのも、それ以外の理由からではなかった。

「隠れたりはしないわ、ヘイデン。恥ずかしがりもしないし、繊細にもならない。一度はあなたの愛人になろうと心を決めていたんだもの。それをあなたは妻として迎えてくれた。正しいことをしてくれたのにそれで楽しみが犠牲になるなんて、公平じゃないわ」

「何も犠牲になるとは思ってない。君が最初は恥ずかしがったりしてもだ。君に楽しみかたを教えこむ時間はたっぷりある」

その言葉でヘイデンの好みがはっきりとわかった。「わたしに妻であると同時に愛人にもなってほしいみたいね。娼婦と結婚したみたいに」

ヘイデンはそれを聞いて魅力的な笑顔を返した。「僕ならそうは表現しないが、刺激的な提案だ」

その瞳が熱を帯びたので、きっとその提案にじっくり思いを巡らしているのだろうと知れた。アレクシアの自信は潮のように引いてしまった。軽はずみなことを言うんじゃなかった。

「細かなことは交渉で決めるって言ってたわよね。その約束はまだ生きてるわよね」アレクシアは付け加えた。

「もちろんだとも。たとえば、いまなら、僕は君にそのシュミーズを脱いでもらいたい。もちろん君からの交渉は受けつけよう」

脱ぐって――アレクシアは自分が身につけているものを見下ろした。明るい部屋で、まるきりの裸になってしまうわ!

「君のように勇敢な女性にとっては、取るに足らないことだろう」ヘイデンは言った。「隠れもせず恥ずかしがりもしない女性にとっては、大したことじゃない。結婚した娼婦なら、その体の美しさを見せつけるチャンスを歓迎すらするだろう」

アレクシアはからかわれていた。試されていた。

興奮させられていた。

ほとんど裸という格好で立っているというだけで、アレクシアの動悸は速くなり、体は予感にぞくぞくとしてきた。

そう、取るに足らないことだ。まだ露わになっていないものなどほとんどないのだから。アレクシアは手をシュミーズの肩紐にやった。でもやはり顔は火がついたように熱い。肩紐を腕にすべらせるのも、とても恥ずかしかった。すべてを脱いでしまった自分の体を、アレクシアは驚きながら見下ろした。

「君はすばらしい女性だ、アレクシア。それにとてもきれいだ」

ヘイデンは立ちあがって、アレクシアに近づいてきた。その顔を見てアレクシアの心臓はさらに跳ねあがった。両腕で体を隠そうとしたが、もう遅い。ヘイデンはアレクシアを強く抱きよせ、指を髪にうずめ、頭にしっかりと手をあてて、むさぼるように唇を合わせた。

魂が抜けてしまうようなキスだった。熱くたぎり、独占しようとしてくる。ただ激しいのではなく、キスに応えられることを確信している。アレクシアはその期待を裏切らなかった。唇を求めているあいだも、ヘイデンの手はアレクシアの肌の上をくまなく動きまわり、かつてこんなふうにさらけだされたことのない清らかな肉に触れ、愛撫した。そして通りすぎるところに熱を残しながら背中や肩へまわると、腰に、そして尻へと下りてきて、湿り気を帯びる腿の内側へと入ってきた。

渦巻くような欲望にアレクシアは支配された。裸でいることが興奮に火を点けている。くすぐったいような感覚に体が呼応する。もっと、と求める声が響きだす。

ヘイデンの手が乳房に重ねられ、悦びはさらに甘美なものになった。ヘイデンは腕でアレクシアをしっかりと抱きしめて持ちあげ、そのうなじと肩に、力強い燃えるようなキスを浴びせた。乱舞するような渇望と安堵の波に襲われる。ヘイデンに優しく肩を押され、横にされるまで、ベッドへと移動していたことにすら気づかなかった。

ヘイデンは一瞬たりとも体を引き離すことはなく、何が起きたのかわからないうちに服を脱ぎ捨てていた。その瞳は、唇や手と同じように欲望に燃えていた。アレクシアはヘイデンの舐めまわすような視線を感じながら横たわり、シャツの下から現われた体の動きに合わせて動く筋肉に、驚嘆しながら視線を這わせた。男性の裸体は芸術作品でしか見たことがなかったが、現実の男性の張りつめた硬い体を、彫刻や絵画がいかに忠実に表現していたかがはじめてわかった。

アレクシアの視線が、その完璧さを台なしにするような傷に留まった。長い、しかしとても細い線が右肩から左の腰まで続いている。胴にX字が刻まれかけたように。

「戦争で受けた傷だ。背中にも同じようなものがある」

「でも深くはなかったのね」

「相手にはすぐにこちらを殺すつもりがなかったからな」ヘイデンはズボンを脱ぎはじめたその手を止めた。「怖いか？」

「平気よ」嘘ではなかった。欲望のせいか、まるで自分が別人になったようだった。向こう見ずで、自由な人間に。体がヘイデンを求めている。どこもかしこも敏感になっている。乳房は高々と盛りあがり、早くヘイデンに触られ吸われたいと疼いている。恥ずかしさなんて、どこかへ置きざりにしてきてしまった。

どうやら、いましがたの判断は早すぎたようだ。男性の体のある部分に関しては、芸術家たちは正確でなかった。もちろん、そこを固く屹立《きつりつ》させている男性の像を見たことはないけれど。

ヘイデンはアレクシアの上におおいかぶさるようにベッドに膝をつき、再び唇を押し当ててきた。舌先でアレクシアの唇と歯をつつき、アレクシアの舌を誘いだす。アレクシアは恐る恐るヘイデンと舌を合わせ、そして彼の唇のきわ、口のなかへと進めていった。その触れ合いにアレクシアは驚嘆した。自分の一部が、彼のなかに入っている。

ヘイデンは胸もとに顔をうずめた。舌で乳首を転がす。アレクシアは歯を食いしばり、体をのけぞらせ、自分を差しだし、そしてヘイデンを求めた。ヘイデンの頭が体のあちこちを動きまわってありとあらゆる部分が舐められているというイメージが、衝撃のように浮かぶ。

アレクシアは自分を落ち着かせようとヘイデンの肩を摑んだ。しかしなんの足しにもならなかった。何かが変わってしまって、アレクシアにはもうどうすることもできない。馬車での出来事が、飢えの種類を変えていた。さらに深いものに。もっとと懇願する声は、いまやはっきりと求めるものを理解している。突きあげるような衝動と、渇望は、ひとつの目的地を目指している。

ヘイデンの口と手で乳房をなぶられると、アレクシアはすすり泣きのような声をあげた。これ以上この快感が高まることなど不可能だと思っていたのに。もっと、もっと高まりゆき、アレクシアは完全に屈服した。手をヘイデンの肌に這わせ、胸に重ねると、傷跡はほとんど感じとれなかったが、それでも恍惚となっている意識を貫いた。忘我へと続く道にできた段差のように、閉じたまぶたの向こうにいる人間が誰なのかを思い出させた。

頭のなかにその人物がいるのを感じた。その顔と匂いは、アレクシアを別人へと変えた暗い秘密を知っている。時の流れない靄《もや》のなかへ呼びかけてくるその声に耳を傾けているうちに、アレクシアの腿のあいだの熱い部分へと下りていった指が、愛撫を始めた。迎え入れる準備をさせるために。《今夜ゆっくりやりなおそう。でもいまは君がほしい》

今回は痛みはなかった。まったく。押し入ってきたもので、渇望が慰められる。自分を支配しようとしてくるヘイデンに感じたのは、怖さではなく興奮だった。ヘイデンが動くと気持ちよかった。そのリズムは痛みをやわらげてくれ、空虚な穴を埋めてくれ、容赦ない切実な欲望に新たな火をつける。ゆっくりと、いっぱいに入ってくるヘイデンに、アレクシアはすべてを奪われ、しだいに激しく突かれると叫び声をあげた。

まだよ、もっと。狂おしい熱望でアレクシアは錯乱した。馬車のなかで感じたものに似ていたが、今回はもっと激しくなっている。自分の求めているもの、自分の核が泣き叫ぶように欲しているものが何なのかを、もう知っているから。

ヘイデンは体勢を変えた。手をふたりの体のあいだに滑らせる。ヘイデンに触れられ、アレクシアはいや増す速度で絶頂へと至り、そして落ちて、落ちて、暗い至福のなかへと落ちこんでいった。

ダイヤモンドだ、とヘイデンは決めた。アメジストは陳腐だ。

アレクシアの呼吸に耳をくすぐられながら理性を取り戻したヘイデンに、ようやく浮かんだまともな思考だった。

ヘイデンは腕をついて上半身を起こした。アレクシアはまだまどろんでいる。瞳を閉じ、唇がかすかに開いている。エクスタシーが彼女を驚くほどやわらかくしていた。聡明なウェルボーン嬢の理性に縛られていた少女が、ようやく現われてきたようだった。

ヘイデンの視線に起こされたように、アレクシアのまつ毛が揺れてまぶたが開いた。強い共感がふたりのあいだを流れた。そして日の光がそこへ入りこみ、かすかな気恥ずかしさを作りだした。

これが今後のふたりを表わすものなら、彼女を選んだのは幸運だった。彼女は率直な物言いもするが、自分の情熱にも正直だ。ヘイデンに怒りを持っていても、欲望を否定はしない。こんな女はいない。

「馬には乗れるか？」アレクシアをもっとよく見られるように、体を離して尋ねた。その視線に乳房を愛撫されたように感じてアレクシアは顔を赤らめた。理性が戻ってくると、あんな勇敢さはどこかへ行ってしまっていた。

「小さいときには。破産する前までは、父は立派な馬を持っていたの」

破産。その言葉は宙を漂った。口調は穏やかでとげとげしさはなかったが、それでもその言葉はアレクシアのまわりに石壁を積みあげようとしていた。以前にも経験していたのか。ならばティモシー・ロングワースの没落は、悪夢がよみがえったように感じられたことだろう。

「賭けごとか？」

アレクシアは首を振り、自分の体を見おろした。アレクシアは顔を赤らめて目を閉じた。そして自分のなかに閉じこもった。裸でいることが破廉恥だと感じられないように。女とは興味深いものだ。とくに彼女は。

ヘイデンはベッドカバーを引っ張って彼女にかぶせてやった。「酒か？」

「投資。莫大《ばくだい》な富の約束。あなたとは違って、父には運も判断力もなかったわ。ベンジャミンのお父さまに誘われて、深入りして、ふたりとも溺れてしまったの」

「亡くなったとき、君には何も遺《のこ》さなかったのか？」

「土地は別の従兄に渡ったわ。でもその奥さんはわたしが一緒に住むのをいやがって、それでベンジャミンに手紙を書いたの。お父さまがしたことを申し訳なく思って、一緒に住まわせてくれるんじゃないかと思ったから。でも従兄妹たちはもっと素敵な人たちだった。申し訳なさというより、善意でわたしを受け入れてくれた」

アレクシアの、いっとき前の激しいキスで濃く色づいているバラの唇が、ほほえんでいるような形になった。まだ瞳は閉じている。あの悦びを拒絶してるわけではないが、それを与えた男のことは否定したいのかもしれない。

「ルールを破ってしまったわね」アレクシアは言った。「ベッドのなかでは従兄妹たちのことは話さないって言ってたのに」

「たしかに。でもきっかけは僕の質問だ」二度とこんな過ちは犯さないことにしよう。でも、後悔はしていなかった。アレクシアのロングワース家への愛が、より理解できたからだ。

日の光と会話とで、恍惚の余韻も消え去ってしまった。アレクシアには、いまはもうヘイデンがそばにいることが疎ましかった。ヘイデンはベッドカバーをはいで立ちあがった。

「メイドを呼んで、風呂の準備をさせるといい。夕食の前に屋敷のなかを案内しよう。明日、馬で領地を見に行こう」

ヘイデンは近侍を取りにこさせると言って服をそのまま残し、衣裳部屋の向こうの自分の部屋へと大股で歩いていった。しかし、アレクシアの顔に浮かんでいた表情が頭に浮かぶと、こう言い置かなければ気がすまなかった。

「アレクシア、君の自由な情熱はうれしい。僕は女性の臆病さが美徳だとは思っていない。だが、かといってなんでも受け入れる必要はない」そして、部屋から足を踏みだしながら付け加えた。「生活できるのは結婚した娼婦のように振る舞う見返りだと考える必要はない」

アレクシアはシーツを体に巻きつけて起きあがった。そしてヘイデンをまっすぐに見つめた。ヘイデンの好きな正直さで。「あなたはわたしを愛してるわけではないし、それはわたしもそう。でも……」アレクシアはベッドを見まわした。「これは楽しかったわ。わたしたちが分かちあったものは、結婚のいい土台になるのかもしれない。分かちあえていられるかぎり、この結婚が本物だと自分をだますことはできると思うの」

14

「ロンドンを発ったときとは別人になったような気がするわ」アレクシアはロンドンへ入った馬車のなかでそう言った。

肉体の悦びに目覚めたことを言っているのだろう、とヘイデンは思った。ヘイデンが乱暴に扱おうがじっくりいじろうが、アレクシアは不満を言わなかった。その幸せな従順さからは、アレクシアがどれだけ勇敢になろうとしているのかも感じた。とても勇敢に。この数日はそれを示すものだった。

ヘイデンの結婚した娼婦は、十分に満足しているように見えたが、さほど変わったようには思わなかった。アレクシアは言いながらいたずらっぽい笑みを浮かべていたが、浮き立っているようには見えなかったし、性的な変化以上のことを意味してはいないように思えた。《妻よ、どう別人になった？》自分が絶頂に達してアレクシアの上に倒れこみ、意識を失ったようになっているとき、アレクシアも同じようにあの大きな、何も見えなくなるような、祈りだとか詩の一言が口をつくような、あの満足感を感じていただろうか？　あの名もなき、頭がいっぱいになって破裂してしまいそうな、相手のことを、体と汗とで予感したことを知りたいという切望を、彼女も感じていただろうか？

今日のアレクシアは美しかった。とても愛らしかった。とても温かだった。でも、ふたりで情熱を交わしあったときに学んだことがあった。彼女のなかに入っていき、あの吸いこまれそうな菫色の瞳の奥をのぞきこんでいくと、影がベールのように降りていてそれ以上踏みこむのを妨げられてしまうのだ。知りたいという切望に突き動かされてアレクシアの望まないところまでのぞき、いささか踏みこみすぎることも何度かあった。するといつも壁が現われて、それ以上の侵入を阻むのだった。

その壁の向こうには、まだ先があるはずだ。

「叔母さまはもう侯爵の屋敷に移られたでしょうね」

「クリスチャンが部屋にこもりきりになっていても、驚かないな」

「後悔していらっしゃるってこと？」

「一度腰をおろしてしまえば、何があってもヘンリエッタ叔母さんを追いだせないのはわかってるからな」

「なら、わたしたちによくしてくださるためでも、叔母さまを招いたのは変ね。ただでさえ損な結婚だとわかっているはずなのに」

「君がやりやすくなるならと考えたんだろう」ヘイデンはアレクシアの手を取ってキスした。

「損な結婚と言ったが、紳士としては試すことはできないが、僕たちの夜の生活を聞けば、いい花嫁を選んだと、さぞ妬まれることだろうな」

「喜んでもらえてうれしいわ」

ヘイデンはアレクシアの目をのぞきこんだ。外向きの表情しか見えない。アレクシアとの結婚生活は、日が昇っているあいだは、穏やかなものになるだろう。ヘイデンが心地よく生活できるよう気を配ってくれるだろうし、子供を産んでくれるだろうし、誰かほかの男が現われてその心を奪っていかないかぎり、忠実でもいてくれる。情熱はベッドに入るまで取っておき、そこではアレクシアも、自分と肌を重ねている男を愛していないことも、その男に不適切にも誘惑されたことも忘れられる。

損な結婚ではない。まったく。これより恵まれている男などそうはいないだろう。それに……このすばらしいウェルボーン嬢への好意が、この数週間で大きくなっていて、抱きあって温められるのが体だけではないことを、否定できなくなってもいるのだった。

共犯者のような歓びの色を浮かべてしまったせいで、フォークナーの礼儀正しい表情が崩れた。「お帰りなさいませ、奥さま」

お帰り。屋敷に一歩足を踏み入れただけで、アレクシアは使い古したショールを巻きつけたように心がほぐれるのを感じた。この数週間、アレクシアの人生は強風にあおられていた。

ケントでの数日は、初めての経験と、思ってもいなかった親しみを感じることばかりで、怖《お》じけてすらしまいそうだった。

ただし、戻ってきたのは、かわいそうな従妹でもなく、家庭教師でもなく、女主人としてだ。どれほど慣れ親しんでいるとはいえ、変わらないはずがない。召使いたちのおじぎを見ても、それは明らかだ。

ヘイデンはアレクシアを連れて書斎へと入った。

「侯爵の屋敷に行かないといけないわ」とアレクシアは言った。「キャロラインの授業の予定を立てないといけないから」

「まだ続けるのか？　辞めてもいいんだ」

「あなたがオックスフォードに来たあの日、何はおいてもキャロラインの授業を続けさせたがってるものと思ったけど」

「あの日持っていったネックレスは、前日の夜に金庫から出したんだよ、アレクシア。君がヘンリエッタ叔母さんに屋敷を出ていくと言わなくたって、同じ話をするつもりだった」

そう言われて、アレクシアはヘイデンへの警戒心が溶けていくのを感じた。その話になるきっかけとなった屋根裏部屋での出来事に触れないでくれたのはありがたかった。でもこんなふうに真実をぼかしておきたいと本当に思っているのか、よくわからない。ベッドで一緒にいると、現実が頭からこぼれ落ちてしまうが、ベッドの外までそんな幻想を持ちだすのはばかげているような気もする。

「キャロラインのお手伝いは続けたいわ。新しい家庭教師に慣れるには時間がかかるでしょうから」

「なら、午後にしよう。君がキャロラインと話してるあいだ、僕は兄さんたちがヘンリエッタ叔母さんの侵略に耐え抜けてるか確かめることにしよう」

「それはわざわざ今日しなくてもいいことだわ」

「結婚して初めての訪問なのにひとりで行かせるわけにはいかない。それに、明日はシティに行く用事がある。面倒を見ないといけないことがあってね。少しほったらかしにしすぎた」

アレクシアの腕のなかで何か考えこんでいるように見えたのは、そのことだったのだろうか？　アレクシアの体のなかでとろけ、その吐息で心を奪っているさなかに、その用事とやらに思いを巡らせていたのだろうか？　たぶんそうなのだろう。ふたりの心が体と一緒に溶けあったと感じられたのは、アレクシアが自分と外の世界との境目を失っていたからというだけなのだろう。

この結婚のことをきちんと整理して、何が本当のことで何がそうでないのかを確かめるには、少し時間がかかりそうだ。ひとまず、ヘイデンが用事のことを話したのはひとつの変化の前触れだった。今後、ふたりは別々の生活を送るのだ。ケントでのようにふたりで過ごす日々は、もう終わった。

ずっと続くと期待していたわけではなかった。普通の夫婦はそうはしない。でも、ヘイデンのことをよく知るチャンスが得られたのはよかった。ヘイデンのなかの本当の彼のことを。

本当の彼は、表の顔とそう変わることはなく、しかしもっと複雑だった。本当の彼は、アレクシアが言う大して面白くもない冗談に声を立てて笑う。日中には日中の、夜には夜の役割を果たすことを命じながらも、その接し方は優しい。ベッドのなかでは、温かい。その温かさは彼の力を弱めることなく、むしろより強めて、アレクシアはそれに震えたのだった。彼はこれまで経験したことのないような安心感で包んでくれた。教会で彼が約束したこと、自分といれば安全だということを、信じてもいいような気がしてきていた。

手紙の分厚い束をリボンできっちりまとめたものを手にしたフォークナーが、書斎に入ってきた。

「イースターブルック侯爵から昨日届きました」フォークナーは言った。

ヘイデンはリボンをほどいて手紙を開いた。

「フォークナー、出かけていたあいだにほかに手紙は来なかった?」アレクシアが尋ねた。

「いえ、奥さま」

アレクシアの心は、長く悲しいため息をついた。従兄妹たちは怒ってるんだから。すぐに許してもらえるはずはないんだから。それでも、返事さえこないとは思っていなかった。非難や怒りの言葉で満ちた手紙のほうが、沈黙よりましだ。まるでアレクシアはもうこの世の人間ではないと思っているかのような反応だった。

ケントにいたころは、そういう喪失感に浸らずにいられた。そんな暇はなかったから。ヘイデンは机の近くに腰をおろした。北向きの窓から漏れる光が、その頬を優しく照らしている。その姿を見ていると、官能的な思い出がよみがえりどきどきした。

「そのうちやってくる。もう少し待つことだ」ヘイデンは自分の手紙から視線を動かさないまま、言った。アレクシアのほうを見なくても、何を考えているかはわかった。

「もう一度手紙を書こうかしら」

「そうしてほしくはないな。あの恐ろしいヘイデンと結婚したことを許してほしい、と従兄妹たちにもう一度懇願されるのは気分のいいことじゃない」

それは命令ではなかった。しかし夫から妻へ、あるべき振る舞いを示したものではあった。よい妻ならそれに従うものだし、アレクシアはよい妻になると約束しているのだ。でも、こんな個人的なことにまで口を出されるとは思っていなかった。

ヘイデンが抗議を予想して構えているのはわかったが、アレクシアは反論しなかった。従兄妹たちの許しを懇願したこともないし、これからもそうするつもりはない、とわざわざ説明しなかった。夫としての権威を見せつけられたことで、その自尊心が波立つのをなだめてやりたいという気も薄れていた。

プロポーズしたとき、友人関係に口は出さないと約束したのに。従兄妹たちは一番大切な友人なのだ。一度言ったことは守ってもらう。

それに、従兄妹たちが向こうからやってくるまで待つつもりはなかった。いつまで待ってもやってきてはくれないだろう。

ヘンリエッタは、侯爵家の屋敷にすっかり落ち着いたようだった。ヘイデンたちを迎え入れたその態度からは、自分のことを客人というより女主人だと思っているらしいのが窺えた。ヘンリエッタはふたりを客間に通した。そしてアレクシアをうれしそうに見つめ、女同士の秘密を交わすようなほほえみを向けてきた。「とても合った人との結婚だったみたいね?」ほのめかすような口調に、アレクシアは思わず顔を赤らめた。「ええ、とても合っていると思いますわ」

ヘイデンは、ヘンリエッタからの質問の嵐をアレクシアひとりに押しつけるように、ぶらぶらとそのあたりを歩きだした。キャロラインがやってきて、ヘンリエッタはむきだしの好奇心を抑えたが、しかし尋問はやめなかった。

「ケントは楽しかった?」

「とても素敵な場所でしたわ」

ヘンリエッタの視線が、窓のあたりをうろついているヘイデンのほうへちらと動いた。

「満ち足りてるようだわ」

キャロラインも同じように見やった。「たしかにそうね。前ほど怖くないわ」

「軍神マルスを手なずけられるのは、ヴィーナスだけなのよ」ヘンリエッタは甘い声を出した。

キャロラインはその隠喩に戸惑ったように眉を寄せた。アレクシアはヘンリエッタのにやにやとした笑いに癇癪を起こしてしまいそうになった。「わたしはヴィーナスじゃありませんわ。それにヘイデンも、マルスには少し賢すぎますし。でも、満ち足りてると感じていただけたのなら、うれしいですわ。ヘンリエッタ叔母さまもそうされてきたように、わたしも妻としての役目をきちんと果たすつもりです」

「役目を果たすのをとても楽しんだものよ、アレクシア。あの喜びがなくなってしまって寂しいわ」

「わたしもきっと楽しめるわね」キャロラインが言った。「アレクシアが出かけてるあいだ、ディナーパーティーを開くためには何をしなきゃいけないか、全部教わったわ。女主人の役目を務めるのはとっても楽しそう」そしてまた眉根を寄せた。「でも休暇を取っていたんじゃなかった？　ケントでパーティーを開いたの？」

「別の役目のことをお話ししてるのよ」ヘンリエッタが言った。

「お母さまがいつか教えてくださるわ」アレクシアは言った。「授業をいつから再開するか決めましょうね」

キャロラインは鼻に皺を寄せた。ヘンリエッタが予定を検討しはじめたが、都合のよい日はなかなかなさそうだった。ヘイデンは、自分の満ち足り具合から話題がそれたと知ると、何気ないようすで戻ってきた。

なんとか予定が決まりだしたとき、クリスチャンが部屋に入ってきた。その姿にアレクシアは驚いた。ウェストコートもクラバットも身につけていないし、フロックコートにはボタンがかけられておらず、白いシャツがまるまる見えてしまっている。着ているものの裁断や生地の優美さがなければ、常々まともな服に不足しているかのようにも見えるだろう。ヘイデンは兄のくだけた格好に驚いていないようだったが、ヘンリエッタは目をぐるりとまわした。

「なんてこと、クリスチャン。そんなだらしない格好で屋敷のなかを歩きまわったりしないと、昨日約束したはずだわ」ヘンリエッタは言った。

クリスチャンの顔つきは穏やかなままだった。「叔母さんはご自分の意見を口にしただけです。僕は同意したとは言ってませんよ」

「そんな格好で迎えられて、アレクシアはショックを受けてるわ」

「ショックを受けたかい？　それとも侮辱されたように思ったか？　まだ謝るのに遅くはないかな」

「ここはあなたの屋敷ですわ。ショックや侮辱なんて、とんでもない」

「ありがたい言葉だ。女性がみな君のように賢明で、心が広いといいんだが」

ヘンリエッタはあきれはてたというように頭を振り、賢明さと心の広さを持ちあわせていないことを示した。クリスチャンとヘイデンはふたりきりで言葉を交わしながら、その場を離れた。アレクシアはヘンリエッタとキャロラインを、今後の予定を立てる話に引き戻した。

「ヘンリエッタ叔母さん、聖遺物箱はどこにやりました？」クリスチャンの不気味に穏やかな声が投げかけられた。

ヘンリエッタは机のそばに立っているクリスチャンとヘイデンを振り返った。アレクシアはかつてそこに、宝石のあしらわれた聖遺物箱が鎮座《ちんざ》していたのを思い出した。

「この部屋は古典様式で、あの箱はゴシックでしょ。どうしても合わないから、書斎へ移したの」

頭のまわる女であれば、クリスチャンに向けられた視線を受けるなり、きまり悪くなってしまっただろうが、ヘンリエッタはその夢見るようなほほえみを返しただけだった。

ヘイデンが大股で客間から出ていった。少しして戻ってきたヘイデンは、手に聖遺物箱を持っていた。ヘイデンはそれをヘンリエッタに渡した。「もとに戻してもらえますか？クリスチャンにとってこれは特別なものなんです。別の場所へ移そうと思われたときにはご存じなかったとは思いますが」

ヘンリエッタは何か言い返そうとしたが、ヘイデンの硬い表情に押しとどめられたようだった。そして、クリスチャンのほうへちらりと目をやった。クリスチャンは、目の前に飛びだしてきたばかなにわとりを値踏みしている狐のような視線を、ヘンリエッタに注いでいた。

アレクシアは聖遺物箱に手を伸ばした。「よろしければわたしが――」

「だめだ」ヘイデンが言った。

ヘンリエッタはふたりの甥をにらみつけた。そして立ちあがると聖遺物箱を取りあげた。否定されて傷ついたといった、従順だが屈服したわけではないような身ぶりで、ヘンリエッタはクリスチャンのわきを通りすぎて箱を机に置いた。そして頭をつんと振りあげながら、扉のほうへすたすたと向かった。「いらっしゃい、キャロライン。アレクシア、また明日会いましょう」

何が起きたのかとまごつきながらもキャロラインは母親について出ていった。ドアが閉まると、クリスチャンは机に近寄り、聖遺物箱をその中心に置きなおした。

「おかげさまでさんざんな一週間だった。もうごめんだ、ヘイデン」クリスチャンはやれやれといったようすでため息をついた。「エリオットは寄りつきもしない。やつは昼間は図書館、夜はご婦人の部屋に逃げこんでる。俺ひとりで、彼女を相手しなきゃいけない」

「僕たちが別の屋敷を探そう」ヘイデンは言った。「叔母さんが手に負えないのはよくわかる」

「なんとか我慢するさ。おまえの花嫁がしょっちゅう訪ねてくることになるし、社交シーズンが始まれば、俺の平和な時間を台なしにするような余裕もなくなるだろうからな」

「できるだけ来るようにしますわ」アレクシアは言った。

「助かるね」クリスチャンはヘンリエッタから話題を変えた。「弟はすっきりしたように見えるよ、アレクシア。こいつはお利口さんにしてたかな。楽しみも分かちあえたことを願ってるよ。俺たちは、結婚の利点と言えば新婚のベッドの楽しみしかないと学んでしまうような家で育ってきたんだ」

ヘイデンがため息をついて頭を振った。「もっとようすを見ながら、少しずつアレクシアを慣れさせてやってくれないか、クリスチャン。そんな格好をしてるのを目にしただけで今日は十分だ。ローブのまま下りてこなくてよかった」

クリスチャンは自分の服を見おろした。「叔母さんをいい気にさせずにすむのなら、花嫁のためにまともな格好をしてきたんだがな」

「よくわかりますわ」アレクシアが言った。「人をいい気にさせたくないと思うのは、わたしにもあります」

「だろうね。だから君のことはすぐに気に入ったんだ」クリスチャンはそう言って、ヘンリエッタの座っていた近くの椅子に腰をおろした。「今日ももう何通か、おまえ宛てに手紙が来てたぞ、ヘイデン。痛ましくも慎ましい例の発表を先週聞きそびれたんだろうなあ。先に送っておいた一山には招待状がかなり混じっていたようだったから、ご婦人がたのあいだではとっくに広まったものと思ったが。ヘンリエッタ叔母さんによると、並みいる女性を差し置いて見染められたのはどんな女なんだと、噂になってるようだよ」

「すぐにわかるさ。基本的にどの招待も受けるつもりだ」

「アレクシア、どんな人間なのか探られるのは怖いかい？」

「少し。でも、早めに終わらせてしまったほうがいいですから」

「賢明だな。彼女は本当に分別があるな、ヘイデン。軽薄な風潮が男にも蔓延《まんえん》してるロンドンで、彼女みたいな女性に会うとほっとするよ」

ふたりはしばらくその部屋に留まった。兄弟は政治とスポーツのことを話した。会話はアレクシアを挟み、包むように交わされていた。クリスチャンが自分のために長居してくれているのがアレクシアにはわかった。自分を歓迎していると伝えようとしてくれているのだ。

もしくは、賢明だと思っている人間とは、同席しても苦にならないということだろうか。

心にもないお世辞やおべんちゃらを口にしない男性からの、褒め言葉だ。世のなかの女性たちが求めている褒め言葉ではないかもしれないけれど。

賢明。美しいだとか、魅力的だとか、気が利いているというのではない。賢明。なんて冴えない言葉だろう。《そうよ、だってわたしは賢明な人間ですもの。現実主義の鏡。どこまでいっても冷静。この新しい夫と経験した情熱的なことだって、自分ではどうしようもないことを受け入れた結果でしかないもの。ばかげた衝動と、血の通わない実用主義で決まった結婚にしては、ふたりともよくやってるわ》

アレクシアはヘイデンを見た。ヘイデンはまだしばらく腰をあげそうになかった。兄との会話を楽しんでいるようだ。

しかしアレクシアの視線を感じたのか、ちらと眼を向けてきた。温かみがその表情をやわらげ、瞳の奥でふたりで交わしたものを思い出しているのが感じられた。

甘美なその数秒のあいだ、夜の妻としての生活が、昼の生活にまで押し入ってきた気がした。そのとき、アレクシアからは賢明さなど消えてしまっていた。

その夜、ヘイデンはアレクシアと一緒に床へ向かわなかった。アレクシアは書斎で手紙を書いているヘイデンを残して、部屋へあがった。ジョーンが寝室で待っていた。昼のうちに、メイドとして働くべくケントからやってきたのだ。気の合うメイドがいるのに、新しく別に探さなければならないなんてばからしいと思い、呼び寄せたのだった。ジョーンは与えられた仕事と、ロンドンに出てこられることに大喜びだった。

ナイトドレスに着替え、髪にブラシを当てるのをジョーンが手伝ってくれた。ジョーンを下がらせると、アレクシアはベッドへ入った。

この屋敷で過ごしているあいだ、この部屋を使ったことはなかった。ロザリンも女主人の部屋は使っておらず、最初はベンジャミンの妻となる人のために、そして次にティモシーの妻となる人のために空けてあった。この部屋はヘイデンの使っている主寝室につながっている。

アレクシアは頭上にかかっている象牙色の天蓋を見つめた。ベッドでは従兄妹たちのことを考えないという約束だったが、いまヘイデンはいない。先週は、まわりで起きている出来事のおかげで思い返さずにすんでいたが、いまはひとりきりだ。昔、このベッドに眠ることを夢想していたとき、相手は別の男性だった。ベンジャミンのことを思い出すと、アレクシアはどんどん高くなる彼との思い出の波のなかに引きずりこまれた。

その思い出に感じたのは、近しい従兄への好意以上のものではなかった。ベンジャミンへの気持ちは、屋根裏部屋であの手紙を見たときからぐらついていた。彼にとっては手ごろに遊べる大勢のうちのひとりでしかなかったのかと思うと、胸がずきんと痛む。ベンジャミンが自分に対して慎重だったのは、アレクシアのことが家族に知られてはいけないような不名誉なことだからだとは、思いもしなかったのに。

でも、そうだったのだ。ベンジャミンが本当に愛していたのは、将来妻として迎えるつもりなのは自分だったのだと、アレクシアのプライドは、信じたがっていた。あの手紙を送ってきた女性は、結婚するまで彼自身を慰めるための存在でしかなかったのだ、と。心のなかのロマンティックな少女は、何年もずっとその説明にしがみつくことだろう。しかしアレクシア・ウェルボーン、残酷な現実を知りすぎた女性は、そこまで寛大にはなれなかった。でも、その女性のことをもってしてもベンジャミンのことを頭から締めだすことはできなかった。胸をつくような後悔や希望とは違う、別の何かが引っかかっている。最近生まれたベンジャミンへの不信に、気づくと立ちかえってしまっている。彼との思い出が、ぼんやりとしてしまっていた。肝心なところが。

ギリシャへ発つ前にキスしてくれた彼の姿。あのとき彼に感じたのは、高揚感だけだっただろうか？　あのとき、まるで離れていくのが楽しそうな彼に憤慨し、でもその気持ちは抑えこんだ。あのときのことが亡霊のようによみがえってくる。真実から目を背けていたくてついていた嘘から、解き放たれて。ベンジャミンはほほえんで、励ますような言葉をかけてくる。その瞳の奥に、また別の感情が見える。

安堵。ベンジャミンは離れたかったのだ。アレクシアから？　自分の存在はそれほどの大きさもなかっただろう。アレクシアから逃げるのにギリシャにまで行く必要はないのだから。ベンジャミンは、英国から出られるのでほっとしていたのだ。だから戻ってくるとなると落ち込んだのだ。ヘイデンは、ふさぎこんでいたベンジャミンが、いろいろなことに無頓着になっていたと言っていた。それが過ぎたせいで、海へ落ちてしまったのだと。

まぶたを突き刺すようにこみあげてくる涙をこらえた。恋人として、従兄としても、アレクシアは心からベンジャミンを愛していた。こんなことは考えたくもない。ベンジャミンがそんなに不幸せで、絶望していて、それでとうとう……わたしのせい？　わたしとのことが面倒くさくなってきたせいで不幸せになっていたのだとしたら？　それはあまりにも恐ろしすぎる。きっと何かほかのことがあったはずだ。

あの手紙をもっとちゃんと読んでおけばよかった。ベンジャミンの人生にほかの女性がいたこと以外に、もっと何かわかったかもしれないのに。トランクに入っていたほかの書類にも目を通しておけばよかった。今夜アレクシアを苦しめている疑問への回答が見つかったかもしれないのに。あの香水を嗅いだとたん、ベンジャミンは変わってなんかいないという思いにあまりにもすぐしがみついてしまい、あまりにも動揺してそもそもの目的も忘れてしまった。

アレクシアは目をこすり、ぎゅっとつぶったまぶたからにじみだす涙をぬぐった。何度も力いっぱいまばたきをして、再び闇を見あげた。

ヘイデンがベッドの足もとに立っていた。遠くでともっている小さな灯りが、その輪郭を縁取っている。アレクシアは驚いて彼を見つめた。部屋に入ってくる物音には気づいていなかった。

影があずき色の光で命を吹きこまれると、ヘイデンがローブをゆったりと羽織って、おざなりに帯で止めているだけなのがわかった。濃い色の生地がやわらかに揺れている。

「泣いていたのか」

「いいえ。本当よ」そう、嘘じゃない。泣いていたと言えるほどには涙は流れていない。ヘイデンはローブを揺すり落とした。ぼんやりとした光が、その研ぎ澄まされた肉体と体の上で揺れる。なんて美しいのだろうと思わず息を呑んだとき、一時間も頭をいっぱいにしていた考えがかすんでしまっているのに気づいた。

ヘイデンがベッドのなかに潜りこんできた。アレクシアを引きよせ、その顔をのぞきこむ。いたずらめいた予感が、アレクシアの体のなかで震えた。

ヘイデンは唇を重ねてはこなかった。手でアレクシアの尻をしっかりと支え、その存在をいっぱいに感じさせた。摑んだり、もみしだいたりもしなかった。してくれなくてよかった。優しく支えてくれることが、かえって彼の独占欲を能弁に物語っていた。

「なんで泣いていた?」

そんなふうに答えを強要しないで。あなたには関係のないことなのだから。

「あることに関しては夜には話さないでおこうって、約束したわね。とてもいいルールだと思うわ」

ヘイデンの頭がかすかに動いた。その目は遠く、虚空を見つめていた。

「どこか別の屋敷を借りるなり買うなりしようと思ってる。公園の西側にでも。ここに住むのは間違いだった」

「やめて。お願い。この家のせいじゃないの。どこに住んでたって、昔のことを思い出してしまうことはあるわ」

ヘイデンの視線がアレクシアに戻された。何か理解しがたいことを言われたかのように。ヘイデンはアレクシアの腿と脚をさすった。その動きは大きくなり、アレクシアのナイトドレスがたくしあげられた。「今夜は昔の思い出に浸らせてやるべきなのかもしれないが、いやだ」

それで、アレクシアの意識を自分だけに向けさせることにしたのだろうか？　だからヘイデンのキスはあんなにも長く、あんなにも深く、息をすることすら忘れさせるようなものだったのか？　自分に接するヘイデンに、これまではなかったかすかなこわばりがあるのに気づかざるをえなかった。そのキスは、率直というには甘さがなかった。馬車でのように、ヘイデンは強く支配してきた。ふたりのあいだで交わされる情熱が、ただの義務ではないことをアレクシアの体に認めさせようとするように。

アレクシアはすぐに屈服した。そうしたかったから。思いにふけっているとき、とても孤独だった。これまで自分の存在に何がしかの意味を与えてくれたまわりの人たちや愛がとても遠く感じた。ヘイデンとひとつになれるということ自体が、それがもたらす悦びよりも強くアレクシアを誘惑した。

ヘイデンがアレクシアの髪に顔をうずめ、ふたりの肌が押しつけられあい、そのことが愛撫よりもっとアレクシアの胸を疼かせた。ヘイデンはアレクシアを起こすとナイトドレスを頭から脱がし、またベッドへ横たえ、裸のアレクシアの隣りに自分も体を倒した。ヘイデンの手の動きに、アレクシアはうっとりとした。瞳を閉じて、自分の体の上をゆっくりと自信に満ちて動く手を、その官能をたっぷりと味わった。その温かさを体じゅうで感じたかった。触れて、生きている実感を味わわせてほしかった。

ヘイデンはアレクシアの両脚を広げ、そこに体を滑りこませてアレクシアの上におおいかぶさった。アレクシアの体は自然とヘイデンを受け入れるように動いた。でも、興奮のなかにも残念がる声があった。今日はずいぶん早いわ。その前にもっと……

ヘイデンはアレクシアの体の招待に応じなかった。肩に載せられたアレクシアの手を取ると、アレクシアの頭の両側へ押しつけた。抱きあえなくなると、自分の無防備さがまた違ったふうに感じられた。完全に露わにされた乳房は盛りあがり、体じゅうが敏感になってぞくりとする。

ヘイデンはされるがままでいろとは言わなかったが、そう期待されているのはわかった。ケントのときも、望まれたとおりにするのを喜んでいるようだった。でも今夜は、ヘイデンはただアレクシアを従わせようとしていた。アレクシアは、馬車のなかでのときと同じような感覚になった。ヘイデンの醸しだすオーラも似ている。でも、あのときのような優しさは感じられない。

乳房のわきに口づけられると、ぼんやりと残っていた怒りもかき消えた。ヘイデンの唇の温かさ、顔をうずめたヘイデンの髪の毛があたるくすぐったさに、うっとりとなる。こんなふうにしてヘイデンが証明したいものがなんであれ、アレクシアは恍惚とした。やわらかな乳房にキスされると、自分がヘイデンのものなのだと、自分がとても大事な存在なのだと感じられる。

これからヘイデンがしてくれることを予期したとたん、もっととくり返しおねだりをする声が、頭のなかでささやきだした。しかしヘイデンはすぐには応えてくれなかった。ヘイデンの指が唇と交代し、そして乳首がゆっくりと円を描くようになぞられるころには、あまりにも欲しくて痛みすら感じていた。

ヘイデンはその色づいてぴんと立っているものをなでた。体じゅうが快感と飢えでうめく。悦びと不満の混沌がアレクシアを襲うまで、ヘイデンはアレクシアをいたぶりつづけた。アレクシアが下半身を動かそうとしても、体で押さえつけられた。腰を動かして自分を慰めたいというささやかな望みすら叶えさせてくれなかった。

もう片方の乳首がヘイデンの舌で舐められると、耐えがたいほどの甘美な官能がアレクシアを見舞った。下半身に打ちよせる震えのような鼓動はヘイデンの舌で増幅し、すばらしい拷問の波となって幾度となくアレクシアを呑みこむ。

ヘイデンに片方の乳房を責められつづけ、アレクシアは錯乱状態にまで昇りつめた。恥ずかしさも忘れてのけぞり、やめないでと懇願した。

アレクシアは、ただ性の飢えだけが支配する場所へと踏みこんでいった。ヘイデンに悦ばせてもらっていること、それを自分が欲していること、それ以外には何も考えられなかった。もっと欲しい。そうくり返す声が体のなかで反響している。心臓のなかで脈打ち、血管へ流れこみ、脚のあいだ、自分自身が待っているところ、からっぽで不完全なところ、疼き震えているところが痛いほど感じている。

ヘイデンが体を離すと、そこが湿っているのを感じた。アレクシアのなかから涙のようにあふれてきたものでつるりとしている。アレクシアは体を下へ動かした。ヘイデンが入ってこられるように。

「動くな」

下へと動いたのはヘイデンのほうだった。アレクシアの体に熱い唇を這わせながら。ヘイデンが自分の腰を摑んだまま、もっと下へと動いていくのを知って、アレクシアは眉をひそめた。まさか——そんなことを——

ヘイデンの唇の熱さを茂みに感じたとき、アレクシアは驚いた。腿の内側に口づけられると、ショックで息ができなくなった。脚のほうを見下ろすと、ヘイデンが恥ずかしいところにまで動いていて、あまりにもそばに——小さな灯りが目にとまった。ヘイデンに、見られている。

ヘイデンは大事なもののようにそっと、アレクシア自身に触れた。天から降ってきた歓喜の槍に貫かれ、アレクシアはショックすら忘れてしまった。

「アレクシア、キスさせてほしい。いやなら断わってもいい」

キス？　止めなくてはという思いも、手で隠したいという思いも、もう一度愛撫されるとどこかへ消し飛んでしまった。その官能に全身が貫かれる。アレクシアは自分から差しだすように腰を突きあげた。

キスではなかった。キスどころではなかった。実際にヘイデンがその唇と舌でしてくれたことは、あまりにも深く驚異的な快感で、アレクシアは思わずあえいだ。ゆっくりと、長い時間をかけて達しようとしていたアレクシアは、そのまま爆ぜて、闇に叫んだ。

叫び声が響き終わるのを待たずにヘイデンはアレクシアを腹ばいにし、なかへ入ってきた。マットレスにしがみつくアレクシアの体に、おおいかぶさった。入るのに許可を求めたりはしなかった。アレクシアはすっぽりと包みこまれ、あらゆる部分がヘイデンに触れていた。完全に支配されていた。ヘイデンに突かれ、ふたりがひとつになっているところが絶頂に震えつづけた。ヘイデンが果てたときにも、まだそこはどくどくといっていた。

ヘイデンは長いこと動かなかった。硬い胸板をアレクシアは髪と肩に感じ、体の重さを腰に感じた。体を支えるために上のほうに突いていた手が近づいてきて、アレクシアを抱きしめた。ヘイデンに支配されているようにのしかかられていることも気にならなくなるほど、アレクシアは力を使い果たしていた。でも怖くはなかった。怖かったことなどなかった。ひどいことをされたとも感じなかった。ヘイデンの欲望には、冷たさや無関心などかけらもなかった。

ヘイデンはアレクシアの背中に口づけ、そして両肩のあいだにも唇をあてた。「君が望むならこの屋敷で暮らそう」そして体を離し、ローブを巻きつけて自分の部屋へと戻っていった。

アレクシアは仰向けになった。まだ弛緩しきっていたが、新しい快感を知ったこと以上のことが起きたのだと気づいていた。

ヘイデンに温かさを、気遣いを感じた……勘違いだろうか？　今夜はただ、この屋敷に残るアレクシアの思い出に邪魔されないかを試しただけなのだろうか。

15

シティへ向かっていると、すがすがしい風のなかにかすかに春の匂いを感じた気がした。ヘイデンは顔を明るい太陽へ向け、その位置を確認した。太陽は、ロンドンの永遠の湿っぽさを取り払おうとする、毎年恒例の望み薄な試みにとりかかろうとしていた。

スレッドニードル通りにあるイングランド銀行の古風な建物の前でヘイデンは止まった。ここでしばしば取引を行なっているが、今日はいつもの仕事で立ちよったのではない。ケントから戻ってくるヘイデンを待っていた手紙のなかに、ヒュー・ローソンからのものがあったのだ。この銀行の出納係補佐だ。

ローソンは、将来性のある投資連合に加わりたいという願いを胸にヘイデンに取り入ろうとしている、野心あふれる青年だった。ローソンの手紙は、ヘイデンからの質問に答えるものだった。はい、件《くだん》の紳士はイングランド銀行に口座を開いています、と彼は書いていた。銀行を訪ねてくれれば、ほかの質問にも答えるとも。

昨晩アレクシアの部屋を出たときには、イングランド銀行に行くのをやめようかとも考えていた。情熱に支配されていると、現実がどうでもよくなってしまうものなのだろうか。寝室に入っていったとき、アレクシアは声も立てずに泣いていた。従兄妹たちに拒絶されたからか？　ヘイデンと結婚して、アレクシアはとてつもない富と、地位と、安全を手に入れた。肉体の悦びも発見し、それを楽しんでいるようにも見える。しかし、アレクシアは彼女に残された家族の愛を失ってしまったのだ。

もっと悪いことに、あの部屋にはほかの誰かの存在も感じられた。アレクシアはベンジャミンを思って泣いていたのかもしれない。屋根裏部屋の手紙はその思い出を台なしにするものだったが、しかし女というものは、真実を知ってもなおろくでなしを愛してしまうものだ。

ヘイデンは、自分でも驚くほどその邪魔者に腹が立った。過去と闘うため、快楽の力を利用した。アレクシアを違う世界に連れていった。ロングワース家が入り込めない世界へ。

ベッドから離れたとき、もう亡霊はあたりをさまよってはいなかった。でももう少しその場にとどまっていたら……ひとりの幽霊が再び漂い現われて、懐古と悲しみとで部屋を満たすのを目撃したのだろうか？

そうだとしても、それはアレクシアだけのせいではあるまい。ふたりの時間にベンジャミンが現われてしまうのは、アレクシアの変わらぬ愛からだけではない。

ベンジャミンについて、知っておかなければならないことがある。直感が警告を発していた。賢い男なら無視する類いのものだが、ベンジャミンが死んだ夜に自分が見放してしまったという強い罪の意識が、真実を求めていた。

銀行に入り、事務所が並ぶ高い円天井のあいだを通りすぎ、階段を下りた。ローソンは、銀行の執務室の下にある小さく質素な部屋でヘイデンを待っていた。

ローソンは共犯者のような顔つきでドアを閉めた。顧客の取引について外部の人間と話すことは禁じられている。その顧客が死んだあとであってもだ。それを破って話してもらえるのはよかったが、今後はあまりローソンのことは信用すまい。

「お問い合わせのとおり、ベンジャミン・ロングワースはたしかに口座を開いていました。実は、まだ口座は残っているんです。かなりの金額が入っています。ご遺族はきっと知らないんでしょうな」

つまりその口座に関する記録は、ベンジャミンが死んでからティモシーが受け取った書類のなかにはなかったということだ。「生前はいくらぐらい入っていたんだ?」

「そのときどきですね。かなりの金額が入ったかと思えば、かなりの金額が出ていくといった形で。繁盛している商売人のような動きでした。輸入業者のような、口座に金が振りこまれるとそれを支払に使ったりするような感じで」

「どれぐらいの金額が引きだされたんだ?」

ローソンは肩をすくめた。「百ポンドのこともあれば、一度に数千ポンドのときもありましたね」

「為替手形で？」

「最初だけです。あとはもっぱら現金で」

「記録を見せてもらえるか」

ローソンはもう一線を踏み越えてしまっていた。ヘイデンの言葉を聞いて、さらに一歩踏みだしていいものやら迷っているようだった。

「ロングワース氏が経済的に追いつめられていたように思えてならないんだ。彼の友人として、そうでなかったことを確かめて安心したい」ヘイデンは言った。「見せてもらえると本当に助かる。どうお礼したらいいかわからないぐらいだ。できるかぎりのことをする」

ローソンの顔から迷いが晴れた。地位と将来の展望を手に入れるために貸し付けを行なう場合、必要なのはその振込先なら安心という確証だけだ。結局のところ、彼は銀行家だった。

ローソンは机の上に積まれたどれも同じような帳簿から、一冊を抜き取った。それを山の一番上に置くと、部屋を出ていった。

ドアが閉まると、ヘイデンはその帳簿を取りあげた。ベンジャミンが最初に入金したのは数年前だった。ダーフィールドの銀行の共同経営権を手に入れた六カ月ほどあとのことだ。最初は少額だったが、しだいに大きくなっている。

ヘイデンは入金の列に指を這わせ、暗算した。四年にわたり、ベンジャミンは五万ドル以上もイングランド銀行に隠していたことになる。サインを偽造し、債券を売り払って手に入れた金はここに入ってきていたのだ。それはヘイデンとダーフィールドが考えていた額を超えていた。ダーフィールドはまだ、売買の記録を追いかけてどれが詐欺によるものなのか見つけるのにてんてこ舞いになっている。あの調子では、すべて調べ終わる前に、脳卒中で倒れてしまうだろう。

六カ月間の入金のあと、出金が連続するようになり、金はいろいろなところへ流れでていった。そのうちいくらかはダーフィールド・アンド・ロングワースの口座に戻っている。おそらくは、何も知らない顧客にそれで配当金を払ったのだろう。だから顧客たちは自分たちの債券がもうなくなってしまっていることに気づかなかったのだ。そのほかにいくらかは個人に支払われていた。あとはブリストルとヨークの地方銀行の口座へ動かされていた。

ヘイデンは出金の記録に目を通した。半分ほど進んだとき、新しい名前が現われてヘイデンの注意を引いた。ほかの名前はとたんに色あせた。その個人には、何度も振り込みがされていた。定期的に、しかし配当金の支払いにしては頻繁すぎる。そして、ベンジャミンが死ぬ一年前にその動きは止まった。しかし、その後もきっかり二カ月の間隔で金の引き出しは続いていた。現金で。

そのパターンがどうにも引っかかった。それはベンジャミンがギリシャへ出発する月まで続いていた。放っておいたほうがいいと頭のなかで警告していた声が、意地悪げに笑っている。

事態は想像を超えていた。ベンジャミンは脅迫されていた。そして英国での最後の一年間に、それはエスカレートしていた。そして脅迫していた人物に彼を引きあわせたのは、ヘイデン自身だった。

「彼のことを訊きたいだなんて、ちょっと遅すぎるんじゃないかしら」フェイドラが言った。「あたしが何を言ったって、あなたはもう彼のものになってしまったんだから」

何が言いたいのかはわかる。《結婚を承諾する前には相談もしなかったくせに、いまさら?》

フェイドラのヘイデンについての意見を聞きたかった。アレクシアは混乱していた。自分ではもうどうにもわからない。夜になって、体を重ね絡ませあっていると、あまりにも強く、すべてを支配されるようなヘイデンとの繋がりを感じる。それが怖かった。夜の生活が、昼の生活よりもっと真実に近いような気がしてきていた。

「ヘイデンのことを知ってたなんて思わなかったんだもの。卸売店の外でばったり会ったときには、初対面だと思ったわ。でも、いま彼のことを冷たい人だって言ったでしょう? だからどうしてそう思ったのか知りたいの」

「ちゃんと話したことはないわ。でも、いろいろと耳にはしてる。それに、そもそもそんな温厚なタイプに見えないことは認めるでしょ」

ふたりはフェイドラのいささか奇妙な喫茶室に座っていた。その部屋をなんと形容したらいいのか、アレクシアにはわからない。サファイア色をしたソファの掛け布はだらりとなっているが、異国情緒にあふれた図柄のショールがぞんざいに置かれていて、やはり豪奢に見える。家具はさまざまな仕上げや様式がまぜこぜになっていて、しかしその折衷が生むばらつきが見る目を楽しませるように配慮されていた。二匹の猫が部屋のなかを自由にうろつきまわっている。黒猫が一匹と、真っ白な猫が一匹。白猫のほうはアレクシアの膝に飛び乗るのが好きなようで、いまはそこで丸まっている。その長い毛が、アレクシアの茶色の外套のいたるところにくっついてしまっていた。

ソファの両わきに置かれたテーブルの上には、本の山ができていた。ピラネージの手によるる不気味な階段のエッチングが壁を飾っている。アレクシアの左にかかっている小さな水彩画が、唯一、普通の芸術好きの人間が持つ類いのもののようだった。透明感のある色で、丘から見おろした湖が描かれている。

「外で耳にすることだとか、育ちのよさからくる物腰とかは、あまり信じないの」アレクシアは言った。

「じゃあ、彼を冷たいとは思わなくなったのね。あなたの従兄妹たちにしたことのせいで嫌いになったっていうのも、克服したのね」フェイドラが言った。「それを聞いて安心したわ。結婚した女は、ベッドの相手を選べないもの。楽しめるなら結構なことよ」

なんでもないような口調でその話題に入っていったが、アレクシアはフェイドラに切りだしてもらってほっとしていた。この数日間、ロザリンとの気兼ねのない友情を失ったことで落ちこんでいた。女には、たまに秘密を打ち明けられる女が必要なのだ。

「たぶん、楽しみすぎてるの」とアレクシアは言った。《嫌っているのを、あまりにもすぐ克服してしまうの。そう、きれいさっぱりすぎるほど》

「変なことを言うのね。悦ぶことが罪深いだなんてばかげたことを考えてるんじゃないでしょうね」

「いいえ」罪深くはない。ただ……危険なのだ。でもそれをフェイドラに説明できなかった。どう言えばいいのかわからないが、ときどき、ヘイデンにすべてを委ねてしまっているとき、自分が魂までも彼に差しだしているような気がしていた。

「でも、愛してもいない人と、そういうことを楽しむのは普通なのかしら？」

「男がそうなら、女だっていいじゃない？」

そうよね、たしかに。フェイドラの言うことがまっとうに思えた。ヘイデンは、喜びが大きすぎるからといって悩んだりはしていないだろう。

フェイドラはもぞもぞとソファにうつぶせになり、片脚をあげた。くつろいで楽しい噂話にとりかかろうという格好だ。

「なんで彼のこと冷たいと思ったかって訊かれたから言うけど、それは彼が世間に披露してるきついユーモアのせいだけじゃないのよ。彼の前の愛人が知り合いなの」

「その人が冷たいって言ってたの？」

「彼女は、彼は恋人にはいいけど、ずっと壁を作られてるみたいって言ってたわ。彼女が寝てたのは、世間一般が見てるような彼。つまり温かみのかけらもない男。それは認めなさいよね。普通は、ベッドのなかでは、別人になるものなのに」

フェイドラが言っていることはわかる。アレクシアも、ヘイデンのなかから別人が現われるのを感じたことがあるから。ヘイデンが、フェイドラの知ってる愛人よりも自分のほうにもっと積極的でいてくれるのだと思うと、心が浮きたつのを感じた。

「きっと、愛人はたくさんいたと思うわ」それに、今後もたくさんの愛人を作ることだろう。そう口にしないだけで。アレクシアとの関係は、彼にとっては危険でもなんでもないのだ。

フェイドラは肩をすくめた。「それがあたり前だもの。彼女は、彼は少し変だって言ってたわ。彼ならあの顔だけでいくらでも誘惑できたはずよ。なのに、愛人を作るたびに、何を求めてよくて何を求めてはいけないか、はっきりさせたがったんですって。そういう契約は楽だけど、ロマンティックな幻想のかけらもないじゃない。娼婦だって、愛があるようなふりをするわ。女はみんなそうよ」

ヘイデンは、アレクシアともはっきりとした契約を交わした。あまりにもはっきりとしていて、妻ではなくて愛人になるよう申しこまれたのかと思ったほどに。

《娼婦だって、愛があるようなふりをするわ》自分がやっているのは、そういうことなのだろうか？　愛があるふりをしているのだろうか？　温かさだとか、繋がっているような感覚だとかは、ひょっとしたら心が作りあげた幻想なのかもしれない。結婚した娼婦でしかないのだという、つらい現実から自分を守るための。

「彼の愛人になる条件で一番おかしいのは」フェイドラは続けた。「女にまず診察を受けさせるの。先に誘惑して交渉はあとからってわけじゃないのよ」フェイドラはテーブルに置かれた皿から小さなケーキを選んでアレクシアに勧めた。「燃えあがってる男の言うことじゃないでしょ？　用心深く、冷たく値踏みしてるのよ」

アレクシアは、ケーキはフェイドラが自分で焼いたものだと知っていたのでひとつ取った。フェイドラは召使いもいないし、掃除婦も雇ってない。彼女の収入ならいてもおかしくないのに。

「お察しのとおり、あなたが結婚するってことを知ってから、いろいろ訊いてまわったのよ」フェイドラは言った。「もちろん彼の家のおかしなことも聞いたわ」

「おかしなこと？」

ケーキを口に運ぼうとしていたフェイドラは、動きを止めて目を見開いた。その姿がおかしくて、アレクシアは思わず笑ってしまった。フェイドラも笑いだし、ケーキの屑が雪のようにドレスに舞い落ちていった。

フェイドラはそれを払いながら言った。「言ったでしょ、こういうことは結婚する前に訊いておくべきだったって。あなたって彼のこと何も知らないのね」

「そんなことないわ」アレクシアは自分のケーキに目を落として口ごもった。

フェイドラは下品に聞こえる笑いを漏らした。「性の目覚めって素敵ね、アレクシア。あなたの現実主義が快楽に打ち破られるだなんて、誰が想像できたかしらね？　あなたが男に誘惑されて、判断力を失うだなんて？　きっとこの次には、彼を愛してる、彼が誰でどんな人間だってかまわないって言いだすわよ」

「何とでも言って。でも、ロマンティックなおばかさんだなんて笑うのはよして。彼の家族が過去にどんなことをしたのかなんて訊かなかったのは本当だけど、だってそれは失礼だもの」

「知っておくべきかもしれない歴史がある。聞いたところでは、彼のお母さまは何日も、何週間も、部屋に閉じこもっていたんですって。ひどいふさぎの虫だったのかしらね。でも、彼女には文才があったらしいから、むしろ作品を作るのに没頭していたのかも。亡くなる前の数年は、田舎の屋敷に完全に閉じこもってしまったんですって。頭がおかしくなったんじゃないかって言ってる人もいたわ。家族が引きこもるときは、往々にしてそれが理由だったりするから」

「本当だとは思えないわ。それならわたしに話してるはずよ」

フェイドラはこぼれ落ちた屑をスカートから払い落した。「そうかもしれないわね。ただ、今度はイースターブルック侯爵がおかしくなってるから、またその噂が復活してるの。そういう話が好きな連中は、いつかイースターブルック侯爵も母親みたいになるって信じてるみたい。でもね、彼女がいつどうして身を隠したのかにもいくつか説があって、あたしはそのなかのひとつが好みよ」

「どんな説が？」

「たとえば、芸術に身を捧げたんだ、って言う人もいるわ。外の世界を締めだして何かを作りあげようって思いが強くなって、だから社交界から姿を消したんだって。芸術肌の人たちはこっちの説明のほうが気に入ってるみたいね」

「でもあなた自身はあまり信じてないみたいね」

「女が作家になるのに、隠遁《いんとん》する必要はないもの。社交界から完全に消える必要もないし。彼女は本当に完璧に、二度と姿を見せなかったのよ」

「それで、あなたが気に入ってるのはどの説なの？」

「あたしの知ってる事実に当てはまるものはどれでも。病気だったのかもしれない。梅毒とかね」

アレクシアはぽかんとフェイドラを見つめた。フェイドラはその沈黙を誤解したようだった。

「梅毒っていうのはね――」

「その病気のことは知ってるわ。子供じゃないのよ」

「ヘイデンがまず診察を受けさせたっていうのも、それで説明がつくじゃない。あの症状を小さいころに見てしまったのなら、普通の男より怖がるのもわかるわ。女が欲しいけど、一緒に寝ても死なないって確証を持てるまでは行動に起こせないのよ」

あの一回を除いては。屋根裏部屋の床で、彼は何もわかっていないのに行動を起こした。アレクシアが処女だということも知らなかった。彼はあの日、そんなリスクのことはちっとも考えてはいなかった。

アレクシアは考えを整理しようとした。「お父さまも？」

「それらしきことは何も聞かなかったわ。もちろん、発症するまですごく時間がかかって、亡くなるまでわからなかったのかもしれないけど。ただ、この説にはひとつ欠陥があるの。だから、これから言う説のほうがもっともらしいのよ。ヘイデンのお母さまは、夫の命令で引きこもったんですって。彼女自身の意思ではなく。田舎の屋敷に送られて、囚人みたいに過ごしたんですって」

「エールズベリー・アビーを牢屋だなんて、とても言えない」

「どんな場所だって、閉じこめられて好きに出ていけないのなら、牢屋なのよ。夫にその力があって、妻を世界から遠ざけておきたいと思うなら、夫はそうできるんだもの」

「それは違うわ。そんなひどいことをする理由なんてないじゃない」

フェイドラは、世間知らずの子供を見るようにアレクシアを見つめた。「理由はたくさんあるわ。どこでも起きてることよ。妻をほかの男から遠ざけるためにそうするの」

「作品を書きたかったからというのが、もっとありえると思うわ。あなたも何か書いたらいいんじゃない？　ひとりになりたくなった、田舎で暮らしたくなったかわいそうな女性のことでそんなに想像力を働かせられるんだもの」

フェイドラは立ちあがり、壁に立てかけていた大きな画集を持ってきた。「そうかもしれないわね。でも、花婿のことは、悦びに目をくらまされてはだめよ。彼の亡くなったお父さまは、厳しくて情容赦のない、いくらでも冷酷になれる人だったって聞いてるわ。それに、ヘイデンはそのお父さまに性格が瓜ふたつだって言う人もいる」フェイドラはソファに座って画集を膝の上に開いた。「さあ、この絵を一緒に見ましょうよ。新しい友だちの作品なの。かなりの才能だと思うわ」

アレクシアが屋敷に戻ると、フォークナーがやってきてヘイデンは夕食には帰らないと伝えた。何の説明もなく、アレクシアも尋ねなかった。でも、どこへ行ったのだろうといぶかしくは思った。自分でも何か予定を入れておけばよかった。そうしたら、ヘイデンとは別の人生を送るという権利をもっとはっきり示せたのに。

ひとりで何時間かを過ごし、アレクシアは早めに部屋へあがったが、自分の寝室にではなかった。思いきって以前使っていた部屋へ入ってみたのだ。服や洗面道具などは移されていたが、自分のものをすべて運びだすようには召使いに言っていなかった。

最初は、見知らぬ部屋のように思えた。一年も離れていたかのように。部屋のなかを歩きまわり、まだ残っていた数冊の本、自分を待っていたかのような便箋《びんせん》に触れると、部屋は温もりを取り戻した。

深い籠が目にとまった。書き物机の下にしまいこまれたその籠に、アレクシアは吸い寄せられるように近づいた。婚約した直後にブランブル夫人から注文が入り、もう必要のないことだったが結婚式までに仕上げたのだった。仕事は楽しかった。帽子を形作るのに集中していると、不安定に飛び跳ねる感情をなだめることができた。

アレクシアは籠を持ちあげて、なかのリボンや糸に指を触れた。衣装ダンスには、卸売店で買ったダンスタブル産の麦わらがいくらか残っている。もう自分で帽子を作る必要はないが、今日みたいな夜にはいい気晴らしになるかもしれない。楽しいことが起こるのを待つしかないような気分にもならずにすむかもしれない。

アレクシアは作業に没頭した。頭の部分をどういう形にするか悩み、つばを大胆に変え、色を選び――どれもがアレクシアの心から重しをはずしてくれた。

真夜中近くになって、アレクシアはしぶしぶながら手を止めた。そして寝室に戻ったとき、ヘイデンが戻ったと告げる声がかすかに聞こえた。この街では夜に大した遊びはできない。

安堵に体がほぐれた。自分の反応があまりにもはっきりとしていて、あまりにも心からのものだということに気づいて、アレクシアは思わず息を呑んだ。瞳を閉じて、自分の正直な気持ちを確かめた。そして出た答えは、あまりうれしいものではなかった。

アレクシアの心は、ヘイデンがいつ帰ってくるだろうか、本当に帰ってくるのだろうかと固唾を呑んでいたのだ。フェイドラは、ヘイデンには愛人がいたと言っていた。それに、いつかまた新しい愛人を作るのも間違いない。アレクシアは、ヘイデンがすでに誰かを見つけたのではないか、もしくは結婚前から誰かがいたのではないかと、密かに怯えていたのだ。

せつなくて、胸が締めつけられるような安堵が、それが気がかりであったことの証拠だ。しかしそうだったとしても、気づきたくはなかった。これはまったく現実的な反応ではない。自分の人生に不満を感じたり、抵抗したりするようなことは、もうとっくに諦めたはずなのに。自分では変えられないようなこと、どうしようもないようなことに反発したところで、もっと不幸になるだけだ。

なのに、アレクシアは反発していた。いや、心がそうしていた。そしてそれを黙らせることができない。ヘイデンがほかの女性に情熱を向けるのがいやだった。そんなヘイデンの姿を想像するだけで、胃がねじれてしまいそうになった。

ジョーンは待たせていなかったので、アレクシアは自分で服を脱いだ。ベッドに滑りこみ、ドアが開くのを待った。

部屋は静かだった。屋敷じゅうが静かだった。ヘイデンはひょっとしたら、もっと早くにやってきていて、自分がいないので出ていってしまったのかもしれない。帽子を作るのに夢中になりすぎてしまっただろうか。

アレクシアは起きあがり、ガウンを羽織った。ヘイデンの部屋へと続く通路を、裸足で音を立てないように歩いた。ドアをそっと開き、ヘイデンの寝室をのぞきこんだ。

小さな灯りがついていた。しかし、半分開いたカーテンから漏れ入ってくる光の足しにはさほどなっていない。でもヘイデンがベッドに入っているのを見るには十分だった。眠っているのかどうかはわからなかった。上半身をあずけている枕の山に腕を載せ、両手を頭の後ろで組んでいる。その姿勢でいると、腕の筋肉が緊張してその力強さがよくわかる。

アレクシアは部屋のなかを見まわした。何も移されていなかった。家具も、以前と同じ場所にそのままある。でもティモシーのものは何もない。ティモシーはこの部屋に足を踏み入れたことすらなかったのかもしれない。部屋のようすを変えることなく、ただヘイデンがそこにいるだけで、この部屋は完全にヘイデンのものになっていた。

ヘイデンが身じろぎし、アレクシアを見つめた。片方の腕で体を起こした。アレクシアは、招かれざる侵入者になったような気がした。

「ごめんなさい。起こすつもりじゃなかったの」

「眠ってはいなかった。暗いなかにいたくてね」

まさに招かれざる侵入者だ。アレクシアはそっとあとずさりし、ドアから出ていこうとした。

「何か用があったんじゃないのか、アレクシア？」

自分でもわからなかった。

「おいで」

このまま出ていかせてくれればいいのに、とアレクシアは思った。しかしベッドへと歩いていった。

ヘイデンは手を伸ばしてアレクシアの腕を取り、自分のほうへ引き寄せた。そしてベッドの布と格闘しながらアレクシアを自分の横に入らせると、腕をアレクシアの体にまわし、アレクシアが部屋に入ってきたときと同じように、頭上の天蓋をじっと見つめた。

抱くつもりはないのね、とアレクシアは気づいた。帽子を作っているあいだに部屋に来ていたわけでもなかったのだ。今夜は欲しくないから、部屋に訪ねてこなかったのだ。とう愛人のところに行ってきたのかもしれない。要求された診察もとっくに済ませている女性のところに。

そう思うとまた苦しみが疼いたが、でもそれほど気にならなくなっていた。ヘイデンの腕にいつものように抱かれているという安心感のせいかもしれない。こんなふうに包まれて、欲望に支配されてしまうことも、焦燥でおかしくなってしまうこともないのは、とてもうれしかった。

こんなふうに一緒にいたことは、これまでなかった。いつもある頂点がやってきて、ある特別な瞬間がやってきて、情熱の残り香は蒸発してしまう。そうするとヘイデンはベッドから出ていき、自分の部屋へ戻っていく。静かに抱き寄せていることで、ヘイデンも自分と同じような穏やかな満足を感じているのだろうかとアレクシアはぼんやり考えた。

「昼すぎに出かけたときは、屋敷にいなかったな」ヘイデンが言った。「今日は、予定を伝えておこうと思ってたんだ。ケントから戻ってからこういうことは初めてだから」

今日は。でもこれからはない。そうしようとしてくれたことは優しかったが、ヘイデンの言葉から、今後それはないことだともわかった。

「初めてのことだから説明しようとしてくれたのはうれしいわ。でも、夜も別々に過ごすこともだってよくあるだろうとは思ってるわ」

ヘイデンは忍び笑いを漏らした。その声は心地よく、暗い雰囲気が消えたのもうれしかったが、何がおかしいのかわからない。

「ババリアから来た男がいてね。歓迎のディナーだったんだ。男だけの。酒を飲んで、狩りの話もしたが、本当の目的はビジネスという会だよ」

「説明してくれなくていいわ。世のなかのことはよく知ってるから。本当よ」

「結婚式を挙げたばかりなのに愛人のところに通ってるんじゃないかと心配させたくなかったんだ。君が聡明で、証拠がないならなおさら嫉妬なんてしない女性だということを忘れてたよ」

顔が赤らんでしまったのが見えないほど暗いのが救いだった。もし今後、証拠が出てくるようなことがあったら、自分はそれほど聡明でもいられないかもしれない。そうなりそうで怖かった。今夜のことをヘイデンが説明してくれたのを聞いたときも、こんなにも心が軽くなってしまったのだから。

アレクシアは肘をついて体を起こし、ヘイデンの顔を見た。「今日、あなたに言われたから、とてつもなく高いガウンを買ったわ。マダム・ティソーはその金額に泣きそうになってたわよ」

「何色？」

「あまりない色よ。炎に照らされた象牙色のような」

「それはダイヤモンドに合いそうだ」

「どうかしら」これまで本物のダイヤモンドを見たことはない。

「すぐにわかるさ」

買ってくれると言っているのだ。アレクシアも、普通の女性たちと同じようにうれしくなった。

「暗い気分になってたの？　ディナーがうまくいかなかった？」

ヘイデンは答えなかった。今度こそ本当に入ってはいけないところに侵入してしまったようだ。心地よい雰囲気を台なしにしてしまった。

ヘイデンはアレクシアの肩をベッドに倒し、横たわらせた。「別のことだ。やらなきゃいけない仕事ができたんだ。これから数日間、もっと陰気な顔になるかもしれない。俺が部屋に行かないときには、俺のことは放っておくのが一番いい」ヘイデンはアレクシアのガウンの帯を解いた。「だが、今夜はそうしてくれなくてうれしいよ」

「家族のことを聞かせて」アレクシアは言った。

ヘイデンは夢うつつにアレクシアの静かな声を聞いた。これまでベッドのなかで話すことはあまりなかったが、今夜は始まりからいつもと違っていた。アレクシアの問いかけが、静けさのなかに自然に響き、心地よい満足に浸っているヘイデンを呼び起こしたのは、そのためだろう。まだ半分ほどの意識は、絶頂で果てたあとの沈黙に漂っていたが。そうする必要がないかぎり、完全に外の世界へ戻るつもりはなかった。そこには不愉快なことが待っている。そうしなければならないとなったら正面から立ち向かうが、でもいまはまだこうしていたかった。

ヘイデンはアレクシアを押しつぶさないよう、体をずらした。今夜は新しい試みはしなかった。初めてのことは何も。自分につきまとっていた影が、最初こそ欲望を刺激もしたがその後もずっと居座りつづけたせいで、自分がいつもより時間がかかってしまったことにアレクシアは気づいているだろうか。

「いろんなタイプの従兄妹たちがいる。すぐに会えるよ」

アレクシアはヘイデンのわきで身じろぎして、自分の体のことをヘイデンに思い出させた。この余韻に浸っていると、自分たちの体のことはつい長いこと忘れてしまう。

「兄弟と、ご両親のことよ」

「兄弟には会っただろう」ヘイデンはそこで話題を打ち切ろうとしたが、アレクシアには少し話しておくべきかもしれないと思いなおした。じきに、社交界のご婦人がたにいろいろ吹きこまれるのだから。いや、もう吹きこまれているかもしれない。

「うらやましいわ。わたしも兄がひとりいたけど、母が亡くなる一年前に、若くして亡くなったの。成長を見守ってくれる人がほしかったわ」

「僕たち兄弟は、いい戦友だった。闘う相手は母じゃなかったがね。彼女はとても優しかった」

アレクシアはそれ以上詮索しなかったが、いま言ったことが意味していることは伝わっているだろうとヘイデンは思った。母のことで、嘘からイメージを膨らませてほしくなかった。ふたりが出会ったら、きっとすぐに打ち解けあったことだろう。「母は少し風変りで、長いこと自分の世界に入っていることができた。晩年は街に出かけることもなかった」

「作家だったと聞いたわ」

やはり、アレクシアは誰かから母のことを聞かされたのだ。「才能のある作家だったよ。出版は父が許さなかったが。そんなのは外聞が悪いと言って」

「それは、さらけだしてしまいすぎるから？　散文でも、詩でも、文章はお母さまご自身のことを世間に伝えてしまうものね」

そしてきっと、父のことも。彼女の不幸を目の前にした父の、冷たく硬直した態度や残酷な満足感のことも。本当に恐れていたのはむしろそれだったのだろう。

思い出したくない思い出がよみがえってきた。暗い部屋のなかで、ひとりの女がテーブルに向かい、ペンを手に、紙におおいかぶさるようにしている。紙に何かを書きつけているときはいつも、その瞳は理知的だ。理知的で、もっと素敵な世界のなかで喜びに生き生きとしている。

《母親の姿を見ておくんだ、息子よ。これをけっして忘れるな。あれが不幸なのは、感情の赴くままに理性のない衝動に走った結果なのだ》

母の書いたものを読んだのは、母が亡くなってからだった。美しく明るい詩を見つけた。それは、離れて暮らしていたことでヘイデンがまったく知らなかった、本当の母を伝えてくれるものだった。その声を閉じこめてしまった男のことを、ヘイデンは長いこと憎んでいた。

「母は世間からは遠ざかって、僕たちからも遠ざかっていたが、おかしくなってはいなかった」

アレクシアは何もしゃべらなかった。ヘイデンの荒々しい口調のせいかもしれないが、なんの言葉も出てこなかった。

ただ、ヘイデンの腕のなかで体をよじり、その眉のあたりに優しくキスをしただけだった。

16

サットンリーは大きな衣裳部屋でヘイデンを待っていた。ニンフとサテュロスが描かれた丸い絵がかかり、金の飾りで囲まれた天井の下で、ごく親しい仲間たちと葉巻を吸い秘密を明かすのが彼の常だった。

「早いな、ロスウェル。こんな時間だと、仕事の話かな」

「そうだ」

「アメリカへの例の投資話に問題でも起きたか？」

ヘイデンは大きく快適なソファに腰を下ろした。この部屋に足を踏み入れたとき、同じようにここに入ってきたある日のことを思い出していた。サットンリーが爵位を受け継ぐ数年前のことだ。この衣裳部屋はサットンリーの隠れ家のようになっていて、友人を招いてはカードと酒で夜が更けるのも忘れて楽しんでいた。

「ベンジャミン・ロングワースのことで話があるんだ。ベンジャミンが死んで、彼の資産のことを調べる必要が少し出てきてね。それに、銀行がティモシーの資産と借金を査定するのを手伝うことにもなったんだ。やつはどれもベンジャミンから相続してるからな」

「ティモシー・ロングワースは銀行家になったんじゃなかったのか？　自分のことは自分で査定すればいいだろう」その反応はもっともだったが、ヘイデンは無視した。「昨日、ベンジャミンがイングランド銀行に口座を持っていたことがわかったよ」

「それはすごい。自分の金を預けるのに自分の銀行を信用しなかったとは。俺たちみんなには信用させておいて」

「特別な口座だった。特別な目的のための。金は口座に入ってきたそばから出ていっていた。現金で引きだすこともあったみたいだが、最初のころはかなりの人間に手形を切っていた。おまえにもだ」

サットンリーは、皮肉の感じられるような弱々しい笑みを浮かべた。「ロングワースの資産については好きなだけ首を突っこめばいい。だが、俺にそうしようとは思わないことだ」

ヘイデンは座り心地のよいソファから立ちあがった。さまざまな鉱石や羽飾りが飾られているマホガニーの棚の前を、ゆっくりと歩いた。大学のころ、サットンリーは博物学ではひとかどの男だったが、ロンドンの遊興を前にその興味は薄れてしまっていた。

ヘイデンは縞の入った赤い鉱石を持ちあげた。前に、湖水地方で休暇を過ごしたときに持ち帰ってきたものだ。「何年か前、ダーフィールド・アンド・ロングワースで債券を買っただろう？」

「少額のね。あれは友人の友人を助けるためというだけだったからな。大した金額じゃなかった」

「記録によればおまえはそれをすぐ売った」

「友人の友人とはいえ、退屈な男を助けてやる義理はないと考えてね。ああ、売ったとも」

「にもかかわらず、その後も、ベンジャミン個人でおまえに金を渡していた」

「個人的な借金だ。個人的に返すだろう」

「手形だけか？　現金でも支払ったのか？」

「なんでそんなくだらない話を聞きたがるんだ。古いふたりの友人が交わしていた取引に文句をつけようってのか？」

たしかにくだらない話だった。しかし自分の心に描かれたベンジャミンの肖像に、色づけをしなければならない。いまはまだ粗いスケッチでしかない。強欲で厄介者の犯罪者の戯画でしかない。まだ顔がほとんど見えてこない。

「おまえが売った債券は、一千ポンド。手形は、足し合わせると五千にもなる。同じような間隔で、もっと多額の現金も動いていた。合計すると一万五千ポンド以上だ」

その情報に、あきれたような深いため息が応えた。「おまえと違って数字に興味はないんだ。どうだっていいじゃないか」

「俺にとっては、よくない」

「ベンジャミンが死んだせいで好奇心を満たせなくなって、残念なことだったな」

その気だるげな口調に何かが混じったのを感じた。独りよがりの満足感。それに気づいて、ヘイデンは鉱石のコレクションから友人へと向き直った。

サットンリーは、興味ないといった態度を取っていた。顔色は平静だ。しかし、目には炎が燃えていた。怒り、そして同時に用心と、不安げに警戒する狡猾《こうかつ》さも宿している。

サットンリーは平静を装って見つめ返してきたが、ヘイデンの求めている答えを、その能弁な瞳がすべて明らかにしてしまっているのには、気がついていないのかもしれない。もしくは、詐欺行為を見つけた自分がどれだけ賢く立ちまわったのか、誰かに伝えたくてうずうずしているのだろうか。

「悪いが失礼するよ、ロスウェル。今日は忙しいんだ」サットンリーは立ちあがってドアのほうへ向かった。「召使いに玄関まで送らせる」

「借金はどれぐらいあったんだ？」ヘイデンは言った。「いくらおまえに借りていたんだ？」

サットンリーは立ち止まり、半分だけ振り返った。プライドが、用心深さを押しのけた。

「言うなれば、やつの命そのものが借りだったのさ」

ヘイデンはシティの部屋のベッドで体を起こした。焦点の定まらない目でベッドから出ると、よろめくように洗面台へ向かった。前にかかっている鏡には目もくれなかった。

三日前、サットンリーと会ったあと、ヘイデンはこの部屋へやってきた。もう四日前だろうか？　時間の感覚がなくなっている。サットンリーがベンジャミンの偽造に気づき金を脅しとっていたという事実を突きつけられ、ベンジャミンが英国に戻りたがらなかったのには十分な理由があったことを知ったヘイデンは、ひとりきりになれる静かなこの部屋へ引きこもったのだった。召使いは食事を運んできたが、ヘイデンはそれ以外は何も命じなかった。ただ時間も忘れて数学に没頭し、疲れきっては横になるということをくり返した。

夜明けから間もない時刻には銀色だった光が、昇る太陽の光線が窓から差しこむころになると白く変わった。いきなり明るくなったことで、ヘイデンの意識は揺り起こされたようにはっきりと目覚めてしまった。心のなかの暗がりから真実が体を乗りだしている。疲れていようとも、ほかのことで気を紛らわそうとも、目をそらさせまいとして。熱いナイフに切り裂かれるようだった。

自分がベンジャミンを見殺しにしたのだ。その疑いは何年もヘイデンの心のなかに巣くっていた。いまになって、あの夜のあらゆる些細なことが、大音声《だいおんじょう》で呼ばわってくる。あの夜、それに耳を傾けるべきだったのだ。止めるべきだったのだ。必要なら叩きのめしてでも、甲板から連れ去るべきだったのだ。なのに、ヘイデンはベンジャミンの挑発に乗り、怒りで耳がふさがれてしまい、背を向けてしまった。

ベンジャミンにすればそれが狙いだったのだ。そのときもう心を決めていたのだ。ベンジヤミンは秘密を打ち明けてくれなかった。告白したところで誰も助けてはくれない、告発されて首をくくるしかなくなると信じていたのだ。《まるで親父さんそっくりだな。分別と論理の権威ってわけか》

膨れあがった怒りで胸が裂けてしまいそうだった。自分への、そしてベンジャミンへの、また、こんなにも残酷な皮肉をつきつけてきた現実への怒りだった。

ヘイデンはシャツをはだけて洗面台に手をつき、水をばしゃばしゃと顔にかけた。胸へと滴り落ちた水が、長い傷跡をたどっていく。胸の悪くなるような、刃が進んでいくときの痛みと恐怖の思い出が突然よみがえった。あの納屋は、この寝室とさほど変わらない大きさだ。そして同じように暗かった。気晴らしで痛めつけようとしてくるトルコの兵士たちにとって、英国貴族の弟という地位はなんの意味もなさなかった。

ベンジャミンの直情的な、大胆すぎるほどの勇気がなかったら、ヘイデンはあの納屋で殺されていたことだろう。じわじわと。ベンジャミンが窓を破って飛び込んできたときには、すでにヘイデンは気力を失っていた。

ヘイデンはシャツを胸の前で合わせると、まっすぐ隣りの部屋の立ち机へ向かった。アヘン中毒になった人間が薬を求めるように、数字の崇高な純粋さに逃げこんだ。天地創造の神聖な見取り図と向かいあっていると、ヘイデンは別の世界へ抜けだした気がした。痛みと、混沌とした感情の渦巻く、俗悪にすぎる世界から離れて。

アレクシアは手紙の端で、書き物机をこつこつと叩いた。ヘイデンがずっと屋敷を空けているることで苛々していた。ヘイデンがどこで、誰と過ごしているのかは考えないようにしている。あの静かな夜を過ごしたあとでは余計につらく感じられたが、捨てられたのだとか裏切られたのだとは、思わないようにしていた。

アレクシアのなかで膨らんでいる不安は、手にした手紙へのものだった。ロザリンが寄越したのだ。とうとう。遠い親戚にあてたような文面だった。当たり障りのない話に終始し、あのことには一切触れていなかった。でも、連絡は来たのだ。もう一度以前のような関係を取り戻すまで、その開かれたドアを閉じさせるわけにはいかない。

いい妻なら夫に相談するだろう。何も言わずに馬車に乗り街を出るようなことはしないだろう。アレクシアが自分の好きなときに、何も告げず許可もとらずに何日も家を空けることを、ヘイデンが許すとも思えない。

今朝フォークナーにそれとなく尋ねても、何の情報も引きだすことはできなかった。屋敷の人間は誰ひとり、ヘイデンがどこに行ってしまったのか知らないのだ。ヘイデンの近侍は、ヘイデンは特別荷づくりさせるでもなく、そして馬車ではなく馬で出かけたと言っていた。ロンドンのどこかにいるのだろう。誰か自分よりずっと闇を追い払うのがうまい女性と一緒にいて、あの暗いムードをやわらげているところなのかもしれない。

アレクシアは手紙を開いてロザリンの抑えたような文章を読み返した。普通に返事を書くだけでいいのかもしれない。丁寧に文通を続けていれば、二、三カ月のうちに友情がよみがえるかもしれない。でもそんなに待てなかった。ロザリンに会って、自分が彼女たちを失っていないことを確かめたかった。

アレクシアは部屋を出て馬車を用意させた。ヘイデンを探してこのことを話そう。もし見つからなかったら、そのままオックスフォードシャーへ向かうつもりだった。

アレクシアは召使いに名刺を渡し、侯爵かエリオット・ロスウェル卿にお目にかかりたいと告げた。するとすぐにエリオットの待つ書斎へ通された。

「クリスチャンは、今日は人と会わないことにしてるんだ」エリオットが言った。「でもまた会えてうれしいよ」

「助けてほしいの」アレクシアが言った。「ヘイデンに伝えたいことがあるのだけど、どうしたらいいのかわからなくて」

エリオットの表情に、戸惑ったような好奇心が浮かんだ。「ごめん、でも兄さんが昼間何してるのかは把握してないんだ。彼の近侍だったら……」

「屋敷を空けて、もう三日になるの。ロンドンにいるのは確かだと思うわ」アレクシアは、世のなかのことはよくわかっているといった口調で言った。顔に動揺の色が浮かんでいないことを願った。「一日か二日、ロンドンを離れる用事ができてしまったから、それを伝えておかなければならないのだけど」

エリオットは眉を寄せた。「三日間か」そして何か考えこむようになった。「心配はわかるよ」エリオットは平静な顔に戻ったが、瞳にはまだ心配げな色があった。「でも、兄さんは愛人がいたときも、彼女たちとずっと一緒にいるなんてことはなかったよ。一度も。それに、結婚前の何週間は連絡すらとってなかったはずだ」

エリオットの率直な物言いは、ありがたかった。安堵が押しよせてきたが、今度は恐怖がこみあげてきて安堵を押しのけてしまった。「ひょっとして……怪我をしてるとか、そうじゃなかったら――」

「それはないだろうな。馬車は外に待たせてる？　じゃあ行こう」エリオットは有無を言わさぬようすでドアへと向かっていった。「まず兄さんの近侍に話を聞こう。それから兄さんのところに連れていくよ」

アレクシアは急いでそのあとを追いかけた。「わたし、ヘイデンに言付けがあるだけなの。本当よ」

「もし僕の考えてる場所にいるんだとしたら、言付けなんかしたって無駄だよ。信じて」

「船倉につながれた囚人みたいだな、ヘイデン」

エリオットの声は、静けさのなかで大砲のように響いた。ヘイデンは、噛みしめた顎が痛くなるほどの徹底した集中から引きずり出された。太陽の見える、南に面した窓に目をやった。もう正午を過ぎている。

エリオットがコートと包みを手に立っていて、寝室へ運びこんだ。「寝るときも着替えてないんだろう。こんなに極端なのはひさしぶりだな。この前あってからもう何年になる？　英国に戻ってきた直後の、あの最悪の時期が最後だったかな」

エリオットの突然の来訪で、現実がドアから入りこんできた。この侵入に順応するには、世界の回転軸を調整しなければならない。弟が寝室を片づけているのを見ながら、ヘイデンは意識をゆっくりと呼び覚ましていった。熱病の発作に長いこと苦しんだあとに、ようやくベッドに体を起こしたような感じだ。

ヘイデンは自分を見下ろして、シャツがひどく汚れているのに気づいた。「クリスチャンが寄越したのか？」

「いや」エリオットが寝室から出てきた。「ある人が、兄さんが姿を消したって教えてくれたんだ」そしてドアを頭で示した。

ヘイデンはドアを開けた。次の間に、アレクシアが立っているのが見えた。アレクシアがこちらを振り向く前に、ヘイデンはドアを閉めた。

「彼女に伝言ひとつ残してやれなかったのか？」エリオットが尋ねた。「兄さんの死体がテムズに浮かぶんじゃないか、売春宿で放蕩三昧《ほうとうざんまい》なんじゃないかって、心配にもなるじゃないか」

「売春宿になんか行かない」

「彼女はそんなこと知らないだろ」この数年見たこともないような怒りをあらわにして、エリオットはドアへとずんずん歩いていった。「兄さんのことは彼女に任せる。ここにいると、何があったのか聞きださないと気がすまなくなりそうだからな。アレクシアは、ほっとしてそんなことは気にならないだろうけど」

「おまえだって聞きだそうとはしないさ。だからおまえが好きなんだ。おまえは説教したり批判したりしない。新しいシャツを持ってきてくれて、ある意味酔っぱらってるのを放っておいてくれる」

「僕が兄さんを批判しないのは、兄さんがどんな酒に飲まれてるのかよく知ってるからだ。だからって、いつなんどき溺れてもいいとは思ってないんだよ、ヘイデン」

エリオットはドアを開け放したまま、大股で出ていった。アレクシアがなかをのぞきこんだ。ヘイデンのようすを見て、その表情が陰る。そして召使いの横をすり抜けて部屋へ入ると、ドアを閉めた。

アレクシアはヘイデンを頭からつま先までまじまじと見つめた。そのときになってようやく、ヘイデンは自分がどれほどだらしない格好をしているかに気がついた。

「ニコルソンもついてきたがったけれど、エリオットが止めたの。そのときは不思議に思ったんだけど、エリオットはあなたがこうなってることを知ってたのね」アレクシアは寝室を示した。「でも、必要なものは彼がまとめてくれたわ。剃刀《かみそり》は持ってるわね？　床屋を呼んだほうがいいかしら？」

ヘイデンは顔に手をやり、ひげがぼうぼうになっているのを知った。アレクシアはヘイデンだけの聖域、事務所のなかへ足を踏み入れて歩きまわった。

「旦那さま、世間で起きてることを聞きたい？　世捨て人になってるあいだ、すごいことが起きてたのよ。スキャンダルに戦争に、大発見」アレクシアの口調は、だんだんと叱りつけるようなものになっていった。「どうしたっていうの、ヘイデン？　ここで何をしてたの？」

ヘイデンは寝室に入り、汚れたシャツを脱ぎ捨てた。鏡に映る野性的な男を一瞥すると、水で顔を洗い始めた。エリオットは正しい。こんなひどい状態になるのは、この数年なかった。そして前回、ギリシャから戻った直後にこうなったのも、今回と同じ理由からだった。前回はある程度の平穏を手に入れることができた。自分を責めずに済むように、あの夜の記憶のうちあるものは曖昧にし、そしてあるものは捏造《ねつぞう》することで。不思議なことに、今回は正直さのほうが慰めをもたらしてくれた。

アレクシアはベッドに腰掛けてヘイデンを待っていた。朝方に運ばれとっくに冷めてしまっている湯で顔と上半身を洗っているあいだ、一言も発しなかった。凍えるような水を浴びて、ヘイデンはさらに現実世界へ引き戻されるのを感じた。

剃刀は洗面台の引き出しに入っていた。顔を剃りはじめたとき、鏡に映るアレクシアが何か問いたげな顔をしているのに気づいた。

アレクシアは答えを待っているのだ。ここで何をしていた？　不思議に思っても当然だろう。かといって説明する義務があるとは思わなかった。

「僕たち兄弟は、自分の世界に閉じこもる能力を母から受け継いだんだ」ヘイデンは剃刀の刃を試しながら言った。「それぞれやり方は違うが、三人ともたまにそうなる」

「何日もずっと？」

「普段はそこまでじゃない。せいぜい数時間だ」

「今回は数時間ではなかったわ」

「そういうときもある。危なくもないし、異常でもない」

「前に言っていた、陰気になることのせいなのね？」

どう答えるべきか少し迷った。きっと、避けられないことなのだろう。結婚するということは、周囲に形式的に繋がったことを示すものだ。しかし、結婚の床で正真正銘の親密さがはぐくまれるのは避けようもない。特別な努力をしないかぎり、体を重ねることで、互いの心のなかまでさらけだしあってしまう。アレクシアが知りたがるのも当然のことなのかもしれない。実際、ヘイデンもあの菫の草原の奥に何があるのか、気になっているのだから。

「ああ、そうだ。ただ、引きこもっているとその陰気さを追いやることができるんだ。これが一番効果がある」

「そういうときには放っておくようにって言ってたけど、エリオットに連れてきてもらったこと、怒ってる？」

「いや」それはない。本当に。こんなふうに見つめてくるアレクシアがいなくても、自分ひとりでも大丈夫ではあったが。よほど弱っているように見えているらしい。

「お母さまは、自分の世界に閉じこもっているときには文章を書いていらしたのよね。あなたは何をするの？」

ヘイデンは剃刀を持ちあげた。「窓の近くにもうひとつ部屋があって、机を置いてある。俺の作品ならそこだ」

アレクシアはヘイデンが意味したものがなんなのかを見に、その部屋へ向かった。ヘイデンはひげを剃り終えると、念入りに顔を洗って服を着替えた。寝室から出ると、アレクシアは数字を書き散らした紙をずっと眺めていたようだった。

「あたり前だけど、ほとんどわからないわ」アレクシアは言った。「単語は知っていても文章は読めない言葉のよう」

「どんな言葉であれ、詩を書くことはできるんだ」

「わたしもたまにそう感じることがあるわ」アレクシアは紙を下ろした。「詩が書き終わらないうちは、そこから出られなくなったりするのかしら」

「感覚のある世界は、ずっと離れているには楽しすぎるよ」

アレクシアは、ヘイデンが示したのは完璧な答えだというようにうなずいた。その言葉が含んでいる、ふたつの世界を行ったり来たりする必要があること、ヘイデンでもまわりで起きることに打ちのめされるときがあるということも、アレクシアは十分理解してくれただろう。

この日ヘイデンは、朝から意識の深いところに潜っていた。しかしいまはもういつもどおりで、外の世界へと戻ってきている。唯一いつもと違うのは、アレクシアが事務所にいるということだけだ。

「心配でエリオットのところに行ったのか？」

「言付けをしたかっただけなの。それで、どうすればいいか相談しに行ったの」

かすかな失望がヘイデンの胸を刺した。最悪の事態を考えたり心配してくれたりしたわけではなかったのか。屋敷に戻っても、何も訊かれなかったことだろう。アレクシアは自分に何も求めていない。ましてや説明なんて望みはしないのだ。

「どんな言付けだ？」

アレクシアが微妙に背筋を伸ばした。そして、出会ってから何度も目にしている暗い怒りの光が、その瞳に宿った。それが意味するのはいつだってひとつだ。

「ロザリンから手紙が来たの。彼女に会いに行こうと思ってるわ。それを言っておかなければ悪いと思ったから」

「彼女にまた手紙を書いたのか？」

「ええ、二度ほど」

「僕が言ったことに従わなかったんだな。悪いと思うのは少し遅すぎたんじゃないか」

「具体的に何をしてはいけないって言われたわけじゃないのだから、従わなかったとは言えないわ。彼女たちに書いた短い手紙のなかでも、あなたに不実なことは書かなかった。実のところ、あなたのことは一言も書いてない。それに、プロポーズのとき、わたしの友人関係に口は出さないって約束したはずよ。わたしはその言葉を信じたわ」

苛立ちがヘイデンをなかからつついてきた。アレクシアがヘイデンの言ったことを自分に都合よく解釈したからだけではない。ロングワース家の人間に会ったなら、いや、彼らのことを考えただけでも、アレクシアはヘイデンを憎まずにはいられないだろうと思ったからだ。今後五十年ほども、彼らのことに話が及んだだけで、アレクシアの瞳はこんな色を帯びるだろうと思ったからだ。

「従兄妹たちに招待されたのか？」

「それを待ってたら、おばあさんになってしまうわ。ロザリンは少なくとも、わたしの存在を思い出してくれたの。だから会いに行くわ。もし会いたくないって言われたら、それはそれ。でもそう言われるとは思ってないわ」

アレクシアの決心はくつがえしようがなかった。そしてとうとう、アレクシアは彼らとの関係を修復するというわけだ。それを拒否したくはない。しかし、彼らに好きなだけアレクシアへの影響力を振るわれるのは我慢ならない。

「アレクシア、彼らのところへ行くのを禁じはしない。ただ、僕も一緒に行く。エールズベリー・アビーで数日間過ごそう。その間に従兄妹たちと会ってくればいい」

17

オックスフォードの街には湿った霧がかかり、淡くぼんやりとした水彩画のようだった。古い石造りの建物の前を、大学の学生たちが数人ずつ固まって歩いていく。彼らの若い顔には喜びと明るさがあふれ、大学の堅苦しい建物に囲まれているなかでは不謹慎に見えるほどだった。

ヘイデンの馬車は聖ジャイルズ通りを進み、大学の敷地は後ろに遠ざかっていった。この通りは、ほかの郊外の街と同じように店や宿屋が軒を連ねており、くだけた雰囲気だ。ヘイデンたちは聖ジャイルズ教会の向かいに馬車を停めた。

アレクシアが降りようとすると、ヘイデンは手でドアの掛け金をしっかりと押さえ、アレクシアを止めた。「ロザリンが来るまで、ここで待ってるんだ」

「教会のなかで待っていたいの。あなたの姿を見たら帰ってしまうかもしれないわ」

「家ではなくわざわざここで会おうと言ってきたんだろう？　ここまでは馬車代もかかる。それなら、彼女は帰ったりなんかしない。ロザリンが怖がっているのは、僕ではなく、ティモシーに邪魔されることのはずだ」

アレクシアにはわからなかった。ロザリンは、会おうと書いた手紙にすぐさま返事をくれた。応じなくてもアレクシアなら押しかけてきかねないと思ったかもしれない。それも計画のうちだった。エールズベリー・アビーに着いてから手紙を送ったが、本当は直接訪ねていきたかった。たとえ、目の前でドアをばたんと閉められることになるとしても。

アレクシアは窓の外に目をやり、ロザリンが苦しいなか工面したお金で雇った馬車がいつ来るかと待った。「せめて、わたしだけで迎えさせて」

「馬車から降りるときは、御者に手を貸させる。僕がいることには気づきもしまい」

ふたりが交わす言葉は冷たかった。昨日、ロザリンの返事がエールズベリー・アビーに届いたとき、オックスフォードまでヘイデンが一緒に行くかどうかで喧嘩になったのだ。ヘイデンは行く必要がなく、また行ってはいけないという理由を、アレクシアは論理的にひとつひとつ並べたてた。しかしヘイデンはけっして譲ろうとしなかった。

ふたりとも声を荒らげたりはしなかったが、ふたりのあいだには静かな怒りが満ちた。議論の中心はアレクシアの安全と保護だったが、本当は違うことで言い争っていたのではないだろうかとアレクシアは思った。従兄妹たちのことは、ふたりのあいだに癒えない傷として残っている。ヘイデンは、アレクシアがしていることが気に入らないのだ。

こうして一緒に座っていても、ヘイデンはよそよそしい表情を浮かべていた。ヘイデンは冷たいと世間の人たちに噂させる、あの表情だ。ヘイデンとのあいだに距離を感じて、アレクシアは不安に心が震えるのを感じた。

「もしクリスチャンとエリオットが、妻に迎えた女性が気に食わないからってあなたを追いだしたら、橋を架けなおそうとするでしょう?」

「兄弟の怒りを鎮めるには何をしなければならないのかと、その代償として何が犠牲になるのかによるな」

「ロザリンたちとの友情を取り戻すのに、代償なんてないわ」

「君の言う橋の架けなおしに俺が代償を払うこともない」

ヘイデンの言葉が、アレクシアの胸のなかでゆっくりと広がっていった。ヘイデンは、従兄妹たちと仲直りするための代償を払うのはアレクシアではない、と言っているのだ。従兄妹たちはそれをむしろヘイデンに払わせようとするだろう、と。アレクシアの〈恐ろしいヘイデン・ロスウェル卿〉への忠誠心を危うくすることで。

沈黙が降りた。その沈黙は、ヘイデンの内にこもった怒りで重たかった。もし一言でも何かしゃべったら、御者にすぐ屋敷へ戻るよう命じてしまいそうだった。

つつましやかな二輪馬車が教会の前に停まった。ロザリンは、毛皮で縁取られた外套を着ていた。イースターブルック侯爵の屋敷を初めて訪れたときにアレクシアが貸してもらったものだ。ロザリンは期待に顔を輝かせていた。通りの反対側に立派な馬車が停まっていることには気づかず、教会へと向かい入口へ姿を消した。

御者がドアを開け、階段を下ろしてくれた。アレクシアは開口部を見つめた。ロザリンに会える。期待と喜びとで胸がいっぱいになったが、その幸せに混乱が影を落としてもいた。

御者の手を取るのをためらった。代償を払わなければならなくなるのだろうか？　妥協しなければいけなくなるのだろうか？　従妹を再び抱きしめたとき、また別の悲しみを迎えることになるのだろうか？

ヘイデンのよそよそしさと怒りが突き刺さってくるようだった。胸のなかに本当に痛みを感じた。自分を包んでいた温かさが取り払われてしまったような寒気を覚えた。それまであまり気づいてもいなかったのに、なくなってしまうと怖くてたまらなかった。

アレクシアはヘイデンを見つめた。温もりがあふれだすようになったのは、いつの夜からだろう？　ヘイデンを待ちわびて、ヘイデンの腕に抱かれるだけで安心して穏やかな気持ちになるようになったのは？　昨日の夜、ヘイデンは寝室に来なかった。アレクシアはあまりにも落胆して、あまりにも悲しくて、どうしたらいいのかわからなくなってしまったほどだった。

次々に襲いかかってくる混沌とした感情を持て余して、途方に暮れていた。整理などできそうにない。馬車を離れてしまうと、何か大切なものを失ってしまうような気がして、怖かった。

温もりがアレクシアの手を包んだ。ヘイデンの手袋がアレクシアの手袋に重ねられていた。アレクシアを守り、落ち着かせてくれる手。アレクシアは顔をあげてヘイデンを見つめた。ヘイデンも同じように開かれたドアの向こうを見つめていた。

ヘイデンはアレクシアの手を取り、口づけた。そしてその手を御者に委ねた。

ロザリンは、古い教会の門を抜けてすぐの陰に入って待っていた。そこから首を突きだして、自分の乗ってきた二輪馬車の後ろに現われた馬車を眺めた。

「彼もいるの?」拝廊の静けさがロザリンの質問で破られた。

「気にしないで。わたしはここにいるわ。わたしだけよ。誰もついてきていないわ。元気そうね、ロザリン。変わりなさそう」

ロザリンの視線がぱっとアレクシアを向いた。薄暗い教会の灯りの下で、ふたりは互いを見つめあった。アレクシアはもっと近くに寄りたくてたまらなかった。どうしようもなく、痛いほど、ロザリンとだけは友情を取り戻したかった。

「あなたこそ元気そう、アレクシア。あなたに付き添ってきた男には腹が立ってしょうがないけど、あなたを見た瞬間思ったわ。少なくとも大事にはされてるみたいね、って。あなたも自分の状況に満足してるみたいねって」

「満足してないほうがうれしかった? わたしがみじめな顔をしていたほうが、胸のつかえがおりた？」

「ええ」厳しい返事のあとに、長いため息が続いた。「ううん、嘘。ああ、あなたに裏切られたって呪ったときは、とっても活力が湧いたわ！」ロザリンは悲しげに笑った。「だけど、あなたが不幸せになってるのを想像してもせいせいなんてなかった。あいつにあなたまで、それもこんな取り返しのつかないやりかたで破滅させられたら、とても悲しかったと思うわ」

ロザリンはもう復讐心にたぎるような従妹ではなく、親友の口調になっていた。アレクシアはロザリンのヘイデンへの非難は忘れることにした。彼女はヘイデンの表の顔、あの厳しい一面しか知らないのだから。

「ロザリン、抱きしめてもいい？ 死ぬほど恋しかったの」

そう言ったとたん、胸の痛みが体で実際に感じられるほどになった。ロザリンも同じく。気づくとふたりは互いの腕のなかに抱かれていて、ボンネットをぶつけあい、しゃくりあげながら、笑っていた。

アレクシアは目を閉じてこの幸せを噛みしめた。ロザリンと抱きあい友情を確かめあえたことで、全身が燃えるように熱かった。

ふたりは教会のなかへ入ると、後ろのほうの会衆席に腰を下ろした。

「こんな寒くてじめじめしたところへ呼びだしてごめんなさい」ロザリンが言った。「でも、ティモシーが……」

「まだ具合が悪いの？」

「使いものにならないぐらいに悪くなることがよくあるわ。そうでないときはとても元気なの。でも、正直に言ってしまうと、具合が悪いときのほうがまし」

「意地悪になったりしてなければいいけど」

「意地悪ではないわ。ただ……悲しみ。それに怒り。もしアレクシアがうちのドアをくぐったら、どうなるかわからないわ。あなたの結婚の知らせを聞いて、激怒してたの。恐ろしいことも口走って。もしわたしがあなたに会ってることが知れたら……」

「ロザリン、大変なのに来てくれて本当にありがとう。あなたがロンドンを出てから、ずっとひとりぼっちだったわ。姉妹も同然の人の代わりなんて、見つかりっこないんだもの」

ロザリンは両手を握りあわせた。「姉妹も同然のあなただから会いに来たのよ。あと、結婚があなたの意思で決まったことだとも確かめたかったから。ティモシーは、ロスウェルがきっと……あのろくでなしがきっとしつこく言い寄ったからだろうって言ってる。突然だったし、あなたは彼に逆らえない立場だったし――ええ、ティモシーはおぞましい話をしているわ」

真実ではない話を。みんなにヘイデンを許してもらおうとは思っていなかったが、彼の罪を加算するような想像は許してはいけないだろう。

「ロザリン、自分の名誉をあまり大事にしなかったのは本当よ。でも、ヘイデンからしつこく言い寄られたわけじゃないの。情熱の針にかかってしまったの。そういう力に免疫がほとんどなかったからだと思うわ」

「針があったのなら、それを竿で操ってる人がいたってことじゃない。誘惑したあとに正しいことをしたというのは、認めてあげないといけないのかもしれないけど。その気になればあなたを捨てて、破滅させることだってできたんだもの。従妹の家庭教師としてふさわしくないほど破滅させられてたら、お給料も保護もなくしてたわ」

アレクシアは何も言わなかった。ヘイデンが最後には名誉ある行動に出たのだと認めてくれたのだから、結論の誤解は指摘しないほうがいい。

「でもあんな男と結婚するなんて。あんな血も涙もないような男と」ロザリンはしかめつらをしてみせた。「愛してもいない男と一緒のベッドに入らなければいけないなんて」

「想像したほど怖くはなかったわ。結婚するのに愛が必要な条件だったことはないわ。わたしもその理由がわかったの」

「いいことを聞いたわ。最近、そういう関係の人と寝るのに耐えられるのかどうか気になってたから」

アレクシアはその言い方が気に入らなかった。ロザリンはまだ、体を売るというあきれた考えを胸に抱いているのだ。

自分の口にした言葉で教会が汚されてしまうかと恐れたように、ロザリンは立ちあがった。

「墓地のほうへ行きましょう。このドアを出たところよ」

墓地にかかる霧は、教会のなかの湿気よりはまだよかった。ふたりはまばらに植えられている木と墓石の列のあいだを連れ立って歩いた。

「アイリーンはどう？」アレクシアは尋ねた。

「先週、叩いてしまったわ。子供じみたことをしたりふくれてみせたりするものだから、かっとなってしまって。何日も自己嫌悪だった。ようやく話しかけてくれるようになったばかりよ」

「でも子供じみた振る舞いは少し落ち着いたんじゃない？」

ロザリンはくすくすと笑った。「ええ、そうね。腹を立てて黙ってるあいだは、うじうじ泣いたりもできないものね。あの子にはつらいことなんだって、忘れてはだめね。贅沢以外のことはあまり知らずに育ったんだもの」

「わたしがアイリーンを助けてあげられたらいいのに」アレクシアは用心深く切りだして、ロザリンの反応を待った。

「ティモシーが許すはずないわ。ロスウェルから施しをもらうなんて、何を置いてもまず拒否するはずよ――きっと生きていようとは思わないわ。わたしたちも道連れにしかねない」

「ティモシーがおかしくなってしまったみたいな言い方をするのね。そんなに危険な人じゃないはずよ」

「憎しみは人を変えるけど、ティモシーも変わってしまったんじゃないかと思えてしかたがないの。ティモシーったら、これは全部ベンジャミンのせいだなんて言いだしてるのよ。とうに亡くなってるベンジャミンの。おかしくなったことの兆候でないのなら、何なのか説明がつかないわ」

「ティモシーはなぜベンジャミンを責めるの？　ヘイデンはベンジャミンが生きていたら手出ししてなかったとは思うけれど、でも――」

「ティモシーは、ベンジャミンがお金を全部ブリストルに送ってしまったりなんかしなければ、十分なんとかなったんだって言ってるの。ね、言ってることがめちゃくちゃでしょ？　ベンジャミンはお父さまの借金を返してたのに。名誉あることをしていたのに。なのにティモシーはそれを責めるのよ」ロザリンは腕をアレクシアの腰にまわした。「残された時間はもっと楽しい話に使いましょうよ。どんな服や宝石を買ったか話して。それをあなたに買ってくれた人のことは嫌いだけど、あなたが大事にされてるのを聞くとうれしいもの。頭のなかに取りこんで、自分が着てる姿を想像するわ」

「暗くなる前に戻るには、もう行かなきゃいけない時間だわ」ロザリンが言った。

ふたりは墓地のベンチに座っていた。寒さでとうに指の感覚はなくなっていたが、ずっとこうしていたかった。この一時間は、昔に戻ったようにくだらない話やたわいもないことを話しあうことができた。

ふたりは教会のわきのドアへと道を戻っていった。ヘイデンはずっと馬車のなかで待っているのだろう。戻ったとき優しい顔を向けてもらえることはなさそうだ。

教会のなかに戻ったとき、アレクシアはもう一度援助できないかと申し出てみた。「わたしの結婚相手から何も受け取れないっていうのは理解してるわ。でも、わたし自身も少しはお金があるの。わたしのもともとの収入はそのままわたしのものだって取り決めてあるのよ。たまには帽子を作るのも続けようと思ってるの。彼のじゃなくて、わたしのお金だったら、たまに数ポンドぐらいは受け取ってくれないかしら」

ロザリンは教会正面の門の前で立ちどまった。そして顔を近づけてアレクシアの頰にキスをした。「もう財布はひとつのはずでしょ、違う？　あなたのお金は彼のものよ。彼の耳に入らないよう隠れてやるつもり？　違うでしょう、かわいいアレクシア。ごまかしたりなんかして、あなたが彼に怒られるのなんていや。状況が許すかぎりわたしたちは親友よ。でも、あなたのお金は受け取らないわ」

門を開けて外へ出ると、ロザリンは正面の一点を見つめ、その場に立ちすくんだ。

ヘイデンの馬車が動いてきていた。教会から続く短い石畳の先で停まっている。ヘイデンはそのわきに立って、ずっと待っていたようだ。ロザリンの二輪馬車はいなくなっていた。

へイデンがふたりのほうへ歩いてきた。「ロングワース嬢、出すぎた真似だとはわかっている。だが、君の御者はこらえ性がなかったようで、なかへ入って君を呼んでこようとしていたのでね。邪魔をされるよりいいかと思ったので、御者には金を払って帰らせた」

ロザリンからは殺意すら感じた。視線がへイデンに槍のように突き刺さった。

アレクシアも少しにらんだ。「それなら、御者になかに入らせたほうがよかったんじゃないかしら。そうしたら彼女自身でどうするか決められたでしょうから」

「君たちにとってこれがどれだけ大事な時間だったのかわかっているつもりだよ、アレクシア。好きなだけ一緒に過ごしてもらいたかった」へイデンは馬車を示した。「ロングワース嬢、われわれは今夜エールズベリー・アビーに泊まることになってる。君を家までお連れしよう」

「お断わりしますわ」

「われわれにとっても帰り道だし、遠慮しなくていい」

「遠慮してお断わりするのではありません」

「それはプライドでしかないだろう、ロングワース嬢。ならば僕は御者の隣りに座ろう。そうすれば受け入れられるだろうか？」

ふたりはロザリンが折れるのを待った。ロザリンが選択肢を天秤にかけ、街で別の二輪馬車をすぐにつかまえられる可能性がどれだけあるか考え、へイデンの譲歩案を検討しているのが、手に取るようにわかった。

「馬車のなかには彼は乗ってこないのよ」アレクシアはささやいた。「それにもう少し一緒にいられるわ」

しぶしぶながら、馬車に乗せようとするアレクシアの説得にロザリンは応じた。ヘイデンはふたりが乗りこむとドアを閉め、自分は御者の隣りへとのぼった。

ロングワースの屋敷までは、長く静かな道のりだった。ロザリンは会話に乗ってこようとしなかった。馬車の天井を、まるでそこに腰かけている男の体重を感じているかのように、見つめたままだった。

アレクシアはヘイデンへの文句を頭に浮かべていたが、ロングワースの屋敷まであと半分ほどというところになってどうでもよくなってしまった。ただ親切にしたかっただけだもの。できるだけ一緒に過ごせるようにしてくれただけだもの。きっとロザリンもそれはわかるだろう。彼から受けた仕打ち以外にも目を向けてくれさえすれば。

でもそこまで望むのは酷だ。切りつめてかろうじて生活している一家にとって、自分たちをその困窮に追いやった男が親切だとはとうてい考えられまい。

屋敷へと続く小道に入ると、ロザリンは跳ねあげを開けて馬車を停めるよう声をかけた。そしてそのまま自分でドアを開き、ステップを蹴りおろして馬車を降りた。ヘイデンが降りてきたときはもう小道を半分ほど進んでいた。

「ティモシーに馬車を見られたくないのよ」アレクシアが説明した。「わたしたちと一緒に乗ってきたなんて知れたら、ひどいことをされるわ」

「そうだろうな」ヘイデンは小道のゆるいカーブをたどってロザリンの姿が消えるのを見送った。ヘイデンはドアを閉めた。「ここで待っていてくれ。毛布があるから温かくしておくんだ。長くはかからない」

「どこに行くつもり？」

ヘイデンは木々に囲まれた屋根を指差した。「あそこだよ。ティモシー・ロングワースと話があるんだ」

ヘイデンはドアのところで待った。いつかは開くだろう。開かなくても自分で開けるまでだ。

ドアにようやくわずかな隙間ができた。ロザリンの顔が見えた。血の気を失い怯えている。

「帰って。お願いだから帰って。あなたにはそんな権利——」

「ロングワース嬢、僕は兄上に会いに来たんだ。僕の話すことは兄上にも、君にとっても興味深いことだ」

「兄はあなたとは話さないわ。帰って」

ロザリンはドアを閉じかけた。ヘイデンは手でドアの端をつかんだ。「ベンジャミンに少なくとももうひとつの銀行口座があったと伝えてくれ。書類にはなかった口座だ。俺はその口座の場所を知ってる」

ロザリンは疑わしげな目になったが、ドアを開けてヘイデンをなかに入れた。客間に通すと、姿を消した。

「地獄で焼かれてしまえばいいのよ」

ヘイデンは、自分に呪詛《じゅそ》を投げつける若い声のほうへ振り向いた。不機嫌な顔をしたアイリーンが、敷居のところに立っていた。

「あなたのせいで人生がめちゃくちゃになったわ。あなたの従妹はわたしのベッドで寝て、わたしの代わりにデビューして、わたしは無一文になってしまったからもう結婚だってできないし、それに……それに……」涙がこみあげてきてアイリーンの台詞《せりふ》の邪魔をした。「ロザリンは、アリーンは涙をぬぐったが、涙はおかまいなしに次から次へあふれてきた。「ロザリンは、アレクシアにはあなたと結婚する理由があるんだって言ってたけど、そんな理由はひとつも思いつかないわ。よりによってあなたとなんて、アレクシアも心底いやだったはずよ。アレクシアは絶対あなたのことを許さないはずだわ。心からは許さないわ。永遠に。だってアレクシアが愛してるのはわたしたちなんですもの。あなたじゃない。アレクシアは――」

「やめなさい、アイリーン」ロザリンの叱り声が響いた。いつの間にか客間の前に戻ってきていた。慌てて振り向いたアイリーンは、ロザリンの厳しい顔に向きあった。

アイリーンは怒りと不満とで泣きだした。「だって……だって……」

「子供みたいに非難するのは別なときにして。いま彼はこの屋敷のお客さまなのよ。自分の部屋へ戻りなさい」

アイリーンは走って出ていった。ロザリンが客間へ入ってきた。しかし妹のことで謝ろうとはしなかった。あの無作法な言葉ひとつひとつに、彼女自身も同意しているのだろう。

「ティモシーはすぐ下りてきます。それまでおひとりで待っていてくださるかしら」

「もちろんだ」

「失礼しますわ」

ひとりになったヘイデンは、ロザリンとアレクシアは教会で何を話していたのだろうと思いながらティモシーを待っていた。妻に全面的に弁護してもらえたとは思っていない。取り乱したアイリーンの子供じみた言葉には、いくつか真実を言い当てているものもあるのかもしれない。《アレクシアは絶対あなたのことを許さないはずだわ。心からは許さないわ。アレクシアが愛してるのはわたしたちなんですもの。あなたじゃない》

償いをするべきとは思っていないが、できるものなら手を貸してやりたかった。アレクシアのため、それにロザリンやアイリーンのために。彼女たちはティモシーが犯罪を犯したことを知らず、そしておそらくは今後も知らないままなのだ。ティモシーがどんなことをして家族を危機に陥れたのか、どれほど絞首台に近づいていたのかを、彼女たちは知らない。

ティモシーが客間に入ってきたとき、時間がかかったのは身なりを整えていたからではないことがわかった。最後に公の場で会ったときのような威勢のいい格好とはかけ離れた、だらしのなさだった。クラバットは歪んでいるし目は充血していて、酔っぱらいがふらつかないよう努力しているような、緩慢で慎重な動きだった。

「ロスウェル」

「ティモシー、時間を取らせてすまない。俺の言うことを覚えていられるだけの正気はあるか？」

ティモシーは笑った。「同じ男、同じ言葉。同じ答えだよ、ロスウェル。忌々しいぐらい正気だ」

どうだか。しかし飲みすぎているわけでもなさそうだった。ならばいい。

「騒がしかったじゃないか。アイリーンに怒鳴られたのか？」

「おまえの犯したことで俺を責めていたよ。それは俺の花嫁もそうだ。おまえが嘘をついたせいでな」

「そうしろって言わなかったか？　彼女たちに本当のことを知らせないよう、なんとでも嘘をつけばいいと言ったのはおまえだ」

「アレクシアには本当のことを伝えてほしい」

「都合が悪くなったんだな？　悪いな、それは無理な相談だ。アレクシアからロザリンに伝わらないはずがない。おまえからも言えないはずだったな？　そう名誉を懸けて約束したんだからな。力になれなくて、なんともに残念だ」

ティモシーが変わってくれているとは期待していなかった。しかし楽しげに拒絶するのを聞くと、叩きのめしたくなった。

「ロザリンから聞いたよ。俺を引きずりだそうと口座の話を餌にしたんだって？」ティモシーは寝椅子に体を投げだして手足を広げた。「金は入ってるのか？」

「いくらかは。十分ではない」

「もちろん十分じゃないだろうさ。どれだけあったって十分じゃないんだ。それが俺への罰ってことだな？　このどん底からは二度と這いあがれないんだ」

「まじめに働けば這いあがれる。自分から病気に負けてしまうようなことをしなければ、這いあがれる」

「お説教はたくさんだ。ロザリンから五人分も聞かされてる。口座はどこだ？」

「イングランド銀行だ」

「兄さんの資産書類になかったのは妙なことだな」

「その口座の使い道を考えれば、そんなに妙でもない。おまえの手口はベンジャミンから学んだものだとわかったよ。ベンジャミンも長いあいだ同じことをやっていた。その口座は、盗んだ金を入れておくためのものだった」

ティモシーは耳を掻いた。「どこに入れておいたのか謎だったんだ。でももっとあるはずなんだ。十分すぎるぐらいに」

だ。いくらかは自分で使い、騙した顧客への利息の支払いにも使っていたようだ。おまえと同じようにな。複数の個人に渡っていった分もある。だが、三千ポンドは残っている。少しは足しになるだろう」

ティモシーは目を閉じてうなずきながら、ぼんやりと自分の世界に入ってしまったようだった。眠ってしまったのだろうかと思っていると、その目が開いた。「ジンのせいで頭が働かないのかもしれないが、だとしても、理屈に合わないことをするじゃないか」

「どう合わない?」

「兄さんのしたことを知ったのなら、どの債券を兄さんが売ったのかも知ってるんだろう。なんでその三千ポンドを俺に渡そうとするんだ?　顧客に返すのでなしに?」

「口座はベンジャミン名義のもので、おまえがその後継者だからだ。どれだけそうしたいと思ったところで、俺はおまえがその金を手に入れるのを邪魔することはできない。ベンジャミンの被害者たちには、彼の名誉を守るために俺が自分で返すつもりだ」

ティモシーは口笛を吹いた。「大金だぞ。ベンジャミンのことはおまえが埋め合わせをするが、俺のことはどうでもいいってのか」

「死んだ人間に埋め合わせをさせることはできないからな。それに、ベンジャミンは友人だのやり方を引き継いだとき、やつの仕込んだものから入ってきた金を隠すのもひと苦労だった。つまり、どれぐらい兄さんが手に入れてたかはなんとなくわかるのさ。三千ぽっちなんておかしい」

大金がどこへ行ったのか、ヘイデンはよく知っていた。サットンリーの懐を肥やしにいったのだ。「隠されたお宝をほかにも見つけられるとは思わない。かなりの金額が何度もブリストルとヨークの銀行に送金されてたが、それはベンジャミン名義の口座じゃなかった」

ティモシーは目に見えてがっかりした。「ブリストルへの金は父の借金だろう。それはもう諦めるしかない。ヨークのほうは誰だ？」

「キールという人物だ。彼の債券をかなり早い時期に売ったという記録があった。彼は初期の被害者のひとりだが、見たところベンジャミンはそれをすべて返済しているようだ」

ティモシーはまた、今度はカーペットの一点を見つめて自分の世界に入ってしまった。そして諦めたかのように肩をすくめた。「なら俺に残されたのはその三千ポンドだけということなんだな」

「妹たちのことを思うと、もっとあればよかったが」ヘイデンはウェストコートのポケットに手を入れて小さな紙片を取りだした。「イングランド銀行の口座の情報だ。調べる手間が省けるだろう」

ヘイデンは紙片をテーブルの上に置くと、ドアへと向かった。

「アレクシアと結婚したのもおかしいな」ティモシーが気だるげな声で言った。「名誉あることをしたと言うんだろうが、それにしてもおかしい。彼女は男の理性を狂わせるような女じゃない。相手がおまえならなおさらだ。おまえみたいな男が家庭教師を誘惑する必要なんかないはずじゃないか。ベンジャミンはアレクシアのことをかわいいと思ってたようだったが、俺からすればごく平凡な女でしかない」

ヘイデンは立ち止まり、ティモシーを振り返った。叩きのめしてやりたいという衝動に再び見舞われていた。「おまえにとっては、金だけが人間の価値を計るものさしなんだな」

ティモシーは皮肉な笑みを浮かべた。「どうせならロザリンをくれてやりたかったよ。名誉あることをして美人の妻が手に入るんだぞ。そして俺には金持ちの弟ができるってわけだ」

ティモシーは自分の思いつきが気に入ったのか忍び笑いを漏らした。ヘイデンは胸糞《むなくそ》悪い思いで客間から出た。ドアへと向かう途中、書斎の前を通りかかると、ロザリンの金色の頭が本の上に傾けられているのが見えた。ヘイデンは足を戻して無言でなかへ入っていった。

「ロングワース嬢、イングランド銀行のベンジャミン名義の口座に三千ポンド入っていると、いま兄上に伝えてきたところだ。ベンジャミンの後継者として、ティモシーはその金を受け取る権利がある。だが、ティモシーは具合が悪くなることが多いだろう。だから君にも伝えておいたほうがいいと思ってな」

ロザリンは本を閉じた。ヘイデンのほうは振り向かなかった。

「ロスウェル卿、伝えてくださってありがとう。兄にはそのお金を賢く使うようにしてもらいますわ」

18

ヘイデンが無理やり従兄妹たちに会ったことについて、アレクシアは何も言わなかった。その代わりにロンドンへ戻るとすぐにロザリンへ手紙を書き、友情の糸が切れてしまっていないことを願った。ロザリンからの返事が来るのを、四日のあいだ不安な思いで過ごした。

五日目の朝の郵便が届いたとき、アレクシアはヘイデンと一緒にモーニングルームにいた。ロザリンからの手紙がないと知ると、アレクシアの苛立ちはさらに募った。動揺を抱えながら、届けられた手紙を落ち着かないようすでいじった。物見高い人たちからの招待状は、社交界シーズンを間近に控えて日増しに増えていた。

そのなかには、ロザリンや、ましてやアレクシアのことなど鼻にもかけなかったであろう家からのものもあった。ヘイデンの付きあっている人たちのなかに、友だちになれそうな人はいないだろう。彼らはいつもアレクシアの結婚のことを噂しあい、ヘイデンは刀の切っ先を突きつけて申しこんだのだとでも吹聴しあっているのだろう。

「苛立ってるようだな、アレクシア」ヘイデンが言った。

「そんなことないわ」

「そうかな。手紙の何がそんなに気に食わないんだ？」

自分宛ての手紙やら書類やらに集中していてほしかった。実際のところ、この場にいてほしくなかった。いつからこんなふうに朝を過ごすようになったのだろう？　前は、アレクシアが下りてくるころにはもう出かけていたのに、最近はアレクシアが朝食をとるころにもまだモーニングルームにいることがほとんどなのだった。

アレクシアは手紙を持ちあげた。「招待状が多すぎるわ。来週から毎晩のように自分をお披露目しなければならないみたい。あなたの友だちでもない人たちに」

「なら断わればいい」

「基本的にどの招待も受けるって言ってたじゃない」

「君が楽しめるかぎりで、だ。面白そうなものを選んで、あとは断わることだ」

それで気が楽になるはずだったが、そうでもなかった。アレクシアはもう一度手紙の束をかき混ぜた。

「君を苛立たせてるのは、そこに来ている手紙か？　それとも来てない手紙か？」

ヘイデンに本当のことを見抜かれるのは嫌いではなかった。ただ、ロングワース家の話をするよう仕向けてくるのは嫌いだ。あの約束のおかげで夜はその話題から逃れていられたが、このところでは昼でもめったに話さないようになっていた。

ヘイデンは椅子にゆったり座ったままで部屋を支配していた。今日はシティに出かける用事があり、暗い色のコートを着ていて、いつもながらその姿にはっとしてしまう。エールズベリー・アビーで喧嘩をして以降ヘイデンに感じていた冷たさは、まだふたりのあいだをひんやりさせている。ヘイデンはアレクシアに命令したわけではなかったが、しかし答えを待っていた。

アレクシアは慎重に答えるか、正直に答えるかで少し迷った。これまでほとんどそうだったように、今回も後者が勝った。

「オックスフォードから戻ってきてから、ロザリンの手紙が来ないの。もう書くつもりがないのかと不安なの。彼女を訪ねたことが台なしになってしまったんじゃないかって」

ヘイデンは最後の言葉に反応した。悪いほうに。「僕のせいで?」

「馬車で送ってくれたことは親切だったけど、でもそれはあんなふうに家のなかにまであがりこむためだったのね」

「そこで何が起きたかを手紙で書いてこないのは残念なことだ。君から僕に尋ねてこようとしないのも奇妙なことだな」

「訊かずにいたほうがいいこともあるわ。従兄妹たちのことと彼らの境遇のこともそうだとあなたは思ってたはずだけど」

「君が怒りを伝えるのに言葉を必要としない種類の人間だとは思わなかった。自分の家が無言の復讐で満たされるのは好きじゃない。すっきりさせようじゃないか」

「何もかも？」

その挑戦は宙に浮いた。そこに含まれる危険をアレクシアはひしひしと感じ、言いださなければよかったと後悔すらした。何もかも話したいわけではなかった。

明らかに、ヘイデンにとっても同じようだった。わずかに身じろぎして表情を変えただけで、ヘイデンはその淵《ふち》から引き下がった。「彼らの屋敷に入ったのは、ティモシー・ロングワースにベンジャミンがイングランド銀行に口座を持っていたことを伝えるためだ。ティモシーに知らされていなかった口座が。かなりの額が入っていた」

「話したのはそれだけ？」

「重要なのはそれだけだ」

アレクシアはなんと言えばいいのかわからなかった。「ロザリンも知ってるの？」

「俺が伝えた。兄が金を手に入れることを彼女は知っておいたほうがいいだろうからな」

「ティモシーに手紙を書けばすんだじゃない」

「そうしないことにしたんだ」

アレクシアは手紙を見下ろした。ロザリンからの手紙がないことは、別の意味を持ちはじめた。もしかしたら、友情を取り戻したと思ったのは勘違いだったのかもしれない。失敗していたのかもしれない。最後にひと目会っておこうというだけだったのかもしれない。

ヘイデンが立ちあがった。もう何か別のことに思いを巡らせているようだった。

「口座を探してくれてありがとう。楽になるはずよ」

アレクシアの言葉にヘイデンは驚いた。「いや、偶然見つけただけだ」

「なら、あなたに口座を見つけさせてくれた神さまのお導きに感謝するわ。ロザリンに伝えてくれたこともとてもうれしいわ」アレクシアはヘイデンを見あげた。無視できないほど胸が痛んでいた。「エールズベリーで喧嘩しなければよかった。でも、あなたに誠実でないようなことを言わなかったことは知っておいて。彼女とのあいだに橋を架けなおすために、あなたを代償として差しだすようなことはしていないわ」

ヘイデンはアレクシアの頰を手で包んだ。アレクシアの瞳をのぞきこみ、親指で顎のラインをなでた。突然、ヘイデンが遠くにも冷たくも感じられなくなった。その体も心もとても近くて温かくて、まるで催眠術にかけられたようだった。

「今朝はシティの部屋に行くの？」アレクシアは尋ねた。

「昼には。その前に打ち合わせがいくつかあるんだ。チャルグローブとあと何人かと……」

ヘイデンはそれからぶつぶつとあまり意味をなさないような言葉をつぶやいたが、アレクシアの耳には入ってこなかった。甘美な触れ合いを引き延ばそうとしているだけだと気づいたから。

この数日のよそよそしさの後では、ふたりの考えていることすらひとつに溶けあうようなこの突然の親密さは驚きだった。目の前に立っているヘイデンは、現実だった。世界も時間も、夜の沈黙と秘密のなかでアレクシアの心と体をかすめてゆく訪問者ではなく、現実だった。

ヘイデンもこれを感じているのだろうか？　だからこの触れ合いをわざと伸ばして、それに集中しようとしているのだろうか？　もしくはアレクシアの想像がこの時間を引き延ばしているだけなのだろうか？

ヘイデンは体をかがめてキスをした。「戻るのは夜になる。待っていてくれ」

召使いがアレクシアを見つけたのは、アレクシアの昔の寝室でだった。アレクシアはそこで新しい帽子を作っていた。こんなことをしても従兄妹たちを助けるお金を渡せるわけではなかったが、でも楽しくはあった。自分でかぶるつもりの帽子だ。ブランブル夫人の客を喜ばせる必要はない。自分の好きなとおりにデザインできるのがうれしかった。

召使いはアレクシアに手紙を持ってきたのだった。ロザリンの筆跡。喜びと不安がないまぜになりながら、アレクシアは手紙を窓際に持っていった。オックスフォードで交わしたような温かさに満ちているだろうか？　ヘイデンがやってきたせいで、今後はもう付きあえなくなったと事務的に説明する文句が並んでいるのだろうか？

希望も恐怖も空振りだった。ロザリンが書いてきたのはまったく違うことだった。

《ティモシーがいなくなったの。見捨てられてしまったんだわ》

手紙を読み進めるうち、不安がどんどん高まっていった。こんなひどいことを止められなかったことが悔しくて涙が出てくる。何かしてあげたい、ティモシーの無責任な行動を何とかしてやめさせたいと焦るばかりで、思いつくのは見込みがないことやでたらめなことばかりだった。

アレクシアは昔のベッドに腰を下ろし、集中しようと努力しながらもう一度手紙を読み返した。なんでティモシーはそんなことを？　きっとロザリンの勘違いよ。ティモシーは戻ってくるはずよ。

ヘイデンにいてほしかった。手紙を見せて、これがどんな悲劇を意味しているのか尋ねたかった。ロザリンとアイリーンにどん底の生活なんてさせないと請けあってほしかった。

でもヘイデンはいない。夜までは帰ってこないのだ。

いつからだ？

その問いが頭に浮かんだのは、欲望の爆発で意識がおぼろげになり、情熱が絶頂に達していたときのことだ。

アレクシアが尋ねたのか？　自分で口にしたのか？　あのときアレクシアも昇りつめていた。両脚をヘイデンの体に巻きつけ、彼女の匂いと叫び声でヘイデンの頭はいっぱいになっていた。そして余韻に浸りながら体の結びつきをゆっくりとほどいてゆくとき、その問いが反響したのだった。

いつからだろう？　いつから昼の現実は、夜の情熱に侵食されてきたのだろう？

彼女と過ごしたいという思いでこれまでの習慣も変えたのはいつからだろう？　彼女の雰囲気に自分の雰囲気も同調してしまうようになったのはいつからだろう？　アレクシアの笑顔に喜びを感じ、アレクシアが顔をしかめると不安になる。どちらの場合でもアレクシアはヘイデンの思考を支配し、自分へと注意を向けさせていた。どんな遊びも長いこと楽しめなくなった。アレクシアのベッドにもぐりこめるよう、早くに屋敷へ戻るようになった。今夜そうだったように。

あまりにも完璧な平穏に包まれていて、それを乱すのは罪だとすら思える。いまは、惹かれていることで不利になろうがどうでもよかった。この予想だにしなかった感情を分析したり、そのせいでどれほど自分が自分らしくなくなっているかと考えるのは、昼のうちにすればいい。

自分の冷静さが再び形作られるのを待ってはいたが、永遠に形作られなかったとしてもかまわなかった。しかしとうとうその瞬間がやってきて、ヘイデンは目覚めた。夢のなかをさまよっていたようだ。アレクシアのほうへ手を伸ばしたとき、なぜこんなにも突然我に返ったのかがわかった。アレクシアはベッドにいなかった。

衣裳部屋からも何も音は聞こえてこない。ヘイデンは起きあがって部屋のなかを見わたし、自分の寝室も確かめた。おかしい。ヘイデンはローブを羽織るとランプをともし、アレクシアの昔の寝室へと向かった。

作りかけの帽子が、間に合わせの型の上に載っていた。つい最近作っていたのであろうことを示す徴候がそこここにある。ヘイデンの世界に入りこめる時間が来るのを待つあいだ、いつもこうして時間をつぶしていたのだろうか？　ヘイデンは帽子の丁寧な縫い目を観察した。アレクシアは本来、ご婦人がたを訪問するよりこちらのほうが好きなのだろうか。

階下に下りて書斎ものぞいたが、真っ暗だった。不安がますます募ってきたが、もうひとつの可能性が思い浮かんだ。ヘイデンは最上階へと階段を昇り、両側に召使いたちの部屋が並ぶ廊下を端まで歩いた。そしてドアを開いて屋根裏部屋へと入っていった。

屋根裏部屋は灯りがついていて、ヘイデンの手にしたランプの明かりを呑みこんだ。アレクシアが窓の近くに座っていた。前に見たときと同じように。またしても紙がまわりに散らばっていて、ベンジャミンのトランクがひとつ、口を開けていた。

でも今回はアレクシアは泣いていなかった。しゃんと背筋を伸ばし、頭をあげ、瞳を閉じ、何か考え事をしているようだった。まるで見知らぬ人のように遠く感じた。

燃えあがる怒りをなだめなければならなかった。アレクシアは毎日こうして過ごしていたのか。帽子作りなどではなく。アレクシアのベッドから自分の寝室へヘイデンが戻っていったあと、忍び足でここへやってきて昔の愛の思い出で心を慰めていたりもしたのか。ばかな。アレクシアは俺の妻だ。俺の妻だ。俺を、これまで許せなかったタイプの人間に、ロマンティックな間抜けに仕立てあげ、なのにそれに気づきすらしない。俺がどう思うかなんてどうでもいいのだ。なにしろ俺は彼女の家族を破滅させ、彼女を誘惑し、その後正しいことをしたというだけの男でしかないのだから。

アレクシアのせいで自分がくだらない人間になっているという事実を認めたことで怒りに油が注がれ、ヘイデンはそれに支配された。胸が奇妙にずしりと重くなっていることで彼女がどれほど大切な存在かが証明されてしまい、それもさらに怒りを駆りたてた。

ヘイデンは大股でアレクシアに近づいていった。

棚の上に積まれていた本に肩があたり、ばたばたと何冊か床にはたき落してしまった。その音にアレクシアはびくりとした。目を開けて首をまわし、なんでヘイデンがこんなところにいるのかわからないといった顔をした。

ヘイデンは開かれたトランクを見下ろした。死んで月日の経つ友人が、その形見でもっていまだに影響を及ぼしているのを感じた。それらはライバルの護符でもあった。あまりにも存在が大きすぎて、墓でさえも閉じこめてはおけないのだ。

ベンジャミン。潑剌《はつらつ》として幸福なベンジャミン。衝動と自由のかたまり。その生き方は理性によって決められるものではなかった。その衝動は現実主義に封じこめられるものではなかった。法も道徳も及ばなかった。そういう人間だった。
ヘイデンは、ベンジャミンを通して自由な魂を味わった。ベンジャミンはヘイデン・ロスウェルとは正反対で、それが彼の魅力だった。きっとアレクシアにとってもそうなのだろう。

　そうなのだ。その確信で、ヘイデンは激高した。

「このトランクは、俺たちのものではないはずだ」

「とっくに従兄妹たちに送るべきだったってわかってるわ。でもそうしなくてよかったかもしれない」

　やはりそうか。「日が昇ったら焼く」

アレクシアは守るかのようにトランクの角をつかんだ。「焼くですって？　なぜ？」

「なぜ？」アレクシアはまるで怒鳴られたかのようにびくりとした。怒鳴ったのだろうか？

「僕に抱かれるのがいやでこそこそこの部屋へあがってきては、君をもてあそんだ男のことで感傷に浸り、やつの思い出に病的に縛りつけようとするそのくだらないトランクを僕が焼きたいと言ったら、なぜと尋ねるのか？」アレクシアはショックを受けたように頭をのけぞらせていた。しかしその反応で満足できたのは一瞬だった。アレクシアは気を取り直すと背筋を伸ばし、ヘイデンを射すくめるようににらんだ。まるでその場にすっくと立ちあがり、鎧を身につけでもしたかのように自信に満ちて、ヘイデンの急襲を迎えうつべく尊厳をまとった。

なんてことだ。なんてすばらしいんだ。誰も彼女にかないはしまい。彼女が欲しくなるのも無理ないことではないか。

「まず、わたしはこそこそあがってきたりしてないわ」アレクシアは燃えるような目で見つめながら言った。「それに、感傷に浸るために来たわけでもないわ。今日ロザリンから届いた手紙で、とても悩んでいたの。あなたが眠っているあいだ、いくつか引っかかることがあるのに気づいて、それでここへ――つまり、いくつか確かめたいことがあったの」

アレクシアの冷めた怒ったような言葉が、ふたりを呑みこんでいた不安定な沈黙に穴を開けた。

「ロザリンからの手紙？　なぜ言わなかった」

「言いたかったわ、でもあなたは家にいなかったのよ」

「いまはいる。この数時間、君と一緒にいた。ロザリンの手紙で悩んでいたのなら――」

「従兄妹たちのことは夜のあいだは話さないって約束だわ。あなたの楽しみがわたしの悩みで邪魔されるのはいやだって、あなたははっきり言っていたはずよ」

アレクシアの言い方は事実だけを伝えるもので、いやみはなかった。その落ち着きぶりは彼女の思った以上に効果があり、ヘイデンは退却するよりなかった。それは、夫に押しつけられた制限を受け入れている従順な妻の声だった。何の期待も寄せていない女の声でもあった。

もちろん彼女は、ベッドで従兄妹の話をしてはいけないという命令を、そういう意味として受け取ったのだ。ほかにどうできたというのだ？　快楽以外も共有できるのではと最初からうっすらヘイデンが感じていたのも、そんなわだかまりが夜のあいだは見えなくなっていたからというだけなのだ。

ヘイデンはアレクシアの隣りに座った。彼女の処女を奪った日と同じように。自分をコントロールできなかったことは、あのときは衝撃でしかなかったが、いまはやっと理解できる。

「アレクシア、あれは自分勝手な約束だった。とても自分勝手だった。君が心を悩ませてるのに、不安なまま夜をひとりきりで過ごさせてしまった」

「ひとりきりでない時間も多かったわ」アレクシアの声はやわらかだった。「そのあいだは悩んだりしなくて済んだわ」

一番大切なことが自分の思いこみではなかったと聞けて、うれしかった。

「手紙ではなんと？」

「ティモシーが出ていってしまったんですって。あなたと会ったあと、お酒を飲むのをやめたみたい。冷たいほど正気――ロザリンはそう書いてた。出ていったのは三日前のことらしいわ」

「口座を確かめにロンドンに来ているんじゃないか？」

「ティモシーもそう言って出ていったんですって。大金を手に入れに行くんだ、って。何か面白いことを考えてるみたいに、笑いながら。でも昨日の夜になっても戻ってきていないの」

ヘイデンはアレクシアの頭をなでた。「金を手に入れて、いまごろ楽しく遊んでるのかもしれない。妹たちを見捨てたと考える理由はないだろう」

「ロザリンは、ティモシーが服をたくさん持っていったって書いてたわ。トランクにふたつも。なんでそんなに荷物を持っていくのかって訊いたら、もっと金があるところがある、その在りかも見当がついてるって答えたんですって」

「その場所を確かめたら、戻ってくるさ」口ぶりほどには、ヘイデン自身も確信を持てずにいた。あの悪党なら、妹たちをつらい運命のなかに置き去りにしながら自分は三千ポンドを持って逃げだすということもありえる。家で待っている借金のことは頭から追いやり、自分にはその金を使い果たす権利があると思いかねない。

床に積まれた手紙の束がヘイデンの注意を引いた。「アレクシア、なぜこんなものをまた読んだ？　ティモシーとは関係ないだろう」

アレクシアは手紙を一通取りあげた。「読んでたわけじゃないの。彼女の手紙の日付と場所を確かめようと思って」アレクシアは封筒の上のほう、日付と街の名前を指差した。「べンジャミンがギリシャへ発つ少し前に送られたものよ。ブリストルから」

「そのようだ」

「オックスフォードで会ったとき、ロザリンが妙なことを言ってたの。そのときも気にはなったのだけど、教会を出た瞬間あなたが――そう、それで忘れてしまったの」

あなたがいたせいで、と言いかけたのだろう。ヘイデンのせいだった。アレクシアは自分のものだと、視覚的にも物理的にも主張した。アレクシアの従妹に、ふたりきりで何を話していようが、自分の存在は危うくなどならないと示そうとしたのだ。自分の所有権と権威を見せつけるという、青二才のような狭量なことを。

最低の男だ。

「どんな話が気になったんだ？」

アレクシアはヘイデンが本当に興味を持っているのか確かめるように見つめた。そして彼に聞く気があるとわかったのか、体をずらしてヘイデンに向きなおった。

「結婚する前にロザリンのところへ行ったとき、ベンジャミンのことを訊いたことがあるの。あなたに訊かれたようなことを。チープサイドにいたときに暮らし向きがどうだったとか、なんであまりベンジャミンはお金を使おうとしなかったのか、というようなことを。ロザリンは、お父さまの借金をまだそのときは返していて、ベンジャミンの仕事が成功して入ってきた収入は、最初はそれに充てていたって言ってたわ」

「それは名誉あることだ。それで落ちこむとは考えにくいな」

「オックスフォードでは、ひどく酔っぱらったティモシーが全部ベンジャミンのせいだって言いだした、って話してくれたの。こんな悲惨なことになったのも、ベンジャミンがお金を全部ブリストルへ送ってしまったからだって。そのときは、お父さまの借金を返してたベンジャミンを責めるだなんて、ティモシーはおかしくなってしまったんだわって思っただけだった。でも今夜、ベンジャミンがもうひとつブリストルに関係があったことを思い出したの」

アレクシアは手紙を振ってみせた。その街の名が宙で揺れている。アレクシアが手にしている封筒からぬっと不気味に抜けだしてくるような気がした。アレクシアの鋭敏さは、この偶然にしがみついていた。表情からは、それがとても重要だと思っていることがうかがいしれた。

「ヘイデン、もしベンジャミンが借金を返していたのではなくて彼女にお金を送っていたのだとしたら？　たくさん。もしかしたら彼女から借りていたのかもしれないわ。もしかしたら彼女を愛していて、もしかしたら……もしかしたら彼女と結婚だってしてたかもしれない。彼女はとても親しい間柄にしか使わないような言葉づかいをしてるの。永遠に自分のものだと疑っていないような。もし彼女の要求だったり、ベンジャミンの義務だったりが、耐えられないものになっていたのだとしたら？　もし——」

アレクシアは言葉を切って下唇を嚙んだ。《もしベンジャミンがある女性に約束や財産で縛りつけられていて、でも本当は別の女性を想っているのだと気づいたのだとしたら？》海に身を投げたりするだろうか？

アレクシアはベンジャミンの死まで含めて、すべてを説明するもっともらしい案にしがみつきかけているようだ。しかしそれは間違った説明だ。お金はたしかにブリストルの銀行に行っていたが、それは父親の古い借金を返すためだ。残りのほとんどはサットンリーのところへ流れたのだ。

ベンジャミンとティモシーの犯罪を伝えないままではなんの説明もつかない。希望にすがるようなアレクシアの顔を見つめていると、すべて話してしまいたいという誘惑がどんどん膨らんでくる。アレクシアが考えている物語では、ベンジャミンが彼女をもてあそんだことも免罪されてしまう。自分が愛していたのと同じようにベンジャミンも自分を愛してくれていたのだと、また以前のように信じてしまう。最悪だ。そんなことになれば、アレクシアが死の間際に口にのぼらせる名前は、ベンジャミンということになってしまう。

「ブリストルに行けば、たくさんの疑問に答えが見つかると思うわ」アレクシアは封筒で手のひらをとんとんと叩きながら言った。「ティモシーもそこに行ったんだと思うわ。わたし、ブリストルに行って、ティモシーを見つけて、それからこの女性に会ってベンジャミンとの関係を訊こうと思うの」アレクシアは自分自身に説明しながらうなずいた。《ここには疑問がある。あそこには答えがある。一番合理的な解決方法は、ブリストルに行ってこの女性に会って、自分が正しいか確かめることよ》

「だめだ」

ヘイデンの答えで、アレクシアは頭のなかで練っていた計画から引き戻された。「でもそうしなければ真相がわからないわ」

「ブリストルに真相なんてない。ティモシー・ロングワースはそこに行っていない。行く理由がないからだ」

「オックスフォードにもいないわ」アレクシアは指摘した。

「どこにあるとも知れない隠れた財宝を追いかけてるんだ。放っておけばじきに戻ってくる。ロザリンとアイリーンのことは心配しなくていい。ティモシーがいなくなってしまったのだから、援助も受けとってくれるだろう。兄貴がいないほうがましかもしれない」

「隠れた財宝がないのなら、ベンジャミンのお金はどこに行ったの？　あなたもそれが気になっていたはずよ、忘れた？」

もしこれが昼間なら、もしこんなにもランプの灯りに照らされたアレクシアが愛らしくなかったら、もしアレクシアに真実を明かさないために嘘を重ねているのでなかったら、その質問への答えもなんとかひねりだせただろう。

「アレクシア、ブリストルへは行けないんだ。ロンドンにいなければならない仕事があるし、君をブリストルまで連れていく時間も取れない。街の名前がたまたま一致したというだけでティモシーを英国じゅう追いかけるなんて現実的じゃない。それに、この手紙を書いた女に君が会うのもよくない。これはふたりのあいだの手紙だ。君の目に触れるべきものじゃない」

アレクシアは長いことヘイデンを見つめていた。ヘイデンは、その菫の草原の向こうが見通せないことに気がついた。わざと俺になかをのぞかせまいとしているのか？　暗い灯りのせいでそう見えるというだけか？

「あなたの言うことにはたしかにもっともなところもあるわ」アレクシアは言った。

ヘイデンは立ちあがり、手を差し伸べた。「わかってくれてうれしいよ」

屋根裏部屋を出るとき、アレクシアから敵意は感じなかった。この件に関して自分の意見を尊重してくれたことにヘイデンはほっとした。

その夜、ベッドに入ってもヘイデンはすぐには寝つけなかった。ベンジャミンの通帳とブリストルの銀行への送金のことをずっと考えていた。あの口座から散っていった金の流れのうち、ブリストルへの送金はかなり早い時期に始まり最後までずっと続いていた。しかし通帳を調べているうちにその送金への興味は薄れ、サットンリーの名前を見つけた瞬間に頭から飛んでしまっていた。

ヘイデンは数字であればどんな種類のものであれそうそう忘れない。あの通帳の列も、記憶から正確に呼び戻すことができた。ブリストルに送られた金額は、ヨークに送られていた手形のように毎回決まったものではなかった。頭のなかで金額を合計した。

かなりの額だ。サットンリーの要求が増えるに従って少なくなってはいたが、それでも大金だった。最後のほうで引きだされていた現金もそこへ流れたのかもしれない。父親から受け継いだ古い借金などなかったのかもしれない。

隠れた財宝は、たしかにブリストルでティモシー・ロングワースを待っているのかもしれない。そうであってほしかった。ティモシーはその金で窮地から抜けだし、この悲しい物語は終わりを迎えるのだから。

19

夜には、夫を抱いた。とても敏感になっていて、夫がドアを開ける音が聞こえただけで体は反応した。名前をつけようもない感情が悦びと混じりあっていた。それは毎晩の、毎回のキスで深まっていくお互いへの理解から生まれているものだった。それはアレクシアの心を明るくし、温かさで包んでくれた。

昼には、夫とは別の生活を送った。ドレスは店に買いに行ったが、帽子は自分で作った。キャロラインの授業も続けていた。フェイドラを訪ね、ロザリンに励ましの手紙を書いた。

そしてブリストルへ行く計画も立てていた。

ヘイデンは行くことを禁じたわけではない。行かないほうがいいと言っただけ。命令されていたとしても、従わなかっただろう。いい妻でも、いつでも絶対に服従しなければならないというわけではない。それに、これは許可が出て当然なほど重要なことなのだ。ただやはり、ヘイデンに何も命じられなかったのは都合がよかった。

ヘイデンに堂々と嘘をつくつもりはない。ただ、別の計画にブリストル行きを紛れこませただけだ。別の計画の信憑性《しんぴょうせい》を高めるために、アレクシアはその週の後半、シティへ出かけてダーフィールドの銀行へ寄った。

ダーフィールドはまじめそうで、ちょうどよかった。まさに銀行家として信頼されるタイプだ。銀色になった髪の毛と落ち着いた服装で成熟した大人の印象を与え、成功していることを感じさせる。眉が汗で湿っていることと会話のあいだに挟まる長い沈黙がなければ、アレクシアもこの銀行の支払能力と体力に疑問を持たなかったことだろう。

「債券を売りたいとおっしゃるんですね」彼は言った。

「ええ」もう三度目だ。それほど歳をとっているわけでもないだろうに、何かほかに気になることでもあって注意が散漫になっているのだろうか。

「それはお勧めできません。あなたの従兄が銀行からいなくなって、いまはわたしがあなたの管財人なんです。思うに、それはあまり賢くない選択です」

「大した額じゃありませんわ。それに、結婚したので細かな収入はもう必要なくなったんですの。夫とも、債券からの収入は自分の好きにしていいと、結婚したときに取り交わしてありますわ。お渡しした写しのとおりに。夫がもっと額の大きい信託を作ってくれたことも書いてあると思います」

ダーフィールドは結婚のことを言われると青ざめた。唇を引き結び、取り交わされた内容が記された書類をのぞきこんだ。ヘイデンはこの銀行と彼を破滅に追いやろうとした人間だ。

きっとヘイデンのことはよく思っていないに違いない。そしてダーフィールドはティモシーを破滅させるのに手を貸した人間だ。だからアレクシアはダーフィールドのことをよく思っていなかった。

気まずい会話になるとは思っていたが、こんなに長引くとは思っていなかった。ダーフィールドはまずアレクシアがやってきたことに驚き、その用事を聞くと長々と考えこみ、黙ったまま混乱しているようだった。

「奥さま、大した額ではなくとも、結婚された女性の場合、なるべく自分のものには手を付けずに置いておいたほうがいいのです。たとえば子供のため——」

「別のいい使い道があるんです」

「お伺いしても？」

「いいえ、ダーフィールドさん、それはお話しできませんの。もう百回もお伝えしてますけれど、あなたの目の前に書類はきちんと揃ってますわ。債券の売却に応じてくださいませんか？」

ダーフィールドは目を細めて書類をいじくった。「旦那さまがこの債券からの利息に対して権利を放棄していることを、弁護士に確認させてください。旦那さまとのあいだに問題を起こしたくないんです。それと、この新しい信託の手続きがすべて終わっているかも確認させていただけませんか」

「お時間はどれぐらいかかるんですの？」

「一週間、いや二週間かもしれません。それからさらに債券の清算で一週間かかります」

「ダーフィールドさん、なぜ夫がこの銀行から侯爵家の資金を引きだしたのか、理解できましたわ。こんな単純な取引にそんなにも時間がかかるなんて」

ダーフィールドの表情が暗くなった。その目に何か奇妙な、うつろな表情が浮かんだ。弱々しげなほほえみも少しおかしい。

するといきなり、ダーフィールドはアレクシアの存在を忘れてしまったようにきびきびと動きだした。そして無作法にも懐中時計を取りだし、時刻を確認すると顔を輝かせた。彼は立ちあがった。「奥さま、ご期待に添えるかどうか確定しだい、ご連絡をさしあげます。残念ながら来客がありまして」

一時間近くもむだにしておいて、アレクシアを放りだそうというのだ。「ご連絡をお待ちしてますわ。迅速に手続きをすませていただけるものと信じてますわ。あと、夫への悪い感情からわざと遅らせようとされないことを願ってますわ」

考えていたようにはまったく運ばなかった。お金をロザリンのところへ持って行きたかったのに、できなくなってしまった。

苛立っていたせいで、ダーフィールドの事務所を出て銀行の玄関へ向かうあいだ、まわりのことにあまり注意を向けていなかった。なので、自分の目が見ているものを認識するのに少し時間がかかった。ヘイデンが銀行に入ってきて、こちらへ歩いてくる。ヘイデンもアレクシアに気づくと、ほんのわずか足が止まったが、しかし意を決したようにそのままこちらへ向かってきた。

アレクシアはヘイデンが自分のところまでやってくるのを待った。「馬番がまたわたしの行き先を教えたのね？　召使いをスパイのように使うのはよくないと思うわ、ヘイデン」

ヘイデンの視線がつと後ろへそれた。アレクシアは振り返り、ダーフィールドがドアのところからこちらを見ているのに気づいた。

「大事なお客さまが来るみたいよ」アレクシアはヘイデンに言った。「彼に会ってみて、あなたが彼にお金を任せられないと思ったのもなんとなく理解できたわ」

「なぜダーフィールドに会いに来たんだ？」

ダーフィールドが急いでやってきて、ふたりのあいだに体を割りこませた。「ロスウェル卿、こんなところにいらっしゃるなんて、奇遇ですな」

ヘイデンはそれに同意した。ダーフィールドはあのおかしな笑顔を貼りつけている。

「債券を売りに来たの」アレクシアは言った。「それをロザリンにあげようと思って。もうわたしには必要ないものだもの。なのにこの方は結婚のときも取り交わしのことも信じてくださらないし、この債券をけっして手放してはいけないとお考えなの」アレクシアはいいことを思いついた。「ダーフィールドさん、わたしを養って余りあるほどの資産があると夫が請けあえば、それでご満足かしら？」

ダーフィールドは懇願するようにヘイデンを見つめた。このおかしなご婦人の言うことを通訳してくれないかとでもいうような顔で。

「ダーフィールド、君の事務所でこの件について少し話せるか？　ロンドンじゅうに知れわたる前に」ヘイデンが言った。

「彼は大事なお客さまが――」

「大丈夫です、大丈夫です。旦那さまとこのお話をすませてしまうというのは、とてもすばらしい案ですな」ダーフィールドは事務所のほうへさっと腕を差しだした。

アレクシアは来た道を戻り、また同じ椅子に腰かけることになった。

「おふたりだけでお話しする時間をお作りしましょうか？」ダーフィールドがヘイデンに尋ねた。

「いや、必要ないだろう。妻の話は理解している。債券をすべて売りたい、そうだな？」

「そのとおりです。奥さまはそのことは結婚の際に取り交わしたことでもあるとおっしゃっていて、もしそれが本当であればこの程度の債券の管財人としてはお断わりするほうが難しいのです。妥当でありさえすればいいのです。しかし、念のため確認させていただこうと思いまして。奥さまが売却されるのをあなたがご存じなのかどうか」ダーフィールドの声にはそれまでなかった硬さがあった。彼はアレクシアをのぞきこんだ。「そうお望みなのですね？　債券を売却することを？」

「ええ、もう四度目ですわ。債券を売りたいんです」

ダーフィールドはまるでその言葉が聞くに堪えないものであるかのようにヘイデンを見つめた。

「彼女の将来のことは僕が十分に面倒を見る。もちろん子供たちのこともだ。すぐに売却の手続きに取りかかってもらえるかな」

「すぐに？」

「普通ではないことはわかっているが、方法はあるはずだ。そうだな、先に代金を立て替えてもらって、売却したらそれで清算してもらうというのはどうだ？　そういうことをするときもあるんだろう？　以前にもそういうことがあったかと思うが」

ダーフィールドはアレクシアに心配げな目を向けた。「それでよろしいですか？」

「すぐにお金が手に入るなら、もちろんそちらのほうがいいわ」三十分ほど前にそれを思いついてくれればよかったのに。そうしたらヘイデンにも見つからなかったのに。

ダーフィールドは机の引き出しから、革表紙の大きな帳簿を取りだした。そして確認するように最後にヘイデンにちらりと目をやると、ペンをインクつぼに入れた。それからしばらく引っかいたり汚したり切ったりしたあと、彼はアレクシアに四百ポンドの手形を渡した。

「彼と話していて不安になったわ」馬車へと戻りながらアレクシアはヘイデンに言った。

「彼が本物の銀行家で、ティモシーはただ彼の尻尾にくっついているだけだとずっと思っていたけれど、もうそうは思えないわ」

「自分ひとりで物事を決める女性に慣れていないいんだろう。なぜそうしたんだ?」

「あの銀行ではあなたは歓迎されないだろうと思ったの」

ヘイデンは馬車のドアを開けたが、なかへ入るよう手を差しださなかった。ただアレクシアを見下ろしていた。「本当は、僕に自分がやっていることを知られたくなかったんだろう」

「明日全部説明するつもりだったわ」

「何を?」

アレクシアはハンドバッグを開いて手形を引っ張りだした。実際に数字として書かれているのを見ると、途方もない金額に見えた。「ロザリンのところに持っていこうと思うの。これと、ベンジャミンのトランクを。あなたは正しかったわ。ベンジャミンの持ちものはもうあの屋敷のものじゃない。あの債権、利息は大したものではないけど、元金でロザリンたちは二、三年は生活できるわ。それにロザリンに渡すからティモシーの借金を返すのに使われてしまうこともないし」

ヘイデンは不満だった。「普通、妻が街を出るときは、たとえそれが親戚を訪ねるのであっても、夫の承諾を得るものだ。君だって前回はそうしたと思うがな」

「わたしが出かけても気にしないってわかっていたんですもの。それに、トランクのことを言ったのはあなたよ。この手形だって手紙で送るには大金すぎるし」アレクシアはもう一度その金額をうっとりと眺めた。「あら、変ね。見て、ここにサインしてあるけれど、銀行のお金だとも書いてないし、経営者としてのサインでもないわ。彼個人のお金から振りだしたものみたい」

ヘイデンはうまいことアレクシアの指から手形を取ると、ハンドバッグのなかに戻して口を閉じてしまった。「そういうやり方をすることもあるんだ」

「でもあまりいいやり方には思えないわ。混乱してしまうでしょうに。どこのお金なのかわからなくなってしまうじゃない」

ヘイデンは馬車に乗るようアレクシアに手を差しだした。「ロザリンたちのところにはどれぐらい行っているつもりだ？」

計画の大まかなところがすんなりと受け入れられたようなのはうれしかったが、屋敷を空ける期間を尋ねられるのはもう少しあとにしてほしかった。スレッドニードル通りの真んなかで交渉したくはない。「たぶん、三日間」

ヘイデンはドア枠に背をもたせかけ、腕を組んだ。いい徴候ではない。「二日だ、アレクシア。二日間」

「社交シーズンが始まれば、何カ月も会えなくなってしまうのよ。四日間だって多すぎるとは思わないわ」

「四日だって？」ヘイデンはにやりと笑った。「新妻抜きで四日間も過ごさなければならないなんて、ぞっとしないな」

「そんなに寂しくならないようにしようと思ってるの。明日の夜は一緒に夕食をとって、早めに部屋にあがりましょう」

アレクシアが長い悦びの夜をほのめかしたことで、ヘイデンは叱ろうと思っていた言葉がどこかへ飛んでいってしまったようだった。ヘイデンからの視線で、体じゅうの敏感なところが甘く震える。馬車に乗ってすぐにでも体を合わせてくれないだろうかと半ば期待してしまうほど。

「ひとりで過ごさなければならない時間の埋め合わせをしてくれるのなら、三日か四日でもいいかもしれないな」

埋め合わせはするつもりだった。三日、もしくは四日間の外出も許してくれることだろう。それが五日だとか六日にならなければ、怒られることもない。


「彼女が来たと聞いたときのショックたるや、想像してくれ」ダーフィールドが言った。「それに従兄にすでに売られてしまってる債券を売却したいんだと言われて――いやはや、もうだめかと思ったよ」

ヘイデンは事務所に入り、ダーフィールドとポートワインを飲んでいた。まだ動揺は隠せないようだったが、ポートワインで少しはましになるだろう。

「どうしたらいいか弱ってしまって、君が来るまで引きとめておこうかと思ったんだ。だが侯爵家の資金を全部引き揚げたことになってるようだったから、それはまずいとわかった」

ダーフィールドはもう一口ごくりと飲みこんだ。「冷静だったな、ロスウェル。じつに冷静だった。奥さんは君が後をつけてきたとしか思っていないだろう」

そのはずだ。ヘイデンは、アレクシアがロザリンたちのところへ行くことで頭がいっぱいになっていることに賭けていた。きっと、今日の出来事をじっくり振りかえることもないだろう。

「ロングワースは、俺が家の資金を銀行から引きだしたせいで破産したんだと彼女や妹たちに話したようだ。資産が一気になくなったことにそう説明をつけたんだ。そして俺は、彼女たちには本当のことは伝えないと約束した」

「奥さんが銀行やわたしを追いこむような真実を暴きたてたりしないよう、気をつけてくれよ」

ヘイデンは大丈夫だと請けあったが、はたしてどこまでこちらの思いどおりに進んでくれるか確信は持てなかった。アレクシアが銀行家たちのおしゃべりに耳を傾け、銀行の資金と個人の口座を取りまぜることなどありえないと知ってしまうのは容易に想像できる。個人が振りだした手形を受け取ったことは、そうそう忘れたりすまい。

ヘイデンは今日銀行を訪ねた用事に話題を切り替えた。「どの得意先からベンジャミン・ロングワースが金をだましとったのか、突き止めたか?」

ダーフィールドの表情が陰った。「何日もかかったが、全部ひっくり返して追いかけ、残されたサインを確認した。言いにくいことなんだが、思っていたとおり状況は悪い。いや、思っていたよりも、悪い」

「あといくら必要なんだ?」

「君の解決策は賢くないかもしれないぞ、ロスウェル。君に負担がかかるのもそうだが、記録に不備があったと説明したところで納得しない客もいるだろう。それに、この銀行は記録ひとつまともにつけられないんだと上流社会に広まるのも怖い」

「なら、犯罪者をふたりも共同経営者にしていたと知れわたるほうがいいのか? パニックになって公債の信用ががた落ちするほうがいいのか? サインを求められた客が気にすることは、一ペニーたりとも損をしないかどうかということだけだ。ティモシーは利息を払いつづけていたし、今度は元金が戻ってくる。ほとんどは君の話してることすら理解できないだろう」少なくとも、ヘイデンはこのやり方でいけると思っていた。「いくらだ?」

ダーフィールドはため息をついた。ペンを取りあげると、小さな紙切れに書きつけた。そして机の上をヘイデンのほうへ滑らせた。

ヘイデンは数字を読んだ。それは、ベンジャミンの隠し口座の通帳を思い出しながら昨晩計算していた合計とほぼ一致していた。今回こそ、とうとう、被害者を全員特定できたということだろう。

「奥さんの債券は……」ダーフィールドの表情が、途切れた言葉を補っていた。もう彼女が持ってもいない債券を、どうやって売ったものだろう？

「彼女には、書類の準備ができたので俺が夫として売却のサインをしたと言っておこう」

「普通の女性たちのように、金融のことなど詳しくないと思って大丈夫か？　君がサインする権利を持っているということにも疑問を抱かないと？」

「俺から説明する。この件はもう心配するな。彼女のことは大丈夫だ」

「それを聞いてほっとしたよ。いや、もしこの入り組んだ状況がたかが四百ポンドの債券のせいで明るみに出たら、これ以上皮肉なことはないな。しかも誰でもない、君の奥さんが持っていた債券で」

ろくでもない皮肉だ。アレクシアは金融に関する知識はないかもしれないが、苦しい状況に置かれていた女として、何が自分のものなのかはしっかり把握している。この最後のごまかしをやり通すのは、それほど単純なことではないかもしれない。

「奥さまは寝室で夕食をおとりになるとのことでした、旦那さま」翌日、ヘイデンが屋敷に戻るとすぐにフォークナーが抑揚のついた声で告げてきた。

よく理解できなかった。長い夜を過ごそうとほのめかされていたせいで、今日はずっと気が散りっぱなしだったのだ。あの瞳の官能的な光を思い出すたび、ヘイデンのものは固くなっていた。それが顔を見ることもなく寝室にあがってしまうとは。そして明日の朝にはオックスフォードシャーへ発ってしまうのだ。

フォークナーが封印された紙を手渡してきた。病気だとかもっともらしい言い訳が書かれているのだろうと思いながら、ヘイデンはそれを開いた。

丁寧な美しい文字で綴《つづ》られていたのは、ロスウェル夫人にして結婚した愛人が、ヘイデン・ロスウェル卿を部屋での夕食に招待するという文句だった。アレクシアが自分でふたつ目の身分を書いたとは、信じられなかった。

「フォークナー、俺もダイニングルームには行かないことになったようだ」

「それはよろしいことです、旦那さま」

ヘイデンは自分の部屋へあがった。ニコルソンはいなかった。しかし、着替えが置いてあった。アレクシアからのメッセージが、濃い群青色の絹のローブの上に置かれている。《とても気楽なパーティーですから》

アレクシアのささやかなゲームに楽しくなって、ヘイデンは服を脱ぎ捨てるとローブを羽織った。アレクシアへのプレゼントをどこに隠そうかとしばらく迷ったが、腰に巻いたベルトに挟みこむようにローブのなかへしまった。そして、アレクシアがほかにどんなことを企んでいるのか、確かめに向かった。

夕食は寝室のテーブルの上に準備されていた。アレクシアはもうひとつの、布のかかった小さめのテーブルで椅子にかけていた。ろうそくの明かりがその頬で踊り、瞳の色を濃く見せていた。

ヘイデンはローブ一枚になっていたが、アレクシアはそうではなかった。いままで見たことのないディナードレスに身を包んでいる。赤の色合いがすばらしく、体にぴったりと合っていてその豊かな胸がよく見えた。アレクシアのささやかな餌と芝居的な効果にじらされ、その堂々とした美しさを目にしただけで口のなかがからからになった。

「素敵なドレスだ」ヘイデンは言った。そして自分のほとんど裸に近い体を指し示した。「僕をはめたな」

「見せたかったの。初めての新しい服が今日届いたから」

「きれいだ」あまりにも。ほかの男の目に触れさせたくないほどに。

ヘイデンはもうひとつのテーブルに目をやった。皿やボウルには蓋《ふた》がされている。「召使い抜きでお願いしたいものだ」

「結婚した愛人として、誰も口外しないとは信じられないもの。だから、給仕のいらない食事を頼んでおいたわ」

蓋の下にどんな料理が並んでいるかなどどうでもよかった。今日一日、別の飢えがずっと燃えたぎっていたのだ。ヘイデンをちょっとした遊びで誘惑しようとするアレクシアの試みはとても愛おしくて、抜群の効果を発揮していた。

ヘイデンはもっとよくドレスを見ようと近寄った。その絹の生地は、光を受けて淡く光っていた。以前の服よりも肌が隠れている部分は多かったが、体によく合っていて、官能的だ。ヘイデンの心がそう思わせているのかもしれない。もしくは、素直に欲望を伝えてくるアレクシアの視線のせいか。

ヘイデンは体をかがめてアレクシアにキスをした。「先に夕食をすませてしまおうか?」

「その前に」アレクシアは立ちあがって背中を向けた。「これを脱ぐのを手伝って」

喜んで。ドレスにはホックがたくさんあった。ヘイデンは布に隠れた金具の列も注意してはずしていった。ヘイデンの手が動くのに合わせて、アレクシアのしなやかな体が動く。ゆっくりと自由にしてもらっているあいだ、アレクシアはリラックスしているように頭をかすかにゆらゆらとさせていた。

ヘイデンは脱がせた服がだめになってしまわないよう注意して、近くの長椅子に置いた。続いてコルセットの紐にとりかかった。アレクシアが身につけているものから自由になっていくにつれ、ヘイデンのものはいっそう固くなった。

すぐにアレクシアはシュミーズとストッキングだけの姿となった。結婚式の日と同じように。でも、今日はアレクシアがそれを脱いでいくのを眺めていたくはなかった。ヘイデンは自分の手でシュミーズを下ろし、アレクシアのしなやかな背中と細い腰と、やわらかくて丸みを帯びた尻を露わにしていった。

アレクシアは目に見えるほど震え、肩越しにヘイデンを振り返った。「今日はあなたを誘惑するつもりだったの」

「見事に成功しているよ」ヘイデンはアレクシアをテーブルの端に座らせた。そして椅子を引いてきて自分はそこに腰かけると、片方のストッキングを下ろしはじめた。そうされているアレクシアは、裸で、やわらかくて、透き通るように白く、乳房は張ってぴんと上を向いていて、耐えがたいほどエロティックだった。アレクシアの腿がかすかに両側へ動き、ピンク色の場所が見えた。アレクシア自身の麝香《じゃこう》のような匂いがした。

かっと体が熱くなり、見ているだけでは我慢できなくなった。もう片方のストッキングになど構っていられず、アレクシアの腰を動かして両脚を広げさせ、アレクシアが自制を失いその体から力が抜けてしまうまで舌を使った。

ヘイデンが途中で止めると、アレクシアは泣き声をあげた。激しくまばたきをし、荒く呼吸して自分を落ち着かせようとし、野性味を帯びた瞳でヘイデンを見つめる。腕を後ろについて体を支え、女性自身をはっきり見せた恥ずかしい格好でテーブルに座ったまま。

アレクシアはテーブルから滑りおりてヘイデンの腕のなかに飛びこんだ。膝でしっかりとヘイデンの腰を押さえてしがみつく。ヘイデンにキスをし、両手でその頭と肩をなでさする。

そしてその手がローブのなかへと差し入れられ肌を愛撫されると、ヘイデンは頭が爆発してしまいそうになった。

アレクシアの手が、ヘイデンが隠していたプレゼントに触れた。アレクシアは動きを止めて問いかけるような瞳をヘイデンに向け、それを取りだした。ひと揃いのダイヤモンドのアクセサリーがなかに入っているのを見て、アレクシアは両目を見開いた。うれしくてたまらないという笑い声がその喉を鳴らした。

ヘイデンはネックレスを引っ張りだすと、それを首にかけてやった。ネックレスはアレクシアの首できらきらと輝き、アレクシアの瞳の艶めきを反射し、アレクシアの乳房の上で小さな白い炎のように光った。アレクシアはそれを見おろした。「このままつけていることにするわ。とても強く、美しくなった気にさせてくれるの。とても勇敢に」

そのとおりだった。アレクシアのささやかな誘惑は、さらに積極的になっていった。キスと指とで、ヘイデンをじらしにじらした。ヘイデンのローブを脱がせ、自分と同じく裸にした。ヘイデンが自分に触れることは許したが、誘惑するのは自分からだと譲らなかった。いくら触れあっても物足りないというように抱きあいキスしあって、ふたりは体を絡ませあったが、アレクシアは手をふたりの体のあいだに差し入れて下へと動かしていった。今日のアレクシアには、ヘイデンをどう扱うかのためらいはかけらもなかった。どうすれば悦ばせられるか学んだアレクシアは、容赦なかった。アレクシアの責めは無情だった。

アレクシアはむさぼるようなヘイデンのキスから逃れ、自分がしていることを見下ろした。そして手を動かしたままヘイデンの目をのぞきこみ、自分にどんな力があるのかを確かめた。アレクシアの唇が開き、舌の先が歯の隙間からのぞく。ヘイデンの大きくなったものは、その思わせぶりな口を見た瞬間いっそう大きく、固くなり、ヘイデンは欲望に容赦なくあおれ苛まれた。

アレクシアは何かに気づいたようだ。考えぶかげに眉を寄せる。余計なことを考えさせまいとヘイデンは顔をうずめて乳房を吸った。

「これがただの遊びなんかでなくて、本当にわたしが結婚した愛人だとしたら、何をして誘惑してもらいたい?」一息を呑みあえぐヘイデンの耳に、その声はとぎれとぎれに聞こえた。死んでしまいそうだ。ヘイデンは尋ねられたことの答えをアレクシアに告げた。ショックのあまりすべてをやめてしまわないだろうかと、不安になりながら。

アレクシアはまた自分の手を見つめた。そしてヘイデンに巻きつけていた脚をはずした。あまりにもすぐへイデンの前にしゃがみこんだので、何をしようとしているのかを認識するのに少し時間がかかった。アレクシアが自分の前にしゃがみこんでいるのを見ただけで、彼女の肩が自分の膝のあたりにあり、ダイヤモンドがその肌の上で燃えているのを見ただけで、ヘイデンの頭はからっぽになり、ただ激しい欲望だけに支配された。欲望のなかで獣が歯をむきだしにしている。

アレクシアのキスにヘイデンはうめいた。最初はいろいろと試すように、そしてしだいに自信をつけて、アレクシアの口は動いた。もう何をされているのかもよくわからなくなってしまった。黒いベルベットのような世界に放りだされ、男性自身は固くなり快感が果てしなく高まっていく。理性のかけらにしがみつくことも難しい。永遠に抜けだせない気がする。アレクシアが立ちあがり、またヘイデンの膝の上に座った。ヘイデンはアレクシアを引き寄せ、その腰を持ちあげた。そして再び腰を勢いよく引きおろすと、ふたりは恍惚に体を震わせた。自信に満ち、自分の力に自由を感じて、アレクシアは体をしっかりとヘイデンに寄せて乳房を彼の口もとへ運び、互いに抱きあい絶頂まで昇りつめると、悦びに叫んだ。

20

ブリストルに着くとアレクシアは窓から外を眺めた。海峡からはかなり離れているが、海の匂いがする。通り沿いに見える建物は、潮風のせいで色あせていた。屋根の並ぶ向こうに、船の帆の先端だけがようやく見える。

埠頭《ふとう》から少し離れたところの宿を取っていた。それでも、緩いのぼり坂に建っているホテルからは、エイボン川がちらりと見える。

ロザリンを訪ねて安心させ元気づけてやりたかったのだが、それはうまくいかなかった。ロザリンはヘイデンからの援助を受けようとしなかった。ヘイデンへの恨みは、ティモシーがいなくなったところで消えるものではなかったのだ。四百ポンドを受け取らせるのも一苦労だった。自分とアイリーンが飢え死にしそうになるまでは使わない、と言ってようやくもらってくれたものの。

ベンジャミンのトランクが戻ってきたのも、場の空気を明るくしてくれるものではなかった。ベンジャミンの形見は、ロザリンを落ち込ませただけだった。思い出が埋葬されているものでしかないのだ。アレクシアは、ロザリンたちにトランクを開けてなかを確かめるようには言わなかった。いつか開けるだろう。でも、ロザリンたちがあの手紙に気づくことはない。アレクシアが取りだしていたからだ。

もうどの手紙も一語一句まで頭に入っている。手紙を読んだのはブリストルへ向かう馬車のなかだった。自信に満ちた書き方を目にして、ベンジャミンはかなり深く彼女と付きあっていたのだろうと確信に近く思った。贈り物について書かれているところから、お金が送られたり使われたりしたことも知れた。

手紙を読んでいると、ベンジャミンの思い出がまた、この数週間で一番鮮やかによみがえってきた。アレクシアの心は、古いせつなさと新しい痛みとでずきずきと疼いた。この手紙を屋根裏部屋で見つけたあの日にベンジャミンの愛情への信頼は砕け散ったが、その破片のいくつかが、いまでもアレクシアを切り刻んでいる。

ただ、それほど深い傷ではない。それに、新しい思い出が古いものを紛らわせてくれる。ヘイデンと過ごした昨日の夜のことを考えると、夜明けまでふたりで共有したエロティックな驚きと楽しい遊びのことを思い出すと、古い痛みはすぐにやわらいだ。アレクシアは自分に驚いていた。きっとヘイデンも驚いただろう。オックスフォードシャーに向かうあいだ、アレクシアは幸福な恍惚に何度もぼんやりとしてしまいそうになり、やるべきことを考えるのに必死に集中していなければならなかった。

手紙を読む勇気を持てて、よかった。おかげで何を調べるべきかがわかった。ほとんどの手紙には同じサインが記されていた——ルーシー。けれど最初のほうの何通か、束の下のほうにあったものには、姪と住んでいる地所も書かれていた。

ルシンダ・モリソン、サンリー・メナー。名前と、おそらくは居場所もこれでわかった。

ブリストルの街並みを眺めながら、これからのことを考えた。どうやって彼女に近づけばいいだろう？　なんて言えばいいだろう？　ここまでやってくるあいだ、まる一日そんなことをずっと考えていた。

《わたしはベンジャミン・ロングワースの従妹です。手紙をお返ししに来ました》そう言えば、ルシンダ・モリソンは訪問者が彼女たちの関係を知っているのだとわかるだろう。ベンジャミンが死んだ後にほかの男性と結婚していたら、手紙のことをずっと気に病んでいるだろうから親切だと歓迎してくれるかもしれない。アレクシアも楽に訊きたいことを切りだせるだろう。

でも、ベンジャミンの名前が出ただけで目の前でドアを閉じられてしまうかもしれない。

いずれにせよ、もうすぐわかることだ。

アレクシアはハンドバッグの中身を確かめた。ペリースのボタンを留め、帽子をピンで留めた。そして改めて決心を固めるように、布とリボンでプレゼントのようにしてある手紙の束を手に取った。

サンリー・メナーはエイボン川からバースへと向かう道を三マイルほど進み、奥へと入ったところにあった。屋敷へと続く小道はよく手入れが行きとどいていた。

小高い丘を昇ると、屋敷が見えた。古い石造りの建物で、新しく作られた翼があり、もともとかなり大きい屋敷がさらに立派になっている。ルシンダ・モリソンは、孤独であっても心地よい暮らしを送っているようだ。

馬車が一台、正面に停まっていて、誰かほかに客人が来ているのだと思われた。アレクシアは跳ねあげを開けて、馬車を停めるよう頼んだ。馬車から外をのぞきながら、どうしようか決めかねていた。ほかの人がいるところを邪魔したくはない。日を改めたほうがいいかもしれない。

街に戻ってくれと御者に言いかけたとき、正面のドアが開いてひとりの女性が出てきた。その後ろから、山高帽をかぶりステッキを手にした男性も出てきた。客人が帰るのだろう。

御者も姿を現わしたのを見て、アレクシアはそのとき女性が客人ではなくむしろルシンダ・モリソンその人なのかもしれないと気づいた。本当にルシンダなら、どんな人なのか見たい。アレクシアは目を細めた。羽飾りの大きな帽子の下から、金髪がのぞいている。バランスのとれたプロポーションを色の濃い外出着に包んでいる。しかし、この距離からではそれ以上はっきりとは見えない。

馬車が小道を進んできた。アレクシアの御者は馬車をわきへ寄せはじめたが、そこは広さが足りなかった。玄関から馬車を進めてきたほうの御者はそれに気づき、アレクシアの馬車が屋敷へ近づけるよう、道がもう少し広くなっているところで自分の馬を止めた。ルシンダ・モリソンの馬車から頭が突きだされて、一緒に出てきた男性がどうしたのかと尋ねるのが聞こえた。妙な引っかかりを覚えた。アレクシアは窓の端を摑むと、よく見えるように体を近づけた。視界が、ぐるぐるとまわりはじめた。

遠くから聞こえてきた声が、アレクシアの頭のなかで轟音《ごうおん》のように鳴り響く。アレクシアの馬車はルシンダ・モリソンの馬車のすぐ横で停まった。男性が飛び降り、アレクシアのほうへ駆けてくる。ふたりは窓越しに互いを見つめあった。

彼の茫然としたような表情はすぐに消え去り、代わりに満面の喜びで輝いた。彼はアレクシアの馬車のドアを開けた。「君か！　びっくりしたよ。こんなうれしい驚きはないよ、アレクシア」

頭に黒い斑点が浮かんで来たかと思うと、アレクシアはベンジャミン・ロングワースの腕のなかに崩れ落ちた。

つんと鼻をつく臭いにたじろぎ、アレクシアは目を開けた。顔がふたつ、こちらをのぞきこんでいる。女性の顔を見たとき、その容貌と肌色があまりにも完璧すぎて、時間が止まったように感じた。

しかしアレクシアの注意が引き寄せられたのは、ベンジャミンの表情のほうだった。アレクシアが目を覚ましたのを見てほっとしているようだ。そして突然その顔いっぱいに笑みと、彼の性格を特徴づけるあの朗らかさが浮かんだ。アレクシアの意識を失わせた再会が奇妙だという不快感は持っていないようだ。

「気づいたみたいね」女性が言った。そして気付け薬の壜《びん》に蓋をして、テーブルの上に置いた。

「ええ、もう大丈夫。ありがとう」アレクシアは体を起こした。アレクシアは、書斎に置かれたソファに横になっていた。本棚は古かったが本の装丁はかなり新しく、革の見事な飾り細工が光っていて、落ち着いた豪華さを感じさせる。

馬車のなかでのような、心臓に穴が空いてしまいそうな動悸は収まっていた。髪と服に手をやって乱れを直しながら、どう切りだそうかと頭を回転させた。

ベンジャミンはじっと待っていた。この場だけ見れば、屋敷に招かれた客人がなぜか急に具合が悪くなってしまったように映るだろう。ただ、ベンジャミンに寄り添う美しい金髪の女性は、それにはほんの少し動揺が大きすぎるようだった。

「だらしがなくてごめんなさい。ベンジャミンも証言してくれると思うけれど、普段はこんなことはないの」アレクシアは言った。「でも、従兄を見て――」

「お化けでも見たのかと思ったんだな」ベンジャミンはアレクシアの肩を叩きながら後を引

き取った。「わかるよ、アレクシア。俺も同じぐらい驚いた」

「まさか。わたしが死んだなんてあなたが思う理由はないじゃない。違う？」アレクシアは女性のほうを向いた。「あなたがルシンダ・モリソンさん？」

もう少し回復していれば、アレクシアが名前を告げたときのふたりの驚きぶりにも満足できたことだろう。

「手紙で名前を知ったの。遺された手紙で――ベンジャミンが戻ってこなかったから、家族はみんな、死んでしまったものと思っていたの」アレクシアは説明した。

ベンジャミンの顔から驚きが消えて、また笑みが浮かんだ。「ああ、あの手紙か。どんな手紙なのか察したとは、鋭いな」

「どんな手紙なのかはわからなかったわ。いくつかに名前と住所が書かれてたから、手紙を返そうと思って来たの。馬車のなかよ」急に怒りがこみあげてきた。それを隠そうとも思わなかった。「ここであなたに会うなんて、考えもしなかったわ。妹たちにもわたしにも死んだと思わせるなんて、どうしてそんなことができたの？　なんで家に帰らなかったの？　手紙すら寄越さないなんて。とっくにいなくなったと思っていた人の顔を馬車の窓の向こうに見つけるなんて――」そのときの衝撃を思い出すと、血の流れは速度を増した。

ルシンダ・モリソンがベンジャミンと視線を合わせた。穏やかな表情のままだったが、愉快に思っていないのは手に取るようにわかった。ベンジャミンは腕を組んで、ふたりの女性から向けられるにらみをじっと耐え忍ぶ構えだった。

「従妹とふたりきりで少し説明をしたほうがよさそうだ」

ルシンダ・モリソンの眉が吊りあがった。彼女はくるりと踵を返し、ドアのほうへ向かった。「必要なことは説明してさしあげて」

ドアが閉まるとベンジャミンはソファに腰を下ろした。体をアレクシアのほうへ向け、また輝くような笑みを浮かべた。「会えてうれしいよ、アレクシア。会いたくてたまらなかった」

数年間離れていたが、ちっとも変っていない。前と変わらず優しくて、楽しげな旅行家で、人生の喜びがあふれだすようなさまは、見ているだけで心が浮きたってくる。しかしこんな異様な状況にあると、ベンジャミンの無邪気な興奮は悪趣味に感じられた。

「会いたくてたまらなかったって、どこに行けば会えるのか知っているはずでしょ？　わたしとは違うわ。あの女性は誰で、なんでベンジャミンはここにいるの？　海で助けられたのなら、どうして連絡してくれなかったの？」

ベンジャミンはアレクシアの乱れた頭へ腕をのばして、ほつれ毛を耳の後ろにかけてやった。「ちょっと複雑でね。帰れなかったんだよ。ひどい借りを作ってしまった男に、破滅させられそうになっていたんだ。その男の要求に応えるのは不可能になってきていた。だから……まあ、自分が死ねば、家族は楽になると思ったんだ。それに俺も楽になる」

頰の近くや耳にかすかに触れるベンジャミンの指先の懐かしさは、無視することにした。アレクシアの頭はどんどん冴えてきて、心に芽生えた安堵も、当然の怒りで消し飛んでいた。

「船から飛び降りたのね?」

ベンジャミンはうなずいた。「陸まで近かったんだ。コルシカ灯台が見えた。泳いだんだよ」

「そんなことをして、凍えてしまうわ! それに夜なら距離だって正確にはわからないはずよ。下手したら――」

「できると思ったんだ。そしてできた」ベンジャミンは軽く言った。あらゆる危険は向こうから避けていくとでもいうのだろうか。ギリシャに発つ前も似たようなことを言っていた。《俺は傷つかない。わかるんだ》

ベンジャミンはいつだって衝動的で、それに少し向こう見ずで、自分の運命にあきれるほど自信を持っていた。でも、こんなに殴ってやりたいと思ったことはなかった。

「それで英国まで戻ってきておきながら、みんなには自分は死んだと思わせておいたのね」アレクシアは言った。「そしてここに来たのね。どうしてなの、ベンジャミン?」

ベンジャミンは肩をすくめた。「彼女は古い友人なんだ。父さんの友だちの姪《めい》っ子なんだよ。それで――」

「わたし、手紙を読んだのよ」

ベンジャミンの表情は少しまじめになった。「まあ、彼女が長いこと計画を温めてたんだ。でも俺は――」

「あなたがギリシャに発つ前にブリストルにお金を送ったことも知ってるわ」

今度は沈黙。ベンジャミンが真剣な表情をするのは、初めて見る。アレクシアにキスをするときにも、その愛情はほほえみと笑い声であふれていたのに。

いまそのことは考えないようにしよう。でも近くにベンジャミンがいて、こんなにも近く、こんなにも生き生きとしていて、昔から彼が好きだったかすかにレモンオイルの混じる石鹸の匂いに鼻をくすぐられると、それも難しかった。思い出が洪水のようにアレクシアを呑みこみ、努力しなければひねりださなければひどいことをされたということも忘れてしまいそうだった。

ベンジャミンは閉じられたドアに目をやって、その向こうから人の気配がしないかと耳をそばだてた。「歩く元気はあるかい？　屋敷の裏にちょこちょこ空き地があるんだ。よかったら少し歩かないか」

「外の空気を吸いたいわ」アレクシアの出現にベンジャミンよりももっと不安げな反応を見せたあの美しい女性から離れたところで話せるのもうれしかった。

木々が家からの視線をさえぎってくれるようになると、ベンジャミンはすぐアレクシアの手を取った。そして自分の口もとへ持ちあげてキスをした。「来てくれてどんなにうれしいと思ってるか、わかるかい？　手紙を書くかどうにかして連絡をとってすべてを説明したいと、どれほど思ったことか」

ベンジャミンがキスをしたさまは、ヘイデンのよくする仕草にとても似ていた。アレクシアは手を振りほどいた。「わたしに手紙を書いてくれなかったことは許せるわ。でも妹たちとティモシーに死んだと思わせていたのは、みんなを悲しませたのは、許せない」

「俺が生きているとはどうしても知られたくなかったんだ、わかってほしい。信じてくれ。そうでもしないと危なかったんだ」

「借金のせいで？」

「さっき話した男は満足なんてものを知らなかった。次から次に要求が続いた。俺が死ななければ破産させられてたんだ。家族のためにはしかたなかった。みんなのためにやったことなんだ」

そういう部分もあるのかもしれない。結局破産してはしまったが、それはベンジャミンの行動や借金のせいではない。でも、あの手紙に書かれていたことの説明にはならない。それに、あのお金の説明にも。

「ルシンダ・モリソンとは結婚しているの？」

ベンジャミンはため息をついて、屋敷のほうを見やった。「ああ」

「トラブルに巻き込まれたから、彼女とこっそり結婚して、死んだあとに彼女のところへ来たのね」

「結婚したのはここに来てからだよ。なんだってその前に結婚なんて――」

「わたしは手紙を読んだのよ、ベンジャミン」

「彼女の手紙だろ。いつだって、彼女が想うほど俺は好きになれなかった。でも助けてもらって借りができたんだ。結婚でもしてなければ、彼女と一緒に暮らすなんて俺にはできない」ベンジャミンは木に寄りかかり、頭を樹皮にもたせかけて目を閉じた。「悪魔との契約みたいなものだったんだよ、アレクシア。誰も好き好んで死人になったりなんかしない。街にも出ていけないし、ロンドンに戻ることだってできない。そんなことをすれば見つかってしまうからな。ここでは本当の名前すら隠してるんだ。英国を出て、なじめそうなほかの国に行こうと持ちかけたこともあるんだが彼女に断わられた。まるで囚人も同然だ」

当然の報いよ、と言ってやりたかった。ベンジャミンのせいでアレクシアは、それに妹たちも、ティモシーだって、ひどく傷ついたのだ。もし戻ってきていたら、ティモシーは破産なんてしなかっただろうし、ロザリンも幸せで、アイリーンも社交界デビューができたはずなのに。もし戻ってきていたら、すべてが順調にうまくいっていて、それに自分も――

アレクシアはベンジャミンを見つめた。それに自分も、本当に愛されていたのか、それともただ遊ばれていただけなのか知ることができた。キャロラインの家庭教師にはならなかっただろうし、ヘンリエッタの話相手にもならず、ヘイデン・ロスウェルからの誘惑も彼との結婚もなかった。

ヘイデン。いまここにいてほしかった。ベンジャミンを見ていると、ひどくヘイデンが恋しくなる。妙な気持ちだった。ベンジャミンが死んでいたときのことがただの夢で、ヘイデンはその夢の終わりに少し姿を現わしただけとでもいうような、恐怖だった。

違う、夢なんかじゃない。起きたことは本当だし、記憶も本物だ。その起きたことで、アレクシアも、アレクシアの愛する人たちも変わってしまったではないか。その記憶は、ベンジャミンを目の前にしているいまでも心のなかで渦を巻いている。

「ブリストルにいるのはわたしひとりじゃないわ」アレクシアは言った。「きっとティモシーも来ていると思うわ」

ベンジャミンは目をぱちりと開けた。「ティモシーだって？　どうして？」

「ティモシーは、あなたがブリストルにお金を送っていたことを知ったの」どれぐらいのあいだだろう？　どれぐらいお金を送りつづけていたのだろう？　この街に隠れ家を準備していたのなら、船から飛び降りたのは衝動からなどではないはずだ。「ティモシーは妹たちを見捨てたのよ。ロザリンが言うには、きっとお金を手に入れるためにブリストルに向かったんだって。ティモシーはお金を欲しがってるの。喉から手が出るほど」

「どうしてだ？　たんまりと残してきたはずだ。それに銀行だってあるじゃないか」

「一月の金融危機で危なくなって、ティモシーは共同経営権を売る羽目になってしまったのよ。それでダーフィールドさんだとかほかの人への借金ができて、破産したの。いまはオックスフォードシャーに住んでるわ。ロザリンは一ペニーすらも惜しんで倹約に倹約を重ねてるわ」

ベンジャミンは木から体を離し、森の奥のほうへと歩いていった。いま耳にした知らせから遠ざかろうとするかのように。アレクシアはそのあとを追いかけたが、急ぐあまり木立に服の裾を引っかけてしまった。かぎざぎになってしまった布を見下ろした。ほんの数カ月前であれば、どれほどショックだったろう。

アレクシアはベンジャミンの腕を摑んで引きとめた。「みんなを助けてあげて。ここにいると伝えなくたっていい、でもお金を送ってあげて」

「銀行が倒れそうになったなんてありえない。ほんの二、三年前にはあんなに盤石だったんだ。いや盤石どころじゃなかったさ、それにダーフィールドだって、自分の資産が危うくなるのに準備金を減らすなんて許さないはずだ。ありえない。ティモシーがギャンブルだとか好きに使って破産しただけだろう」

「いいえ、銀行なのよ。ヘイデン・ロスウェルが、侯爵家の資金をすべて引きだしてしまったの」

ベンジャミンの眉が寄った。地面をじっと見つめた。そして首を振った。「ヘイデンが？

あいつは俺の親友だ……俺の家族にそんなことをするなんて信じられない」

「でも彼はそうしたのよ。仮に破産がティモシーのせいだったとしても、妹たちがそれで苦しむなんてあってはいけないわ」

ベンジャミンはアレクシアに腕を差しだして、並んで歩きだした。「すべて話してくれ、アレクシア。いつ何が起きたのか、正確に教えてくれ。まさか、ヘイデンが。あまりにもショックだ」ベンジャミンは苦々しげに笑った。「あのろくでなしめ、借りと友情への報い方がわからないようだな」

アレクシアは深く息を吸い込んだ。「ベンジャミン、まず話しておかなければならないのは、わたしはそのろくでなしと結婚したの」

「奥さまは私どものところにいらっしゃいましたが、いまはおられません。昼ごろに馬車で出かけられたまま、戻っていらっしゃってないのです」

ヘイデンが自分の妻であることを告げると、アルフレッドは躊躇《ちゅうちょ》なくそう教えてくれた。

ヘイデンは踵を返して御者にスーツケースを持ってくるよう告げた。

アルフレッドは顔をしかめてみせた。「ロスウェルさま、残念ですがもう空き部屋がないのです。ロスウェルさまがいらっしゃると存じてさえいれば、もちろん――」

「しょうがない。妻の部屋を使おう。いい部屋なんだろうな」

「最高の部屋です」

「なら大丈夫だろう」

御者がスーツケースを持ってきた。そして馬車の世話をしに戻っていった。ヘイデンはアレクシアの部屋へと階段をのぼった。

アレクシアが入ったホテルを探すのに時間はかからなかった。街の近くでそこそこまともなホテルを探せばいいだけだ。現実主義が染みついているアレクシアは豪華な宿所には泊まらないだろうし、かといって質素な宿屋で眠っていい身分ではないのだから。とはいえ、アルフレッド・ホテルにやってきたときにはもう午後の日が薄れかけていた。すぐに戻ってきてくれればいいが。

ホテルの召使いがスーツケースから着替えを出してくれるあいだ、ヘイデンは書き物机に座って、ブリストルにいる何人かの仕事仲間へ、情報を求める手紙をしたためた。そしてその手紙を御者に託すと召使いも部屋から下がらせ、椅子に腰かけて反抗的な妻が戻るのを待った。

アレクシアが出ていった日には、あまり深く彼女の計画のことを考えていなかった。それ以外のことでしばらく頭がいっぱいになっているよう、アレクシアが念を入れていったせいだ。次の日もアレクシアがいない夜を過ごし、目を覚まして再び飢えを感じたときに、ようやくアレクシアの計画のことが頭に浮かんできたのだった。あの現実的で理知的なアレクシアが慎重に自分を女の罠《わな》に掛けたのだと気がついたのは、そのときだった。実に見事な罠だった。罠に掛けた理由は、問わずとも明らかだ。ロザリンを訪ねるだけのように言っていたが、違う。ブリストルに行くつもりなのだ。

夜の帳《とばり》が下りはじめた。召使いが食事を持ってやってきて、暖炉に火を入れ、ランプを灯して出ていった。ヘイデンは窓を開けて暗くなりつつある街を見下ろした。ティモシーを探しているのなら、不愉快な場所にたどり着くはずだ。御者が一緒なのだから、安全に違いない。しかし、英国をはるばる横断してやってくるあいだずっと心にあった苛立ちを、不安が凌駕《りょうが》しつつあった。時間が過ぎるのがひどくゆっくりに感じられた。

自分でアレクシアを探しにいこうと心を決めたとき、ちょうど馬車の音が聞こえてきた。見慣れた馬が道を早足で進んできて、窓の下で停まるのが見えた。

ホテルの召使いが急いで出ていき、馬車のドアを開けた。アレクシアが降りてきた。召使いから何か告げられている。アレクシアは首をかしげて建物の壁づたいに、ヘイデンが立っている窓へと視線を上げた。

馬車のランプから投げかけられる金色の光がアレクシアにかかり、その表情が見えづらくなったが、見えなくなったわけではなかった。自分を追いかけてきたと知ったら、アレクシアは怒るだろうと想像していた。もしくは怯えるか。しかし、アレクシアの顔に浮かんでいたのは疲労だった。その肩ががくりと落ちた。アレクシアの口から出たため息は、飢えて待つ夫は歓迎されざる邪魔ものでしかない、ほとほと我慢の限界だと告げるようなものだった。

ヘイデンは窓から離れた。胸のなかに生まれた空疎感に打ち勝つのには時間がかかった。自分が追いかけてきたことでアレクシアが喜ぶと思ってはいなかったが、ほんの少しだけ、ロマンティックな想像はしていた。そのなかではヘイデンの姿を目にしたアレクシアがあまりにもうれしそうなので、ヘイデンも思わず叱る言葉を失ってしまうのだ。しかし、楽しい再会になるはずなどないではないか。顔を合わせた瞬間言いあいになるというのがもっともありえる。でもいま目にしたものよりは、そのほうがましだった。本当は自分のことになど関心がないというあからさまな証拠を、突きつけられるよりは。

アレクシアの長々としたため息で叩きのめされてしまった冷静さを、ヘイデンはなんとか取り戻した。ドアの掛け金が動いたときには、子供じみた想像も、誰にも笑いものにされない場所へ葬り去っていた。

部屋に入ってきたアレクシアは、びくびくしているようでも不安なようでもなかった。ただ普通に入ってきて、ドアを閉め、帽子のピンを抜きはじめた。

「つけてきたのね」

「君に会おうとエールズベリー・アビーに行ったら、もう出発したと言われたんだ。行き先は見当がついた」

アレクシアは化粧台の上に立てかけられた姿見を見ながら髪を整えた。「驚かなかったでしょ? ロンドンでもう気づいていたでしょう」

「たぶんな」

アレクシアは背筋を伸ばしてヘイデンを向いた。「わたしは大した誘惑者にはなれなかったみたいね」

それどころかとんでもなく優秀だった。しかしアレクシアのしたことを認めてしまうわけにはいかない。「気づくまで数時間はかかったよ」

ヘイデンはアレクシアに言ってやりたいきつい言葉を探した。こんな反抗は我慢がならない。自分に伝えることなく勝手に旅をするなんて、許せない。自分は知っておかなければならない。それはアレクシアを守るためだ。それに夫としての権利でもある……等々。

「叱られても当然だと思うわ」アレクシアは言った。ヘイデンの憤りは一言も口から出ることなく、封じ込まれてしまった。「あなたをだまして、あなたを思いどおりにして、命令を無視しようとしたのだもの。でもわかって。今後同じことをするつもりはないわ。今回だけ。ここに来るのは、わたしにとってとても重要なことだったの。だから来たの。許してほしいとしか言えないけれど」

王手。ヘイデンは身じろぎすらできていないというのに。

「アレクシア、君はとても賢い。ここで怒ったりしたら、僕はただの理不尽な頑固者だ」

アレクシアの表情が曇った。その瞳の菫の草原が突然深く、暗くなった。アレクシアはさっきヘイデンが見たときのようにがっくりと肩を落とした。「そのとおりよ。わたしはずるいわ」アレクシアの声がよそよそしく聞こえた。取り乱しているようにも聞こえた。「でももうこれ以上は無理。好きなだけ怒ってちょうだい、ヘイデン。何があったとしたって、こんなふうにするべきじゃなかった」

もう怒る気はなくなっていた。どのみち怒りようがない。これからずっと、もしそれが重要だと思えば、アレクシアは何度だってヘイデンに逆らうことだろう。

「ティモシーは見つかったか？」ヘイデンは尋ねた。

アレクシアは首を振った。

「ブリストルには、若い男が遊びに出かけるような場所に案内してくれそうな知り合いがいる」ヘイデンは言った。「彼に手紙を書いたところだ。ティモシーがここにいるなら、君のために捜しだそう」

アレクシアは茫然としたなかにも少し気力を取り戻したように見えた。「優しいのね」

「君に盛り場や売春宿を見てまわらせるわけにはいかない」

「そうね」アレクシアのヘイデンを見つめる瞳に力が戻ってきた。力強く、真剣で、そんな目で見つめられたことはなかった気がする。

落ち着いて見える仮面をつけ、心をかき乱している動揺が外へ漏れ伝わるのを隠しているようだった。アレクシアを包む空気が緊張をはらみ、手を伸ばせば届くところにいるはずのアレクシアが遠くに感じられた。とても遠くで……悲しんでいる。

「今日はどこに行ったんだ？」ヘイデンは尋ねた。

「手紙を届けに」

「あの女性が見つかったのか？」

アレクシアはうなずいた。

ヘイデンの胸にまたしても空疎感が生まれた。そして怒りがそこを埋めようとしていた。ヘイデンは両方とも抑えこもうと歯を食いしばった。アレクシアはベンジャミンの恋人と過ごしていたのだ。何時間も語らったのだ。アレクシアはまだ、彼女の心はまだそこにいる。ベンジャミンも一緒に。今日一日を、彼女は別の男のために使っていたのだ。

ヘイデンは、アレクシアに自分の反応を見られないよう窓へ歩いていき、外を眺めた。

「ルシンダ・モリソンはとても美しい人だったわ」アレクシアは言った。「それはもう美しかったわ。一目見たら、誰でも彼女を愛さずにはいられないと思うわ」

「僕は違う」

「ええ、そうかもしれないわね。それはあなたからしたらとても詩的で、論理的でないことですもの。自分のものにしたいと思うかもしれないし、手に入れるかもしれないけれど、愛しはしない」

ヘイデンは目を閉じた。アレクシアは自分の目の前の男を描写しているだけだ。ヘイデン自身を。ならばなぜその言葉に傷つく？　一年前ならうなずいて同意していたはずなのに。

《俺は君を愛してる。俺のものにしたいと思った、手に入れた、そして君を愛している》

「彼女はなんと？」

アレクシアが返事をしなかったので、ヘイデンは振り返った。アレクシアは立ったまま自分を抱くように腕を体にまわし、じっと何か考えていた。アレクシアの心がはるか遠く感じられた。

アレクシアの注意が部屋に、そしてヘイデンに戻ってきた。体に巻きつけていた腕を下ろすと、ヘイデンに近づいた。「考えていたこと、手紙から感じたこととさほど変わらなかったわ。ふたりはロマンティックな関係にあって、それでベンジャミンは彼女にお金を送っていたのよ」

ヘイデンの頭のなかで、ブリストルへと送られていった数千ポンドにも及ぶ数字が光った。

「いくらだ？」

「できたら、この話はあとにしたいわ。明日。話すことはたくさんあるわ。でも今日は話したくないの」アレクシアは部屋を見まわしてヘイデンの持ちものに気づいた。ようやくそれに気づいたかのように、アレクシアは驚きを見せた。「ここに泊まるつもりなの？　この部屋に？」

「ほかに部屋はもうなかったんだ」

「うれしい」

ヘイデンが予想していたのはそんな返事ではなかった。情けないことに、アレクシアがそう言うのを聞いただけでヘイデンは舞いあがった。

アレクシアはヘイデンの近くまでやってきた。菫の草原はまだ遠く暗かったし、まだ動揺に震えていたが、ずっと彼女らしくなったように感じた。

ヘイデンの胸に、アレクシアはそっと手をあてた。「ヘイデン、あとで話してもいい？いまはただ、キスしてベッドへ連れていってほしいの。お願い」

そのお願いを二度くり返す必要はなかった。

21

アレクシアはヘイデンをぎゅっときつく抱きしめた。手足でヘイデンにしがみつき、ヘイデンをそばに感じ、ヘイデンの息を吸い、できるだけ肌を重ねあわせた。

ヘイデンが追いかけてきてくれて、うれしかった。安堵した。本物のヘイデンにいてほしかった。これは夢なんかじゃない、思い出なんかじゃない、本当のことなんだと確かめさせてほしかった。

ベンジャミンのところにいすぎたのかもしれない。親しく話しすぎたのかもしれない。話し終えたとき、アレクシアの怒りは鎮まっていて心はやわらかくなっていた。ほんの短いあいだだったけれど、それでも長すぎた。危険なほど長すぎたのだ。そしてダムが決壊し、古い感情が流れだしてきてしまった。いまでは胸が痛む思い出でしかないのに、それを押しとどめようがなかった。

ルシンダはベンジャミンよりもずっとアレクシアのショックを理解してくれた。一緒に夕食をとろうと誘ってくれた。そしてベンジャミンのことでは慎重にならなければならない、誰にも知られてはいけないと話していた。アレクシアの荷物を取りに馬車をやるから、サンリー・メナーに泊まればいいと提案してもくれた。

でも、アレクシアはその屋敷に泊まりたくはなかった。アレクシアを説得しようとするふたりの努力に抵抗した。ベンジャミンにほほえみかけられるとまともに考えられなくなり、見えない網にからめとられてしまったようになり、逃げだすこともできなくなってしまう。ふたりはアレクシアを日が暮れるまで引きとめたが、とうとう屋敷を辞して帰ってきたのだった。

すべてが風変りで不穏な夢のように感じられた。ヘイデンの腕に顔を押し当て、自分の情熱の縁でガーゴイルのようにしゃがみこんでいる混乱をかき消そうとするかのように、ヘイデンの匂いを深く吸い込んだ。ヘイデンを絶頂へ導きながらも、自分自身の頂きはどこにあるのかわからなくなっていた。あまりにもたくさんのことで心が千々に乱れていた。

ヘイデンはアレクシアを待っていてくれたが、最後は断念した。果てたときのヘイデンの力が、すべてのものを消し去ってくれた気がした。その数秒間、ヘイデンはアレクシアの隅々にまで満ちて、アレクシアとひとつになった。アレクシアはもう一度情熱の激しさをヘイデンに求めた。世界じゅうに自分とヘイデンしか存在しなくなる、その瞬間を。

その後しばらくのあいだ、アレクシアは平穏に満たされていた。アレクシアはその穏やかさを手放すまいと目を閉じたまま、ここは自分のベッドで、ロンドンを出てきてなんかいないのだと思いこもうとした。

ヘイデンが腕をついて体を起こした。アレクシアの頬を、優しくなでた。「アレクシア、何があったんだ？　話してくれ」

アレクシアは目を開けた。乱れた髪の向こうからヘイデンの瞳がのぞきこんでいた。もし話したら、そこに浮かぶ心配の色は怒りに変わってしまうだろうか。この温かさも、本心を隠す冷たいよそよそしさの向こうに消えてしまうかもしれない。

「彼女が美しかったからつらくなったのか？　彼女の顔を見て、ベンジャミンは自分より彼女を愛していたのかもしれないと思ったのか？　誰しもそうだというわけじゃない。そんな類いの、人間性以外のものに惹かれた愛は、浅くてすぐ終わってしまうような感情でしかない」

ヘイデンが自分を慰めようとしていると知って、アレクシアは泣きそうになった。しかもアレクシアの古い愛の話題を切りだしてまで、そうしてくれている。そんな思い出にしがみついているなんて子供じみたロマンティックさだと思っていることだろうが、いまはそれも指摘しないようにしてくれている。

わたしはそんなに優しくされるべきじゃない。そしてヘイデンはもっと正直に告白されて当然なのだ。彼は夫なのだから。嘘をついてはいけないのだから。ベンジャミンとルーシーから黙っているようにと言われたって、嘘はつくべきではないのだ。部屋で誰が待っているか告げられたときも、そんな嘘をつかなければならないと思って悲しくなってしまったのだった。

アレクシアはためらった。古いものと新しいもの、どちらかの忠誠心を選ばなければならない。それぞれのやり方でそれを求めてくる、どちらかの男を選ばなければならない。胸の痛む選択だった。心のなかでは、選択の余地はないはずだとささやく声がしていた。ヘイデンは夫で、アレクシアは彼を信じたくてたまらない。なのにまだ、アレクシアは自分が崖っぷちに危なげに立っていて、どちらに一歩踏みだそうが取り返しがつかないことになるのではないかという不安を、ぬぐい去れないでいた。

「ヘイデン、つらかったのは彼女の顔を見たせいではないの。ベンジャミンが彼女を愛していたことでもないわ」アレクシアは言った。「彼女は、わたしがそうだったように思い出だけを胸にひとりで生きてきたわけじゃなかった。ベンジャミンが一緒なの。心のなかでじゃなく、本当に。ベンジャミンは、死んでなかった。今日ベンジャミンに会って、話もしたの」

ヘイデンはにわかには信じられないといった顔でアレクシアを見おろした。徐々に本当のことなのだとわかってくると、表情が暗くなった。アレクシアを抱く腕に力がこもった。

「渡さない。もう遅い。もう僕の妻だ」

死んだ友人が生きていたと聞いた反応としては妙な言葉だった。そんなふうに言われるとはアレクシアは思ってもいなかった。

「ベンジャミンには彼女がいるわ。ふたりは結婚してるの。驚きすぎて混乱してしまった？　生きているのよ。船から飛び降りたけど、死ななかったの。全部計画されたことだったのよ」

ヘイデンはアレクシアから体を離して、その横に背中を倒した。ヘイデンの受けているショックが部屋の空気を暗く満たした。

「ろくでなしめ」ヘイデンはつぶやいた。「悪党め」

そしてベンジャミンも同じことをヘイデンに言っていた。強かったはずの友情は、ベンジャミンの復活でもろくも崩れてしまったということなのだろうか。

「すべて話してくれ、アレクシア」

アレクシアはベンジャミンと話したことを伝えたが、あのほほえみや指先や、手にキスをされたこと、並んで歩いたことは言わずにおいた。大きな借りを作ったせいで破産の危機に陥り、家族を守るために死んだことにしようと決意したのだと説明した。ヘイデンはじっと聞いていて、ティモシーが没落したこと、ヘイデンがそれに一枚噛んでいたことをベンジャミンに伝えたとアレクシアが認めたときですら、一言もしゃべらなかった。

「見たことはけっして誰にも話さないように誓ってほしいと言われたわ。でもそれはできなかった」アレクシアは言った。「そうする前に、考えておきたかったの。ロザリンたちはベンジャミンが生きていることを知るべきでしょう？　みんなを悲しませるなんて、許されないことよ。理由があったって、守りたいものがあったからって、そんなのどうでもいい。いくらそうでも、ひどいことをしたのに変わりはないわ」

「やつが守りたかったのは自分自身だ」ヘイデンは言った。「いま住んでいるところを教えてくれ」

アレクシアはサンリー・メナーのことを話した。「裕福そうだったわ。妹たちにお金を送るべきだって言ったの」

「ああ、さぞかし裕福だろうな。それも並大抵の裕福さではないだろう」ヘイデンはアレクシアに体を向け、手でその頬を包んだ。「もう二度とそこへは行くな。少なくともひとりではだめだ。それも僕がいいと言うまではだめだ」

「明日行くってふたりに――」

「だめだ。これは命令だ。頑固にならないでくれ。今回は言うことを聞いてくれ。明日は行ってはいけない」

それでもよかった。サンリー・メナーにもう一度行きたいのかどうか、自分でもわからなかったのだ。ベンジャミンが生きていてうれしかったけれど、今日という一日でどれほど自分が混乱し悲しくなったかを思うと、気は向かなかった。今日のあらゆる出来事で胃が締めつけられていた。

ヘイデンは体を伸ばしてランプの炎を消した。アレクシアは暗闇のなかでヘイデンの体にすり寄った。秘密をヘイデンと分かちあえたことでほっとしていた。きっとこれでよかったのだ。「ベンジャミンは幸せそうじゃなかった。悪魔との契約だなんて言ってたわ」

「あいつの企んだことがまさにそうだ。さあ、眠るんだ。ティモシーがブリストルにいるなら、明日捜しだす。それからベンジャミンのことをどうするか考えよう」

アレクシアはうとうととしはじめたが、そのときある考えが浮かんだ。「ヘイデン、ベンジャミンはこの街では本当の名前を使ってないって言ってたわ。モリソンでもないんだと思うわ。どんな名前かわからないけど。訊かなかったの」

「名前は見当がつく。すぐに確かめよう。一日か二日あればすべてのことがわかるだろう」

アレクシアは暗がりに浮かぶヘイデンの横顔を眺めた。目を開けているのがわかる。アレクシアには眠るよう言ったが、自分はそのつもりはないようだ。

アレクシアは心地よく丸まった。ヘイデンの温かさに心が落ち着いていく。するべきことはヘイデンが知っている。だってベンジャミンの新しい名前の見当もついてるのだもの。どうやって知ったのだろう、とぼんやり思いながらアレクシアは眠りのなかへ潜っていった。


ひとでなしの詐欺師め。

暗闇を見つめながら、ヘイデンはベンジャミン・ロングワースへの呪詛を頭のなかでわめきちらしていた。からかわれるのは好きではない。理由がなんであれだ。ベンジャミンは徹底的にこちらをからかっていた。

すべて見せかけだったのだ。あの落ちこんだようすも。酔っぱらったふりも。ベンジャミンは、ヘイデンが自殺を疑うと思っただろうか？　それも計画の一部だったのだろうか、それとも誤算だったろうか？

悪党。ばか野郎。陸まで泳ぐうちに溺れ死んだかもしれないのだ。ベンジャミンはあらゆる無鉄砲で正気の沙汰でないことをしてきたが、これは最悪だった。

しかし、それがうまくいったのだ。サットンリーのゆすりから逃れ、騙《だま》しとった金で思う存分楽しむことができた。ヘイデンは心の目で再びイングランド銀行からの送金記録を眺めた。ブリストルへ金が送られるようになったのは、サットンリーへの送金が始まるよりずっと前のことだ。ならばこの計画はかなり昔から温められていたものだったのだろう。おそらくは、サインを偽造しだしたころから。ベンジャミンは姿を消すためにすべてを企んだのだ。サットンリーはその時期を早めただけだ。

ペニロット。それがブリストルの口座の名義だった。騙しとった金で父親の借金を返済していたわけではなかったのだ。ベンジャミンが少年のようににやにやしながらその名前を考えだしている姿が思い浮かぶ。我ながらいい名前だと満足したことだろう。ペニロット。たくさんの金《ア・ロット・オブ・ペニー》。たくさんの金を持っている男は、たくさんの報いを受けなければならない男でもある。ロングワース。ベンジャミン、そして詐欺から隠し資金、船からの飛び降りまでの計画の全貌は、ひとつの大きな冒険、衝動に衝動が連なる長大なゲームの様相を呈してきた。

しかしそれによって何人もが悲惨な目にあっている。ダーフィールドと詐欺の犠牲者たち。彼自身の妹と弟。そして、彼を愛しその嘘を信じていた身寄りのない従妹。

アレクシアの胸が肩にあたっていた。彼女の温かさがヘイデンの体にしみわたっていた。今夜アレクシアがどんな思いだったのか、いまになってわかった。初め、ベッドにはふたりきりでなかった。邪魔者がひとりいた。そちらへ気をとられていることでアレクシアが絶頂に至れないでいることに、そしてアレクシアの抱擁に絶望が混じっていることにヘイデンは気づいていた。ベンジャミンと再会したことで、昔の愛が呼び起こされたのだ。そしてそれはもはやただの思い出ではない。

アレクシアが自分を信頼してくれたことはうれしかった。彼女はベンジャミンの秘密を守らなかった。夫として、そしてベンジャミンの友人としても、ヘイデンは知っておくべきだと思ってくれた。アレクシアは穏やかな顔で眠っている。秘密を明かしたことですっかり落ち着いたようだ。しかしこれで終わるわけではないだろう。やつは、自分のことを知ったままアレクシアがロンドンへ戻るのを許しはしまい。

アレクシアが寝返りを打った。ヘイデンはその背中に自分の体をぴたりと添わせた。そして起こさないように注意しながらその体を抱いた。

ベンジャミンがどんな餌をまいたのかは知らない。しかしひとつはっきりしていることがある。アレクシアはひとりではサンリー・メナーには行かない。今日彼らがアレクシアを帰したのが不思議なぐらいだ。

ベンジャミンがアレクシアやそのほかの善良な人間を傷つけるとは思いたくなかったが、しかし、人を騙したり金を盗むような犯罪に手を染めるとも、かつては思っていなかったのだ。妹たちに死んだと思いこませ悲嘆に暮れさせながら、自分はブリストルで楽しく暮らしているとも思ってはいなかった。それにベンジャミンが結婚した女というのが、その夫より性質《たち》が悪い可能性だってある。

大きな賭けに出たのだろう。いまサンリー・メナーでは、勝率の計算の真最中に違いない。

今回はヘイデンの言うことに従うつもりだった。サンリー・メナーへは行かない。ヘイデンがティモシーの手がかりを探しに出かけているあいだ、アレクシアはアルフレッド・ホテルに留まっていた。

ヘイデンの帰りを待っているうちに朝の空気は消え、日が高く昇ってきた。イングランド銀行から引きだしたお金を使いきらないうちに、ティモシーを見つけたかった。昼間はベンジャミン名義の秘密口座がないか探しまわっているに違いない。しかし夜になれば盛り場で遊んでいることだろう。

ヘイデンは今朝とても優しかった。優しくて静かで、しかしあの命令を告げるときには断固たる口調だった。ホテルを出ないこと。サンリー・メナーに行かないこと。ヘイデンは、アレクシアの御者にもどこへも連れていくなと命じたことだろう。万が一、また勝手に動こうとしたときのために。夫としての権利を行使しているヘイデンに、自分への信頼がないことには気づいていた。それは、勝手にブリストルに来たことのせいではないのだろう。ヘイデンは、アレクシアがベンジャミンに会いたがると思っているのだ。まだあの思い出に支配されていると思っているのだ。

そうだろうか？ アレクシアはショックと混乱の奥を探り、心が告げる言葉を聞きとろうとした。勇気を出して、あの思い出たちに正面から向きあった。

ベンジャミンと会ったことで、心の奥に閉じこめていた少女が解き放たれたのは否定できない。昨日は、くすくすというはじけるような笑い声が始終どこかから聞こえてきた。彼はまだそれを呼び覚ますことができる。でも、それは過去のばかげた興奮の残響でしかない。

アレクシアはベッドへ目をやった。ここで起きたことは、ばかげたことなんかではない。あの情熱の力には、何も及ばない。ベンジャミンは軽やかな春風のように心をくすぐる。ヘイデンは、暑い夏の夜の深い神秘へとアレクシアの核を誘いだす。

アレクシアは目を閉じて、ロンドンで過ごした最後の夜のことを思い返した。同じことをベンジャミンとしている姿は想像できない。ベンジャミンとは笑ったりキスしたりおしゃべりしたりというだけで、ヘイデンと感じたような、魂が震えるような一体感はない。ヘイデンのなかにいる男には驚嘆と神秘を感じる。ベンジャミンはそもそもなかに誰もいないのではないだろうか？

ヘイデンに戻ってきてほしかった。彼の確かな存在を感じたかった。昨日の夜のように、自分のなかの苦しみと混乱をどこかへ追いやってほしかった。

「アレクシア」

アレクシアは目を開けた。男が部屋のなかに立っていた。会いたいと願っていた男ではなかった。

ベンジャミンがアレクシアにほほえみかけていた。その表情に探るような色があるように感じるのは、気のせいだろうか？　帽子を眉のあたりまで深くかぶっているので、はっきりとわからない。帽子の縁が顔に影を落としていた。

「アルフレッドさんがここへあげたの？　わたしの部屋を彼から聞いたの？」

ベンジャミンは帽子を取った。「勝手にあがってきたんだよ。通りから見あげたとき、アレクシアの顔が窓に見えたから。許してくれ、でもどうしても会わなきゃいけなかったんだ。サンリー・メナーに戻ってきてくれないから、こっちから出てくることにしたんだよ」

「街には出てこないはずだったと思ったわ」

「めったに。でも、襟を立てて帽子を目深にかぶれば、通りすがりに見とがめられることはないからね」ベンジャミンが迫ってきた。「なんで約束どおり今朝来なかった？」

「考えたかったの。あなたとまた話す前に、ショックから立ち直りたかったの」

「いまはその最中だったのかい？　考えて、立ち直ろうとしてたのか？　とてもまじめな顔だったよ」

「というよりまじめな人間になったのよ。ずっとまじめだったけど、状況が状況だから余計それが強くなったみたい」

ベンジャミンは軽く笑った。「俺といたときはそんなまじめじゃなかったじゃないか、ダーリン」

「わたしはまじめだったわ。あなたにはゲームだったかもしれないけど、わたしには違ったの」

ベンジャミンの表情が曇った。「ゲーム？　そんなふうに思ってたのか？　昨日もっと正直に話しておくべきだったよ。アレクシア、おまえは遊びなんかじゃない。俺は完全に首ったけだった」

完全にではなかったが、それでも彼の宣言は胸を打つものだった。自分がさほどばかではなかったと知って、アレクシアのプライドは満足した。

「来てほしくなかったわ、ベンジャミン。よくないことよ。あなたの奥さんだって喜ばないわ」

「彼女なら知ってるよ。彼女もおまえが裏切るんじゃないかと心配してる。だから頭を下げて頼んでこいって言われたんだ」

「些細なことで心配しすぎよ。家族に生きていることが知られたからって、どんな悪いことがあるって言うの？　妹たちもわたしも秘密は守れるわ。あなたが借りを作ってしまった人に見つかることはないわ」

「もっと複雑なんだよ。信じてくれないか、ダーリン。世間に知られるリスクを冒すわけにはいかないんだ」

「それに、誰にも言わないって約束することはできないの。もうひとり知ってる人がいるのよ」アレクシアは意味ありげに部屋を見まわした。

ベンジャミンの視線がそれを追いかけ、化粧台の上に置かれた男物のブラシと、衣裳棚の外に置かれたブーツにたどり着いた。彼の顔がさっと紅潮した。「やつがいるのか？　一緒だなんて言ってなかったじゃないか」

ヘイデンが戸口に現われたのはちょうどそのときだった。「彼女は俺が来ることを知らなかったんだ。昨晩着いたばかりでね」

ベンジャミンはぱっとそちらを振り返った。ふたりは向かいあった。時が流れた。

「生きていて何よりだ、友よ」ようやくヘイデンが口を開いた。「訳《わけ》があるんだ」

ベンジャミンは例の輝くような笑みを浮かべて見せた。

ヘイデンは深いため息をついた。ベンジャミンは気づかなかったかもしれないが、アレクシアは気づいた。ヘイデンの抑制された表情には、いかにこの再会が苦痛であるかがにじみ出ている。アレクシアが昨日感じたのと同じように。

「もちろん訳はあるだろう、ベンジャミン。だが、言い訳はいらない」ヘイデンはベンジャミンを無視するようにアレクシアのほうへ歩み寄った。「探してた情報が手に入った。午後には見つける」そして声を大きくした。「ティモシーのことだよ、ベンジャミン。ティモシーのことは覚えてるだろう？」

「もちろん弟のことは覚えてるさ」

「なら一緒に捜しに行かないか？　長くはかからない。他人の妻をこっそり訪ねにわざわざ街に出てこられるのなら、弟が無事か確かめるためにも同じリスクは背負えるだろう」

「いったい何を――なあ、ロスウェル、妙なことをほのめかして彼女を侮辱するのは――」

「彼女を侮辱してなんかいない。おまえを非難しただけだ」ヘイデンは大股でドアへ向かった。「来い。言いあいは行きながらでもできる。アレクシア、誰もなかに入れるな。ドアに錠をかけておけ。召使いも入れるな」

「ずいぶん感じが悪いじゃないか」ヘイデンが通りに出るやいなや、ベンジャミンはどなり散らした。

「自分の妻の寝室に男がいたんだ。感じ悪くなる権利もあるだろう」

「彼女は俺の従妹だ」

「彼女にとっては従兄以上だ」

「アレクシアと俺が情愛を交わしてたと聞いたのかもしれないが、それは彼女が俺の気持ちを誤解してただけだ。女ってそういうものじゃないか。とくに見捨てられたような女は。従妹を訪ねただけなのに下品な憶測をされるなんて、ひどいぜ」

誤解されて悲しいというベンジャミンの主張は、待たせていたヘイデンの馬車へと乗りこむまで延々続いた。

「アレクシアはなんの根拠もなく夢を抱くような女性じゃない。あの場で叩きのめされなかったことに感謝するんだな。そしていまそうされないよう祈っておくことだ」

「なんとひどい歓迎だ」ベンジャミンはクッションに体をうずめた。そして図々しくも傷ついたような顔をしてみせた。「でも、ショックを受けすぎてまだ喜べないってだけだろう?」

ベンジャミンは輝くような笑みを浮かべ、体を乗りだしてヘイデンの肩をぽんぽんと叩いた。

「まったく、おまえに会うとはな。俺のことは世間に知られるわけにはいかないと言っておいたのに、おまえに打ち明けたとは。まあ、うれしいと思うことにしよう。おかげで再会を果たせた」

「俺は世間じゃない。ただのひとりの男だ。それに俺に知られてまずいわけがなかろう」

ベンジャミンは関心のなさそうな笑みを浮かべながら、馬車の備品をチェックしていた。

車内の装飾、カーテン、木細工を、まるでこの馬車を買おうとしているかのように丹念に見ていた。それは人が落ち着かなくなったときにする仕草だという研究を読んだことがある。

「どこに向かうんだ？」ベンジャミンが尋ねた。

「酒場だ。せっかくの再会は酒で祝うべきだろう。違うか？」

「昔みたいにな。落ち着いたら機嫌を直してくれると思ってたよ――」

「落ち着いて、最悪なやり方で騙されたとおまえをぶちのめしたくなる衝動が通りすぎたら、か？　おまえが死んだものと思いこまされたのも、許せるまでには説得してくれるわけか」

ベンジャミンは馬車の壁に圧迫されたかのように長椅子の上に座りなおした。「弟がその酒場に来るのか？」

「日暮れまでには間違いなくティモシーを見つける」

馬車が店や事務所の並ぶ通りで停まった。窓から外をのぞいたベンジャミンの顔がさっと紅潮した。そこは弁護士や商人が集まる酒場の前だった。ロンドンであれば、シティで仕事をしているような男たちだ。通りを挟んだ正面の数軒隣りには、ケッチャム・マーティン・アンド・クックの玄関がある。地方銀行だ。

ヘイデンは先に馬車から降りて酒場へ入った。窓のそばのテーブルを見つけると、そこに腰を下ろした。そこからは銀行が見える。

ヘイデンたちはビールを頼み、静かに待ち、そしてジョッキを挟んで向かいあった。ベンジャミンは肩越しに銀行の正面を一度振り返っただけだった。しかしヘイデンへ向けてくる視線にはしだいに警戒の色が強まっていった。

「自分の家族がどうしているか、一言も訊かないのか」ヘイデンが言った。「何が起きたか、俺が何をしたか、アレクシアから聞いただろう。しかし怒ってみせるようすもなければ質問もない」

「昨日聞いたときは腹を立てたさ。だが、そういうこともあるだろうと思ったんだ。どんな金融危機であれ人は不安になる。しかも今回のは規模が大きかった。結局、七十以上の銀行が倒産したんだからな。おまえにはおまえの家族に対する責任があるし、あの銀行に預けておくリスクは大きすぎると判断したんだろう。それを責めようとは思わないさ。弟がもっとましな銀行家だったなら、そんな必要もなかったかもしれないんだから」

「なんと話が早いことだ。理解してくれてうれしいよ。妻にもそうおまえから伝えてもらわないとな。誰よりも厳しく非難してくるので弱ってたんだ」ヘイデンはビールを飲みながらまた窓の外をチェックした。「もちろん、実際に何が起きていたのか彼女は知らない。実のところ、うちの金はまだ銀行に預けたままだ。ティモシーが彼女に嘘をついた。しかし本当のことは明かさないと、名誉に懸けて約束してしまっていてね」

ベンジャミンはほっとしたようだった。「俺も、きっとティモシーが賭け事だとかそういったことで使いこんでしまったんだろうとは彼女に言ったんだ。破滅させるなんてこと、おまえがするはずがないからな。俺の家族を」

「いや、破滅させたんだ。そこに疑問の余地はない。俺がみんなをオックスフォードシャーへ追いやった。ほんの少しのプライドと、もっと少ない金だけ持たせて。妙な話に聞こえるが、それは親切心からだったんだ。ふたつの破滅を迎えるよりはましだった」

「おまえが最善を尽くしてくれたと信じてるよ」話題を終わらせようとする口調だった。

《説明する必要はないさ、友よ。何をしたのであれ、俺はかまわない》

「ベンジャミン、ティモシーが詐欺を働いていたんだ。銀行の顧客から金を横領していた。そのせいでティモシーは破産したんだ。すべての財産を売り払って、被害者に金を戻すのに充てさせた。そうでもしなければ首に縄がかかるところだった」

そのときのベンジャミンの反応といったら、喜劇役者もうらやむことだろう。「驚かせないでくれよ。よりによって弟がそんなことをするはずがない。詐欺だって？　横領？」

「債券のサインを偽造して売り払い、金を自分の懐に入れて、利息は自分で払いつづけてた」

「なんて悲しいことを聞かせるんだ。耐えられない。弟の性格じゃそんなことできるはずがない」

「そういうことができる性格だったようだな。しかし正直さが欠けてるというだけでは、あんな知的な詐欺はできない。問題は、これは俺もすぐに気づくべきだったんだが、ティモシーは何万ポンドも盗みだしていたが、そのやり方を思いつくほどの頭はないということなんだ。性格の面ではしっくりくるが、知性がどうにも釣り合わない」

ベンジャミンは眉根を寄せた。弟の能力を弁護してやるべきかどうか迷っているのだろう。

「きっと前例があったんだろう。似たような着服事件が」

「知られているところでは、ない。ほかの銀行も、似たような事件の被害者たちに補塡しているのかもしれないな。盗人を判事の前に立たせることもできずに。そんなことが知れたら、どんな銀行もおしまいだからな」

「それほど複雑な仕掛けか？　ティモシーが自分で考えついたのかもしれない」

「でも違う。そうだろう？　ティモシーにはおまえが教えたんだから」

ベンジャミンは沈黙した。ビールを見つめたまま、身じろぎもしなかった。グラスを持った指もぴくりとも動かなかった。

「どこまで知ってる？」

「おまえが生きていたことは知らなかった。それ以外はほとんど知ってる」

ベンジャミンは長いため息を吐きだした。「アレクシアからおまえが家族を破滅させたと聞いて、考えれば考えるほどそれが心配になってたんだ。一晩じゅうずっと、おまえに知られてしまったに違いないと考えてたよ。おまえが、銀行が倒れると知りながら金を引きだすはずがないんだ。どうやって知った？」

「ティモシーがミスをしたんだ。俺が管財人になっている債券を、俺のサインを偽造して売り払った」

「くそったれ」ベンジャミンは拳をテーブルに叩きつけた。「ばか野郎」

「最悪だろうな。重要なことを教師から学んでくれない生徒は」

ヘイデンは射るような視線を感じたが、ベンジャミンはずっと怒ってはいられない性質の人間だった。「あいつを起訴しなかったことで感謝すべきなのかもしれないな。ただ……」

ただ、もし起訴すれば、銀行は取り付け騒ぎが起きて倒産しただろう。そして誰もロングワース兄弟の長兄が同じことをしていたとは気づかずに終わっただろう。もし以前の犯罪が発覚したとしても、それで責めを負うのはティモシーだっただろう。死んでいるベンジャミンではなく。

ベンジャミンは椅子に背中をもたせかけた。警戒しつづけているのは一苦労だし、そうしなくてすむようになってよかったとでもいうようなくつろぎ方で。「最初は借金だかなんかのためだった。返済を滞らせないための計画だった。親父の負債から早く抜けだしたかったんだ。でも残念なことにそれはかなり額が大きくて、借りた先も最悪なタイプの金貸しだった。ちっぽけな土地とオックスフォードシャーの屋敷が担保に入っていて、金貸しは待ちきれなくなってそれを取りあげようとしてたんだ。だから、すぐに全額返すための方法を探してた。その一回で全部終わらせるつもりだった」

「なぜそうしなかった？」

「最初に手がけた人間のひとりに、気づかれたんだ。そいつは返金すれば許してくれると言ったが、そのためにはもっとサインを偽造してもっと証券を売らなきゃいけなかった——まあ、そこでもう深みにはまってたんだ」

「それはヨークのキールという男か？」

「ほとんど知ってるってのは本当なんだな」

「イングランド銀行の口座を見つけたんだ。早い段階でキールの口座に金が流れてるのを確認した」

ベンジャミンはまた黙った。通りの向こうの銀行を振り返りはしなかったが、符号を感じるせいか落ち着かないようだった。

「それから、まずいことに気がついたんだ。債券はほとんどが放置されてる。ほとんどは信託になってる。でも、俺が売ってしまっている債券を売ろうと思いつく客だっているはずだ。そうなるとおかしな話になる」

「この手口がティモシーでなくおまえの考えたことだとわかったのは、そのせいだった。マシュー・ローランド卿がダーフィールドのところに、債券を売りたいと言いに来たんだ」

「ローランド卿が？　それは意外だ。ほとんど街にも姿を見せないのに。まあ、まさにそういうことがあると、自分のやってることがばれると思ったんだ」

「サットンリーに気づかれたのも、同じ理由か？」

ベンジャミンはヘイデンを睨みつけた。「くそっ。本当に何も見逃してないんだな。あの悪党の面を張りたおしてくれただろうな？　あいつのせいですべてがめちゃくちゃになった。あいつは俺から絞れるだけ絞りとって——俺が追いつめられて冷や汗をかくのを見て、楽しんでたんだ。くそったれ、ヘイデン、おまえは賢いわりに友人の選択はうまくないな。サットンリーは筋金入りの悪党だ」

ヘイデンはベンジャミンの憤りの皮肉さに微笑んだ。悲しかった。このくだらない事件のせいで旧友をふたりも失い、手に入れたものといえば何もないのだ。

いや、そうではないかもしれない。アレクシアを手に入れた。この犯罪がなかったら、アレクシアを知ることもなかっただろう。彼女がいれば収支はむしろ上々と言ってしまってい い。

「サットンリーの債券になんて近づくべきじゃなかった」ベンジャミンが言った。「不注意だった。でも笑ってしまうほど少額だったんだ。たった一千ポンド。おまえがまわりの知り合いに、うちの銀行を助けてくれるよう頼んでくれたときがあったよな。そのときにやつがご祝儀がわりで買ったものだった。そんなものを覚えてはいないだろうと思ったんだ。売りたいと言われた債券をなんとかひねりだそうと時間を稼いでいると、まさかとは思ったが弁護士を寄越して今すぐ出せと言ってきた。それで、自分がやったことを認めて全部返済すると約束するしかなくなったんだ」

「それを断わられたのか?」

「やつは、詐欺は一件だけでも絞首台送りだと知ってた。いくら少額だろうが。いくらでもゆすれたさ。俺にはどうすることもできなかった」

死ぬほかには。

「十五回も分け前を送った。なのにやつはもっと要求してきた。手に入れた金は全部あいつに流れていくみたいだった。やつを満足させるためにだけ盗んでいたも同然だった」

「なんてばかなことを」

「懐かしい口調だな」ベンジャミンの瞳が怒りできらきらと光った。「楽しいか? 俺の人生が破滅に向かうさまを知って気が晴れたか? 自業自得だと思ってるんだろ? 兄貴の金をかさに道徳の権威みたいな面をしてそこに座って、俺が血の一滴まで絞りとられたのも、むしろ比喩ですんでよかったじゃないかと思ってるんだろう」ベンジャミンは忌々しげに顔を背けた。「くそっ、歳をとるとどんどん父親に似てくるんだな」

懐かしい喧嘩の売り方だった。そう言えば必ず反応があるとわかっていた。ヘイデンはこみあげてきたものをかろうじて押し殺した。「俺は息子だからな。多少受け継いでるものがあっても不思議じゃない」

「多少どころじゃない。とくに多いだろ。ほかの息子たちはうまく遺伝を逃れてるじゃないか。おまえには無理だがな」ベンジャミンはもう腹立ちを隠そうともしなかった。「ここに座ってる理由はなんだ、この酒場に、このテーブルに？　何のゲームのつもりだ？　判事でも呼んでくるってのか？　本当にそうしたいか？　正義の名のもとに俺を引き渡そうってのか？」

ヘイデンは答えられなかった。そこまではまだ考えていなかった。

ヘイデンが沈黙したことでベンジャミンは驚いたようだった。「くそったれ、おい、本当にそうするつもりなのか？　嘘だろう？　おまえのほうが俺に借りがあるんだぞ。あの納屋で生きたまま皮をはがれるところを、誰も、誰ひとり、助けに行こうとはしなかったんだ。俺以外は。計算が得意なんだろう？　勘定してみろよ。あのとき、俺が命を落とさない可能性はどれぐらいあった？」

ほとんどなかった。よくて五分の一だ。しかしベンジャミンのピストルには弾が装塡されていたし、トルコ兵士たちは獲物に夢中で、一発撃ちさえすれば、ほかの人間も加勢しただろう。しかし――

死を迎えてもおかしくなかった。恐ろしい死を。最後に感じるのは恐怖、最後に耳にするのは自分自身の悲鳴という死を。

ベンジャミンは体を前に乗りだしてだめ押しにかかった。「俺以外の友人のなかに、同じことをしてくれそうなやつはいるか？」

「名誉の借りがあることは忘れてない」ヘイデンは言った。「おまえの弟を守ったのもそのためだ。おまえの名前も守っているつもりだ。だが、借りを返すためにできることには限界がある」

「ただ放っておいてくれさえすれば、ほかには何もする必要はないさ」

それは違うと言いかけたが、通りの向こうで動くものがヘイデンの注意を引いた。山高帽をかぶった麦わら色の髪をした男が、ケッチャム・マーティン・アンド・クック銀行の玄関へ向かってぶらぶらと歩いてくる。

ベンジャミンは弟の姿を認めると体をこわばらせた。「あいつ、何をやってるんだ？」

「金を探してるんだ。この街の銀行すべてをまわってる。ブリストルに送られた金が父親の借金の返済ではなく、おまえの隠し資産に違いないと気づいたんだろう」

弟が近づいてくるのを、ベンジャミンは顔に心配と迷いを浮かべながら見つめた。

「ティモシーは最初にこの銀行へやってきた。ここがイングランド銀行の支店の役割も果たしていて、ロンドンにいたおまえには使いやすかっただろうからだ」ヘイデンは言った。

「もちろん、ベンジャミン・ロングワース名義の口座はなかった」

「ならなんであいつはまた来た？」

「別の名義を使ったかもしれないと気づいたんだろう。ティモシーは古い口座からの送金先を調べるためにロンドンに行ったりしていない。だから名前は知らないはずだ。ただ、今日もすでにひとつの銀行を再訪問して、おまえの姿形だとか口座状況だとかを、ロンドンの口座の情報も出して説明してる。銀行に昔の手形を調べさせて、金がどこへ行ったのかつきとめようとしてるんだ。口座がおまえのもので、偽名で開かれていることを証明できれば、おまえの後継者としてその権利を手に入れられるからな」ヘイデンはビールを飲み干した。

「残念ながら、ペニロットなる人物の口座は閉じられてもいないし、最近も出入りがある。その口座こそおまえが偽名で開いたものだとティモシーが説得してしまうと、知らずのうちにおまえが生きてることを証明してしまうことにもなる」

「くそっ」ベンジャミンはドアから飛びだしていった。ヘイデンはそのあとを追った。

ベンジャミンは急いで通りを渡った。ティモシーに追いついたとき、まさに彼は銀行に入ろうとしているところだった。

ベンジャミンは弟の腕を摑んだ。ティモシーは攻撃を受け流そうとするようにぱっと振り返った。

ふたりとも固まった。ティモシーはくっつきそうになるほどベンジャミンに顔を近づけ、ショックにのけぞった。そしてベンジャミンの腕を振り払った。

ベンジャミンが何かを言い、またふたりは固まった。ヘイデンがふたりに近づくと、ティモシーは徐々にこの復活が意味することが腑《ふ》に落ちてきたのか、顔をゆがませていた。

ヘイデンが横にやってきたちょうどそのとき、ティモシーは左手でベンジャミンの肩を摑んだ。そして右の拳を、その顎に思いきり叩きこんだ。

22

ヘイデンがアレクシアのもとへ帰ったときには、もう外は暗くなっていた。

「ティモシーは見つかったの?」アレクシアが尋ねた。

「見つけたよ。ベンジャミンとサンリー・メナーへ行った」

「さぞかしたくさん話すことがあるでしょうね」

「ああ、いろいろ議論すべきことは多いだろう」

ただし、一番重要な話はティモシーをベンジャミンから引き離したときに終わっていた。サンリー・メナーではもっと実際的な話になっていることだろう。

ヘイデンは、ふたりだけで話しあわせることにしたのだった。ベンジャミンが弟になんと説明するか、知りたくなかった。ティモシーは銀行に入らなかったのだから、ベンジャミン・ロングワースがハリソン・ペニロットだとは誰も気づいていないだろう。

ティモシーも、ペニロットがすでにケッチャム・マーティン・アンド・クックから全額引きだしていたことを知らないに違いない。

ベンジャミンは逃亡しようとしている。それは間違いなかった。それで多くのことはきれいに解決するだろうが、気は晴れない。あらゆる確率や可能性を計算し、本当にそれで万事収まるのか、見逃してしまってよいのか、まとまらない考えを巡らせずにはいられなかった。《俺に借りがある》ある程度は、そうだ。しかしすべてではない。どんな借りにも限界はある。

アレクシアは衣裳棚に向かい、ショールを手に取った。「ベンジャミンをティモシーに会わせてくれてありがとう。ここで知ったこと、ロザリンに話すことにしたわ。それが正しいと思うの。ベンジャミンが、サンリー・メナーにロザリンたちを呼ぶのに賛成してくれればいいんだけど。そうしたらロザリンたちもベンジャミンに会えるわ」

アレクシアは寒いようだったが、ヘイデンは違った。フロックコートを脱いだ。「ベンジャミンの妻のルシンダは、昨日屋敷に行ったとき、結婚して幸せそうだったか？」

「わたしが行くことなんて知らなかったでしょうし、普通の状況でもまったくなかったし。ベンジャミンはいまの生活は囚人みたいだって言ってたけど、今日家族にも会えたから、もうそんなふうには思わなくなるんじゃないかしら」

アレクシアは火に油を足した。ヘイデンはその流れるような動きを見つめた。その現実的な目的にもかかわらず、とても優雅だった。火に照らされてアレクシアの横顔は金色に輝いた。瞳は濃い、高貴な紫色だった。

「夕食は持ってきてもらう？　それとも下でとる？」アレクシアは尋ねた。

「あまりおなかはすいてない。君は？」

「動揺が収まらなくて、食べる気にならないの」

アレクシアは動揺を上手に隠していた。でもその穏やかな表情の下では波立つものがあるのを、ヘイデンは感じていた。昨晩はそれに操られてしまったが、ショックにも、その意味することにも順応してきているのかもしれない。

コートにブラシをあてて衣裳棚に吊るしながらも、ずっとそのことを考えているのだろうか？　ヘイデンに椅子に腰かけるよう言い、ブーツを脱がせてくれているあいだにもベンジャミンのことを考えているのだろうか？　アレクシアがこういう家庭的なことをホテルの召使いにやらせないでくれるのはうれしかった。今夜は、アレクシア以外誰も部屋にいてほしくなかった。

「あいつは妹たちに会うつもりはない。英国から出ていくつもりだ。すぐに」

アレクシアはブーツを衣裳棚のわきに置き、ドアを閉めて、そこに背中をもたせかけた。

「そう言ってたの？」

「いや。しかし間違いないと思う」ベンジャミンはすぐ出ていかなければならないのだ。命を預けるほどにはヘイデンを信頼していない。四年前のあの日には、もうそう判断していたのだ。問題は、ひとりで行くつもりなのか誰かを連れていくつもりなのかということだった。

同じく首が危ないティモシーだろうか？　妻のルシンダだろうか？

アレクシアだろうか？

「なぜ出ていかなければならないの？　ベンジャミンの口ぶりからすると、古い借りのためでもなさそうね。何を怖がってるの？　ヘイデン、彼はすごく怯えてるわ」

アレクシアの鋭さにはいつもながら驚かされる。自分の知っている事実を繋ぎあわせた話しか知らないはずなのに、まだ隠された言い訳が残っていると気づいているのだ。

アレクシアに話したいことがたくさんあった。あの客間から始まった、もつれた詐欺事件の話、それにもつれた自分の心と魂のことも。

「結婚式の日、ティモシーの破産にはわたしの知らない事実があるって言ってたわね。それはいつか話してくれると思っててもいいのかしら」

「できないんだ。何度も言いたくなるんだが」

アレクシアは理解したようにうなずいた。「今日はずっとそのことを考えていたの。あと、ベンジャミンを見つけたことも。ティモシーが探してた銀行口座のことも。ヘイデン、あなたのことも考えていたの。本当のあなたのことも」アレクシアは首をかしげた。「従兄たちのことを話せなくても、あなたのことは話してもらえるわよね？」

「答えを知っていればな。自分のことなら何でもわかるというわけではないんだ」

アレクシアは軽やかな笑い声を立てた。「本当ね。わたしも最近になって自分のことをたくさん発見したわ。わたしが訊きたいことは、とても簡単なことなの。もしあなたがそれに答えられるなら、今日わたしが結論を出したことのいくつかが正しいとわかるの」

「なら質問してくれ」

「ダーフィールド・アンド・ロングワースから侯爵家の資産を本当に引きだしたの？　それともわたしがダーフィールドさんのところへ行ったとき、彼が待っていたのはあなただったの？」

ヘイデンは、名誉の約束を守りつつ話せる範囲をざっと計算した。「ヘンリエッタ叔母さんの信託は引きだした」

アレクシアは部屋を横切って、書き物机のそばの椅子にまた腰を下ろした。「ロザリンたちに不当な仕打ちをしたってわたしが思いこんでいたのは、間違いだったのよね？」

「君がティモシーを信頼していたことも、従兄妹たちが心配だったことも、理解できることだ。彼らは君の家族なんだから」

「でもあなたはわたしの夫よ」

アレクシアがきっぱり言いきったことに、ヘイデンは胸をつかれた。しかしこの新しい忠誠心も、古いものと天秤にかけられればどうなることだろう？　ほかに何も理由がないとしても、せめて妻としての義務に従ってくれるだろうか？

天秤になどかけられないようにすることもできる。ベンジャミンが二度とアレクシアに餌をまかないよう、彼女の昔を懐かしむ思いを悪用しないよう、古い思い出で彼女を引っぱっていかないよう、することができる。治安判事のところへ出向き、ベンジャミンの犯罪の証拠を並べてやればいいだけのことだ。そうすればロングワース兄弟はふたりとも港から船に乗りこめなくなる。そしてアレクシアの息の長い愛に訴えかけることも、もうできなくなる。

しかしベンジャミンとティモシーを絞首台へ送り込んだヘイデンをアレクシアは憎むだろう。アレクシアを自分だけのものにできたとしても、アレクシアは蔑みの目を向けてくるだろう。父は、力と権力で妻を縛りつけていた。別の男を愛したことを毎日責めつづけた。ヘイデンはそんな父を憎んでいた。なぜ父がそんなことをしたのか、プライドと所有欲が何をさせようとするものなのか理解したいま、かえって憎しみは増している。

あんな不幸を招いたのが残酷さではなく愛だったとは、これまで思いつきもしなかったことだった。別の男を愛している女へ寄せる情熱は、危険なものになりうるのだ。ヘイデンができることといえば、危険の程度をコントロールするだけのものだった。

ヘイデンは椅子へと近づき、アレクシアの前でひざまずいた。アレクシアのとても小さくて優美な手を取って唇をあて、その温かさを感じた。目を閉じて、唇に感じるアレクシアの肌を味わった。

アレクシアは指をヘイデンの髪にうずめた。「とても悲しそうね。せっかくベンジャミンに会えたのに、すぐにいなくなってしまうのがいやなの？」

君はどうなんだ？「そうじゃない。君があまりにも美しくて、あらゆる仕草が優雅で、心を打たれたんだ」

アレクシアは疑わしげに微笑むとヘイデンの髪をくしゃっと乱した。ヘイデンの言ったことを否定するかのように。

「信じてないんだな」

「自分が美しくないことなんて知ってるもの。でもお世辞でもうれしいわ」

「君はとても美しい。見つめてるだけで心が震えてくるほどだ。君の美しさに、初めて会ったときから、僕は無力になってしまった。向こうみずになってしまった。体の悦び以上に、惹きつけられてしまうんだ。愛してる」

アレクシアの顔を、驚きと疑いがおおった。告白をしたことでヘイデンは胸がいっぱいになった。でも後悔はしていなかった。知ってほしかった。

返事は待たなかった。返事がほしいのかもわからなかった。アレクシアの脚をなで、スカートをたくしあげ、片方の脚を膝に載せた。靴を脱がし、ストッキングを引き下ろしはじめた。

露わになっていくなめらかな白い肌に、ヘイデンはキスした。そしてもう片方の脚にも、同じように。

「恥ずかしがってるみたいだな。前にも脱がしてやったことはあるだろう」

アレクシアは弱々しくほほえんだ。「それとは違うの」

「どう違う？　前は結婚した娼婦として振る舞っていたからか？　夫に愛されている妻では恥ずかしいのか？」

アレクシアは真っ赤になった。「愛されてる妻も、楽しんでいいのかしら？」

ヘイデンは笑った。そして椅子の背に腕をついて体を前に倒した。アレクシアにキスをして、スカートの下の耐えがたいほどやわらかい腿をなでた。「楽しんでくれなかったら傷つくよ」

ヘイデンの手の動きに合わせてアレクシアの腰が動いた。「出会って以来初めて、あなたを傷つけることに失敗しそうだわ」

「これまで僕に言われたことは何も考えなくていい。反応を返すことも義務だと思わなくていい。娼婦と呼ぼうがなんであろうが、僕にとって君が妻という役目でしかなかったことなんて、ないんだ」

ヘイデンはアレクシアのドレスのホックをはずし、服を下ろせるようにアレクシアを立たせた。すべて脱がせ、手を貸して服の山から出してやると、アレクシアはまた赤くなった。ランプの灯りと炎を反射し金色に輝いているアレクシアの裸体に、ヘイデンは見とれた。やわらかくて透き通るように白く、コレッジョのイオのように、すべてのなだらかな曲線がとても女性的だった。胸がしめつけられるほど、いとおしかった。

ヘイデンはアレクシアを引きよせて腰を抱き、手で尻を包んだ。おなかに唇をあて、頰を肌につけた。その匂いと温かさに、何も考えられなくなった。

欲望が高まってくる。それはみなぎるような力と暴力的な焦燥感を伴っていた。すぐにでもほしくて、そのまま床に押し倒しそうになる。アレクシアを自分のものにするやり方を、ヘイデンはそれしか知らない。自分はこのやり方しか知らない。

しかしヘイデンは代わりに立ちあがるとアレクシアを抱えあげ、ベッドへと連れていった。アレクシアは彼のクラバットを緩めた。そして意地悪げにほほえみながら、ゆっくりと時間をかけてチョッキのボタンをはずしていった。

アレクシアにはそうさせておくことにした。そうすればヘイデンも両手をほかのことに使える。アレクシアの乳房を愛撫したり。アレクシアが彼の服を脱がせているあいだ、ヘイデンは彼女の体をなで、硬く立った乳首を素早くさすり、アレクシアが快感に身をよじるのを眺めた。彼女の表情が夢見るようなものへ変わり、官能的なやわらかさを帯びた。

今夜は邪魔する者は誰もいない。朝になればどうなるかわからなくても、アレクシアはいま、ヘイデンだけのものだった。たっぷりと愛して、完全に自分のものにするつもりだった。アレクシアの頭と心に、何も入りこむ余地がなくなるように。

ヘイデンがズボンを脱ぎだすと、彼女はその手を取って自分の胸へ戻し、ズボンのボタンは自分ではずしはじめた。「やめないで。天国にいるみたいなの。これはわたしがしてあげるわ」

アレクシアがぎこちなくヘイデンの硬くなったものを自由にしようとしているあいだ、ヘイデンはできるかぎりアレクシアを天国に舞わせようとした。そのしなやかな愛撫とともにズボンを下ろされると、ヘイデンは自制心をかなぐり捨てた。

アレクシアを抱えあげ、ベッドに立たせた。これであらゆるところに触れることができる。恍惚に上気した頬からつま先まで。アレクシアはヘイデンを見つめた。体のあらゆるところを愛《め》でるようになで、くびれを濡らして光らせ、アレクシアが我を忘れていく音とサインに夢中になっていくヘイデンを。アレクシアの興奮の香りが部屋に満ちた。つるりとしたものが腿を伝い、アレクシアの準備ができたことを告げていた。ふらふらとして、アレクシアはバランスをとろうと脚を開きヘイデンの肩を摑んだ。

ヘイデンはアレクシアの頭を引き寄せて唇にキスをし、そこから乳房までずっと肌に這わせていった。あの敏感な突起を舌でくり返しなぶられ、アレクシアは指をヘイデンの肩に食いこませた。アレクシアの静かなうめき声がヘイデンの血管に流れこみ、ヘイデンのものはさらに硬くなった。彼女を、どうにかなってしまうほど悦ばせてやる。

しかしアレクシアは体をヘイデンの唇から離し、代わりに自分の唇で彼の肌を下へと伝っていった。その吐息と温かさと湿り気を首と肩に感じた。それが胸へと下がってくる。アレクシアは体を低くしていき、またヘイデンの前にひざまずいた。肌を焦がすようなキスの道が、さらに下へと続く。

ロマンティックな思いは、猛るような飢えに食い破られた。ベルベットのような手のひらがヘイデンのものを包みこみ、もう片方の指でその先端をいじりだすと、ヘイデンは唸《うな》り声のような悦びに支配され何も考えられなくなった。

アレクシアは自分の愛撫する手を見つめ、そして顔をあげてヘイデンの反応を確かめた。ヘイデンはもうアレクシアの奴隷となっていた。結婚初夜から、気づいていた。

アレクシアには自分の力がわかっていた。欲望があらゆる思考や感覚を支配していて、もう一度口を使ってほしくてたまらなかった。おかしくなりそうだった。

アレクシアの握る手に力が入り、上下に動きはじめた。悦びにヘイデンの体は荒々しく揺さぶられた。

「愛されている妻も、結婚した娼婦と同じぐらい、好きにしていいの？」

アレクシアの言った言葉とその意味を把握しようとしてヘイデンの頭はのろのろと動いた。女というものはときに妙なことを考える。

「こんなときに内気でいてほしいと思うようなまぬけだと思うか？」

「わからないわ。男の人はときに妙なことを考えるんですもの」

「僕は違う。そうしてくれと愛する妻に懇願しそうだ」

アレクシアはエロティックな笑いを浮かべた。「今夜はできないの。たぶん、また今度」

最後の言葉をいぶかしく思っていたものの、アレクシアの手が再び動きだすと頭からきれいに消えてしまった。彼女が顔をうずめた。歯が優しくあたる。唇がそっとキスしてくる。湿った暖かさにすっぽりと包まれ、ヘイデンは何もかも忘れてしまった。

「動かないで」ヘイデンの声で、アレクシアは満ち足りたまどろみから起こされた。体と同じく頭も眠りたがっていたが、それでも自分を包むヘイデンの存在を意識してしまう。二度目に愛しあったときの甘い痛みにまだ陶酔していた。今夜はこのベッドが全世界だった。

ヘイデンに愛されている。そんなことで嘘をつくような人ではなかった。そういうことを簡単に宣言する種類の人間ではなかった。感情をいろいろな角度からじっくり観察し、その妥当性を検証し、真実かどうかを疑うような人だ。アレクシアの知るかぎり、ヘイデンは愛だのを信じない人だった。自分を愛していると知ったのは、彼にとってとても奇妙なことだったに違いない。

その言葉はアレクシアにとって大きな意味があった。でも今夜ヘイデンのなかにその感情を感じられたのは、もっと大きかった。これまでも、ふたりのあいだに生まれる力にヘイデンは言葉をあてはめることがあったが、今回の言葉こそ真実なのだと思いたかった。

ヘイデンは片腕で体を起こした。うつぶせで寝ているアレクシアの背中から尻までをなでた。

突然、強い感情が湧きあがってくるのを感じた。体の奥が震え、それを前触れのようにしてアレクシアの秘められた場所が疼きはじめる。興奮が高まり、もっとほしくてしかたなくなるまで、さほど時間はかからなかった。そして官能と、満たしてほしいという欲求に突き動かされるように、アレクシアはこの世界から連れ去ってくれる爆発と興奮に身を委ねた。ヘイデンの手がそこへ導いてくれる。何も気にかけず乱れ、自由になれるところへ。アレクシアをいじることにかけては熟練しているヘイデンの手が、裸の体の上を滑っていく。ほかの何に触れられてもこんなふうに感じることはない。

アレクシアは目を閉じて、ただそれを感じた。考えるのは明日でいい。夜が明ければ、今夜の感情が本物だったのかどうかわかる。体の快楽から離れてヘイデンを眺めることもできる。そのときにわかる。現実的なアレクシア・ウェルボーンは、二度と男のことで自分に嘘をつくことはない。

アレクシアは顔の向きを変えてヘイデンを見あげた。情熱がヘイデンの表情にあの特別な真剣さを帯びさせていて、信じられないほどハンサムだった。ほしいものを手に入れようとしている男の顔だった。

カーテンの下から、薄い灰色の光が漏れているのが見えた。「朝だわ」こんなにも時間が早く経ってしまうなんて。

「もうすぐ。でもまだだ」

ヘイデンの愛撫で、このうえなく甘い興奮がかきたてられた。それが全身に満ちていく。ヘイデンが片方の尻のふくらみの上に手を広げると、興奮の矢はより狙いを定めてアレクシアに刺さってきた。ヘイデンの指が割れ目をなぞり、その動きのエロティックな意味に気づくとアレクシアは腰を動かしていた。

指はそのまま下へ、アレクシアの両腿のあいだへと下りてきた。アレクシアは脚を広げてそれを迎え入れた。ヘイデンはアレクシアの体を、受け入れようとしているようすを、自分の力を見つめた。そんなふうに見つめられていると、自分が小さく弱くなってしまったように感じる。夜のうちに手と口で耐えられないほど敏感にさせられたやわらかな肉のひだを、ヘイデンの指がさすっていく。

ヘイデンはアレクシアの肩に顔をうずめてキスをした。「アレクシア、愛してる」かすれた声でささやいた。「君と結婚できて、こんなにうれしいことはない」

アレクシアの瞳を熱い涙が刺した。なぜかはわからなかった。

ヒル通りの屋敷のベッドで泣くのを見られたときのように、ヘイデンの圧倒的な力に組み敷かれるだろうと思っていた。しかし、ヘイデンはアレクシアの体を仰向けにすると、そのまま持ちあげて自分の腹の上に座らせた。アレクシアは体を起こしてヘイデンを自分のなかに招き入れ、ふたりはひとつになって美しいリズムを刻みはじめた。

ヘイデンがよく見える。銀色の光に照らされた顔と体、熱を持った表情がはっきりと見える。そしてようやく、ヘイデンの欲望の下に感じられる温かさ、ヘイデンのなかにいる男を外に引きだしている感情を言い当てる言葉がわかった。アレクシアの心は震え、ヘイデンから差しだされたすべてのものを受け入れようと大きく開かれた。

部屋で朝食をとっていると、手紙が届けられた。メッセージが届くことをヘイデンは知っていた。それを待っていたのだ。

ひとつはヘイデン宛て、そしてもうひとつはアレクシア宛てだった。ヘイデン宛てのものでは、ベンジャミンは短く感傷の混じらない言葉をつづっていた。

《当然だが、出ていかなければならなくなった。すべて知っているおまえに永遠に邪魔されるリスクは負えない。ティモシーも同じように危険だから一緒に行くことになった。俺たちの従妹を、埠頭まで寄越してほしい。妹たちへの金を預けたい。ティンターン号という船だ。十一時出港》

ヘイデンは手紙を置いて朝食に戻った。ペニロットの金はティンターン号に積みこまれる。つまり被害者には別の誰かが補填しなければならないということだ。その〈別の誰か〉としては、この芝居の大団円がどうなるのか正しく把握しようとするのも野暮ではあるまい。

アレクシアへの手紙はもっと長かった。「あなたの言ったとおりね」アレクシアは言った。「英国を出ていくのね。あまりにも早すぎるわ」

「まあ、あいつはいつも衝動的だった」

「ロザリンにお金を置いていくつもりですって。結局ブリストルには口座があったのね。きっと、ずっと父親の借金を返すって家族に言いながらそこに貯めていたんだわ。ロザリンに社交界デビューもさせないで、こんなことをしていたなんて」受け入れがたいというように唇が引き結ばれた。「見送りに来てほしいって書いてあるわ。ベンジャミンには会って一言も二言も言ってやらないと気が済まない」

「さよならを言いたいだけなら、ここに呼べばいい」

「もう今朝はサンリー・メナーにいないのよ。ここに来るように伝える方法がないわ」アレクシアは戸惑ったような顔でヘイデンを見つめた。「行ってさよならをするのはいけない？」

いけないだろうか？　禁じるべきだろうか？

ヘイデンは立ちあがり、窓へ歩いていった。屋根の向こう、遠くに船のマストが見える。

こんなに満ち足りた気持ちには慣れていなかった。愛というものの最悪な点は、確実性がなく、おそらく永続性もないことだ。それに心を弱くするものであることも、わかりつつあった。弱くて感傷的で非現実的で嫉妬深くて保守的に。真実を疑わせ、既知のものを問いたださせる。人生を恐ろしく複雑にする。

アレクシアを振り返ると、おとなしく返事を待っていた。ふたりの従兄への別れを禁じるか？　そんなに冷淡になれるか？

「彼は君に一緒に来るよう言うつもりだ、アレクシア」

アレクシアは笑いをこらえようとしたがうまくいかなかった。「お芝居じゃあるまいし。愛が人を変えるのは知ってたけど、本当なのね」

「彼が君に乗船券を買って、船に乗るよう切りだすのは間違いない」

「ベンジャミンは英国一美しい女性と結婚しているのよ。それにわたしがあなたと結婚してることだって知ってるわ」アレクシアはヘイデンに近づいてきた。楽しそうに瞳が輝いている。「そんな大胆な提案をされるような女だと思ってもらえて、それにそんなに心配してもらってうれしいわ。でも、わたしは彼にとってはもうなんでもないの。それに、やっぱりさよならは言っておきたいわ。ロザリンに渡すお金も受け取りたいし」

アレクシアは自信と確信に満ちていた。ヘイデンを愚かで頑固な男にしようとする愛ゆえの不安を、それがやわらげてくれた。

自分のために断わってくれるかどうか、確信は持てなかった。現実的なウェルボーン嬢であれば、一緒に逃げようと不倫を持ちかけてくる男の甘言にはけっして屈しないだろう。

ただし、ベンジャミンが餌をまいたのは現実的なウェルボーン嬢ではなく、数年前に彼を愛し彼のために嘆き悲しんだ若い女性のほうだ。

ヘイデンはアレクシアの手を取ってキスをした。そして奥までずっと広がっている菫の草原をのぞきこんだ。埠頭へは行かせてやろう。しかしベンジャミンに義理があるからではない。やつには借りがあるが、そこに妻は含まれていない。

これはアレクシアのためだった。情けなくも、アレクシアが幸せになるならなんでも許してしまえる。

そして、母への敬意からでもあった。初めての愛から引き裂かれ、現実主義的な結婚に閉じ込められていた、母への。

それに、自分自身のためでもあった。父のような男にならずにすむように。幸せそうでない妻と、彼女の裏切りが毎日思い出されることの苦しみとに相対することを強いられ、冷酷で強情になってしまった男にはならないように。


ヘイデンは思ったよりあっさりと、アレクシアがティンターン号を見送りにいくのを許してくれた。彼は理不尽な男ではない。それにアレクシアの第一の目的は、ベンジャミンとティモシーが下劣にも見捨てていく妹たちへのお金を受け取ることなのだ。

でも、ひとりで行くのを許すとは思っていなかった。ヘイデンもベンジャミンにさよならを言いたくはないのだろうか。ひょっとしたら、昨日ティモシーを見つけたときに何かあったのかもしれない。嘘のせいで、昔からの友情が壊れてしまったのかもしれない。

アレクシアの馬車は、ティンターン号が錨を下ろしている埠頭へ着いた。下り航路はじきに満潮になる。アレクシアは甲板に立っているベンジャミンを見つけた。ベンジャミンは航行準備であわただしげな人々を見下ろしていた。

ベンジャミンがアレクシアに気づいて手を振った。タラップの途中でふたりは落ちあった。

「船室においで。ティモシーもいる」ベンジャミンは言った。「来てくれて本当にうれしいよ、アレクシア」

「ティモシーに会いたいわ。話したいことがあるの」船室に入ったら、ふたりともきっちりと叱りつけてやるつもりだった。

船室は思っていたより広かった。ティモシーが懲りもせずに具合悪げなのに気づいた。ベッドのひとつにだらしなく体を横たえ、見るからにひどく酔っぱらってしまっている。

アレクシアは女物の荷物が見当たらないこと、この船室はベンジャミンとティモシーが使うようであることに気がついた。「ルシンダは?」

「彼女は外国に行きたがらないんだ。サンリー・メナーに残ると言い張ってね」ベンジャミンはティモシーの肩に力強く手を置いた。「外の空気を吸ってこい。海には落ちるなよ」

ティモシーは面白い冗談だと思ったようだった。兄弟は揃ってくっくっと笑った。アレクシアにはまったく面白くなかった。

ふたりきりになると、アレクシアは思っていることを話しはじめた。「ヘイデンから、あなたはどこかへ行ってしまうだろうって聞いたわ。そんなことをしたら妹たちを守る人がいなくなってしまうじゃない。希望も失ってしまうわ」

「飢え死にすることはない。ヘイデンがそうはさせないよ」

「ロザリンたちはすべてヘイデンのせいだと思ってるのよ。彼からの助けなんて受け取らないわ。少なくとも、約束のロザリンへのお金は預かっていくわ。それがあれば食べるものにも困るようなことにはならないでしょうから」

いささかむっとしたようすで、ベンジャミンは分厚い紙幣の束をスーツケースから取りだした。「五千ポンドある。土地とオックスフォードの屋敷も好きにしていい。ティモシーがいたときよりは楽になるだろう。やつの借金の返済分が浮くんだから」

アレクシアは札束を受け取った。ベンジャミン自身は結局、あまり隠し事のできない人間なのだ。アレクシアはハンドバッグに札束を詰め込みはじめた。

「アレクシア」

その口調が気になってアレクシアは顔をあげた。すぐそばに立っていた。アレクシアを優しく見つめている。それは思い出のなかのベンジャミンに似ていた。アレクシアを笑わせてくれた、幸せそうで楽しげな青年に。

「アレクシア、ルーシーを置いていくことになったけど、それはあんまり残念に思ってはいないんだ。間違いだった。彼女とのことは間違いだったんだ。時間を巻き戻して、自分の心に正直に生き直せたらと思ってる。ギリシャに行く前に、君と結婚しておくべきだったんだ。そして俺が無事で戻ってくるのを待っててもらうべきだったんだ」

「なんでそうしなかったの?」

「今回のことはすべて、君への気持ちがロマンティックなものになる前に始まったことなんだ。最初にキスしたとき、あのずっと前から俺の道は決まってしまっていた」

「いつかすべて理解できたらと思うわ、ベンジャミン。わたしに話してくれたものはそんなに複雑なものではなかったと思うけど、もっと入り組んでる証拠もあるのだもの。ベンジャミン、あなたが結婚したのはわたしじゃないわ。あなたが結婚したのは彼女でしょう? 妹たちみたいに見捨てるつもりなの? ブリストルの銀行からお金を全部引きだしたの? 彼女を無一文にするつもり?」

「ルシンダは無一文になんかならないさ。抜け目のない女だし、あの美貌だ。きっと宝石に埋もれて墓に入るだろう」

言いかえると、お金は全部引きだしたということだ。

「自分の責任を逃れるための言い訳はとても上手なのね。前はそんな人だとは気づかなかった。義理もないのにわたしを受け入れて家に住まわせてくれたんだもの」

「君は義務だとか責任だとかじゃない。君と一緒にいるといつも楽しかったよ。会えなくて、死ぬほど寂しかった」ベンジャミンは両手でアレクシアの手を包んだ。ベンジャミンに触れられてアレクシアは悲しくなった。「もうじきに出航だ。大冒険が待ってるんだ。まずはパリだ。次にアメリカに行ったっていい。もしくは熱いエキゾチックな国だとか。失った時間を取り戻そう、アレクシア。とても楽しいぞ、一緒に来てくれるならなおのことだ」

驚きでアレクシアの心は空っぽになってしまった。しばらく口が開けなかった。すると理性の声が滑りこんできた。ヘイデンは正しかった。

「わたしは結婚してるの。あなたもよ」

「俺たちがどこへ行こうが、誰もわからないし気にもしないさ。永遠に一緒だ。ずっとそう願ってたじゃないか」

「ヘイデンがきっと追いかけて来て、あなたを殺すわ」

「今日見送りに来るのを許したんだろう？　ヘイデンは君に決めさせようとしてるんだよ」ベンジャミンはうぬぼれたような笑みを浮かべた。「俺はあいつの命を救ってやったんだ。ギリシャで。いまも傷が残ってるだろ、俺が助けに行かなかったらどんな悲惨な最期を迎えていたことか」

アレクシアはベンジャミンの手を振りほどいた。そしていま言われたことを頭のなかで整理しながら船室を出ようとした。とてもたくさんの真実がそこには含まれている。ヘイデンはこうなると知りながら、アレクシアが見送りに行くのを許した。自分は来もしなかった。

アレクシアを自分のものにするために闘おうとしてくれなかったのだ。

いや、それは違う。ヘイデンは名誉の許すかぎりの方法で闘ったではないか。昨日の夜に。命の恩人に剣やピストルを向けたりすることはできない。それでも小さな闘いを挑んでいたのだ。

アレクシアを勝ちとるために、彼はプライドをアレクシアの足もとへ置いたのだ。

ベンジャミンは正しい。船に残ることを選んだとしたら、ヘイデンはきっと追いかけてはこない。アレクシアをそれほど愛していないからではない。心から愛しているからこそ、縛りつけたくないのだ。

「乗船券は予約しておいた」ベンジャミンが言った。「ティモシーなら別の船室に移る」

まるで決まったことのような口ぶりだった。外から聞こえる物音で、すぐに船から降りなければならないと知った。そうでもしなければ、アレクシアの決定を、潮が代わりに下してしまう。

アレクシアはベンジャミンが言っていたような生活を思い浮かべてみた。旅をして世界を見てまわる。自由気ままに笑いつづける。二度と計算やら検討やら義務やらに縛りつけられることはない。現実的なウェルボーン嬢とはさよなら。もう一度若い少女に戻れるだろう。永遠に。

アレクシアはベンジャミンを見つめた。こういう男を愛することができるのは少女だけだ。

いや、男ではない。少年だ。

「できないわ」

「できる。誰も止めないよ」

「行かないわ」アレクシアはドアへと向かった。

「どうして？　やつが金持ちだからか？　兄貴が侯爵だからか？」

「分別のある女なら、そんなメリットをはねつけたりなんかできないわ。それに、自分の誓いと義務を放棄することなんてわたしにはできない。でもね、あなたの申し出を断わる理由はそんな現実的なことでも、責任感からでもないの。ベンジャミン、わたしは彼を愛してるの。それに比べたら、あなたと交わしたものはごく底の浅い一時の感情にすぎないわ。わたしは彼のもとを離れない。彼と一緒に人生を送るチャンスを手放したりなんかしない」

アレクシアはドアを開けた。「元気でね、ベンジャミン。楽しい冒険を。ティモシーをちゃんと世話してあげてね。あと、今回はたまにでもいいから手紙を書いて」


アレクシアが甲板へ走り出ると、もうタラップが巻きあげられたところだった。アレクシアはもう一度巻きおろしてもらえるよう船員に頼みこみ、そうせざるをえなくなるようタラップの先端になる板の上に飛び乗った。たわむ板の上でバランスをとるのに一生懸命だったが、埠頭の喧噪《けんそう》のなかに嵐のようなひづめの音が聞こえてくるのに気がついた。クランクをまわす音が止まると、一台の馬車がやかましい音を立てて停まった。なかからヘイデンが飛びだしてきた。

ヘイデンはタラップへと人をかきわけて進んできた。そしてその先端にアレクシアが立っているのを見て、立ち止まった。

その顔に浮かんだ安堵の表情は、一生忘れられないことだろう。唇が開き、瞳が燃えている。生まれてこれまで、こんなにロマンティックな表情をしている男性は見たことがなかった。

ヘイデンは大股でタラップへ近寄るとアレクシアを抱きしめた。ヘイデンがアレクシアにキスしているあいだ船員たちがみな作業の手を止めていたのは、アレクシアの想像でしかなかったのだろうか？　船中がしんと沈黙したことも？

ヘイデンはアレクシアをしっかりとした地面に下ろしてくれた。

またクランクが動きはじめた。タラップと錨があがる。しっかりと抱きあいながら、ふたりは動きはじめた船との間隔がだんだん広がるのを見つめていた。

「あなたの言ったとおりだったわ」アレクシアは言った。「一緒に行こうって誘われたわ。全部準備もしてあった」

アレクシアの体に巻きつけられたヘイデンの腕に力が入った。「残ってくれてありがとう」

「当然、現実的で責任感のある選択をしたまでよ」

「そうだろうとも」

「わたしがそれを理解しているか、わざわざ確かめにくることにしたの？」

「そう言われるだろうと思ってたよ」

「じゃあ馬車をギャロップで走らせるなんて、どうしてそんなことを？」

「わからない。懇願するためかな」ヘイデンは肩をすくめた。「あいつを殺すためかもしれない」

「なら、わたしの心が揺れたりしなくてベンジャミンはラッキーだったわね。自分のしたことの報いを受けずに逃げだすなんて、彼らしいわ」アレクシアはハンドバッグをぽんぽんと叩いた。「ロザリンへの五千ポンドよ。きっと船に積んだかばんにはもっと入っているんでしょうね？」

「うなるほどな」

「ベンジャミンはそのお金を銀行からとったのよね？　盗んだのよね？」

ヘイデンはアレクシアの言葉に驚いた。しばらく考え、それから話しだした。「最悪のことを考えついてしまったんだな。俺も隠さずすべて話そう。だが、あいつらの妹たちに話してはだめだ。アイリーンもロザリンも、このことは絶対に知らないほうがいいんだ」

あいつら。ではティモシーもそうなのだ。だからあの日ヘイデンはやってきたのだ。ティモシーがお金を盗んでいることを発見したから。

「黙って行かせてあげなくてもよかったのね」アレクシアは言った。「治安判事を呼んだってよかったのね」

「ああ、そうすることもできた」

しかしヘイデンはそうしなかった。黙っていることでティモシーの命を救い、そして今回はベンジャミンの命も救った。ロングワース家を破滅に追いやったわけではなかった。友人の家族を守るために、むしろ大変なリスクを背負ってきたのだ。

「お金を盗んだってことは、誰か被害を受けた人がいるのよね。自分たちのしたことを悔やむかしら？」

「いつか正気になるよ」

どうやったらそうなるかしら、とアレクシアは思った。「たくさん盗んだの？」

「ああ、かなりの大金だ」

「あなたからも？」

「僕からもだ。ティモシーが逃げてるのはとくにそのせいだ」

「なら、銀行のことが落ち着くまで、しばらく贅沢はやめましょう。ヒル通りの屋敷にそのまま住みつづければいいし、もっと小さな家だっていいわ。もし役に立つならダイヤモンドも売ったっていい。もちろんとても素敵だし大好きだけど、それで何かの足しになるなら、そのほうがいいわ」

ヘイデンはアレクシアの頰に手をあてた。ヘイデンはとても真剣な顔をしていた。いままで見たこともないほど険しい顔だった。ふたりが立っているのは人も行き交う埠頭だったが、愛を交わしたあとに耳にささやきかけるときほどにも、ふたりは顔を近づけていた。

「もし宝石を売って何かの助けになるのなら、わたしは全然気にしないわ、ヘイデン。あなたはわたしにとってダイヤモンドより大切なの。あなたのすばらしさを知るのに贈り物は必要ないわ」

ヘイデンは顎を嚙みしめた。瞳に映るものをしっかりと胸に焼きつけた。「アレクシア、君を愛するようになった理由はたくさんある。これからことあるごとにそれを教えるのが楽しみだ。素直に信頼してくれて誠実でいてくれるところなど、もう何度胸を打たれたことかわからないぐらいだ」ヘイデンはアレクシアの顎のラインを指の背中でなぞった。「ただ、今日は現実的な話はしたくないんだ。今日は、ただ君を愛していたい」

アレクシアは顔が赤くなるのを感じた。愛していると口にするときのヘイデンの率直さに慣れるのは、もう少し時間がかかりそうだ。

ふたりは馬車へと向かったが、抱きあう腕をほどくことはなかった。通りすぎる人たちは眉をあげてみせたが、アレクシアは気にならなかった。

信頼と誠実。それはよき妻に必要な長所だ。でも、ヘイデンはアレクシアが義務感から行動しているだけではないことも十分に知ってくれている。

ふたりは馬車のところまでやってきた。アレクシアは水平線のほうへ、そして霧がかった川の向こうにだんだん見えなくなりつつある船へと目をやった。

「ヘイデン、わたしが残ったのは、わたしが現実的だからでもないし、責任感があって立派だからでもないわ。ベンジャミンにはそうは言わなかったし、心から思ってるのもそれとは違うの」

「じゃあなぜ残ったんだ、アレクシア?」

「彼にはこう言ったの。わたしはヘイデンを愛してるって」そう言うと、天にも昇るような心地になった。「あなたを愛しているわ。あなたに先に認めさせたのは、わたしが臆病だったせい。もっと自分のことをよく知っているべきだったわ。心がずっとささやいていたことに、もっと耳を傾けるべきだった」

ヘイデンはまたアレクシアを抱きしめた。ヘイデンのほほえみがあまりにも温かくて、アレクシアの心はくるくると踊りだしそうだった。「いまそう思ってくれているのなら、それだけでいい。僕は君がくれる愛にはふさわしくない。でも君がくれた美しい贈り物は、大切にすると約束する」

ヘイデンの視線がとても優しくて、湧きあがる幸せが体からあふれだしそうだ。アレクシアのすべてがほほえんでいた。次から次へとくすくす笑いが湧いてきてはこぼれ出る。

ヘイデンはアレクシアの唇に触れた。「なんて愛らしい、少女のような、ロマンティックな音楽だ」

「少女らしい音楽も、どきどきするのもいいけれど、少女じみた愛はなしよ。大人の女として愛したいの。もっと深く。もっとたっぷり。もっと、うんとロマンティックに。そうしたいわ。でも、ありきたりのものではないわ。ありきたりのものではなかったから、あなたを抱きしめているときの、胸を強く打たれるような感情の名前もわからなかった」

「君が愛してくれていると聞いてとてもほっとしたよ。それが少女であろうが、大人の女であろうが」ヘイデンは言った。「これからは、ロマンティックな愚か者は俺ひとりではなくなるわけだ」

アレクシアは背伸びしてヘイデンにキスした。「もう、ひとりじゃないわ。ふたり揃ってロマンティックな愚か者ね。一緒に。ずっと」

訳者あとがき

マデリン・ハンターの第二のシリーズ、「ロスウェル（The Rothwell）」シリーズ全四作品の幕を開ける本作品。その前のシリーズ「誘惑者（The Seducer）」の最後の作品、本作の直前に刊行された『罪つくりな淑女』（竹書房ラズベリーブックス）はリタ賞のファイナリストに残っており、ノッている作家の新シリーズが始まるということで期待を集めました。「ロスウェル」は、イースターブルック侯爵ロスウェル家の三兄弟を中心としたシリーズになっています。その第一作目にあたる本書『きらめく菫色の瞳』（*The Rules of Seduction*）は、二〇〇六年にバンタム・デル社より出版されました。ヒロインは家族をなくし、従兄ベンジャミンのもとに身を寄せたアレクシア。彼女はしだいにベンジャミンに思いを寄せていきます。しかしベンジャミンの不慮の事故による死、そしてベンジャミンの跡を継いだ弟の破産によって、つつましくも幸せだった彼女の人生は先が見えないものになってしまいます。そこに現われたのが、従兄一家を破産させ屋敷から追いだした、冷徹なほどの切れ者だという侯爵家次男ヘイデン・ロスウェル。なんと彼はアレクシアに、ロンドンにやってくる従妹の家庭教師として屋敷に残らないかと申し出て――。そこで何がアレクシアを待ち受けているのか、それはぜひ本書でご確認ください。

本書に続く「ロスウェル」シリーズの他の作品も、ご紹介しておきましょう。

"Lessons of Desire"（二〇一一年に二見書房より翻訳出版の予定）

三男坊エリオットと、本作ヒロイン・アレクシアの友人、先進的な女性フェイドラを主人公とした物語。亡母の秘密を探りイタリアの各地をめぐるフェイドラと、こちらは亡父の醜聞を晴らすためにフェイドラに同行するエリオット。強く惹かれあいながらも、自由と秩序のはざまで葛藤するふたり。とうとうフェイドラは〈誰かのもの〉になることを受け入れられない自分の理想をくつがえすことができず、エリオットに別れを告げる。しかしその後ふたりの調査が思わぬ展開を見せたとき――。二〇〇八年リタ賞受賞作。

"Secrets of Surrender"

アレクシアの従妹にして親友であるロザリンは、本作で詳細が語られた悲劇の後、とある貴族の愛人となることを決断した。しかしその貴族はこともあろうに、酒宴の余興でロザリンをオークションにかける。ロザリンを救おうと途方もない金額をつけて競り落としたのは、裕福だが平民の男だった。互いに明かせぬ思惑を抱えながら関係を築いていくが、社交界から向けられる冷たい視線、愛人となっていた貴族からのいやがらせといった壁が立ちふさがる。

“*The Sins of Lord Easterbrook*”

ロスウェル兄弟の長男にしてイースターブルック侯爵、クリスチャンが黙して語ろうとしない失踪時のできごとがついに明かされる作品。マカオを拠点とした貿易商である父を亡くしたひとりの女性が、遺された事業を拡大するためにロンドンへやってくる。ロンドン来訪のもうひとつの目的は、父を妨害し死に至らしめた人間を探しだすことだった。疑いをかけているひとり、前イースターブルック侯爵のことを調べるうち、彼女は数年前にマカオで出会ったミステリアスな旅人と再会する。なんと彼こそが現イースターブルック侯爵であった。

概要からもおわかりのとおり、すべての作品はそれぞれ単独で十分読ませるものでありながら、本作品の続編としてもさらに興味深く読むことができるものになっています。本作を読み終わられた読者なら、後続のいずれの作品にも本作から伏線が張られていたことに気づかれたことでしょう。それぞれ違う主人公を配しながらシリーズ全体でひとつの世界を作り上げているので、読む側は作を追うごとに改めて新鮮な気持ちで、かついっそうその世界に入りこんだように感じられるという、追いかけ甲斐のあるものになっています。

世界に入りこむと言えば、ハンターの時代描写の巧みなことも一役買っているように感じます。ハンター自身美術史で博士号を取得していることもあってか、作中にさりげなく、しかしふんだんに盛り込まれている当時の文化風俗の描写は、ストーリーに背景として溶けこんでロマンティックな趣を添えているだけでなく、前景である主人公たちやその周囲の登場人物たちをリアルに息づかせています。

ハンター作品を特徴づけるのは、こうした書き込みの細かさから生まれる登場人物たちのリアルさと言っていいでしょう。そしてもちろん、それは登場人物たちをひとりひとり色づける描写自体の丁寧さにもよります。とくにこの「ロスウェル」シリーズに登場するヒロインたちは皆、現代の女性たちにも通じるような強さを持っているのですが、根っから強いと言うよりは、そうあろうと努力しているという側面のほうが強く、そのためにふとしたことで自分の強さに戸惑いを覚えたり、迷ってしまったりします。そういった葛藤を丁寧にすくって描いているので、やがて彼女たちが愛の力に手を差し伸べられていることに気づき、ようやくその手を取るクライマックスは、にわかに雲が晴れて日の光に一面照らしだされたような、胸の熱くなるシーンになっています。

ヒーローたちは、いずれも一筋縄ではいかないタイプ。それぞれに異なる種類の強さを持っていますが、彼らもヒロインたちに負けないほど複雑な心中を抱えています。ロスウェル兄弟の場合、本作でも触れられたように前侯爵である頑迷な父親のもつれた愛憎、その果ての母親の悲劇が落とす濃い影を常にまとっており、トラウマのようにそれに縛られている人物として現われます。このヒーローたちが、どうロマンスに絡めとられ、気づけばその影を払われているのか、このバリエーションも楽しみなシリーズです。一番傷の深そうな長男クリスチャンをシリーズ最終作に配しているのはうまいですね。

リタ賞を受賞した第二作も、二見書房から刊行される予定です。奔放なフェイドラ姉さんと末っ子エリオットの組み合わせ。これだけでも楽しみな作品です！

最後に、未熟でまごついてばかりだった訳者を励ましてくれたり慰めてくれたり、いろいろと甘えさせてくれた先輩、石原美奈子さんと、いつもながらご迷惑をおかけしどおしだった（すみません……）二見書房のOさんに、心からの感謝を。どうもありがとうございました。

二〇一一年一月

ザ・ミステリ・コレクション

きらめく菫色《すみれいろ》の瞳《ひとみ》

著者 マデリン・ハンター
訳者 宋《そん》 美《み》沙《さ》

発行所 株式会社 二見書房
東京都千代田区三崎町2-18-11
電話 03(3515)2311［営業］
03(3515)2313［編集］
振替 00170-4-2639

印刷 株式会社 堀内印刷所
製本 合資会社 村上製本所

落丁・乱丁本はお取り替えいたします。
定価は、カバーに表示してあります。
© Misa Song 2011, Printed in Japan.
ISBN978-4-576-11018-9
http://www.futami.co.jp/

ほほえみを待ちわびて
スーザン・イーノック
阿尾正子［訳］

家庭教師のアレクサンドラはある事情から悪名高き伯爵ルシアンの屋敷に雇われる。つれないアレクサンドラに伯爵は本気で恋に落ちてゆくが…。リング・トリロジー第一弾

信じることができたなら
スーザン・イーノック
井野上悦子［訳］

類い稀な美貌をもちながら、生涯独身を宣言しているヴィクトリア。だが、稀代の放蕩者とキスしているところを父親に見られて…!?　リング・トリロジー第二弾！

見つめずにいられない
スーザン・イーノック
井野上悦子［訳］

ちょっと意地悪な謎の美女と完全無欠でハンサムな侯爵。イングランドの片田舎で出会ったふたりの、前代未聞の恋の行方は…？　ユーモア溢れるノンストップ・ロマンス！

あなたの心が知りたくて
スーザン・イーノック
井野上悦子［訳］

ギャンブルでとある土地を手に入れた放蕩者レイフ。だが向った先で待ち受けていたのは、歯に衣着せぬ優雅な美女で…!?『見つめずにいられない』に続くシリーズ第二弾

はじめての愛を知るとき
ジェニファー・アシュリー
村山美雪［訳］

〝変わり者〟と渾名される公爵家の四男イアンが殺人事件の容疑者に。イアンは執拗な警部の追跡をかわしつつ、歌劇場で出会ったベスとともに事件の真相を探っていく…

罪深き夜の館で
シャロン・ペイジ
鈴木美朋［訳］

失踪した親友デルの行方を探るため、秘密クラブに潜入した若き未亡人ジェインは、そこで思いがけずデルの兄に再会するが…。全米絶賛のセンシュアル・ロマンス

二見文庫　ザ・ミステリ・コレクション

あなたの心につづく道（上・下）
ジュディス・マクノート
宮内もと子［訳］
十九世紀、英国。若くして爵位を継いだ美しき女伯爵エリザベスを待ち受ける波瀾万丈の運命と、謎めいた貿易商イアンとの愛の旅路を描くヒストリカルロマンス！

とまどう緑のまなざし（上・下）
ジュディス・マクノート
後藤由季子［訳］
パリの社交界で、その美貌ゆえにたちまち人気者になったホイットニー。ある夜、仮面舞踏会でサタンに扮した謎の男にダンスに誘われるが……ロマンスの不朽の名作

黒騎士に囚われた花嫁
ジュディス・マクノート
後藤由季子［訳］
スコットランドの令嬢ジェニファーがイングランドの〈黒い狼〉と恐れられる伝説の騎士にさらわれた！　仇同士のふたりはいつしか…動乱の中世を駆けめぐる壮大なロマンス！

哀しみの果てにあなたと
ジュディス・マクノート
古草秀子［訳］
十九世紀米国。突然の事故で両親を亡くしたヴィクトリアは、妹とともに英国貴族の親戚に引き取られるが、彼女の知らぬ間にある侯爵との婚約が決まっていて…⁉

罪深き愛のゆくえ
アナ・キャンベル
森嶋マリ［訳］
高級娼婦をやめてまっとうな人生を送りたいと願う美女ソレイヤ。ある日、公爵のもとから忽然と姿をくらますが…。　若く孤独な公爵との壮絶な愛の物語！

囚われの愛ゆえに
アナ・キャンベル
森嶋マリ［訳］
何者かに突然拉致された美しき未亡人グレース。非情な叔父によって不当に監禁されている若き侯爵の愛人として連れてこられたと知り、必死で抵抗するのだが……

二見文庫　ザ・ミステリ・コレクション

青き騎士との誓い
アイリス・ジョハンセン
酒井裕美［訳］

十二世紀中東。脱走した奴隷のお針子ティーアはテンプル騎士団に追われる騎士ウェアに命を救われた。終わりなき逃亡の旅路に、燃え上がる愛を描くヒストリカルロマンス

ふたりの聖なる誓い
アイリス・ジョハンセン
阿尾正子［訳］

戦士カダールに見守られ、美しく成長したセレーネ。ふたりはある秘宝を求めて旅に出るが、そこには驚きの秘密が隠されていた…『青き騎士との誓い』待望の続篇！

黄金の翼
アイリス・ジョハンセン
酒井裕美［訳］

バルカン半島小国の国王の姪として生まれた少女テスは、ある日砂漠の国セディカーンの族長ガレンに命を救われる。運命の出会いを果したふたりを待ち受ける結末とは…？

昼下がりの密会
トレイシー・アン・ウォレン
久野郁子［訳］

家族に人生を捧げた未亡人ジュリアナと、復讐にすべてを賭ける男・ペンドラゴン。つかのまの愛人契約の先に、ふたりを待つせつない運命とは…。シリーズ第一弾！

月明りのくちづけ
トレイシー・アン・ウォレン
久野郁子［訳］

意に染まない結婚を迫られたリリーは自殺を偽装し、冷酷な継父から逃れようとロンドンへと向かう。その旅路、ある侯爵と車中をともにして…シリーズ第二弾！

甘い蜜に溺れて
トレイシー・アン・ウォレン
久野郁子［訳］

父の仇を討つべくガブリエラは宿敵の屋敷に忍びこむが銃口を向けた先にいたのは社交界一の放蕩者の公爵。しかも思わぬ真実を知らされて…シリーズ完結篇！

二見文庫　ザ・ミステリ・コレクション

黄昏に輝く瞳
キャサリン・コールター
栗木さつき［訳］
世間知らずの令嬢ジアナと若き海運王。ローマの娼館で出会った波瀾の愛の行方は……？　C・コールターが贈る怒濤のノンストップヒストリカル、スターシリーズ第一弾！

涙の色はうつろいで
キャサリン・コールター
山田香里［訳］
父を死に追いやった男への復讐を胸に、ロンドンからはるかサンフランシスコへと旅立ったエリザベス。それは危険でせつない運命の始まりだった……！　スターシリーズ第二弾

忘れられない面影
キャサリン・コールター
栗木さつき［訳］
街角で出逢って以来忘れられずにいた男、ブレントと船上で思わぬ再会を果たしたバイロニー。大きく動きはじめた運命を前にお互いとまどいを隠せずにいたが…。

ゆれる翡翠の瞳に
キャサリン・コールター
山田香里［訳］
処女オークションにかけられたジュールは、医師モリスによって救われるが家族に見捨てられてしまう。そんな彼女を、モリスは妻にする決心をするが…。スター・シリーズ完結篇！

バラの香りに魅せられて
ジャッキー・ダレサンドロ
嵯峨静江［訳］
かつて熱いキスを交わしながらも別れた、美貌の伯爵令嬢と英国元スパイ。ふたりが再会を果たしたとき、美しいコーンウォールの海辺を舞台に恋と冒険の駆け引きが始まる！

誘惑のタロット占い
ジャッキー・ダレサンドロ
嵯峨静江［訳］
花嫁を求めてロンドンにやってきたサットン子爵。夜会で占い師のマダム・ラーチモントに心惹かれ、かりそめの関係から愛しあうように。しかしふたりの背後に不吉な影が…！

二見文庫　ザ・ミステリ・コレクション

ハイランドで眠る夜は

リンゼイ・サンズ
上條ひろみ［訳］

両親を亡くした令嬢イヴリンドは、意地悪な継母によって、〃ドノカイの悪魔〃と恐れられる領主のもとに嫁がされることに…。全米大ヒットのハイランドシリーズ第一弾！

いつもふたりきりで

リンゼイ・サンズ
上條ひろみ［訳］

美人なのにド近眼のメガネっ嬢《こ》と戦争で顔に深い傷痕を残した伯爵。トラウマを抱えたふたりの熱い恋の行方は——？　とびきりキュートな抱腹絶倒ラブロマンス

夜明けまであなたのもの

テレサ・マデイラス
布施由紀子［訳］

戦争で失明し婚約者にも去られた失意の伯爵は、看護師サマンサの真摯な愛情にいつしか心癒されていく。だが幸運にも視力が回復したとき、彼女は忽然と姿を消してしまい…

あなたのそばで見る夢は

ロレイン・ヒース
旦紀子［訳］

十九世紀後半、テキサス。婚約者の元へやってきたアメリアを迎えたのは顔に傷を負った、彼の弟だった…。心に傷を負った男女の愛をRITA賞作家が描くヒストリカルロマンス

黄昏に待つ君を

ロレッタ・チェイス
飯島奈美［訳］

ハーゲイト伯爵家の放蕩息子として自立を迫られたアリステアは、友人とともに運河建設にとりくむことになる。だが建設に反対する領主の娘ミラベルと出会い

高慢と偏見とゾンビ

ジェイン・オースティン／セス・グレアム＝スミス
安原和見［訳］

あの名作が新しく生まれ変わった——血しぶきたっぷりに。全米で予想だにしない百万部を売り上げた超話題作、日本上陸！　ナタリー・ポートマン製作・映画化決定

二見文庫　ザ・ミステリ・コレクション